« Toute représentation ou reproduction intégrale, ou partielle, faite sans le consentement de l'auteur ou de ses ayants droit ou ayants cause, est illicite (alinéa 1er de l'article L. 122-4). Cette représentation ou reproduction, par quelque procédé que ce soit, constituerait donc une contrefaçon sanctionnée par les articles 425 et suivants du Code pénal. »

Avertissement :

Romance érotique destinée à un public averti.

Nom de l'ouvrage : GHOST – Thanatos : Unité d'élite secrète

Auteur: Flora Stark

© Copyright Flora Stark, 2023

Tous droits réservés, y compris le droit de reproduction de ce livre ou de quelque citation que ce soit, sous n'importe quelle forme.

Dépôt légal : Juin 2023

Code ISBN : 9798 397 147 828

Couverture : © M.A. Vision

Corrections : Laure Tellier

Mise en page : Lydasa Création

2023, Flora Stark

GHOST

THANATOS
UNITÉ D'ÉLITE SECRÈTE

Flora STARK

« *Les rêves sont la littérature du sommeil. Même les plus étranges composent avec des souvenirs. Le meilleur d'un rêve s'évapore le matin. Il reste le sentiment d'un volume, le fantôme d'une péripétie, le souvenir d'un souvenir, l'ombre d'une ombre…* »

Jean Cocteau

NOTE DE L'AUTEURE

Chère lectrice, cher lecteur,

Vous vous apprêtez à plonger dans un tout nouvel univers, et j'aime autant vous dire, vous allez être dépaysé ! Pour celles et ceux qui ont déjà effectué leur immersion au sein de la Caserne 91, et qui ont également réalisé une petite escapade dans les locaux d'LC. Sécure, vous êtes sur le point de voyager en terre inconnue… Ne vous inquiétez surtout pas, je ne vous laisse pas seuls, l'équipe du GHOST vous accompagnera tout du long…

Rassurez-vous, ceci n'est en aucun cas une dark romance ni même une romance fantasy. En revanche, cette romance comporte des scènes explicites destinées à un public averti.

Cela dit, je crois qu'il est important de préciser que cet ouvrage est une fiction, même si celle-ci s'inscrit dans la vraie vie. L'unité du GHOST n'existe pas, tout a été inventé de toutes pièces. Toute référence à des évènements, des personnes réelles ou des lieux cités n'est utilisée que pour servir ce récit fictif. Tous les autres noms, lieux, personnages et évènements sont le produit de mon imagination. De même, toute ressemblance avec des personnes réelles, des lieux et des évènements serait totalement fortuite.

Par ailleurs, je vous informe que cette nouvelle saga comptera plusieurs tomes, mais que chacun d'entre eux pourra se lire indépendamment des autres. Donc pas de panique, promis vous n'aurez pas de méchant cliffhanger à la fin. Vous pouvez donc vous lancer !

Action, érotisme, passion, rebondissements, amour, amitié, trahison, fraternité, suspense, révélations…

Êtes-vous prêts à entrer dans la légende ?

Si tel est le cas, prenez garde et laissez-vous embarquer dans cette folle aventure aux côtés de mes soldats d'élite !

Chaleureusement,
Flora

CHAPITRE 1

THANATOS

L'heure est venue, la fin est proche, la sentence inévitable. Dès l'instant où le nom de cet homme nous a été communiqué, il est condamné à une mort certaine. Lorsqu'on fait appel à nous, la cible n'a plus aucune chance de s'en sortir vivante. Nous sommes le GHOST, une unité d'élite secrète créée par l'État français. Formés depuis notre plus jeune âge, nous avons été formatés pour être l'arme la plus puissante de ce pays. Nous intervenons dans les quatre coins du monde, toujours dans le but de servir notre Nation. Nous ne sommes que des machines dépourvues de sentiment. Des soldats au cœur de pierre capables du meilleur comme du pire. Enfin, surtout du pire. Croyez-moi, quand on vous demande d'abattre un gamin, vous ne pouvez pas ignorer la noirceur qui vous happe littéralement. Pourtant, ceci est notre travail, notre vie. Chacune de nos missions revêt un caractère d'urgence absolue et chaque contrat exécuté est une véritable délivrance pour l'humanité. Au même titre que la Légion étrangère, nous bénéficions des mêmes accords internationaux nous permettant ainsi d'intervenir partout dans le monde. Peu d'individus sont au courant de notre existence. Nous sommes une légende aux yeux de certains, un mythe pour d'autres, mais aussi et surtout le Diable en personne pour nos ennemis.

— Anubis, Pluton, sur ma droite. Odin, Hadès, sur ma gauche. Lucifer, tiens ta position. Ahriman, on fait ce qu'on a dit. On y va, ordonné-je à mon équipe par l'intermédiaire de nos oreillettes.

L'assaut est lancé. Ce n'est plus qu'une question de secondes pour que notre cible soit atteinte. De nuit, en plein milieu du désert saharien, Lucifer assure nos arrières. Posté à un kilomètre de là, il est sans aucun doute le tireur d'élite le plus doué que je connaisse. Même un putain de puceron à deux mille mètres de distance ne survivrait pas à sa dextérité. Nous sommes tous équipés d'un arsenal redoutable, mais nous possédons chacun notre spécificité. Anubis est le champion des explosifs. Quant à moi, je suis celui qui manie le mieux l'arme blanche. Mon couteau aura fait couler plus de sang que n'importe quelle autre lame. C'est mon meilleur ami : c'est bien simple, il ne me quitte jamais. Le bâtiment duquel nous approchons est une véritable forteresse, ce qui empêche notre sniper de réaliser le sale boulot à notre place. Après avoir étudié les plans sous tous les angles possibles, nous avons décidé d'attaquer de l'intérieur afin de forcer nos cibles à sortir de leur trou. Comment ? Eh bien Ahriman va être l'atout majeur de cette mission. Grimpeur hors pair, il escalade tout et n'importe quoi, lui permettant ainsi de s'introduire quasiment n'importe où.

À même le sol, nous rampons pour ne pas être repérés. Lorsque nous atteignons la façade Est, une détonation retentit, une deuxième, puis une troisième jusqu'à ce que des hurlements nous parviennent. Comme prévu, Ahri', notre homme araignée, a jeté des grenades à différents points stratégiques. Les portes s'ouvrent, et les complices de l'homme qui doit mourir aujourd'hui courent dans tous les sens. Ils communiquent entre eux, pensant probablement que nous ne pigerons pas un traître mot. Or, il n'en est rien. Nous parlons six langues et celle-ci en fait partie, malheureusement pour eux. Certains titubent puisqu'il leur manque un membre : un bras déchiqueté, un pied explosé... L'odeur du sang agresse nos narines, mais très vite, les balles de kalachnikov fusent de part et d'autre. Sauf que ce qu'ils n'ont pas compris, c'est que c'est déjà trop tard. La frayeur dans leurs yeux au moment où ils croisent nos regards est jouissive. Je ne devrais pas me réjouir d'une chose pareille, mais c'est pourtant le cas. Nous tuons des monstres dépourvus d'humanité : des assassins, des trafiquants, des violeurs, des pédophiles... Alors lire la peur sur leurs traits est ma plus grande satisfaction. Une indescriptible montée d'adrénaline coule dans mes veines au moment précis où ma lame aiguisée tranche la gorge d'un des assaillants. Je n'ai jamais ressenti une telle libération, pas même entre les cuisses d'une femme.

— Il n'y a plus personne, lance Anubis qui nous rejoint.
— Restez sur vos gardes, leur intimé-je puisque la cible est encore en lieu sûr. Ahriman, prêt ?
— Comme toujours, chef...

Équipés de nos lunettes à infrarouges, nous poursuivons nos recherches. Tout en nous déplaçant les uns derrière les autres, Anubis en guise de bouclier, nous portons notre fusil d'assaut bien en joue. Comme on l'avait planifié, notre contrat se trouve dans sa tour d'argent, bien à l'abri. Enfin, c'est ce qu'il pense. Nous avons découvert que le système d'ouverture de la porte était contrôlé par un dispositif électronique et c'est là qu'intervient notre geek de compétition, Pluton. En à peine quelques secondes, un clic retentit et le mécanisme s'enclenche comme par magie.

— Tiens, tiens, tiens, mais qui voilà... ronronné-je comme un putain de psychopathe.

La surprise est totale pour nos ennemis. Aussitôt, les deux gardes du corps braquent leur arme sur nous, mais ils ne sont pas assez rapides. Suspendu dans les airs, Ahriman leur colle une balle entre les deux yeux et ils s'écroulent instantanément. Il ne reste plus que notre objectif : autant vous dire qu'il n'en mène pas large.

— Vous entendez les gars ? murmuré-je tout en pointant mon index vers le ciel. Les oiseaux qui chantent ? Les corbeaux qui dansent ?
— Qu'est-ce que vous voulez, bordel ?! Mais qui êtes-vous ? beugle le criminel.

Je l'ignore et observe les charognards tournant déjà autour des cadavres qui jonchent le sol. La chaleur insoutenable et le sang les rendent fous. Paniquée, puisqu'elle connaît parfaitement notre identité, la cible regarde partout pour tenter de trouver une échappatoire.

— Tu sais à quoi je pense, là, tout de suite ? susurré-je, tel un prédateur.
— Non, non… Je vous en supplie, par pitié ! finit-il par craquer.
— C'est ce qu'elles te disaient, elles aussi ? Toutes ces petites filles que tu as violées, torturées, puis tuées ? asséné-je violemment.
— Je suis désolé ! hurle-t-il.

Il a beau demander pardon, la lueur dans ses pupilles ne trompe personne ici.

— Oups… on me souffle à l'oreille que c'est trop tard…

Ses yeux s'écarquillent et l'odeur d'ammoniaque se propage autour de nous. La tache qui s'élargit sur son pantalon beige clair ne laisse planer aucun doute : il se pisse littéralement dessus.

— Tic… tac… chantonné-je.

Hadès tire et une première balle fuse. Celle-ci vient se loger dans la cuisse gauche du monstre en face de nous. Un cri de souffrance brise le silence de la nuit alors qu'il vacille dangereusement.

— Tic… tac… continué-je.

Odin vise et traverse les chairs de son autre jambe. L'enfoiré tombe au sol, la gueule par terre.

— Tic…
— Nooooooon ! Stop ! Pitié mes frères… parvient-il à cracher malgré la douleur.
— Oh… c'est tout ? Eh bien, eh bien, j'en ai connu des beaucoup plus résistants que toi… Bon, bah c'est comme tu veux. Sache que la troisième cartouche était un cadeau.
— Un ca… cadeau ? Comment ça, un cadeau ? bégaye-t-il.
— Elle t'aurait tué sur-le-champ, t'épargnant ainsi la vue des vautours te déchiquetant sauvagement. Alors que là… tu vas te vider lentement de ton sang, la vie s'échappant progressivement de ton corps de lâche. Tu vas commencer à sombrer, tes paupières vont se refermer… Te pensant mort, les corbeaux vont venir te dévorer, mais tu seras toujours vivant. Tu vas crever dans d'atroces souffrances… Avec un peu de chance, tu seras même encore conscient quand ils dégusteront tes intestins. Comme quoi, le destin…

J'imite un rire sinistre tandis qu'il me supplie désormais de le buter. Ils me font tous le coup, c'est dingue ça. M'enfin, il faudrait savoir ce qu'ils veulent à la fin !

— Quel dommage, c'est trop tard, je ne reviens jamais sur mes décisions… asséné-je avec une voix d'outre-tombe. Petit, petit… petit, petit, petit… à table ! Le repas est prêt !

Je fredonne à l'attention des oiseaux, alors que le cri des charognards retentit déjà en écho. Nous rebroussons chemin, laissant ainsi le criminel agoniser tranquillement. C'est cruel, je sais. Vous devez sans doute me prendre pour un fou, mais je peux vous garantir qu'après avoir observé toutes les horreurs auxquelles mon escouade et moi-même avons assisté, nous n'avons plus aucune clémence envers nos ennemis. Surtout quand vous avez été obligés de visionner des vidéos de cette pourriture en train de violer de pauvres gamines sans défense. Bien évidemment, nous demeurons sur place quelques minutes afin de nous assurer de la réussite de notre mission. Après des hurlements à réveiller un mort, c'est enfin le silence qui règne. Nous vérifions que notre cible ait bien passé l'arme à gauche, puis nous quittons les lieux. Après trois heures de marche en plein désert, nous retrouvons notre NH90 Caïman, l'hélicoptère de l'équipe. Odin s'installe aux commandes. Il est le pilote le plus chevronné d'entre nous, capable de survoler n'importe quel bâtiment avec une dextérité incroyable. Bien entendu, nous savons tous diriger cet engin, mais il reste le meilleur.

— Ahhhh, l'amour de ma vie ! s'extasie-t-il alors qu'il passe la main sur la carlingue.

— Rassure-moi Odin, tu ne te pignoles pas en pensant à l'hélico quand même ? lui demande Lucifer alors que nous prenons tous place dans l'habitacle et que nous enfilons nos casques.

— Ça ne m'étonnerait même pas, si tu veux mon avis ! ajoute Anubis.

— Pas besoin les gars, vos jolis petits bouls suffisent à me foutre la trique ! leur rétorque-t-il, l'air taquin.

— Seigneur, ne redis plus jamais une chose pareille. Personne ne touche à mon cul ! réplique Ahriman en grimaçant.

— Tu n'as pas honte d'implorer le Seigneur après ce qu'on vient de faire ? Laisse-le là où il est, mon pote, ça vaut mieux pour nous tous ici ! commente Hadès.

— N'empêche, cette mise en scène était magnifique, Thanatos ! Un poil barrée, mais spectaculaire ! s'exclame Pluton avec entrain.

— Grave, même les putains de corbacs étaient avec toi. Vous faisiez flipper, sérieux ! confirme Anubis.

Un micro-rire m'échappe, car je l'avoue, je me suis légèrement amusé. Le corbeau est l'emblème de notre équipe et il est fièrement représenté sur notre sigle, brodé sur la manche gauche de notre uniforme. Ces animaux présagent un malheur… Ils sont le symbole d'une mort prochaine. En somme, ils collent en tous points à notre image. D'ailleurs, tout comme eux, nous sommes habillés en noir de la tête aux pieds. Seul l'écusson en forme de tête de mort à l'effigie de la France est cousu sur notre épaule droite, apportant une touche de couleur. En réalité, c'est surtout notre cagoule qui revêt une spécificité particulière puisqu'un crâne y est dessiné. Sacrément terrifiant, je vous l'accorde. Nous ne la retirons jamais, sauf lorsque nous sommes entre nous, chez nous, en lieu sûr. Personne ne connaît ni notre identité ni notre visage. Aucun détail ne doit être divulgué sur notre vie personnelle. Enfin… si tant est qu'il y en ait une…

CHAPITRE 2

ROMANE

— Putain, Romie, dans quoi tu t'es fourrée encore ?! râle ma meilleure amie à l'autre bout du fil.
— Je lui ai fait confiance ! tenté-je de me défendre.
— Mais tu fais confiance à tout le monde ! Quand est-ce que tu vas grandir, bon sang ! s'agace Emma.
— Ohé ça va, hein ! Je ne t'appelle pas pour que tu m'engueules ! C'est vrai que je suis parfois un peu borderline, mais…
— Parfois ? me coupe-t-elle, le timbre ironique.
— Tu me soûles !
— Bon, où tu es exactement ?
— J'en sais rien. J'ai chaud…

Complètement paniquée, je regarde partout autour de moi. Mon cœur s'emballe au fur et à mesure que je réalise dans quel enfer j'ai atterri. Au milieu de nulle part, une sorte de poudre blanche recouvre le sol. Un sanglot incontrôlable me prend à la gorge, puis s'échappe de ma bouche.

— Romie ? Romie ? Ma chérie, je suis là ! Je vais t'aider, dis-moi juste où tu te trouves ! Je m'inquiète ! Je vais venir te chercher, dis-moi où tu es ? Qu'est-ce que tu vois ?

— Des filles. Beaucoup de filles. Nues. Menottées. Avec des sacs sur la tête. C'est tout blanc… Je…

— C'est tout blanc ? Tu viens de m'expliquer qu'il faisait chaud ! Il fait froid ou chaud ? Est-ce que tu as froid, Romie ? insiste Emma alors que je tarde à répondre.

— Non. Non, il fait chaud. Très chaud. Je…

Je n'ai pas le temps de terminer que l'homme qui m'a amenée ici m'arrache le téléphone des mains.

— À qui tu parlais ? me demande-t-il, le ton glacial.

— À… à… personne… à… personne… bégayé-je, terrifiée.

— Romie ? Romie ??? hurle ma copine à l'autre bout du fil.

L'éclair fugace qui traverse les pupilles de Valentino me gèle le sang. Comment n'ai-je pas pu remarquer avant la noirceur qui habite son âme ? Je la vois très bien à présent et je suis tétanisée par la peur. Dans un geste d'une violence inouïe, il explose mon portable au sol avant de le piétiner. Je sursaute, écarquille les yeux de stupeur et réalise désormais à quel point je suis dans la merde. Emma a raison, je suis effectivement trop conne. Comment ai-je pu suivre ce parfait inconnu à l'autre bout du monde ? Pour ma défense, il m'a fait croire que nous partions en vacances. Comme une imbécile, je lui ai fait confiance et je me suis laissé porter par le courant. C'est vrai, quoi… nous avions passé la nuit ensemble, il semblait normal… C'est seulement lorsque nous avons atterri que j'ai commencé à me poser des questions. Quand de drôles d'individus armés se sont chargés de nos affaires et de notre transport, j'ai compris que quelque chose clochait.

— C'est dommage, j'avais d'autres projets pour toi… soupire-t-il avec exagération.

— Où est-ce qu'on est ? Où est-ce que tu m'as emmenée ?

— Chuuuuut, tu me donnes mal à la tête avec toutes tes questions. Tu n'aurais jamais dû passer cet appel, je pensais pouvoir te faire confiance… maintenant je n'ai plus le choix.

— Ah bah, on a au moins ça en commun… marmonné-je, incapable de la boucler.

— Embarquez-la ! ordonne-t-il soudainement aux hommes présents.

Visiblement, ils sont tous sous son commandement, puisqu'ils réagissent au quart de tour. L'un d'entre eux attrape brutalement mon bras et demande :

— À droite ou à gauche, patron ?

Il me serre tellement fort que je suis certaine que je garderai la trace de ses doigts sur ma peau. Je prends sur moi et m'efforce de faire abstraction de la douleur.

— À ton avis, abruti ? À gauche ! beugle-t-il méchamment.

À gauche ? Il y a quoi à gauche ? Affolée, je cligne des yeux sans savoir vraiment où regarder. D'un côté, des jeunes filles patientent, toutes avec de très jolies courbes malgré l'état lamentable dans lequel elles se trouvent. Leur sac sur la tête m'empêche de voir leur visage, mais j'imagine qu'elles sont toutes très belles. À ma droite, les femmes semblent plus âgées, moins en forme… L'individu qui me tient fermement me jette violemment parmi les autres tandis que je tente de recouvrer mes esprits. Je suis en plein cauchemar, je vais me réveiller. N'est-ce pas ?

— C'est pour quoi la file de droite ? interrogé-je la nana à mes côtés en chuchotant.

— Trafic d'organes…

Je pousse un cri horrifié et ne manque pas d'attirer la curiosité des hommes armés. Je me reprends et fais mine de les ignorer.

— Et… et nous ? osé-je demander à ma voisine lorsque les regards ne sont plus braqués sur nous.
— Trafic sexuel…

Mon Dieu…

Une irrépressible larme solitaire s'écoule le long de ma joue. Je n'arrive plus à respirer. Depuis le temps qu'Emma me dit de faire attention… je ne l'ai pas écoutée et voilà le résultat. Je suis sous le choc. Sans même un regard pour moi, mon « ex » remonte dans son van avec chauffeur et s'en va, emportant avec lui ma valise, mes papiers, ma dignité et surtout ma vie.

CHAPITRE 3

THANATOS

En plein cœur de la Sibérie, nous devons faire face à des températures frigorifiques qui nous glacent le sang. Nous tentons de nous concentrer pour en faire abstraction, mais c'est compliqué. En réalité, c'est surtout pour Lucifer que c'est le plus difficile. Posté à quelques centaines de mètres, il est impossible pour lui de se dégourdir les membres sans prendre le risque de se faire repérer. Allongé à même le sol, il doit probablement être en train de se transformer en glaçon géant.

— Vous avez intérêt à vous magner le cul, les gars ! Ma queue est en train de geler. Si je perds ma bite, je vous colle à tous une balle entre les deux yeux, nous lance-t-il alors que nous approchons du but.

— On y est presque. Encore un peu de patience… soufflé-je discrètement. Anubis, Odin, Hadès, vous êtes en place ?

— Affirmatif, me répondent-ils à l'unisson.

— Okay ! Pluton, Ahriman, on y va ! ordonné-je au reste de mon équipe.

Armés jusqu'aux dents, nous entrons dans le bâtiment. Anubis toujours en pole position pour faire office de bouclier, nous nous calons derrière lui. Nos pas sont millimétrés : aussi agiles que des félins, nous nous déplaçons sans faire de bruit malgré nos carrures imposantes. Idem, nous maîtrisons notre respiration afin qu'elle soit totalement imperceptible. Au même titre qu'un sportif de haut niveau, nous contrôlons notre corps à la perfection. Notre cœur bat au ralenti, réduisant ainsi nos pulsations cardiaques. Nous devenons des fantômes, des spectres féroces assoiffés de chair fraîche et avides de sang. L'adrénaline qui s'injecte au cœur de nos entrailles à ce moment précis est euphorisante. À l'approche du dénouement, plus rien ne compte si ce n'est réussir notre mission, supprimer la cible et protéger les personnes qui doivent l'être. Nous nous déconnectons de la réalité. Plus rien n'a d'importance mis à part traquer et éliminer notre proie. C'est comme une partie de chasse grandeur nature. Sans tergiverser, nous ôtons la vie. Nous ne sommes ni de bons samaritains ni des négociateurs. Dans notre pays, la peine de mort n'existe pas. Enfin, pas officiellement. Officieusement, elle porte un nom, le GHOST : Groupe d'Hommes Opérationnels Surentraînés à Tuer.

— Objectif à quinze heures, je répète, objectif à quinze heures, nous lance Odin.

Postés de l'autre côté du bâtiment, Anubis, Hadès et lui ont une vue dégagée sur ce qui se passe dans la pièce où se trouve notre contrat.

— Il est accompagné de son épouse et de six hommes de main, ajoute Anubis.

Merde, qu'est-ce qu'elle fout là celle-là ? Impossible de changer nos plans, c'est sa vie contre celle de mon équipe. Le choix est vite fait, d'autant plus que ce n'est pas une enfant de chœur non plus. Elle œuvre activement au trafic de drogue de son mari et ne peut ignorer également ses travers sexuels.

— Pas de quartier, lancé-je déterminé en effectuant un signe de tête à mes gars.

— Stop, attendez ! Deux jeunes femmes viennent de faire irruption ! nous alerte Hadès.

Bordel ! Ça ne devait pas se passer comme ça ! Il était censé être escorté uniquement de ses gardes du corps. Nous avons enregistré toutes ses habitudes. Il a le même rituel tous les soirs : alors c'était supposé être un jeu d'enfant.

— Ils s'apprêtent à les violer, Than'… Tout ça sous l'œil de l'autre folle ! affirme Anubis.

— Okay, on y va. On sauve les deux filles et on élimine tout le reste.

Dès lors, j'opère un décompte silencieux avec ma main, et l'ensemble de mon équipe se jette dans l'arène au moment où je donne le feu vert. De part et d'autre, nous lançons des grenades lacrymogènes afin de leur obstruer la vue et les voies respiratoires. Encerclés, ils se retrouvent pris au piège. Équipés de nos masques, nous avançons sereinement alors qu'ils sont tous en train de suffoquer. Je serais bien tenté de les laisser souffrir encore un peu, mais on n'a pas le temps, une nouvelle mission nous attend déjà. Je tranche la gorge d'un homme, puis me dirige vers notre objectif. En m'apercevant, il se précipite tant bien que mal sur l'une des gamines, puis la tient en joue tout contre lui. Terrifiée, son otage ne doit même pas avoir quinze ans.

Monstre…

Même si la cible ne le visualise pas, un sourire cynique vient étirer mes traits. Concentré sur moi, il ne capte pas la présence d'Anubis derrière lui. Il est fait comme un rat. D'un mouvement net et précis, la lame crantée de mon coéquipier déchire la peau toute fine de son larynx, arrachant au passage sa carotide. Les pupilles exorbitées, il relâche la jeune fille qui se retrouve couverte de son sang. Elle hurle à m'en péter les tympans. Elle semble également effrayée par notre présence. En même temps, vu notre uniforme et l'hémoglobine qu'on est en train de faire couler, elle a de quoi flipper un peu, la petite.

— Ma sœur, pleure-t-elle alors qu'elle est elle aussi aveuglée et étouffée par les fumigènes.

La détresse dans ses iris me percute de plein fouet et je n'aime pas ça. Les sentiments qui m'assaillent lorsque j'interagis avec les victimes me dérangent. Je suis une machine, je dois le rester. Je ne dois pas éprouver quoi que ce soit si ce n'est de la colère, de la haine et de la vengeance. Exit la bienveillance et la compassion, ça ramollit. Quelques minutes plus tard, la jeune fille retrouve sa frangine. Quant aux autres, ils gisent sur le sol, y compris la femme. Si j'en crois la balle qu'elle s'est prise entre les deux yeux, elle s'est déplacée devant la seule fenêtre où Lucifer avait une marge de manœuvre. C'est ballot ça... ou pas. Avant de partir, je n'oublie pas de déposer une plume de corbeau, signe de notre passage. J'ignore si cela sert à quelque chose, mais c'est notre rituel. Certains disent que ce sont les vautours eux-mêmes qui sont responsables de tout ce carnage, d'autres pensent qu'une bande de justiciers des temps modernes agit en toute discrétion. Dans tous les cas, rien d'officiel nous concernant. Nous n'existons pas, nous ne sommes personne. Juste une arme redoutable au service de l'État. Vous imaginez si notre secret était dévoilé, les polémiques que cela engendrerait ? Aujourd'hui, nous ne pouvons plus rien dire, plus rien faire sans que cela ne soit vivement critiqué. Il y aurait encore de sombres crétins pour défendre tous ces violeurs, pédophiles et autres détraqués en puissance.

— Bordel, on se gèle les couilles ! marmonne Anubis en enjambant un cadavre.

— Au lieu de jacasser, barrez-vous d'ici que je puisse lever le camp. Ma teub est devenue une stalactite géante ! râle Lucifer, toujours allongé dans le froid.

— Géante, géante… souffle Pluton, moqueur.

— Toujours en train de se vanter, ce bouffon, rigole Odin.

— Ne t'inquiète pas mon pote, je connais un endroit en France bondé de nénettes qui sucent comme personne. Ton microglaçon, elles vont le réchauffer en deux trois coups de langue ! se marre Ahri'.

Je fais comme si je n'avais rien entendu, tandis qu'un flash me heurte et me trouble. Deux prunelles bleues insolentes et des putains de lèvres aguicheuses. Je frissonne tandis que je m'efforce de rejeter les images de la meilleure pipe de toute ma vie.

— Ça suffit ! On décampe ! les coupé-je alors que j'avise les deux jeunes filles.

Elles grelottent tant elles sont terrorisées. Je ne sais pas comment faire pour les rassurer. J'ai été formé pour tuer depuis mon plus jeune âge, et non pour consoler les gens. Néanmoins, je ne peux ignorer dans quel état elles se trouvent. Ce ne sont que des enfants… Complètement débraillées, la poitrine et la culotte à l'air, nous ne pouvons décemment pas les laisser ici. Je m'approche d'elles, mais celles-ci tremblent de plus en plus. Elles reculent puis finissent par se recroqueviller sur elles-mêmes. Je devrais sûrement leur parler. Je pense. J'imagine. Mais pour leur dire quoi au juste ? Incapable de prononcer un seul mot réconfortant, je me contente de m'accroupir pour me mettre à leur niveau. Je plonge mon regard dans le leur et, malgré mes lunettes qui occultent mes iris, elles me sondent intensément. Après quelques secondes, je tends lentement mes paumes vers elles de sorte qu'elles puissent les saisir. Un échange silencieux suffit et je perçois le moment exact où elles choisissent de me faire confiance. Dès lors, elles attrapent mes mains gantées et je me redresse. À la hâte, nous rebroussons chemin. L'une d'entre elles est blessée à la cheville, donc je décide de la soulever dans mes bras pour aller plus vite. En moins de deux minutes, nous regagnons notre véhicule blindé. Nous démarrons aussitôt et récupérons rapidement Lucifer. Une fois au complet, nous partons en direction de la base la plus proche, où attend notre hélicoptère. Lorsque nous arrivons par un sentier isolé, le colonel informé de notre mission accueille les deux rescapées afin de les prendre en charge. Le problème, c'est qu'elles ne me lâchent pas d'une semelle. Je desserre mon étreinte autour de celle que je porte, mais elle s'accroche tellement qu'elle ne bouge pas d'un iota.

— Merci ! sanglote-t-elle en russe dans mon cou. Merci, merci, merci… Merci pour tout…

Je me tends et ne sais pas comment réagir face à ces effusions beaucoup trop sensibles à mon goût. Maladroit, je lui tapote le dos afin de lui faire comprendre que je l'ai entendue. J'espère qu'elle ne s'attend pas à plus, car j'en suis tout bonnement incapable.

— De rien, marmonné-je malgré tout dans sa langue.

Un mince sourire vient étirer ses lèvres et je me demande si c'est mon accent qui l'amuse. Brave petite… Je leur souhaite une meilleure vie à présent. Je m'en assure auprès du colonel, puis nous nous préparons à décoller. Deux trois militaires un peu trop curieux nous scrutent avec attention, mais nous les ignorons. Nous avons signé un contrat, nous nous devons de le respecter. Aucun contact avec l'extérieur, seulement ceux autorisés dans le cadre de notre mission. Comme ici avec le chef de la base. D'ailleurs, j'ai bien cru qu'il allait nous réclamer un autographe. C'est ridicule. Nous sommes des meurtriers. Certes, de criminels, mais des assassins quand même. J'imagine que représenter l'élite d'un pays, ça en jette grave. Pour ma part, c'est juste mon boulot et je le fais bien. Je suis le meilleur dans mon domaine. Ce n'est pas de la prétention ni un manque de modestie, c'est tout simplement la réalité. Très vite, je suis devenu le leader de l'équipe, celui sur qui tout repose. Coordonner, gérer, arbitrer, rechercher, surveiller, examiner, scruter, se faufiler, pénétrer, dénicher, séquestrer (parfois), torturer (souvent), et tuer (toujours). Voilà en quoi se résume mon métier.

— C'est ti-par! scande Odin, un immense sourire aux lèvres.

Je secoue la tête de gauche à droite tandis que les autres ricanent. Odin et l'hélico, c'est une grande histoire... Bref, je profite du trajet pour briefer mes hommes sur la prochaine mission quand je découvre en même temps qu'eux notre nouvelle destination.

— Nous partons pour l'Égypte, les gars, annoncé-je.
— Super! Si avec ces différences de température on ne chope pas la crève, on aura de la chance! bougonne Lucifer.
— Arrête de râler, Lux', au moins ta queue n'aura plus froid! se moque Anubis.
— J'aurais préféré fourrer une meuf que de me farcir encore une fois le désert! rétorque-t-il, agacé.

Ce désert blanc, on l'appelle plus souvent le Désert Lybique. Cette étonnante couleur en plein Sahara Oriental s'explique par le calcaire. Alors qu'on est à la frontière entre l'Égypte, la Lybie et le Soudan, on a l'impression qu'il est recouvert d'un manteau de neige. Ce paysage, parsemé de concrétions calcaires, est à couper le souffle.

— Notre cible se nomme Valentino Sanchez. Il est à la tête d'un trafic international d'êtres humains. Son réseau s'étend du trafic d'organes au trafic sexuel.

Même si nous avons l'habitude de pourchasser des

monstres, il n'en demeure pas moins qu'à chaque nouvelle mission, nous sommes atterrés de voir à quel point l'homme peut être cruel. Malheureusement, l'argent est bien souvent à l'origine de toute cette perversion, ainsi que le pouvoir qui monte à la tête de certains.

— Traqué depuis des années par Interpol, il arrive à passer entre les mailles du filet à chaque fois. A priori, il aurait été aperçu à bord d'une camionnette, mais nous n'avons aucune certitude quant au fait que ce soit bien lui.

Je tends les clichés à mon équipe : une pièce d'identité ainsi que la photo prise par un satellite. J'attends une minute, le temps qu'ils assimilent bien sa gueule d'enfoiré.

— Objectif de la mission ? m'interroge Lucifer, le ton glacial.
— Code noir…

Les visages se ferment brusquement. Ils connaissent parfaitement le sens de mon annonce. En plus de l'abattre, nous allons devoir lui soutirer des renseignements cruciaux pour démanteler l'intégralité de son réseau, ainsi que d'autres données qui semblent être capitales pour le gouvernement. Je n'en sais pas plus. L'information nous sera transmise lorsque nous aurons mis la main sur lui. Ça signifie également que nous allons devoir torturer cet individu jusqu'à obtenir tout ce qu'on désire. Ce n'est pas forcément la partie que l'on préfère, mais on n'a pas le choix. Si on commence à avoir des états d'âme, autant arrêter tout de suite. Sans aucune hésitation ni aucun remords, nous scellerons son sort.

— Okay, ça marche… lance Hadès, le timbre vibrant et menaçant.

Je repère immédiatement l'instant où il bascule du côté obscur. Celui qui voile son regard d'acier au point que ses iris flamboient dangereusement. Il est le toubib de l'escouade, mais aussi celui qu'on surnomme le boucher. Ses connaissances sur le corps humain et ses capacités sont incroyables. Dans son cursus de médecine, il s'est orienté en chirurgie, décrochant ainsi ce diplôme de spécialiste. L'intégralité de son parcours a été financée par le gouvernement français et je peux vous garantir que ce Valentino Sanchez est mal barré. Mon coéquipier maîtrise sur le bout des doigts les techniques de torture les plus barbares. Celles qui te permettent de te maintenir en vie tout en t'infligeant les pires atrocités…

CHAPITRE 4

ROMANE

Je ne comprends rien à ce qu'il raconte. Tétanisée, je me retrouve en plein milieu d'une pièce, entourée d'hommes au regard affamé. En sous-vêtements, je dois parader devant eux. Hors de question. Sauf que la terrible gifle que m'assène mon coup d'un soir me colle au sol. Je tente de me relever, mais son pied vient s'appuyer contre mon dos, m'écrasant ainsi méchamment.

— Tu vas faire ce que je te dis, tu entends ? me susurre-t-il à l'oreille alors qu'il redresse brusquement mon visage en arrière en tirant violemment mes cheveux.

La douleur est si vive que j'ai l'impression qu'il me scalpe la tête.

— Je pourrais te tuer en une fraction de seconde, me menace-t-il alors que ses paumes encadrent désormais mon crâne avec force.

J'ai le sentiment qu'il va exploser. Son genou à présent plaqué contre ma chute de reins, j'ai le souffle coupé. Je m'efforce d'endiguer la vague d'émotions qui me submergent, mais c'est un échec. Ma vision se brouille et les larmes affluent sans que je puisse les contrôler.

— Tu vas devenir ma petite pute... Tu aimes ça de toute façon, la bite ! Tu en raffoles même. Je l'ai vu dans tes yeux quand tu m'as sucé l'autre soir. Dès l'instant où tu as posé ta jolie petite bouche sur ma queue, j'ai su que tu serais parfaite pour moi.

— Pour toi...

— Oui, enfin pour mes clients. Ceux les plus exigeants. Ceux qui sont en train de te mater en ce moment. Regarde... À gauche, le vieux au ventre proéminent adore uriner sur les femmes qu'il baise. Il les attache, leur met un collier pour garder leurs lèvres entrouvertes, puis il leur pisse dans la gueule. Il paraît que la dernière est morte noyée, quelle tristesse... Celui à ses côtés, le chauve aux lunettes, aime se divertir avec des objets. Il va apprécier insérer des choses dans ta petite chatte, j'en suis sûr. Surtout des tessons de bouteille... Ensuite, tu as Marcel, lui il ne sait pas prendre son pied autrement que dans la douleur. Il va te déboîter les membres un à un jusqu'à ce qu'il se vide en toi. Je crois que je vais lui demander si je peux jouer les voyeurs pour une fois... Et pour finir, le grand au regard sombre s'amusera à te brûler ici et là, pendant qu'il te baisera la bouche si profondément que si tu en sors indemne, ce sera un miracle.

— Va te faire foutre, craché-je avec virulence.

— Chut, chut, chut... C'est toi qui vas aller te faire foutre et moi je vais admirer le spectacle... peut-être même que je vais me branler en même temps. Mais en attendant, tu vas retourner bien sagement dans ta cage. On doit d'abord discuter business... Tu vas me rapporter un sacré paquet d'oseille ma belle, ronronne-t-il en passant sa main sur ma joue. Reste à savoir lequel va commencer... à tout à l'heure...

Quelques secondes plus tard, je suis violemment projetée dans une cellule, celle que j'occupe depuis mon arrivée chez les fous. Ils m'ont jetée ici, seule, sans eau ni nourriture trois jours durant. Puis ils sont venus m'apporter quotidiennement un verre d'eau. Voilà des jours que je n'ai pas mangé. Je me sens vide, épuisée. Je n'ai même pas la force de me relever. Au point où j'en suis, je préfère crever de faim et de soif que de me laisser tripoter par tous ces tarés. Je ne sortirai jamais de cet endroit en vie, c'est une certitude. Quand bien même je parviendrais à m'échapper, je ne pourrais pas éviter indéfiniment ces tortionnaires. Ces enfoirés m'ont inséré une puce pour me géolocaliser. Ils m'ont d'abord piquée dans la nuque, mais ils se sont loupés. Alors ils ont recommencé, mais cette fois-ci à l'intérieur du bras. Ça fait un mal de chien, mais je crois que ce n'est rien en comparaison de ce qui m'attend.

L'enfer...

Une chose est sûre, je ne pourrai pas supporter tout ce qu'ils ont prévu de m'infliger. Je serai brisée à tout jamais. Je ne peux pas rester sans rien faire. C'est difficile de me résoudre à mettre fin à mes jours. Pourtant, c'est la plus logique et la plus sage des décisions que j'ai dû prendre dans ma vie. Je m'empare d'un clou rouillé que j'avais planqué sous le tapis qui me sert de matelas. Ça va être compliqué, mais je peux le faire. Alors qu'ils sont tous en train d'échanger autour d'une table, je tourne ma main et observe mon poignet. Je pose mon pouce sur celui-ci et détecte mon pouls qui bat frénétiquement. Je n'ai pas de temps à perdre. Je glisse le bout de ferraille sur ma peau toute fine. C'est dur, ma fréquence cardiaque accélère. Cependant, j'ancre mon regard sur mes tortionnaires pour trouver la force d'appuyer un peu plus. Je ne rencontre plus aucune difficulté.

Ça va aller...

Tout le long de ma détention, j'ai été séquestrée dans cette espèce de labyrinthe souterrain. Je n'ai rien vu, mais croyez-moi, ce que j'ai entendu a suffi à me glacer le sang à tout jamais. En réalité, je suis déjà morte. La douleur que je m'inflige n'est qu'une douce consolation. La promesse d'un monde meilleur. Aussitôt, l'image de mes parents, de mon petit frère ainsi que celle de ma meilleure amie, me saute aux yeux. J'aurais dû être une meilleure personne. Une meilleure fille, une meilleure grande sœur… Je n'étais qu'une gamine inconsciente, pourrie gâtée par son père et sa mère. Je me suis imaginée invincible, plus forte que la vie et ses travers. Or, je n'étais rien de plus qu'une misérable. C'est vrai quoi, qu'est-ce que j'ai fait de mon existence ? Rien, mis à part flamber et jouer avec le feu. Certes, j'ai monté ma société, mais avec quel argent ? Celui de mon père, encore. Très vite, j'ai refusé de bosser pour qui que ce soit. Dès lors, après mes études pour devenir esthéticienne, j'ai ouvert mon propre centre de soins. Et même si aujourd'hui c'est un succès, je n'aurais jamais pu l'obtenir sans l'aide de mon paternel. Les pauvres, eux qui ont passé leur temps à faire attention à moi, ils doivent être morts d'inquiétude. Pourtant, Emma m'avait prévenue. Plusieurs fois elle m'a mise en garde. Je me souviens d'un soir, lors d'une sortie en boîte de nuit, je m'étais éclipsée sans l'en informer pour rejoindre le videur. Elle m'avait enguirlandée en me disant que c'était de l'inconscience. Elle avait raison… Je regrette tellement… Le lien qui nous unit est si fort, si unique. Elle est ma meilleure amie, ma sœur de cœur, mon repère. Après tous ces moments difficiles qu'elle a vécus avec sa famille, je m'en veux de lui infliger cette nouvelle épreuve.

Le sang commence à s'écouler et aussitôt l'odeur ferreuse assaille mes narines. Ma tête tourne à mesure que le liquide poisseux serpente le long de mes doigts, pour ensuite venir s'échouer et marquer la dalle bétonnée.

Ils ne m'auront pas…
Ils ne me voleront pas ma dignité…

Ils ne me briseront pas…

J'ignore si c'est normal, mais je me sens de mieux en mieux. Ni la faim ni la soif ne me tiraillent désormais. Je suis sereine, comme apaisée. À tel point que je me mets à divaguer. Des silhouettes se dessinent sous mes yeux. Tout de noir vêtus, des individus cagoulés assassinent ceux qui voulaient abuser de mon corps, ainsi que les hommes de Valentino. Agiles, ils ne laissent aucune chance à ces détraqués de s'en sortir. D'ailleurs, vu leur accoutrement, on se demande bien qui sont les méchants en réalité. Ils procèdent sans aucun bruit, c'est déstabilisant. Enfin, rien d'étonnant puisque tout se déroule dans ma tête. Particulièrement habile de ses mains, l'un d'entre eux fait tourner son poignard dans tous les sens. Une seconde, je me répète qu'il serait plus efficace que mon clou tout rouillé. La suivante, j'observe sa lame se planter dans la gorge du fameux Marcel. Des coups de feu sont également tirés, et des crânes se retrouvent perforés. Je souris en me disant que mon imagination est sans limite. Au moins, je vais pouvoir m'éteindre avec l'impression qu'ils sont tous morts. Si seulement ces hommes en noir existaient vraiment… L'un d'entre eux viendrait me sauver et on tomberait amoureux, on vivrait heureux et on aurait plein d'enfants.

Okay, je déraille…

Mes paupières se ferment et aussitôt, un flash m'assaille : deux iris se rappellent à mon bon souvenir. Un regard qui me hante et que je n'ai jamais oublié. Je ferme mes paupières en le visualisant, lui, comme mon héros…

Ouais, c'est bien, ça…

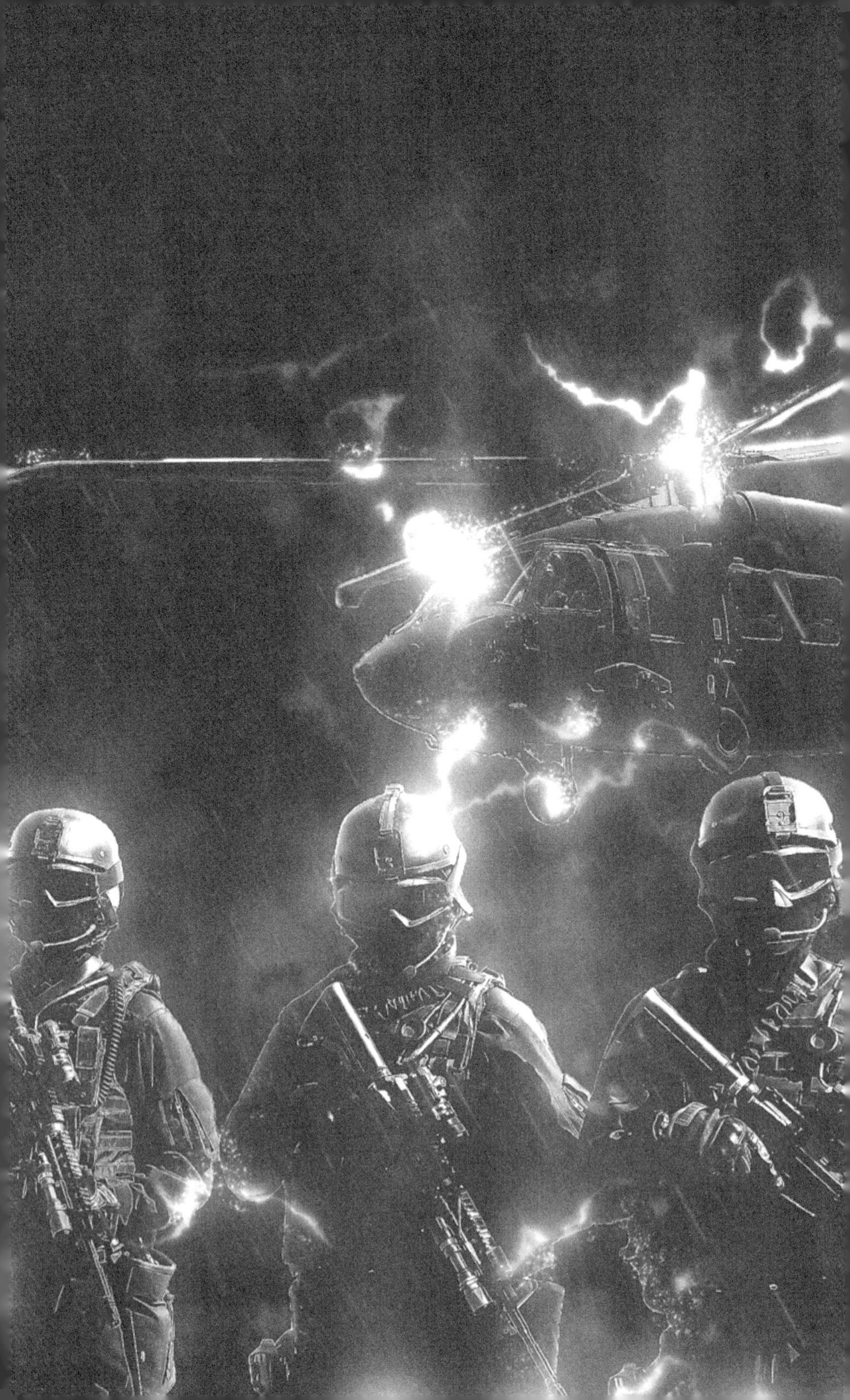

CHAPITRE 5

THANATOS

— La zone est sécurisée, chef !
— Putain, mais vous êtes qui, bordel ?!! beugle notre cible en panique.
— La mort en personne, mon pote… lui répond Lucifer, le timbre menaçant.
— Mais avant qu'elle vienne te chercher, on va s'amuser un petit peu… siffle Anubis, déterminé.
— J'ai envie de pisser, les mecs, vous lui tenez la bouche ? fredonne Odin, l'air prédateur.
— Oh ! Vous n'êtes pas sérieux, les gars ?! On peut trouver un arrangement ! Qu'est-ce que vous voulez ? Je peux vous donner tout ce que vous souhaitez ! De l'argent, des filles… des go… gosses ? bégaye-t-il en tentant de nous amadouer.
— Lucifer ! grondé-je alors que j'avise son doigt sur la gâchette.

En un regard, je lui signifie qu'il doit se calmer. Il nous le faut vivant, encore un peu du moins.

— Préparez-le pour le boucher, ordonné-je à mes hommes.

Sans cérémonie, je me dirige vers la grande cage métallique qui est montée dans un coin de la pièce. Une femme gît dans son sang. Vu la quantité, elle doit déjà être morte. Cependant, je préfère m'en assurer. Je ne veux pas de témoin de ce qui va se dérouler et sait-on jamais, c'est peut-être une ennemie. Lorsque je m'approche, je remarque immédiatement sa plaie ouverte. Le poignet taillé, un clou rouillé enfoncé dans ses chairs. Les sévices qu'elle a subis l'ont poussée à mettre fin à ses jours. Je m'apprête à faire demi-tour, mais, bien que cela soit quasi imperceptible, je distingue sa cage thoracique se soulever lentement. Dès lors, je me penche et attrape son visage qui était tourné de l'autre côté.

Putain de merde !!!

Mon cœur rate un battement. Plusieurs en réalité. Je ne comprends pas ce qui se passe.

Romane Lacourt...

— Hadès ! Par ici ! Vite !

Le vibrato dans ma voix m'est complètement inconnu. C'est quoi ce bordel ? Aussitôt, c'est toute mon équipe qui se fixe dans ma direction. Eux aussi ont discerné l'urgence dans mon ton. Moi qui reste pourtant toujours impassible et neutre, quelle que soit la situation.

— Elle est encore en vie. Sauve-la, putain !

Je suis dans la merde. La réaction de mon frère d'armes en dit long. Je vais devoir m'expliquer. Le problème, c'est que je ne suis pas censé avoir de contact avec l'extérieur. Les rares fois où nous avons des permissions, nous sommes autorisés à ne communiquer qu'avec les personnes inscrites sur le formulaire d'approbation, validé par la plus haute juridiction gouvernementale. En l'occurrence, me concernant, il s'agit uniquement de mon père et de Lucas, mon frangin. En mission, aucune correspondance entre nous n'est acceptée sous peine de sanctions très lourdes pour moi comme pour eux. D'ailleurs, ils ne sont même pas supposés pouvoir nous joindre, c'est interdit. Alors, je peux bien évidemment dire bonjour et au revoir à des inconnus quand j'ai besoin, interagir avec quelques mots, mais jamais plus. Vous l'aurez compris, même les rapports charnels nous sont interdits… Enfin, en théorie… Nous sommes des fantômes et nous avons signé pour ça. C'est ainsi.

— Romane ? Romane ? l'appelé-je alors que je la soulève dans mes bras et que j'exerce un point de compression sur sa plaie pour éviter qu'elle ne se vide encore plus de son sang.
— Putain, Than'… tu la connais ? chuchote mon collègue.
— Je… oui… non… merde, sauve-la ! répété-je vivement.
— Elle a perdu énormément de s…
— Had' !

Qu'est-ce qui se passe ?

Je suis incapable de contrôler ma respiration qui s'emballe. Quelle était la probabilité que je la retrouve en Égypte, en plein milieu du désert, enfermée dans cette putain de cage ? Puis soudain, ce sentiment d'impuissance s'éclipse pour laisser place à une rage folle. Une haine dévastatrice. La fureur qui se déverse dans mes veines est immense. Mes yeux me piquent tant je suis dans un état indescriptible. Mes lunettes me dissimulent, donc Hadès ne peut pas voir mes iris rougeoyants de colère. Néanmoins, il capte parfaitement le déluge qui se déchaîne sous mes côtes.

— Je m'occupe d'elle, me lance-t-il sérieusement.
— Je suis O négatif, dis-je alors que je relève déjà ma manche.

Pas la peine d'avoir fait médecine pour comprendre ce que j'ai derrière la tête. Je suis donneur universel, ce qui signifie que je peux offrir mon sang à tout le monde. Ne sachant pas quel est son groupe, nous ne pouvons donc pas prendre de risque. Mon camarade soupire, mais il se résout finalement à sortir le kit de transfusion sanguine qu'il transporte sur lui.

— Je te préviens, je te prélève le minimum. Hors de question que je t'affaiblisse.
— Tu me prélèveras tout ce dont elle aura besoin, ordonné-je, glacial.

À l'aide de mes dents, je serre moi-même le garrot autour de mon biceps. Hadès commence à vouloir me désinfecter précautionneusement la zone avec un coton, mais comme je trouve qu'il ne va pas assez vite, je le repousse et m'en occupe moi-même. Dès lors, je me pique également d'impatience. Quasi immédiatement, le liquide écarlate s'écoule dans la tubulure, puis dans la poche. J'observe la seule femme qui a réussi à me faire dévier de ma ligne de conduite.

Romane Lacourt...

Ce soir-là, j'étais de repos. J'étais rentré chez moi pour retrouver mon père, sauf que celui-ci était en galère. Propriétaire d'une boîte de nuit libertine, il manquait de personnel, alors je l'ai dépanné. J'ai joué au videur l'espace de quelques heures. Je n'avais pas besoin de parler : impressionnés, les gens me montraient instantanément leur carte d'identité. Jusqu'à elle... jusqu'à ce que je perçoive le son de sa voix. Jusqu'à ce que j'entende son rire retentir et briser la quiétude de cette nuit froide. Jusqu'à ce qu'elle réchauffe l'atmosphère et fissure mon armure, et que, incapable de résister, je lui adresse la parole. Ma queue s'est immédiatement redressée. J'étais comme envoûté par son charisme, à tel point que je n'avais même pas calculé son amie qui l'accompagnait, ma future belle-sœur. Alors qu'elle cherchait ses papiers, un préservatif est tombé de son sac à main. Mon sang n'a fait qu'un tour et s'est dirigé tout droit dans mon froc à la vitesse de l'éclair. Elle s'est approchée, s'est collée à moi et s'est arrimée à mes épaules pour me susurrer à l'oreille d'une voix tentatrice :

— Si tu as une sucette pour moi ce soir, je serai sage à l'intérieur...

La maîtrise que j'ai dû exercer à ce moment précis était à la limite du supportable. Je n'avais qu'une envie, la plaquer contre le mur et la baiser comme un sauvage. Me contenir m'a fait un mal de chien et c'est la première fois de ma vie que je ressentais une telle chose. Mon désir était si puissant, si intense. À la minute où elle et son amie ont franchi la porte du club, j'ai su que c'était perdu d'avance, que j'allais capituler. Au lieu de m'effrayer par ce sentiment incontrôlable qui m'envahissait, ce besoin incommensurable qui me grignotait les entrailles au point d'en avoir mal au ventre, j'étais euphorique, impatient même. J'ai aussitôt délaissé le deuxième videur pour la suivre. Si forte, si sulfureuse, si sûre d'elle... j'avais cette impression qu'elle dominait l'univers, que tout lui passait au-dessus de la tête. Une part de moi souhaitait la secouer afin qu'elle prenne conscience que ce monde est peuplé de déséquilibrés. Une autre désirait l'embrasser jusqu'à ne plus pouvoir respirer. Je voulais la faire mienne et je ne sais pas encore pourquoi, mais l'imaginer s'abandonner à un autre homme que moi ce soir-là me rendait fou de rage. À cette idée, j'avais envie de tout péter. Ma lame qui n'est jamais très loin me démangeait furieusement. Le premier qui la touchait, je ne répondais plus de rien.

Cinglé...

Je l'ai observée un moment. Elle semblait dans son élément et j'ignore pour quelle raison, ça me contrariait. Voir tous ces corps sensuels ne me faisait rien, j'étais concentré sur mon objectif, sur ma cible… Son amie, quant à elle, était mal à l'aise, complètement paniquée. L'alcool aidant, elle s'est détendue et elles ont fini par aller danser. Ma belle indomptable enflammait la piste. Les mecs bavaient littéralement sur ses courbes affolantes. Des jambes interminables, fuselées, arborant un bronzage incroyable. Un cul à faire bander un âne, ferme et musclé. Des hanches généreuses auxquelles j'avais envie de m'accrocher. Une poitrine parfaite, ni trop petite ni trop grosse. Et enfin, un visage, un regard, un sourire… Provocant, espiègle, malicieux… N'en pouvant plus d'observer tous ces putains de clébards en rut, je me suis donc lentement avancé. Alors que j'étais dans l'ombre jusqu'à présent, ma tête s'est retrouvée légèrement éclairée. Désormais dans son champ de vision, il lui a fallu à peine quelques secondes pour me repérer. Son corps s'est tendu automatiquement et au lieu de me rejoindre comme je l'escomptais, elle a continué d'onduler sur la musique. Plus elle se mouvait, plus ses seins pointaient, plus je me raidissais davantage. J'ai bien cru devenir fou et me jeter sur elle au milieu de tous ces gens. Elle m'a allumé un certain temps avant de finir par capituler. Une fois face à moi, j'ai voulu la punir, qu'elle paye pour son insolence. En conséquence, je n'ai pas bougé afin qu'elle se languisse de moi. Tous mes muscles me brûlaient. Une petite voix dans ma tête me hurlait d'agir, de la prendre dans mes bras et de l'embrasser comme aucun homme ne l'avait fait jusqu'à présent. Pourtant, c'est elle qui m'a eu. D'une pression délicate appuyée contre mon torse, elle m'a incité à reculer. Dès lors, je me situais à nouveau dans l'ombre. Elle s'est abaissée et à genoux devant moi, elle a déboutonné mon jean, ouvert la fermeture Éclair, puis elle m'a sorti :

— J'espère que ta sucette en vaut la peine, cow-boy…

Elle a susurré ces mots en rivant son regard au mien. Elle n'avait clairement pas froid aux yeux et j'ai aimé ça. Ses mains se sont affairées et ma queue lourde et gorgée de sang s'est retrouvée désormais bien au chaud dans sa paume. Mon souffle s'est coupé lorsqu'elle a commencé à me branler et mon rythme cardiaque s'est accéléré brusquement. J'ai eu beau tenter de me contenir, de maîtriser cet assaut de désir brutal, j'ai échoué lamentablement. Je n'ai rien pu contrôler du tout. Je me suis laissé envahir par un sentiment de bien-être absolu, d'un abandon total. Je n'avais jamais connu ça auparavant et je dois vous avouer que depuis, je suis un véritable junkie. Elle m'a sucé comme une putain de déesse. Sa langue tournoyait autour de ma verge, elle aspirait mon gland avec gourmandise. Elle aimait tellement ça que j'arrivais à capter ses gémissements à travers la musique. À plusieurs reprises, je butais contre sa gorge. Je la voyais s'efforcer de me gober entièrement, mais elle ne pouvait pas, mon sexe étant trop imposant. Son regard de cochonne me rendait fou. Alors, au moment où cette douce chaleur dévastatrice a pris naissance au creux de mon ventre, pour ensuite monter, monter, monter, je lui ai tenu la tête pour la guider. J'ai commencé à bouger mon bassin et j'ai accéléré rapidement mes coups de reins. J'ai baisé sa bouche comme jamais je n'ai baisé personne. Puis, quand j'ai senti la délivrance proche, j'ai voulu me retirer, mais elle m'en a empêché. Putain, j'ai joui entre ses lèvres et elle a tout avalé. J'ai eu l'impression de lâcher des litres et des litres de sperme tant je n'arrivais pas à m'arrêter.

Bordel de merde…

C'était la meilleure pipe de toute ma vie. J'irais même jusqu'à dire l'orgasme suprême de toute mon existence. Oui, carrément… À genoux devant moi, ses yeux scintillaient de tout un tas d'émotions. Mais l'une d'entre elles m'a plus particulièrement frappé. Elle semblait à présent si fragile… J'ai eu envie de la relever, de la prendre dans mes bras et de l'emporter avec moi. Pour la protéger, pour… je n'en sais rien en fait. J'étais encore si dur. Je désirais ardemment la retourner, la plaquer contre le mur et la baiser, sauf qu'elle en avait décidé autrement. Elle s'est mise debout, a essuyé le coin de sa bouche et a murmuré :

— Okay, ça en valait la peine… Merci, cow-boy !

Telle une reine, elle a pivoté et s'est barrée rejoindre sa copine. La queue toujours à l'air, raide comme un manche à balai, je me suis retrouvé comme un con. Qu'est-ce qui venait de se passer ? Je n'en savais foutrement rien. Malheureusement, je n'ai pas eu le temps de m'attarder sur la question puisque j'ai reçu un appel dans la foulée : je repartais en mission. Toujours est-il qu'elle m'a marqué au fer rouge.

— Chef, la zone est sécurisée, mais on ne doit pas tarder, s'inquiète Lucifer.
— Deux minutes, décrété-je, le timbre glacial.
— Than'… insiste-t-il.
— Encore deux minutes, rétorqué-je, le ton menaçant.

Lucifer comprend et finit par faire demi-tour pour rejoindre le groupe. Hadès ayant fait le nécessaire, la transfusion a commencé. J'ai la nette impression qu'elle reprend déjà des couleurs, ou alors c'est moi qui prends mes rêves pour la réalité.

— Comment va-t-elle ? demandé-je à mon coéquipier.
— Elle a perdu beaucoup de sang. J'ignore si cela sera suffisant. Elle ne tiendra probablement pas jusqu'à l'arrivée des renforts.
— Hors de question qu'elle reste ici. Elle va partir avec nous.
— Je ne suis pas sûr qu'elle ait besoin d'assister à ce qu'on va faire à son tortionnaire.
— Ah oui ? Et donc il est préférable qu'elle crève ?
— Je n'ai pas dit ça, soupire-t-il.
— Si. Tu viens d'affirmer à l'instant qu'elle ne survivra pas jusqu'à l'arrivée des secours. On l'emporte avec nous. Point barre.

Je ne lui laisse pas le choix. C'est quoi leur problème, bon sang ? On n'abandonne personne encore en vie sur le terrain. Nous ne sommes pas que des tueurs sans cœur, nous sommes aussi des soldats : nous compromettons notre existence pour protéger celle des autres. Des individus qui bravent toutes les menaces pour aider et sauver toutes ces victimes des déchets de l'humanité. Mon passé avec la belle brune allongée dans mes bras interfère-t-il dans ma décision ? Influence-t-il mon jugement ? Sans aucun doute. Vu son état, je suis quasi sûr qu'en temps normal je n'aurais pas couru le risque de mettre mon équipe en danger, gaspiller du temps et nous exposer à une embuscade, même si tout est sous contrôle. C'est un fait. J'en ai conscience et pourtant, je ne change rien. Je campe sur mon idée et continue de lorgner le liquide écarlate qui s'échappe peu à peu de mon corps pour ensuite alimenter le sien.

— On a bientôt terminé, murmure Hadès.

Je ne réponds pas. Ça ne sert à rien. Pour lui dire quoi ? Okay ? Inutile. Je ne suis pas très bavard, et mon collègue ne se formalise pas, il me connaît. Je l'observe désinfecter délicatement les plaies, puis panser son poignet avec une bande de compression afin qu'elle ne perde pas plus de sang. J'évite de m'attarder sur la pâleur de son visage ainsi que la fraîcheur de sa peau. Je m'abstiens également de penser à l'enfoiré qui l'a enfermée ici, et qui s'apprêtait à lui faire subir la pire des atrocités. Had' nous débranche et je me relève tout en portant Romane dans mes bras. Elle est si légère… Mon cœur s'emballe de nouveau alors que je me disperse dans les méandres de mon imagination.

— Than' ? Tout va bien ? m'interroge Anubis.

Il s'inquiète, je l'entends à sa voix. À vrai dire, ils sont tous soucieux. Quand bien même je ne vois pas leur tronche dissimulée derrière leur cagoule et ne peux donc pas sonder leur regard à travers leurs lunettes, je repère parfaitement leur agitation. Tout dans leur attitude et leur gestuelle les trahit. Ahriman tapote sa cuisse arrière gauche, Odin siffle, Lucifer craque ses doigts, Anubis pose sa main sur la crosse de son arme placée dans son holster, Pluton fait les cent pas et enfin, Hadès effectue des sons bizarres avec sa bouche, des espèces de cloc bruyants. Non, ça ne va pas du tout. Aussi étrange que cela puisse paraître, nous avons notre routine. Avec mon changement de comportement, je viens de tous les déstabiliser. Comme un domino qui emporterait tous les autres dans sa chute. Et même si ça m'embête de l'avouer, je suis ce putain de domino. Je me ressaisis, mon équipe a besoin de moi.

— Affirmatif, grondé-je, le timbre faussement serein. On se casse. On suit le plan et rien que le plan.

Les gars acquiescent et de suite ils cessent leur tic respectif. Il faut vraiment que je leur en parle quand on sera rentrés. Nous sommes des soldats d'élite et nous ne devons rien laisser transparaître, même lorsque nous nous retrouvons en difficulté. Ces tics sont un signe évident d'une brèche dans leur armure, une marque de fragilité. Ce sont des munitions pour nos ennemis. C'est inconcevable. Les Dieux de la mort n'ont pas de faiblesses.

— Oh ! Où m'emmenez-vous ?!! braille l'autre enfoiré qui se débat alors qu'Anubis et Odin le tiennent fermement.

Un regard, un hochement de tête de ma part et Pluton lui décoche une droite qui l'assomme sur-le-champ.

— Voilà qui est mieux…

CHAPITRE 6

ROMANE

    Les membres douloureux, le corps ankylosé, je ne parviens pas à ouvrir les yeux. Mes paupières sont lourdes, figées, me plongeant dans l'obscurité la plus totale. Je suis perdue, désorientée. Suis-je au paradis ? Si tel est le cas, est-ce normal que je perçoive des cris d'agonie, des hurlements qui m'ont sans doute sortie de ma torpeur ? Cela signifie-t-il que je suis arrivée en enfer dans ce cas ? La panique s'insinue soudain dans tout mon organisme. Je me remémore mon existence et tente d'en trouver la raison. Est-ce parce que j'ai collé mon chewing-gum dans les cheveux de cette connasse de Magali en CE1 ? Ou bien est-ce à cause de toutes ces fois où j'ai grugé à la cantine du collège pour passer devant tout le monde ? Ou encore quand je me faisais porter pâle pour éviter les cours de sport au lycée alors que j'allais parfaitement bien ? Oh, mon Dieu, je sais ! J'ai trop zigouillé d'araignées ! Mais ce n'est pas de ma faute, je vous jure ! Elles sont si terrifiantes avec leurs pattes velues !

— Lucifer, j'ai besoin de…

Des bribes de conversations me parviennent et me saisissent d'effroi. Okay, c'est du sérieux. Dans ce cas, c'est parce que j'ai beaucoup trop profité des plaisirs de la vie...

Lucifer...

Cela ne fait plus aucun doute, je suis arrivée en enfer. Bordel, il doit y avoir un sacré paquet de gens ici alors. Les hurlements reprennent et je me fais violence pour tenter d'ouvrir les paupières. J'ai l'impression de m'arracher la peau tant c'est difficile et douloureux. Cependant, j'y parviens malgré cette force invisible qui continue de me clouer au sol. Un filet de lumière agresse mes rétines. Je plisse les yeux et réitère mes efforts. Je ne reconnais pas les lieux. En revanche, je distingue parfaitement Valentino. Crucifié sur une planche de bois en forme de T, celui-ci semble agoniser. Comme tout à l'heure, pile avant de m'endormir, je repère plusieurs hommes en uniforme noir. Cagoulés et armés jusqu'aux dents, je suis incapable de vous dire s'ils sont gentils ou non. Alors que je lutte pour rester éveillée, j'aperçois le fou à l'arme blanche s'avancer férocement vers mon bourreau. Son masque est effrayant et son allure dangereusement surprenante. Est-ce lui le Diable ?

— Son nom ?! gronde-t-il, autoritaire.

Sa voix est grave et menaçante. Elle a vibré et fendu l'air comme un couperet. Le fou posté juste devant lui, son couteau s'approche de son visage et glisse sur sa joue, puis ses lèvres closes. La lame force le passage, caresse sa langue et serpente sur ses gencives. Une goutte de liquide écarlate commence à perler alors que le combattant se met à chantonner :

— Tic...tac... tic...tac...

Un hurlement retentit tandis que du sang pisse désormais de sa bouche. Je crois qu'il lui a arraché une dent. Il poursuit ainsi durant plusieurs minutes, jusqu'à ce qu'un autre soldat prenne le relais. Enfin, soldat... je suppose. Ils portent des lunettes pour masquer leurs yeux ainsi qu'une cagoule arborant le squelette d'un crâne. J'ignore qui ils sont, mais je ne suis pas certaine que l'unité d'élite de la gendarmerie nationale soit habilitée à faire ce genre de chose. Malgré tout, la présence d'un sigle sur leur bras gauche m'interpelle. Ils ont l'air d'appartenir à un véritable organisme. Est-ce qu'il y a une armée en enfer? J'en suis là dans mes réflexions quand soudain je me glace d'effroi. Le deuxième homme, muni d'un scalpel, commence alors à dépecer vivant le visage de Valentino. Tétanisée par la vision d'horreur que j'ai face à moi, un hurlement s'échappe de ma bouche. Je ne sais même pas comment j'ai réussi à produire un son pareil, mais je ne parviens plus à m'arrêter. Je crie sans discontinuer jusqu'à ce que finalement mes paupières se referment toutes seules, me plongeant encore dans l'obscurité la plus totale. Quelques minutes ou plusieurs heures après, je n'en ai aucune idée, j'émerge de nouveau.

— Elle est en train de se réveiller, Than'!
— Okay, on a tout ce qu'il nous faut, finissons-en! lui répond l'intéressé.

Finissons-en? Finissons-en de quoi? Merde, ça y est, ils vont me tuer! Si j'ai cru avoir atterri en enfer à mon premier réveil, je réalise brusquement que je suis encore en vie. Enfin, peut-être plus pour très longtemps après tout. Bah tiens, d'ailleurs, en parlant de ça, pourquoi ne suis-je pas déjà morte? Je me suis pourtant taillé les veines, je me suis sentie partir, j'en suis certaine! Je hurle à nouveau quand je perçois très distinctement trois coups de feu. J'ouvre immédiatement les yeux, mais ma vue est trouble. Je discerne quelques masses noires, ainsi qu'une dépouille qui gît par terre. J'ai mal à la tête, mal au cœur et surtout mal partout. Je ne comprends pas ce que je fous ici, mais une chose est sûre, si je m'en sors vivante, plus jamais je ne suivrai un parfait inconnu.

Plus jamais...

Soudain, je sens mon corps s'élever du sol. Pour une raison que j'ignore, je ne panique pas et ferme mes paupières.

Peu importe qui me soulève, je voudrais pouvoir m'accrocher à lui pour avoir l'assurance de ne pas tomber, sauf que je n'en ai pas la force. Les bras ballants, je tente de percevoir la respiration de celui qui me porte, en vain. Idem, je n'arrive pas non plus à capter son parfum. Seules les fragrances de son odeur corporelle me titillent les narines et me confirment qu'il ne s'agit pas de Valentino. Cela doit vous paraître ridicule, mais cela suffit à apaiser mes sens. À tel point que je m'endors pour la énième fois. Je reviens à moi de temps en temps sans jamais parvenir à ouvrir les yeux. Il me semble entendre le bruit d'un hélicoptère, mais très vite je sombre encore et toujours.

Lorsque je reprends une fois pour toutes mes esprits, je suis allongée dans un lit qui m'est en tous points inconnu. Avec beaucoup de difficulté, je scanne la pièce avec minutie, mais le faible éclairage ne m'aide pas. J'ignore où je me situe et très rapidement la peur s'insinue en moi. Et si l'autre fou avait réussi à me vendre à l'un de ses clients ? Je soulève d'un coup sec la couette qui me recouvre et tente de me lever. Ma tête vacille dangereusement, les battements de mon cœur s'emballent et mes jambes finissent par flancher. Je retombe lourdement sur le matelas, faisant chuter au passage la lampe de chevet qui se trouvait sur la table de nuit. À peine ai-je regretté mon geste que la porte s'ouvre dans la seconde qui suit. Mon souffle se coupe et mon regard reste rivé sur l'individu qui me fait face. Comme un putain de flash, tout me revient en mémoire. Ce n'était donc pas mon imagination. Ces soldats venus tout droit de l'enfer existent vraiment. On pourrait les confondre avec des membres du GIGN, à la seule différence près qu'ils revêtent des cagoules terrifiantes. Est-ce mon esprit qui me joue encore des tours ? Ou est-ce la réalité ? D'autant plus que je reconnais parfaitement le fou à l'arme blanche puisque son poignard est planté dans un étui accroché sur le côté de son treillis.

— Comment vous sentez-vous ?

La voix rauque de l'homme résonne dans l'air, fendant le silence avec gravité. Je ne peux deviner aucun trait de son visage, mis à part ses iris ténébreux. Tétanisée, je suis incapable de lui répondre. Mes lèvres s'entrouvrent, mais aucun son n'en sort. Je baisse les yeux et c'est uniquement maintenant que je remarque le tee-shirt que je porte. À qui appartient-il ? Qui me l'a enfilé ? Est-ce qu'on m'a touchée pendant que je dormais ? Ma poitrine se soulève de plus en plus vite. J'étouffe. Je voudrais appeler à l'aide, mais je n'y arrive pas. Mes cordes vocales restent bloquées dans ma trachée alors que j'ai l'impression de hurler de toutes mes forces. Quand, enfin, je les sens se libérer, ce n'est plus un, mais plusieurs soldats qui me font face. Sept plus exactement. Tous armés jusqu'aux dents et tous avec le même regard, les mêmes yeux noirs. Mon cri s'enraye et s'éteint subitement dans ma gorge à présent nouée.

— Tout va bien ?
— Qu'est-ce qui se passe ?
— Than', qu'est-ce que tu as foutu encore ?
— Quoi ? Rien !
— La petite est apeurée...
— Tout le monde dehors, exige finalement l'un d'entre eux d'un ton calme, mais ferme.

Ses « collègues » s'exécutent sans broncher, mis à part le soi-disant Than' qui ne bouge pas d'un iota.

— Toi aussi, souffle-t-il à son encontre.
— N'y compte même pas.
— Très bien...

Il n'insiste pas et commence à avancer lentement vers moi. Terrorisée, je m'enfonce dans les draps comme s'ils avaient le pouvoir de me faire disparaître. Acculée, j'observe la pièce et les différentes possibilités de sortie. Malheureusement, il n'en existe qu'une seule et je vous le donne en mille... pour y accéder, je dois bien entendu esquiver les deux armoires à glace devant moi.

— Romane, calmez-vous, vous êtes en sécurité... me rétorque celui qui vient vers moi comme s'il lisait dans mes pensées.

Quelque chose me fait tiquer… Comment connaît-il mon prénom ?

— On a retrouvé vos papiers… m'explique-t-il.

Bon sang, c'est quoi ce délire ? Ils rentrent dans la tête des gens ou quoi ?!

— Vous avez tenté de mettre fin à vos jours et vous avez perdu beaucoup de sang. Vous étiez inconsciente lorsque l'on vous a retrouvée. Nous avons dû pratiquer une transfusion afin de vous maintenir en vie. C'est mon coéquipier ici présent qui vous a sauvée.

Au fur et à mesure que les mots sortent de sa bouche, j'observe, silencieuse, mon poignet bandé. Super. Si je comprends bien, j'ai le sang d'un psychopathe qui coule désormais dans mes veines.

— Vous êtes encore très faible, alors n'essayez pas de vous lever seule. Vous souffrez probablement de migraine et de nausées, c'est normal. Idem, vous devez sûrement entendre les battements de votre cœur dans vos oreilles, c'est ce qu'on appelle des acouphènes. C'est ce qui arrive quand votre corps subit une baisse importante de globules rouges. Cette carence a une incidence significative sur la vitesse du flux sanguin et sur l'oxygénation qu'il apporte…
— Had'… le coupe son camarade.
— Pardon, j'ai tendance à m'emporter dans mes explications. J'ai pratiqué une prise de sang pendant votre sommeil et je viens de recevoir vos résultats. Ils sont toujours insuffisants. Nous allons procéder à une nouvelle transfusion…

Je suis tellement pétrifiée que je ne parviens pas à parler. Je suis muette comme une tombe. Ou plutôt comme une carpe si je prends en compte les mouvements intempestifs de ma bouche qui s'ouvre et se referme sans cesse. Je n'arrive même pas à leur dire que c'est hors de question, que je refuse que ce cinglé me donne son sang. Et puis, si je ne vais pas bien, pourquoi fait-on ça ici ? Pourquoi ne m'emmènent-ils pas à l'hôpital ? Affolée, et malgré les recommandations du « docteur », je tente de sortir à nouveau de mon lit. Forcément, à la minute où je plante mes pieds par terre, je m'écroule au sol. Enfin, en théorie. Non, parce que j'atterris finalement dans les bras du fou furieux au couteau.

— Romane, vous devez rester allongée, vous êtes encore trop faible, me réprimande le toubib.

Étonnamment, et je ne saurais comment vous l'expliquer, mon rythme cardiaque s'apaise progressivement au contact du soldat. J'ignore pour quelle raison, mais il me semble reconnaître son odeur. En tout cas, elle agit sur moi comme un baume réconfortant, réparateur. Alors qu'il se contente de me déposer sur le lit, j'ai envie de protester. Aussi dingue que cela puisse paraître, je me sens en sécurité contre lui. Je décide d'abdiquer et m'abandonne à mon triste sort. De toute façon, je suis incapable d'affronter ces hommes. Après plusieurs minutes, nous voilà branchés tous les deux par des tuyaux. L'image du sang circulant dans ces tubes transparents me donne la nausée.

— Je vous laisse au calme, vous devriez en profiter pour dormir, me conseille le Doc.

Il n'attend pas de réponse de ma part et s'en va. Je me retrouve donc seule avec « Than' ». Je l'étudie attentivement et bien que ses paupières soient fermées, j'ai l'intime conviction qu'il sait que je l'épie. Malgré tout, je poursuis mon observation. Au bas mot, je dirais qu'il mesure un mètre quatre-vingt-quinze. Oui, il est très grand et très musclé aussi. Il n'y a qu'à voir comment il remplit son uniforme. Il pourrait être du GIGN ou encore du RAID, mais sa cagoule me conforte dans l'idée qu'il ne fait pas partie de ces unités. Et puis, un autre détail m'interpelle : un sigle gravé sur son épaule gauche. Un corbeau aux ailes déployées et à l'allure effrayante, deux pistolets qui s'entrecroisent et une inscription : GHOST. Qu'est-ce que cela signifie ? Je ne connais aucune force de police se nommant ainsi. « Fantôme », cela voudrait-il dire que c'est un commando classé secret défense ? Genre, des espions ?

— Le doc a dit de vous reposer, grogne mon hôte en ayant toujours les yeux fermés.

Je sursaute et reporte mon attention sur le sang qui s'échappe peu à peu de son corps. Le bras tendu, la paume relâchée, il paraît parfaitement à l'aise. S'ils souhaitent me tuer, ils ne feraient pas ça, n'est-ce pas ? Lui ne tenterait pas de me sauver la vie. À moins que…

— Vous allez me vendre aux enchères, c'est ça ? C'est pour cette raison que vous me remettez sur pied ! m'affolé-je en m'apprêtant à arracher tout le dispositif médical. Hors de question, autant mourir !

— Mais c'est pas vrai… marmonne-t-il alors qu'il saisit mes deux mains pour les immobiliser avec une poigne de fer.

Je pousse un couinement ridicule au moment où il m'attrape. J'ai l'impression d'être une brindille à ses côtés. Figée par la peur et je ne sais quoi d'autre, je déglutis avec autant de grâce qu'une vache qui rumine. Ses paupières à présent ouvertes, j'ai le plaisir et l'honneur d'avoir enfin son regard noir ténébreux planté dans le mien. Je n'en mène pas large, croyez-moi.

— Qui êtes-vous ? balbutié-je difficilement.

— Personne…

CHAPITRE 7

THANATOS

Je n'aurais jamais dû accepter cette mission. Enfin si, mais non. Me voilà dans la merde. Et le pire dans tout ça, c'est que j'ai entraîné toute mon équipe avec moi. Pourquoi je l'ai ramenée ici, bon sang ?

— Tu nous expliques ? me lance Lucifer qui fait craquer de nouveau ses doigts.

Il va vraiment falloir que je leur parle de leur tic respectif, mais plus tard, car là, ce n'est clairement pas le moment. Alors que Romane a fini par s'endormir après sa transfusion, mes hommes ne m'ont laissé aucune chance de m'échapper. Pris à partie, je me retrouve cerné par mes frères d'armes.

— C'est qui cette fille ? s'impatiente Anubis.
— Qu'est-ce qu'elle représente pour toi ? ajoute Odin.
— Est-ce qu'elle est dans tes contacts autorisés ? interroge Pluton, suspicieux.

— Than', c'est qui cette nana ? s'exaspère Ahri'.

Les questions fusent et seul Hadès reste silencieux. Cependant, son regard est lourd de sens.

— Cette femme s'appelle Romane Lacourt et non, elle ne fait pas partie de mon cercle privé… soufflé-je tandis que je sens l'incompréhension planer dans la tête de mes gars. Je… je l'ai déjà croisée… lors d'une permission.

— Est-ce qu'il s'est passé quelque chose entre elle et toi ? soupçonne Lucifer en plissant ses yeux.

— En aucun cas, osé-je avec assurance.

— Alors quoi ? insiste Ahri'.

— C'est la meilleure amie de ma belle-sœur. Je ne pouvais pas la laisser comme ça.

— Belle-sœur ? rebondit Hadès.

— Vous savez que nous ne sommes pas autorisés à parler de tout ça, même entre nous ? tenté-je pour faire diversion.

— Et toi, t'es au courant qu'on n'a pas le droit de ramener quelqu'un chez nous ? Qu'on ne doit avoir aucun contact avec qui que ce soit ? commente Lucifer.

— Pourquoi est-ce qu'elle est là, Than' ? demande Pluton.

— Putain, je n'en sais rien !!! Elle fait partie de la vie de mon frère, mon instinct de protection a pris le dessus, voilà tout ! Vous n'auriez pas réagi de manière identique peut-être ?

— Si, probablement… soupire Odin.

— Qu'est-ce qu'on fait maintenant ? On ne peut pas la cacher ici indéfiniment… réplique Ahri'.

— Et on ne peut pas la libérer non plus. Elle a vu et entendu beaucoup trop de choses ! s'énerve Lucifer.

— Laissez-moi quelques jours, je vais régler la situation. Aucune mission n'est programmée pour le moment, donc gardons-la près de nous jusqu'à ce qu'elle récupère.

— Et si nous sommes appelés à la dernière minute comme dans 99 % des cas ? s'inquiète Anubis.

— J'aviserai. Elle n'aura qu'à rester chez moi.

— Okay, soit. Admettons. Et ensuite ? insiste Pluton.

— Ensuite, je ferai en sorte qu'elle retourne auprès des siens.

— Tu sais très bien que c'est impossible ! siffle Lucifer. On ne peut pas la relâcher ! C'est une civile, putain ! Elle en sait beaucoup trop à notre sujet…

— Ah oui, et tu proposes quoi ? Que je lui tranche la gorge ? craché-je violemment.

— Non, pas toi… je peux m'en charger… suggère-t-il.

— T'es sérieux, là ? lui demande Anubis.

— Bah quoi ? Une balle entre les deux yeux, ce sera moins traumatisant et plus rapide ! se défend-il.

— Lux', stop, tu vois bien que cette personne a de l'importance pour Than'… tempère Had'.

— À la seconde où il l'a embarquée avec nous, il l'a condamnée ! C'est le protocole ! s'efforce d'argumenter Lucifer. Si H l'apprend, on est…

— Il est hors de question qu'il le sache ! Si chacun garde l'information pour lui, il n'y a aucune raison pour qu'il soit au courant ! hurlé-je, hors de moi.

— Elle a passé beaucoup de temps dans les vapes, avec un peu de chance, elle n'aura rien découvert, nous rassure Pluton.

J'ignore pour quel motif je réagis de la sorte, mais c'est plus fort que moi. Je ne peux pas faire ça à Lucas. Elle fait partie de sa famille. Et puis, je ne vais pas vous mentir, je ne parviens pas à oublier ce sourire qu'elle arborait, ainsi que son magnifique regard qui me subjuguait ce soir-là, dans cette fichue boîte de nuit.

— Bonjour…

Une voix douce que je reconnaîtrais entre mille résonne et brise soudain le silence qui a suivi mon accès de colère.

— Hey, Romane… je vous avais dit de rester allongée, la réprimande gentiment Had'.

— Je… je sais, mais… bafouille-t-elle, le timbre chevrotant sans finir sa phrase.

— Tu souhaites boire quelque chose ? Un café, un thé ? lui propose Odin avec bienveillance.
— Un chocolat chaud ? ajoute Anubis.
— Je vous dérange, je suis désolée… je… je vais rentrer chez moi…
— C'est impossible, réplique Lucifer avec fermeté.
— Co… comment ça… ? Je… je veux juste…
— Tant que vous êtes encore en danger, on ne peut pas prendre de risque. Vous logerez ici le temps qu'il faudra, décrété-je brusquement.

C'est sorti comme ça. C'est la seule excuse que j'ai trouvée pour la garder près de moi. Lucifer a raison. J'ai moi-même signé son arrêt de mort. À la minute où H apprendra qu'on a ramené une civile chez nous, il ordonnera son exécution. C'est en quelque sorte mon responsable. C'est lui qui décide des missions et qui fait le lien avec le reste du monde. Il est intransigeant et sans pitié. Jusqu'à maintenant, ce dernier point ne me dérangeait pas outre mesure, mais à présent…

— Oh… murmure-t-elle, le regard voilé par la crainte.

Je devrais avoir honte de me comporter ainsi. L'affoler pour la retenir ici est quand même assez misérable de ma part, mais c'est tout ce que j'avais en stock. Je vous l'ai dit, dès qu'il s'agit d'échanger avec quelqu'un d'autre, je suis incapable de trouver les bons mots. Je n'ai pas les codes, voilà tout.

— Allez, venez vous asseoir avant de tomber à nouveau dans les pommes, lui demande Had'.
— Je…
— N'ayez pas peur, on ne va pas vous manger, s'esclaffe Anubis.
— Oui, c'est exact, après tout… Ce n'est pas comme si vous aviez une cagoule effrayante sur vos têtes ; ce n'est pas comme si vous aviez tué je ne sais combien de personnes sous

mes yeux ; ce n'est pas comme si je vous avais vus torturer et dépecer un être humain encore vivant… C'est vrai, pourquoi devrais-je être terrifiée ? Dites, vous n'êtes pas cannibales au moins ?

Et merde…

— Okay, je vais chercher mon arme ! panique Lux' après les révélations de notre protégée.
— Tu ne vas rien chercher du tout, Lucifer ! grondé-je à son encontre. On se calme ! Elle reste ici, point barre !
— Euh, « elle » a peut-être son mot à dire ? balbutie Romane.
— Non ! lançons-nous tous en chœur.

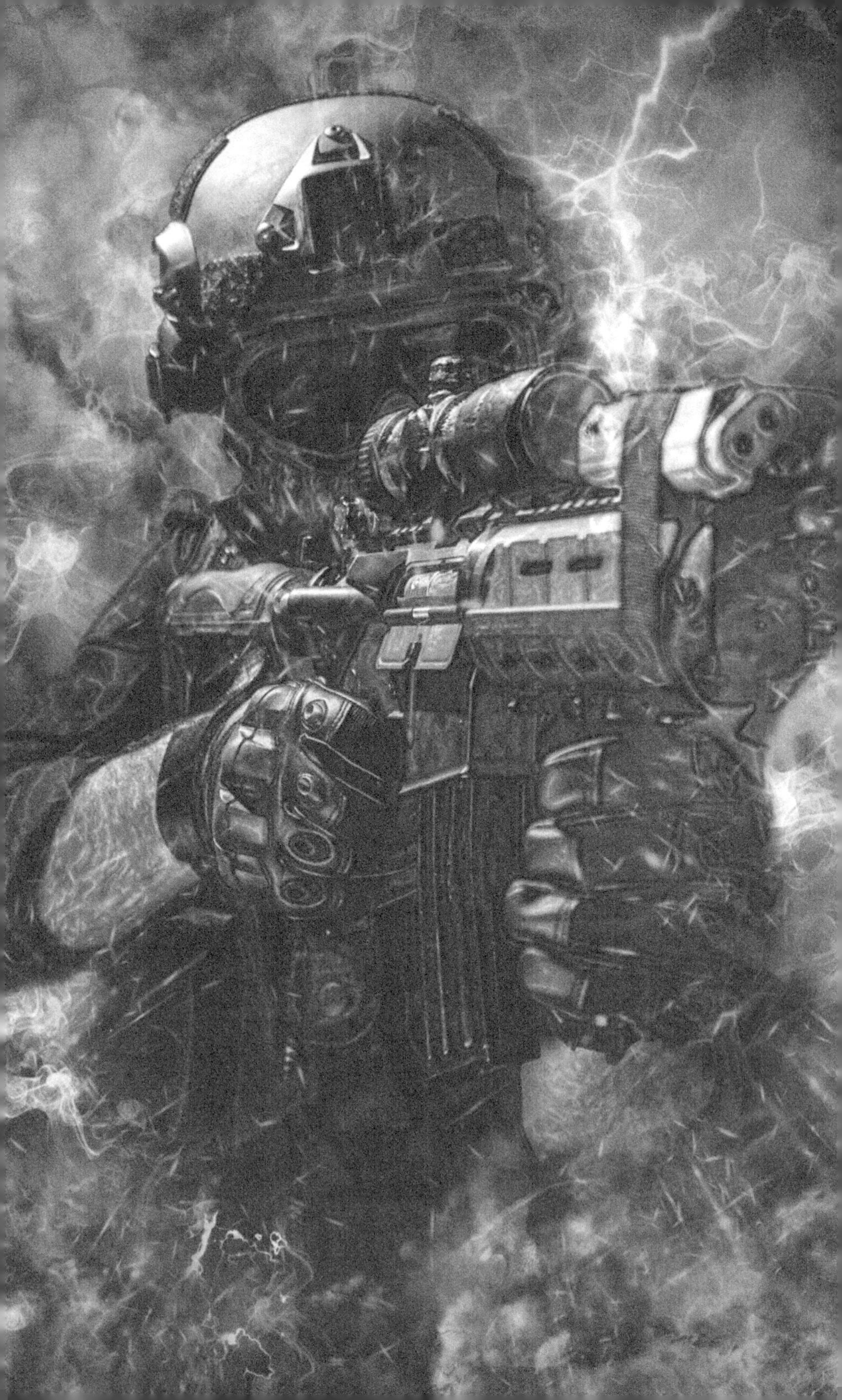

CHAPITRE 8

ROMANE

—Okay…

Je n'insiste pas. Clairement, ils sont sous tension et je vois bien que ma venue n'est justement pas la *bienvenue*. Surtout pour le fou furieux à la gâchette facile qui n'arrête pas de faire craquer ses doigts. Le fameux Lucifer… Tous rassemblés autour d'une table basse, je reconnais aisément celui qui m'apporte des soins. Malgré leur accoutrement identique et leur carrure quasi similaire, je l'ai de suite repéré. Ce n'est pas bien compliqué, il est le seul à porter le bâton d'Asclépios enroulé d'un serpent, brodé en miniature sur l'une des poches de sa veste. Pour avoir travaillé le temps d'un été en tant que secrétaire chez mon docteur, je sais que ce caducée est le symbole traditionnel du corps médical. Dans la mythologie grecque, Asclépios était le dieu de la médecine. D'après ce que j'ai saisi, ici il se fait appeler Hadès, le dieu de la mort toujours dans la mythologie grecque. Il est un paradoxe à lui tout seul. Comment peut-on à la fois prêter le serment d'Hippocrate, et a contrario torturer et dépecer un être vivant ?

Le pas hésitant, je m'approche lentement du canapé où trois combattants sont déjà installés. L'un d'entre eux se lève immédiatement pour me laisser la place. Il est légèrement plus fin que les autres, mais semble un chouïa plus grand aussi.

— Merci... soufflé-je intimidée.

Il me regarde alors, les yeux dans les yeux, sans prononcer un mot. J'ai le sentiment qu'il me sonde avec ces mêmes billes ténébreuses que ses camarades. Elles sont exactement de la même couleur. Impossible. J'en déduis donc qu'ils portent tous des lentilles de contact de teinte identique. Cela fait certainement partie de leur «uniforme», de la panoplie du parfait soldat effrayant. Après plusieurs secondes où je manque de périr d'une crise cardiaque, l'individu se détourne enfin. Le problème c'est qu'il en reste toujours six autour de moi.

— Oui ? murmuré-je, clairement impressionnée.
— Qu'est-ce que tu faisais là-bas ? m'interroge soudain l'un d'entre eux.
— Je... je me suis fait avoir... bégayé-je en comprenant là où ils veulent en venir.
— Mais encore ? insiste un autre.
— Je suis sortie avec Valentino. Il m'a promis des vacances de rêve, je l'ai cru...
— Tu étais au courant de ses activités ?
— Non, je vous le jure...
— Comment peut-on être avec une pourriture pareille sans rien remarquer ? C'est impossible ! éructe Lucifer.
— Depuis quand étiez-vous avec ? me sonde une voix grave que je reconnais immédiatement.
— Une journée... enfin plutôt une soirée et une nuit...

rétorqué-je la tête basse, les joues rougies par la honte.

Plus personne ne bronche face à ma révélation, jusqu'à ce que Lucifer reprenne la parole.

— Tu es en couple avec un mec depuis à peine quelques heures et tu le suis jusqu'au bout du monde ! Il faut être soit débile, soit folle, soit suicidaire, pour faire une telle chose ! Thanatos, ouvre les yeux, bon sang !

Thanatos…

— On fait ce qu'on a dit ! s'agace ce dernier. Fin de la discussion ! Odin, Pluton, emmenez-le s'entraîner pour qu'il se calme. Ahriman, Anubis, vous avez un examen à préparer. Hadès reste au chevet de Romane et moi je m'occupe de H. À mon retour, je ne veux plus qu'on parle de ça. C'est clair ?

Odin, Pluton, Thanatos, Hadès, Ahriman, Anubis… ce sont tous des dieux de la mort. Sans oublier Lucifer… J'ignore où j'ai atterri, mais cela ne me rassure pas du tout. Pour le coup, j'aurais préféré que mon frère s'abstienne avec toutes ses connaissances sur les différentes mythologies. Ça m'aurait évité d'apprendre que je me trouve en compagnie de sept mercenaires.

— Mais qui êtes-vous ? balancé-je au moment où ils s'apprêtent à quitter la pièce à l'exception d'Hadès.
— Personne ! me répondent-ils tous à l'unisson.

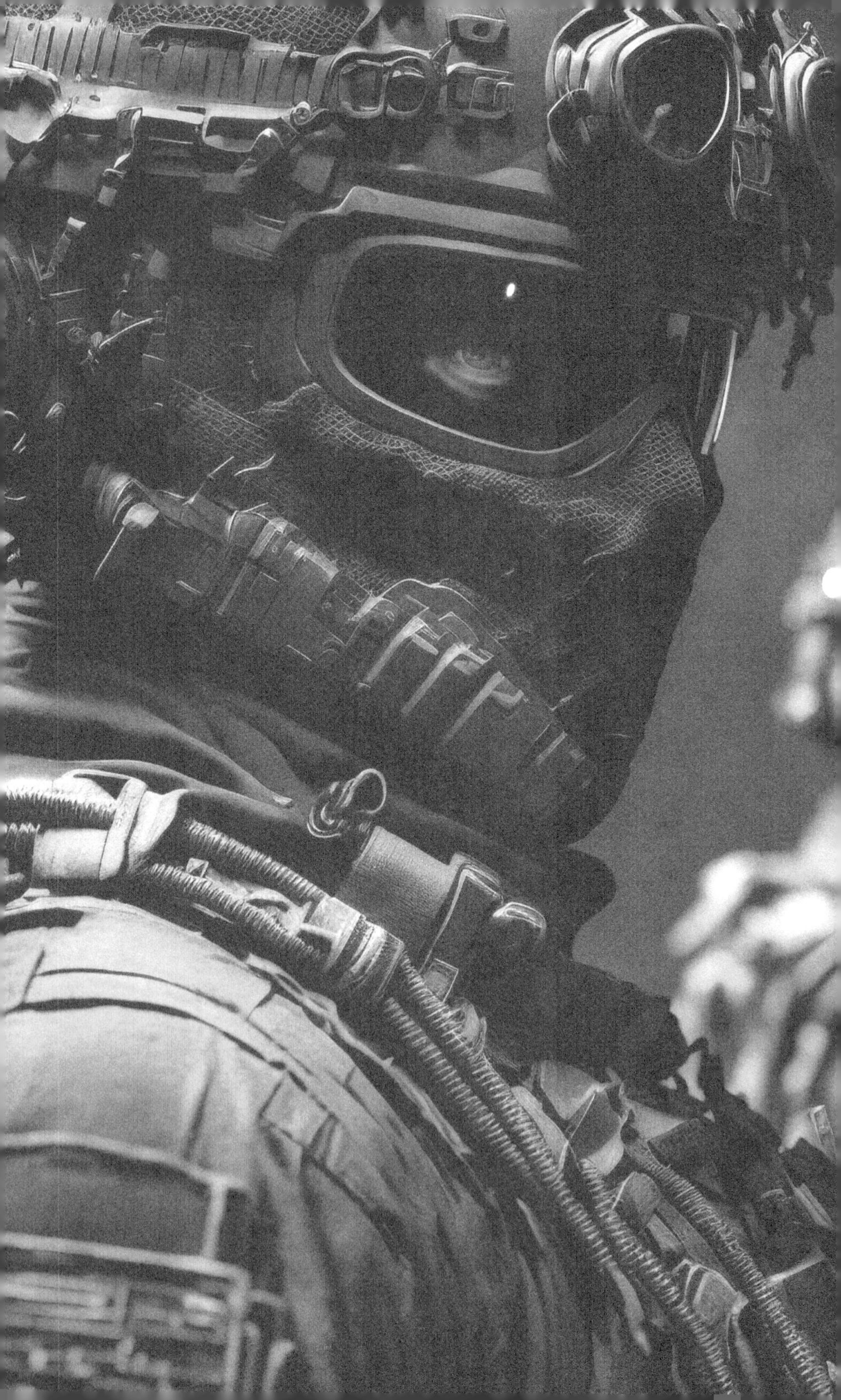

CHAPITRE 9

THANATOS

    Trois semaines… voilà déjà trois semaines que Romane réside au sein du GHOST. Notre unité possède son bâtiment. Blindé et ultra sécurisé, il héberge l'ensemble des membres en leur offrant leur propre appartement, mais également plusieurs zones communes : une salle de sport, un centre d'entraînement intensif, un espace balnéo et détente. Mais encore une terrasse qui recouvre une partie de la toiture, l'autre étant occupée par la piste d'atterrissage de notre hélicoptère. Ce qu'il faut savoir c'est que cette nana, c'est un électron libre. Incapable de rester en place, elle enchaîne les séances de gymnastique, de piscine, de renforcement musculaire et d'étirements, malgré les protestations d'Hadès. C'est une véritable tête de mule. Je comprends désormais pourquoi les courbes de son corps semblent si fermes, si énergiques. L'excellente nouvelle dans tout ça, c'est qu'elle a bien récupéré. Elle a retrouvé son assurance et son sourire même si je suis persuadé tout au fond de moi que ce n'est qu'une façade.

Bref, ce n'est pas mon problème. Autre constat : on n'a visiblement plus l'air de l'effrayer. Je ne sais pas encore si c'est une bonne chose ou non.

— Les gars, sans déconner, vous ne pouvez pas retirer votre cagoule… Franchement, c'est ridicule ! lâche-t-elle en pouffant.

Qu'est-ce que je disais…

— On ne peut pas ! râle Pluton en se contorsionnant comme il peut.
— Je devrais vous filmer…
— Tu fais ça, t'es morte ! grogne Lucifer qui tente lui aussi de suivre le cours.
— Doucement, Lucky Luke ! Je n'ai ni appareil photo ni même de téléphone, alors je ne vois pas comment je pourrais le faire !

Je me retiens de sourire. Elle l'a surnommé ainsi pour sa passion aux tirs. Ça lui va tellement bien je trouve. Sans le savoir, elle a visé juste. En attendant, elle a raison… J'observe mes gars en pleine séance de yoga et en effet, la cagoule semble un tantinet en trop. Sauf que c'est non négociable. Même si la porter en permanence est désagréable, nous n'avons pas d'autre choix. Alors qu'ils imitent la position du chat, ils se retrouvent tous à quatre pattes, les mains bien à plat sur le sol, les épaules alignées avec les poignets, les genoux avec les hanches. Ils alternent avec le dos rond, puis le dos creux.

— Super ! Et maintenant, vous pouvez ronronner… ajoute-t-elle, l'air totalement sérieux.
— Hein ? s'étonne Anubis en relevant la tête dans sa direction.
— Quoi ? s'exclame également Odin qui ne comprend pas non plus.

— Qu'est-ce qu'elle raconte ? demande Ahri' en fronçant les sourcils.
— Comme ça : ronron, ronronnnnn... se moque-t-elle ouvertement.
— Elle se fout de notre gueule ! réalise Lucifer qui semble calmer le jeu avec notre invitée.
— La morue ! scande Pluton, hilare.
— Tu vas voir ! la menace Hadès.

Et voilà comment ça dégénère en une fraction de seconde. Lacourt part comme une folle furieuse en se bidonnant, tandis que toute l'équipe la prend en chasse. Forcément, en un rien de temps, la cible est neutralisée. Cependant, ses éclats de rire tonitruants redoublent d'intensité quand ils décident de se venger. Son gros point faible ? Les chatouilles. Oui, on est d'accord, ça change du dépeçage d'êtres humains encore en vie. En bref, c'est du grand n'importe quoi depuis trois semaines. J'ai l'impression que la tour de la terreur s'est transformée en une gigantesque cour d'école.

— Allez, la récréation est terminée ! lancé-je en frappant dans mes mains. Tout le monde dans le salon ! Tout de suite !

Ni une ni deux, mes gars se figent et se ressaisissent. Le port de tête déterminé, les épaules carrées, le corps contracté, ils s'exécutent immédiatement. En moins d'une minute seulement, ils se rassemblent à l'emplacement indiqué. L'atmosphère se charge en tension et l'air est devenu lourd. Romane quant à elle assiste pour la première fois à ce genre de démonstration.

— Qu'est-ce qu'il se passe ? m'interroge-t-elle.
— Dans votre chambre, maintenant ! lui ordonné-je durement.
— Non, je veux savoir ce qu'il y a ! réplique-t-elle avec assurance.
— Lacourt... grondé-je pour qu'elle la boucle.

— Ça fait trois semaines que vous me gardez prisonnière ! Je crois quand même pouvoir avoir des explications, merde !

Et voilà qu'elle recommence ! Autant elle sympathise et plaisante avec les autres, autant moi elle m'a pris en grippe. Pour une raison que j'ignore, elle me déteste et me tient responsable de tout. Or, s'il y a bien quelqu'un ici qui a tout fait pour lui sauver la vie, c'est bien moi. Alors qu'elle persiste et ronchonne, je l'observe se mouvoir malgré tout jusqu'à son antre. Je lui ai donné carte blanche pour commander ce qu'elle souhaitait, en l'occurrence se constituer une garde-robe, le temps qu'elle se retrouve coincée avec nous. Anubis s'est chargé de faire les courses et je crois qu'il s'est un peu trop appliqué. Les fichus leggings qu'elle porte pour ses séances de sport vont me rendre dingue !

— Si tu continues de mater son cul comme ça, tes lentilles vont s'enflammer, mon pote... Et je ne parle même pas de ton calbute !
— Ahri' ?
— Oui ?
— Ferme ta gueule...

Mon frère d'armes se fend la poire, tandis que nous rejoignons les autres dans le salon.

— On t'écoute, Than'... démarre Hadès pour me lancer le feu vert.
— Nous sommes attendus à Monterrey basé au nord du Mexique. Nous devons y retrouver Miguel Hernandez Jiménez. Il est à la tête d'un des plus grands cartels de drogue de cette planète. Son réseau s'étend de l'Europe à l'internationale. Jusque-là, les autorités l'ont laissé plus ou moins tranquille, mais un détail est venu changer la donne. Il a introduit sur le marché un stupéfiant redoutable, le Synthex X. Malheureusement, ce dernier a des effets dévastateurs et ceci à très court terme. Encore plus puissant, encore plus addictif

que l'héroïne et la cocaïne réunies, il n'existe pour le moment aucun substitut capable de sevrer ses consommateurs. Le gouvernement français dénombre déjà plus d'une centaine de morts par overdose en l'espace de quelques mois et plusieurs milliers dans le monde. Le but est d'éliminer la cible, démanteler toute la filière et tenter d'éradiquer ce nouveau poison qui envahit nos terres. Go, on y va !

— Et Romane ? m'interroge Pluton.

— Quoi Romane ?

— Eh bien, qu'est-ce qu'on fait ? intervient Odin.

— Elle reste ici jusqu'à ce qu'on boucle la mission.

— Mais on n'a aucune idée de combien de temps elle va durer ! proteste Anubis.

— Et alors ? Concentrez-vous sur l'objectif, bon sang ! Elle est suffisamment grande pour se gérer toute seule. Les placards sont pleins, le frigidaire est rempli, elle va pouvoir survivre sans nous !

— Je ne comprends pas pourquoi tu ne la renvoies pas chez elle. Elle a bien récupéré pourtant. Qu'est-ce que tu attends ? ajoute Lucifer en me mettant au pied du mur.

Acculé, j'ignore la remarque de mon coéquipier, attrape mon sac et me dirige vers la sortie. Je ne sais pas pourquoi, mais je suis plus serein qu'elle soit dans nos locaux, chez moi. J'ai conscience que je me comporte comme un homme de Cro-Magnon et que je ne pourrai pas la garder prisonnière indéfiniment, mais j'ai un mauvais pressentiment. Je ne le sens pas. Pas du tout. Cependant, quelques minutes plus tard, lorsqu'on arrive sur le toit et que nous grimpons dans l'hélico, je fais le vide dans ma tête pour ne plus ressentir qu'une seule chose : les ténèbres qui m'habitent et qui m'emportent avec elles dans la noirceur la plus totale.

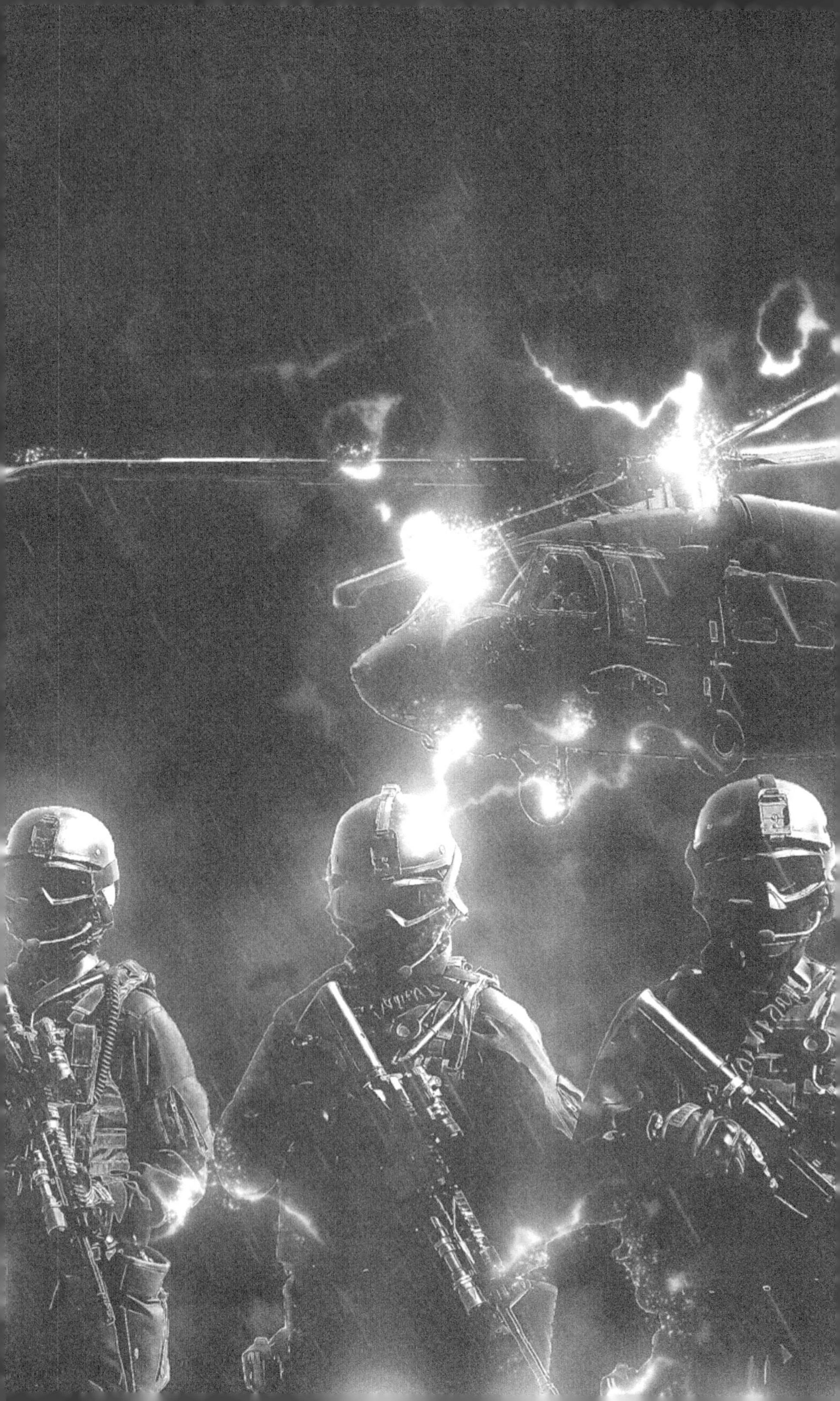

CHAPITRE 10

THANATOS

— Nous sommes arrivés sur le site, indique Ahri' en étudiant la carte sur son GPS.

— Reconnaissance en cours, nous lance Pluton qui survole le secteur à l'aide de son drone silencieux.

— Zone hostile en approche, nous informe Anubis qui est en première ligne.

— Ennemi détecté dans le périmètre, je répète ennemi détecté dans le périmètre. À cinq heures, nous met en garde Pluton.

— Okay, parés au déploiement. Restez sur vos gardes, grondé-je férocement.

À couvert, nous avançons lentement, notre fusil d'assaut bien en joue. Lors de ces moments, plus rien n'existe autour de nous. Seule la lave en fusion qui coule dans nos veines nous guide. La montée d'adrénaline qui prend naissance au creux de nos reins est telle qu'elle nous galvanise, nous invective à adopter le comportement adéquat à ce genre de situation. Sa présence dans notre organisme exerce un rôle indispensable. C'est elle qui va déclencher une réaction dans notre corps tout entier : notre fréquence cardiaque accélère, notre respiration s'emballe afin d'oxygéner plus rapidement notre cerveau, nos pupilles se dilatent, notre pression artérielle grimpe en flèche… Autant de sensations qui nous poussent à aller toujours plus loin, toujours plus vite, toujours plus fort. Les premiers coups de feu ne tardent pas à retentir et aussitôt je me retrouve moi aussi le doigt sur la gâchette. Pas de quartier, zéro pitié. Grâce à Pluton, nous avons réussi à localiser la cible dans cet entrepôt désaffecté au nord-est de l'état du Mexique et il est hors de question qu'il en ressorte vivant. Le bâtiment fait dix mille mètres carrés et c'est un véritable labyrinthe. Alors qu'on s'en doutait, dès les premières détonations, nous sommes plongés immédiatement dans le noir. Équipés de nos lunettes à infrarouges, ce n'est en aucun cas un problème pour nous, bien au contraire. Nous sommes sur notre terrain de jeu. Nous avons l'habitude de travailler dans ces conditions. Et puis, malgré la superficie importante et la complexité des lieux, nous connaissons le plan comme notre poche. C'est aussi ça le GHOST. Notre rigueur et notre ténacité font de nous des êtres redoutables. Nous ne laissons rien passer, le hasard n'a pas sa place. Jamais. L'erreur n'est pas envisageable. Si elle devait porter un nom, elle s'appellerait la mort. Braver le danger, affronter l'ennemi, combattre sans répit, tuer ou se faire tuer.

— La zone est sécurisée, gronde Pluton.
— Okay, nouveau point tactique établi. On recharge et on progresse, ordonné-je, extrêmement concentré.

À peine quelques secondes plus tard, Anubis est de nouveau dans son rôle d'éclaireur. Il en est toujours ainsi. Il est en première ligne en guise de bouclier, Odin et Ahri' en deuxième position, Pluton et moi en troisième, et enfin Lucifer et Hadès en dernier pour couvrir nos arrières. Voilà déjà quelques années que j'ai opté pour cette organisation stratégique et cela nous convient parfaitement. Les balles pleuvent à mesure qu'on avance.

— Pluton ! Sur ta gauche ! hurle Hadès qui ne peut malheureusement rien faire de là où il est.

Aussitôt, mon attention se déporte. Il ne me faut qu'une fraction de seconde pour réagir et abattre le forcené qui s'apprêtait à tirer sur mon frère d'armes. Pas le temps de tergiverser sur le pourquoi du comment ce mec est passé au travers des mailles du filet, nous continuons à canarder tout ce qui bouge jusqu'à ce qu'Anubis nous annonce, le timbre rocailleux :

— Zone critique en approche...
— Sur la terre comme au ciel, sans peur ni regret, avec honneur et intégrité, ma vie pour mon pays... récité-je alors avec mes tripes.

Cette phrase n'est pas une phrase comme toutes les autres. Non, elle est la devise du GHOST. Elle est marquée au fer rouge dans notre ADN, et gravée à l'encre noire sur notre peau. Elle est prononcée chaque fois que la mission s'avère extrêmement périlleuse, comme une dernière prière, un dernier salut.

Quand nous avons étudié les plans, nous savions que cette partie du bâtiment allait être difficile à maîtriser. Anubis et Odin balancent ainsi des fumigènes pour gagner du temps et c'est donc sans aucune certitude que nous nous élançons. La bataille fait rage et, protégés par nos casques et nos masques, nous éliminons un bon nombre de nos ennemis. Alors que je suis en train d'affronter un homme aux réflexes surprenants, je repère un type surgir de nulle part.

— Odin ! À ta droite !

Mon coéquipier se retourne juste à temps et dans un geste parfaitement calculé, il lui tranche la carotide. La lutte est acharnée et le sang jaillit en grande quantité. Les balles fusent, et je suis toujours en train de me battre avec l'autre forcené. Je me prends un coup de poing magistral qui a le mérite de me sonner quand, au moment où je m'apprête à riposter, mon adversaire meurt d'une balle entre les deux yeux.

Lucifer...

Je ne compte plus le nombre de fois où notre tireur d'élite excelle dans sa discipline. Enfin, quelques minutes plus tard, il ne reste plus personne debout, mis à part mes hommes et moi-même. Clairement, c'est un exploit. Cependant, on ne doit pas relâcher notre vigilance. Nous accédons à la dernière partie et c'est ici que se cache notre cible.

— Ennemis abattus, annonce Anubis.
— Zone hostile, on avance ! Ultime ligne droite ! ordonné-je vivement.

Tandis que nous poursuivons en esquivant et en enjambant des corps inertes, je réalise que nous sommes sur le point de réussir notre mission. Néanmoins, je ne laisse pas ce paramètre interférer dans ma concentration. Tout peut encore arriver, il est capital de ne jamais baisser la garde. Cela dit, la douleur atroce qui me pourfend soudainement de part en part confirme mes dires. Mon souffle se coupe, emprisonné sous ma cage thoracique qui ne parvient plus à se soulever. Une odeur ferreuse assaille violemment mes narines et dès lors je comprends que ça va être compliqué pour moi. Je retiens un râle rauque et puissant, puis titube tant la souffrance est insupportable. Malgré tous les efforts que je m'évertue à déployer pour tenter de mener à bien cette mission, ma vue se brouille et je finis par m'écrouler sur le sol.

Sur la terre comme au ciel, sans peur ni regret, avec honneur et intégrité, ma vie pour mon pays...

CHAPITRE 11

Romane

Voilà déjà une semaine que je me retrouve isolée dans ce loft gigantesque, mais aussi un mois que l'équipe du GHOST m'a sauvé la vie. Ne me demandez surtout pas ce que signifie leur acronyme ou encore en quoi consiste leur travail exactement, je n'en sais foutre rien. Enfin, j'ai bien une petite idée, mais elle me paraît tellement stupide que je préfère la garder pour moi. Imaginer une seule seconde qu'une unité d'élite secrète existe dans le seul but d'éliminer les criminels les plus redoutables et les plus recherchés de cette planète est juste abracadabrant, surtout à notre époque. C'est vrai quoi ! De nos jours, on doit rendre des comptes à tout le monde. Faire attention à ce qu'on dit, ce qu'on fait. Nous ne sommes plus en mesure de penser ce que l'on veut, c'est quand même malheureux. Finalement, tout ce que je peux vous certifier, c'est qu'ils ne plaisantent pas.

Les premiers jours, je n'osais pas sortir de ma chambre. Puis, n'en pouvant plus de rester enfermée, j'ai pris mon courage à deux mains et j'ai commencé à pointer le bout de mon nez dans la pièce de vie commune. Aussi surprenants soient-ils, ces soldats passent la plupart de leur temps ensemble, même si chacun d'eux possède son espace personnel. Au fil du temps, j'ai appris à les observer, à les découvrir et si on fait abstraction de leur uniforme qu'ils portent en permanence et surtout de leur cagoule de cinglés, ils sont plutôt sympas. Enfin, si on occulte Lucifer qui semble vouloir me coller une balle entre les deux yeux chaque fois qu'il me croise, ou encore Thanatos qui ne m'adresse pas la parole. Lui, clairement, il est chelou. À la limite, avec Lucifer, je sais à quoi m'en tenir, je connais le fond de sa pensée, tandis qu'avec l'autre, j'ignore sur quel pied danser et je n'aime pas ça du tout. Pire, lorsqu'il est dans les parages, mon cœur s'affole, ce qui est pour le coup complètement ridicule. Ça doit certainement être son odeur qui m'embrouille l'esprit. Étant donné que c'est lui qui m'a sauvé la vie, je vais mettre ça sur le dos du choc post-traumatique.

Ouais, ça doit être ça...

En attendant, coupée du monde depuis mon enlèvement, je prends mon mal en patience. Thanatos m'a informée avoir prévenu ma famille, mais je n'en sais guère plus. Il n'a rien voulu me dire, donc j'ignore comment il a fait pour leur justifier mon absence depuis tout ce temps, mais il m'a garanti qu'il avait réglé le problème et que je ne devais pas m'inquiéter. J'avais envie de lui poser un nombre incalculable de questions comme : est-ce que mes parents se portaient bien ? Comment ont-ils réagi en apprenant la nouvelle ? Est-ce qu'il a également averti Emma ? Néanmoins, vous commencez à connaître l'énergumène, j'ai dû me contenter de son silence et de ses brefs hochements de tête. Alors pour me rassurer, je tente de me réconforter en me répétant que tout va bien. Ce qui est faux, soyons lucides deux minutes. Mes nuits sont peuplées de cauchemars abominables. Valentino me hante et ronge ma santé mentale chaque jour. J'ignore ce que j'ai vu exactement lorsque ces soldats étranges m'ont découverte, mais je pensais qu'ils l'avaient éliminé. Or, je me trompais, d'où ma présence encore ici. D'après les fous furieux qui me servent de colocataires, Valentino est toujours à ma recherche. Ma vie étant en danger, je dois demeurer enfermée jusqu'à ce qu'ils remettent la main dessus.

Cela va donc faire un mois que je me défoule comme je peux. L'immeuble ultra sécurisé dans lequel je vis compte un espace balnéo incroyable, une salle de sport époustouflante, un centre d'entraînement où j'ai pu assister à des corps à corps violents, des sessions de tirs exaltantes, ainsi que des exercices de simulations en temps réel impressionnants. Mais ce que je préfère, c'est m'isoler sur le toit du bâtiment. J'apprécie me retrouver sur cette terrasse qui semble dominer le reste du monde. J'ignore à quel endroit exact je me trouve, mais je m'en contrefiche. Je me sens bien, libre comme jamais je ne l'ai été auparavant. Ce qui, quand on réfléchit bien, est complètement absurde puisque ma tête est mise à prix par mon timbré d'ex. Allongée sur un tapis, j'effectue ma séance de yoga en bénissant ce silence bienfaiteur. Les cheveux au vent, j'inspire l'air frais qui s'infiltre avec vivacité dans mes poumons.

Il est tard, mais j'adore observer le coucher du soleil. J'aime voir les étoiles briller haut dans le ciel. Enfin ça, c'était avant que je manque de m'envoler par-dessus le toit de l'édifice et que je risque de m'écraser comme un vulgaire moustique sur le parebrise d'une bagnole. Je m'évertue à clouer mes pieds sur le bitume en m'accrochant à tout ce que je peux, tandis que je sens mon corps se soulever malgré moi. Je comprends désormais pourquoi les meubles du patio sont soudés et pourquoi Anubis m'a informée que cela ne servait à rien que j'y installe des plantes. Il est vrai que le H peint au sol m'a plus ou moins interpellée, mais je n'avais jamais vu d'hélicoptère jusqu'ici.

Cependant, un vrombissement sourd me fait lever la tête et aussi incroyable que cela puisse être, c'est bien un hélico qui approche et atterrit sur le toit de l'immeuble. La bouche grande ouverte, je reste estomaquée. Médusée, j'observe les garçons sortir un à un. J'ai l'impression d'être dans un film de James Bond. Étonnamment, mon cœur s'emplit de joie à l'idée de les retrouver. Plus les jours ont passé et plus j'ai ressenti des affinités avec eux. Jadis volage et je l'avoue, intéressée par les hommes, j'ai un tout autre regard sur cette équipe qui m'entoure. Est-ce parce qu'ils m'ont sauvé la vie et qu'ils se comportent comme de véritables grands frères protecteurs avec moi ? Ou bien est-ce parce que j'ai été plus qu'échaudée par mon expérience avec Valentino ? Peut-être un peu des deux.

Le seul ici qui me perturbe plus qu'il ne le faudrait est le fameux chef de la bande. Il dégage une aura mystérieuse et envoûtante. Ou bien son sang qui coule dans mes veines me parasite les sens. Cependant, mon bonheur de les retrouver disparaît aussitôt quand je m'aperçois que l'un d'entre eux est touché. Horrifiée, je regarde la civière approcher. De là où je me situe, je suis incapable de vous dire qui est blessé. Impossible de rester ainsi sans rien faire, c'est plus fort que moi, je m'élance dans leur direction.

— Mon Dieu ! Qu'est-ce qui s'est passé ?! hurlé-je affolée, pour couvrir le vacarme des pales de l'hélico qui tournent encore à un rythme effréné.

Forcément, personne ne me répond. J'observe attentivement la silhouette du soldat allongé sur le brancard et je l'identifie au premier coup d'œil.

Thanatos…

J'ignore pourquoi, mais mon cœur se comprime douloureusement. Voir cet homme inconscient, alors qu'il m'a sauvé la vie, me bouleverse. Au pas de course, je les suis jusqu'à un étage qui m'était encore inconnu. Après avoir déverrouillé l'accès grâce à un badge que je ne possède pas, nous entrons dans un lieu aseptisé. L'air froid, le blanc qui recouvre les murs, le sol antistatique, tout ici laisse à penser que nous nous trouvons dans un hôpital. Hadès, le médecin du groupe, part d'un côté tandis que deux d'entre eux amènent leur boss dans… dans un bloc opératoire ?

C'est quoi ce délire...

Quelques secondes plus tard, par le hublot de la porte, j'observe Hadès en tenue de chirurgien s'approcher de son camarade tandis que les deux autres ont également enfilé une blouse blanche. Dans une synchronisation parfaite, ils apportent un portique et accrochent un drap pour me cacher la vue.

Me voilà dans Grey's Anatomy maintenant...

— Est-ce que quelqu'un peut m'expliquer ce qui est arrivé à Thanatos ? m'inquiété-je alors que le reste de l'équipe patiente derrière moi.

Aucune réponse... Agacée, je me retourne alors pour les regarder. Tous sans exception ont le visage rivé sur moi. À cause de leur cagoule, je ne parviens pas à décrypter leur expression, mais à la vue de leur posture, j'en déduis qu'ils sont surpris.

— Bah quoi ? Qu'est-ce qu'il y a ? demandé-je.
— Comment sais-tu que c'est Thanatos sur le billard ? m'interroge Lucifer sur la défensive.
— Ce n'est pas difficile, il...

Dans un éclair de lucidité, je ne termine pas ma phrase. Si je leur dévoile mes astuces pour distinguer qui est qui, ils changeront leurs habitudes pour certains et je ne pourrai plus deviner à qui j'ai affaire. J'ai passé assez de temps à les étudier pour les repérer. Prenons l'exemple d'Ahri', c'est relativement simple, c'est le plus grand de la bande. Odin, idem, c'est le plus petit. Ça se joue à quelques centimètres, mais ça me suffit pour les différencier. Lucifer, quant à lui, ce n'est pas compliqué, il fronce sans arrêt les sourcils. Anubis possède une légère entaille au coin de l'œil, Hadès a le symbole de la médecine brodé sur la poche droite de son uniforme. Pluton est le seul à porter son holster à la jambe gauche et enfin... Thanatos est le plus costaud, le plus massif. Sans parler de son poignard qui ne le quitte jamais.

— Ce n'est pas difficile ? répète Anubis pour que je termine ma phrase.
— Vous savez quoi ? Eh bien moi aussi j'ai décidé que j'aurai mes petits secrets. Je ne vous dirai pas comment je fais pour vous différencier ! N'est-ce pas Lucifer et Anubis ! Quant à toi, Odin, ce n'est pas la peine de me regarder comme ça, affirmé-je avec assurance.

Trois paires d'yeux me sondent intensément jusqu'à ce que ce dernier finisse par parler.

— La mission a mal tourné… m'annonce-t-il.
— Oui merci, ça, j'avais remarqué, répliqué-je avec sarcasme.
— On a sous-évalué notre adversaire, soupire Anubis en passant une main lasse sur son visage.
— Nous pensions les avoir tous éliminés, commente de nouveau Odin.
— Vos gueules, putain les gars ! s'énerve Lucifer.
— Ça va, Lux'… murmure son coéquipier.
— Non, ça ne va pas, non ! s'agace-t-il.
— C'est déjà trop tard de toute façon… chuchote Anubis, mystérieux.
— Trop tard de quoi ? demandé-je en ne comprenant rien à la tournure que prend notre conversation.
— Laisse tomber… Than' s'est fait planter, ce sont les risques du métier. Estimons nous heureux qu'il respire encore… cingle Lucifer sur un ton qui n'appelle aucune réponse.
— Les risques du métier ? Estimons nous heureux qu'il respire encore ? répété-je, abasourdie.

Encore sous le choc des réactions de Lucifer, je m'assois auprès des autres. Bien qu'il veuille se montrer détaché, il ne parvient pourtant pas à cacher le stress qui le ronge. Alors qu'il tourne en rond et qu'il craque ses doigts gantés encore et encore, je prends quelques secondes pour tous les observer. Ces individus, aussi étranges soient-ils, forment une famille. Certes atypique, mais une vraie famille quand même.

J'ignore si un quelconque lien de sang les unit, mais je ne serais pas surprise de l'apprendre tant ils paraissent fusionnels. En réalité, je ne sais rien d'eux. Je n'ai également aucune idée d'où ils viennent, comment ils s'appellent ni l'âge qu'ils ont. Est-ce qu'ils ont un autre foyer ? Mystère. Ils vivent en autarcie, reclus du reste du monde. Pire, ils semblent ne posséder aucune identité mise à part celle que leur uniforme leur confère. Une part de moi éprouve une certaine fierté à les côtoyer. Je ne peux me résoudre à ce qu'ils soient des criminels. J'ai effectivement pu constater que ce n'étaient pas des enfants de chœur, mais j'ai l'intime conviction qu'ils agissent pour le bien de l'humanité. Qu'ils sont une sorte de superhéros des temps modernes, des fossoyeurs de l'extrême visant à anéantir les monstres qui détruisent nos vies. Enfin, j'espère que c'est ça. Sinon, je suis tombée chez les fous et ça m'étonnerait que je sorte d'ici en un seul morceau.

— Romane ? m'interpelle Anubis comme s'il attendait de moi une réponse.
— Oui, pardon ? m'excusé-je alors que je n'ai rien entendu, perdue dans mes pensées.
— Je te demandais si ta semaine s'était bien passée.
— Oui, on peut dire ça… répliqué-je, évasive.
— On peut dire ça ? répète Odin, intrigué.
— Vous m'avez manqué, soufflé-je intimidée par le poids de leur regard sur moi et par ma confession. En réalité, mon quotidien en général me manque. Mon travail, ma meilleure amie, ma famille…

Plus je parle et plus j'ai l'impression que Lucifer va péter un plomb. J'ignore réellement ce que je lui ai fait pour qu'il me déteste autant.

— Ne fais pas attention à lui, murmure Anubis. Toi aussi tu nous as manqué.

Je suis émue par ses confidences. Me sentir entourée de tous ces anges gardiens, peu conventionnels je vous l'accorde, me réchauffe le cœur. Même si le danger plane toujours, je ne peux pas occulter le fait qu'ils m'ont sauvé la vie et qu'ils continuent de me protéger.

— Est-ce que… est-ce qu'il va s'en tirer ? demandé-je en fixant les battants de portes qui ont englouti celui qui m'a extirpée de l'enfer.
— Had' est le meilleur chirurgien de tous les temps et Than' est une vraie force de la nature, ma belle. Il va s'en sortir, il n'a pas d'autre choix… me lance Odin avec persuasion.

J'ignore s'il le pense réellement ou s'il tente de s'en convaincre lui-même, mais ça suffit à atténuer la boule d'angoisse qui enfle au creux de mon ventre. Deux longues heures plus tard, les garçons quittent enfin le bloc opératoire. Je devine aisément à leur posture qu'ils sont épuisés, même si leur visage m'est dissimulé.

— Il est hors de danger, nous lance le docteur. Son état est désormais stable. Il est encore endormi donc nous allons le transférer pour qu'il se réveille tranquillement dans sa chambre.

La mine médusée, je percute au moment où il passe sur son brancard qu'il porte toujours sa cagoule.

— Mais… mais vous ne pouviez pas lui retirer ce truc sur sa tête ?
— C'est ce qu'on a fait, on vient seulement de lui remettre, me répond Ahri'.
— Mais pourquoi la lui remettre maintenant alors que…

Soudain je m'arrête. Je cesse de parler, car je sais. Je sais que tout le temps où j'ai vécu avec eux, s'ils ont conservé constamment leur masque, c'est uniquement à cause de ma présence, pour que je ne découvre pas leur apparence…

— Oh mon Dieu ! C'est un peu exagéré, non ?
— Du calme, Zébulon, m'intime Pluton en m'affublant d'un surnom. C'est comme ça, tu n'y es pour rien. C'est le règlement…

— Eh bien, vos règles, elles sont à chier ! me révolté-je alors que mes yeux sont toujours rivés sur Thanatos.

Je ne saurais comment vous l'expliquer, mais je ne supporte pas de le voir comme ça. Ça me fait un mal de chien. Personne ne prend la peine de me répondre et ensemble nous nous rendons dans son appartement. Nous empruntons les escaliers, sauf Pluton et Hadès qui emmènent le blessé par l'ascenseur. Une fois sur place, je décide de ne pas quitter Thanatos en m'asseyant sur un fauteuil que j'approche au bord du lit.

— Il va se réveiller dans combien de temps ? interrogé-je Hadès.
— Il devrait commencer à émerger d'ici une petite heure, m'informe-t-il d'une voix tendre.
— Je peux rester avec lui ?
— Romane... souffle le soldat.
— Had'... le supplié-je en lui faisant les yeux doux.
— Bon d'accord, mais je ne peux pas te laisser sans surveillance. Lucifer gardera un œil sur toi, de loin...
— Lucifer, carrément... Tu... tu ne me fais pas confiance ? murmuré-je, le timbre éraillé.
— Je ne peux pas prendre de risques, je suis désolé, soupire-t-il tout en regagnant la sortie.

Il s'apprête à me dire autre chose, puis se ravise et s'éclipse. Aussitôt, je découvre la tête de l'autre barjot passer par l'entrebâillement de la porte, le regard mauvais. Lucifer entre, puis se poste dans le coin de la pièce.

— Je n'avais pas besoin d'une nounou, répliqué-je, blessée.
— Et moi j'avais autre chose à foutre que de jouer les baby-sitters ! gronde-t-il sévèrement.
— Vois le côté positif, tu serviras au moins à quelque chose une fois dans ta vie ! riposté-je avec virulence.
— Bouffonne... marmonne-t-il à voix basse.
— Espèce de... tu sais quoi ? Je regrette que ce ne soit pas toi qui sois allongé dans ce lit !

— Outch, me rétorque-t-il en faisant mine d'être touché en plein cœur.

Connard…

C'est dingue comme il peut me faire sortir de mes gonds. Bref, je tente de me ressaisir et reporte mon attention sur Thanatos, sans oublier de regarder l'heure. Je l'examine méticuleusement et constate qu'il porte encore ses chaussures. Sans réfléchir, je me lève, puis commence à dénouer ses lacets.

— Qu'est-ce que tu fous ? grogne Lucifer derrière moi.
— Va te faire foutre, Lucky…

Je lui ôte sa première rangers, puis la seconde que je dépose un peu plus loin dans la pièce. Je retire également ses chaussettes afin qu'il soit à l'aise lorsqu'il se réveillera. Je le borde avec la couverture, m'installe de nouveau à ses côtés et soupire. Je ne le connais pas et pourtant c'est comme si quelque chose nous reliait l'un à l'autre. Après plusieurs minutes, je prends conscience qu'il ne porte pas le haut de son uniforme sous ses draps et, pour une raison que j'ignore, mon pouls s'emballe. Je suis folle. Malgré tout, je ne résiste pas à la tentation et faufile discrètement ma main sous la couette. Aussitôt, celle-ci vient toucher la sienne. Elle glisse contre sa peau et j'enserre immédiatement ses doigts entre les miens. Ce contact électrise mes sens et poussée par une volonté sourde, ma seconde paume s'accroche à lui et ne bouge plus. Je m'efforce de lui insuffler l'énergie nécessaire pour qu'il revienne à lui en douceur, de lui apporter un semblant de chaleur pour ainsi apaiser son cœur et ses douleurs. Mais très vite, le temps se rappelle à moi. Je me lève à contrecœur, puis m'apprête à quitter la pièce sous l'œil interrogateur de l'autre enfoiré.

— Il va émerger d'une minute à l'autre… Retire-lui sa cagoule, je refuse qu'il se réveille avec ça sur la tronche.
— Lacourt… gronde-t-il.
— Je resterai dans ma piaule, affirmé-je avec détermination alors que je sors sans un regard pour lui.

Je traverse le couloir, puis arrive dans l'immense salon qui leur sert à tous de repaire. Sans surprise, ils sont affalés dans les fauteuils et le canapé à attendre patiemment alors qu'ils doivent être sur les rotules. Ils se redressent immédiatement et m'assaillent de questions.

— Ça y est, il a repris connaissance ?!
— Comment il va ?
— Il t'a dit quelque chose ?
— Non, il dort encore. Je suis partie pour que Lucifer puisse lui enlever votre masque ridicule avant qu'il ne revienne à lui. Je vais dans ma chambre, vous devriez en faire autant. Ah oui, j'oubliais, vu que vous ne me faites toujours pas confiance, vous n'avez qu'à m'enfermer à clef. Je ne suis plus à ça près…
— Romane… souffle Hadès, piqué au vif.

Je l'ignore et poursuis mon chemin. Dès que je retrouve mon lit, je me laisse tomber lourdement sur l'édredon. Mon répit est de courte durée et je grogne d'agacement en réalisant que je dois aller me laver. Après la séance de sport que je me suis infligée, je ne suis plus très fraîche. J'ai une flemme monumentale, mais je puise malgré tout dans mes dernières réserves et trouve la force de me lever. Ni une ni deux, je saute sous la douche attenante à la chambre. Étant la seule femme, entourée de parfaits inconnus, et surtout après ce que j'ai vécu, je peux vous garantir que je suis bien contente de posséder ma propre salle de bain. Malgré l'heure tardive, je m'octroie quelques minutes pour me prélasser sous l'eau chaude, ce qui me fait un bien fou. Je clos mes paupières et prends de grandes inspirations jusqu'à ce que j'entende un bruit. En alerte, les battements de mon cœur s'emballent et j'ouvre subitement les yeux. Avec la chaleur et toute cette vapeur, je ne distingue pas à qui appartient la silhouette qui se situe derrière la paroi vitrée, mais une chose est sûre, il y a bien quelqu'un. Sans crier gare, je hurle de toutes mes forces. Le cri strident qui surgit de mes lèvres me pète moi-même les tympans.

— Romane ! Romane ! Ce n'est que moi !!! Anubis ! C'est Anubis !

Si je n'avais pas eu la frousse de ma vie, j'aurais scandé en retour : « Par Toutatis ! ». Mais là, j'en suis incapable, je suis à deux doigts de crever de peur. J'entrouvre la cabine pour m'en assurer et un soupir de soulagement m'échappe. Cependant, je me ressaisis très vite et cache alors ma poitrine ainsi que mon entrejambe comme je peux.

— Putain, mais qu'est-ce que tu fous ??? répliqué-je, la respiration saccadée.
— Bon sang, mais il se passe quoi ici ? s'inquiète Pluton qui arrive en courant, suivi de très près par les quatre autres.
— Non, mais ça va, oui ! me scandalisé-je. Je peux prendre ma douche tranquille, oui ou merde ?!
— Je venais juste t'informer que Than' s'est réveillé. Comme tu as veillé sur lui, je pensais que ça te ferait plaisir… se justifie-t-il, embarrassé.
— Et tu ne pouvais pas me le dire derrière la porte ? le questionné-je, suspicieuse.
— Je l'ai fait, tu n'entendais rien ! se défend-il cette fois-ci avec vigueur.
— Donc tu t'es dit, tiens je vais rentrer, tout en sachant que j'étais à poil en train de me laver ?
— Je te promets que j'ai détourné le regard ! Je te le jure !

Ils semblent être tous sous le choc. Un bref instant, je les détaille et m'aperçois que leur cagoule est plus ou moins de travers. J'en déduis qu'ils l'avaient enlevée et que suite à mon cri, ils l'ont remise en urgence. J'étouffe un rire et m'apprête à leur demander de quitter les lieux quand je le vois… Je me fige sur-le-champ, à l'inverse de mon pouls qui s'affole frénétiquement. Dans le coaltar, appuyé contre le chambranle de la porte, Thanatos me fait face. Torse nu, une chaîne autour du cou que je n'avais jusque-là jamais aperçue, il tient dans sa main une espèce de poche reliée à un tube qui sort d'un bandage impressionnant entourant son dos et ses pectoraux. Nos iris se télescopent et je reste paralysée par l'intensité de son regard. Lui aussi a visiblement eu le réflexe d'enfiler sa cagoule.

Dommage…

Il vacille et un vent de panique m'envahit. S'il s'écroule au sol, il risque de se faire très mal. Sans réfléchir, je m'élance et l'attrape dans mes bras. Chose complètement absurde puisqu'à ses côtés je suis un poids plume. Je serais bien incapable de le retenir s'il venait à s'évanouir et chuter. Néanmoins, je ne bouge pas, bien trop consciente de son corps contre le mien, de sa peau contre la mienne, de ma poitrine plaquée contre son torse blessé, de mes mains arrimées à ses épaules… À cet instant précis, je me demande finalement qui tient qui. J'inspire à pleins poumons et me shoote de son odeur alors que j'ose enfin planter mes prunelles dans les siennes. Même si je m'en doutais, j'ai la confirmation qu'il porte des lentilles de contact. Les yeux rougis par l'irritation de ces dernières, sûrement due à l'opération, il me dévisage. La lueur étrange qui brille sous ses paupières encore alourdies par l'intervention et l'anesthésie me bouleverse. J'ai l'impression que plus rien d'autre n'existe autour de nous. Seules nos respirations haletantes résonnent et atteignent mes oreilles. Puis, un raclement de gorge brise la bulle dans laquelle nous nous trouvions. Avec difficulté, je détourne mon regard et aperçois Odin me tendre une serviette.

Oh putain…

J'avais complètement oublié la présence de ses frères d'armes, et par la même occasion que j'étais nue. Je me précipite et m'enroule dans le tissu alors qu'Hadès et Ahri' viennent immédiatement épauler leur coéquipier. Je les observe s'éclipser, pendant qu'Anubis s'excuse une nouvelle fois.

À nouveau solitaire, je brosse et sèche mes cheveux, me lave les dents, puis me glisse sous la couette. Un soupir s'échappe de ma bouche, et tandis que je ferme les yeux pour m'endormir, ce sont deux prunelles intenses et charbonneuses qui me percutent de plein fouet.

Seigneur, qu'est-ce qui m'arrive…

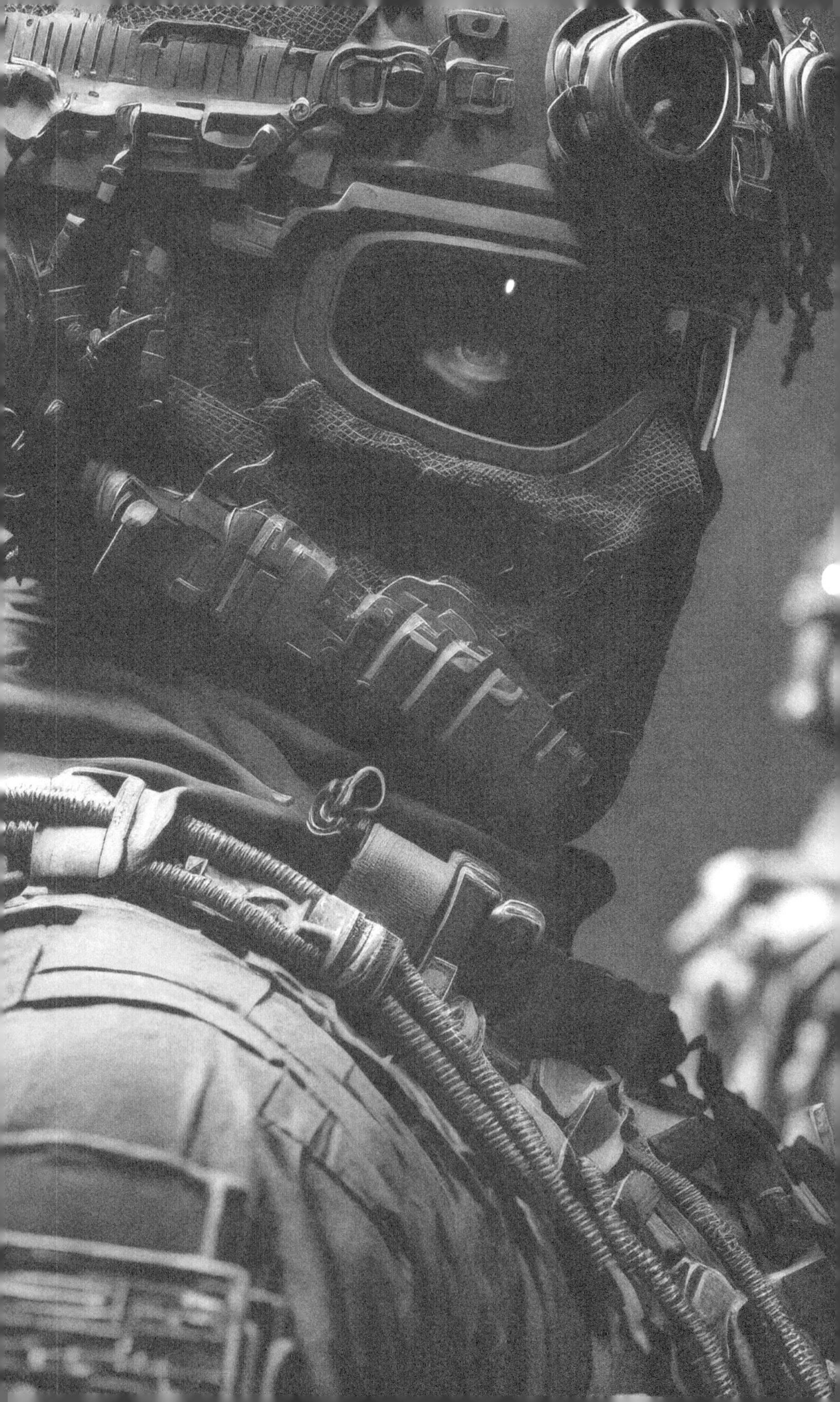

CHAPITRE 12

THANATOS

— Tu dois aller te coucher, mon frère… Tu viens de passer au bloc, tu t'es fait poignarder… Tu t'en souviens ? me lance Ahri' avec délicatesse.

— C'est flou… répliqué-je, la voix pâteuse et le corps lourd. Mon gilet pare-balles…

— Il a réussi à te toucher sur le côté. Le coup porté a entraîné la lésion d'une artère intercostale, mais a aussi perforé ton poumon, provoquant un pneumothorax. Je t'ai posé un drain pleural, mais tu dois absolument rester au lit, Than', je ne plaisante pas, me rétorque Hadès, le ton grave. Tu as de la chance d'être encore parmi nous…

Je n'ai pas tout compris à ce qu'il me racontait. Pour tout vous dire, j'ai surtout l'impression de planer.

— Okay, dis-je pour unique réponse. Celui qui m'a fait ça est…

— Six pieds sous terre. Lucifer lui a explosé la tête avant qu'il ne te plante une deuxième fois, affirme Had' tout en retirant mes lentilles qui me défoncent les yeux. Je vais t'en donner des nouvelles, celles-ci n'ont pas supporté l'anesthésie.

— Okay, merci. Et la mission ?

— Un succès. Jiménez est mort. Nous avons mis la main sur son ordinateur et tous ses contacts. Et le clou du spectacle, nous avons localisé l'ensemble des laboratoires qui servaient à fabriquer le Synthex X. On a tout fait péter en balançant des roquettes depuis l'hélico, m'informe Ahri'.

— Bravo, beau boulot les gars… les félicité-je en grimaçant à cause de la douleur dans ma poitrine.

— Maintenant, tu dois te reposer. Si tout se passe bien, je pourrai t'enlever ton drain d'ici quelques heures, m'annonce Hadès, le ton confiant.

— Romane… murmuré-je alors que son cri résonne encore sous mon crâne.

— Elle va bien. Elle a juste été surprise par Anubis. Tout va bien, Than'. Tout va bien, me répète Ahri' tandis que mes paupières sont de plus en plus lourdes.

— Je ne sais même pas comment il a fait pour se lever… me parvient la voix d'Hadès avant que je sombre définitivement.

Lorsque je reprends connaissance, je suis totalement déphasé. J'ignore quel jour on est, et même où je me trouve. Il me faut plusieurs secondes, voire quelques minutes pour me remémorer les derniers souvenirs. La mission, la douleur atroce qui m'a assommé, mon réveil dans la chambre, le hurlement de détresse de Romane, sa peau nue contre la mienne, puis… plus rien. Petit à petit, je commence à ouvrir les yeux et prends soudain conscience de mon corps meurtri. La souffrance qui m'assaille subitement me terrasse de l'intérieur. D'un geste hésitant, je palpe mon torse, mon flan et réalise la gravité de ma blessure. Je bouge mes pieds, mes jambes, mon bassin… tout va bien de ce côté-là… Même si j'ai réussi à me lever pour venir à la rescousse de ma protégée, j'ai besoin de le vérifier une nouvelle fois. Lorsque je l'ai entendue crier, mon sang n'a fait qu'un tour et mon instinct a pris le dessus sur tout le reste. Ma tête tournoyait, mes membres étaient lourds, mais la décharge d'adrénaline qui m'a traversé a accompli un miracle. Contrairement à maintenant où je peine à me redresser. J'ai horreur de ça. Me sentir faible et ne rien pouvoir faire. Je râle et très vite ma porte s'ouvre pour laisser passer Hadès qui ne porte pas de cagoule. Aussitôt, je suis en état d'alerte, mais rapidement mon collègue comprend et me rassure.

— Du calme, mon frère ! Romane est dans sa chambre !
— Et si elle sortait sans prévenir ?! Elle ne doit jamais découvrir nos visages, bordel ! rétorqué-je vivement.
— Aucun risque... me souffle-t-il un brin gêné.
— Tu l'as enfermée à clef ? grondé-je subitement à la pensée qu'ils la retiennent prisonnière comme une putain de détenue.
— C'était son idée ! se défend-il d'emblée. Elle voulait que tu puisses te réveiller sans avoir ce truc sur la bouche et sur le nez. Et du coup, elle nous a suggéré d'en faire autant...
— Remettez-les immédiatement, c'est hors de question qu'elle reste cloîtrée comme ça, ordonné-je en colère.
— D'accord, mais avant détends-toi, je m'occupe de ton cas et ensuite, j'irai voir les gars.

Un râle rauque s'échappe de ma gorge alors que je fulmine de la savoir bloquée dans sa chambre. Une part de moi me dit que c'est n'importe quoi ; que si c'est elle qui l'a proposé, c'est que cela ne la dérange pas outre mesure ; que je dois arrêter de me comporter comme un fichu homme des cavernes avec elle. Cependant, l'autre partie de moi, celle indomptable et primitive me pousse à sortir les crocs. À son contact, mon instinct animal et protecteur se décuple avec une force exponentielle. Le souci, c'est que mon attitude va la conduire directement à sa perte. Je dois absolument cesser de ressentir ces choses étranges quand je suis en sa présence, cette espèce d'attirance qui me retourne le bide et s'empare de mon cerveau pour en prendre le contrôle. J'ai merdé. Je n'aurais jamais dû la ramener avec nous. À présent, je sens bien que H se doute de quelque chose et ça c'est dramatique. Je suis le mieux placé pour savoir que celui qui choisit nos missions est impitoyable et sans cœur. Je sais très bien comment il va vouloir résoudre le problème. Jamais le GHOST n'a été confronté à une telle situation et j'ignore comment me sortir de ce bourbier. Si je la libère, il va la tuer, j'en suis sûr. Et en même temps, je ne peux pas la garder ici indéfiniment.

— On va trouver une solution, Than'… me souffle Had' en lisant dans mes pensées.

Elle est là, la force de notre équipe. Nous sommes capables de communiquer en silence ou encore de deviner ce que l'autre a dans la tête. C'est facile, nous nous connaissons sur le bout des doigts. Nous sommes des frères dans l'âme et dans le cœur. Le seul lien du sang qui nous unit est celui qu'on fait couler à flots.

— Et si on lui en parlait tout simplement ? suggère Ahri' que je n'avais pas entendu arriver.
— Surtout pas ! Pas tout de suite, il faut d'abord que j'étudie toutes les possibilités…
— Okay, c'est toi qui décides, chef… Une chose est sûre, je ne regrette pas que tu l'aies emmenée avec nous. Cette nana est… elle est incroyable, soupire Ahri', l'air rêveur, un grand sourire aux lèvres.

J'ai l'impression que je suis en train de me transformer en un putain de brasier incontrôlable. La colère qui déferle à toute vitesse dans la moindre particule de mon corps me fait serrer les poings de toutes mes forces. Mes doigts compriment et froissent les draps, tandis que la rage afflue violemment dans mon organisme. Mon changement de comportement ne passe pas inaperçu et mon coéquipier réagit avant que je vrille totalement.

— Enfin, je veux dire par là, je l'aime bien. C'est une chouette fille, je... tente-t-il de se dépatouiller alors qu'il s'enfonce encore plus.

— Tu ne la touches pas, grondé-je le ton meurtrier.

— Bien sûr que non ! Aucun de nous ici n'a des vues sur elle ! C'est un peu comme... comme notre petite sœur, tu vois ? De toute façon, on a bien compris que c'était chasse gardée...

— Chasse gardée ? Comment ça ? répété-je en fronçant les sourcils.

— Okay, bon, assez parlé, ordonne non plus l'ami, le collègue, le frère, mais le chirurgien. L'ablation de ton drain sera envisageable uniquement si la radiographie que tu vas passer met en évidence une réexpansion pulmonaire satisfaisante ainsi qu'une absence de bullage et d'un volume de sécrétions inférieur à 100 ml au cours de ces douze dernières heures.

Je le laisse m'expliquer le pourquoi du comment de ceci et pas de cela, mais pour être tout à fait honnête avec vous, je ne l'écoute plus. Hadès est un vrai génie et lorsqu'il part dans ses délires, plus rien ne l'arrête. Tandis que les gars m'installent dans un putain de fauteuil roulant pour m'emmener au centre d'imagerie que nous possédons au sein de l'immeuble, moi je m'imagine déjà entrer en douce dans la chambre de Romane pour ainsi me glisser entre ses draps et la prendre dans mes bras. Je perçois quelques bribes de conversation : « accolement pleural », « étanchéité autour des orifices »... Mais franchement, penser au petit cul de Romane collé contre ma queue est quand même beaucoup plus intéressant. J'ignore pourquoi, mais depuis que je l'ai revue, je n'ai plus qu'une seule chose en tête, me nicher dans son cou et inspirer son odeur à plein nez. Elle me rend fou.

— ... il faut alors baisser progressivement la dépression jusqu'à la mise en siphonage individuel qui va favoriser l'exclusion du drain...

Pour la première fois, je ressens quelque chose d'étrange. Jusqu'à présent, cela ne m'était jamais arrivé. J'ai consacré toute ma vie à servir mon pays. J'ai signé pour ne plus exister, pour être un fantôme aux yeux de tous, à l'exception de mes frères d'armes, mon père et mon frangin. Je me suis toujours contenté d'assouvir mes besoins charnels lors de mes permissions, et encore, ça n'a jamais été ma préoccupation première. Quand on appartient au GHOST, on ne pense plus à rien d'autre. On fait taire l'essence même de notre personnalité, on tue dans l'œuf nos souhaits et nos désirs, nos ambitions et nos rêves les plus fous. En réalité, on devient une arme. Pas n'importe laquelle, non… On devient l'arme la plus redoutable que notre pays puisse compter après la bombe nucléaire.

— Si tout est okay, nous allons enlever ton drain en respectant des conditions d'asepsie strictes pour prévenir tout risque d'infection. L'aspiration est conservée pendant toute la durée du retrait. Nous allons devoir tirer au moment du cycle respiratoire où la pression pleurale est la plus élevée afin d'éviter l'aspiration d'air de l'extérieur vers l'intérieur de la plèvre.

Je dois absolument trouver une solution. Mon cerveau tourne à plein régime depuis que j'ai dû sauver Romane. Outre le fait que j'éprouve de drôles de sensations à ses côtés, sûrement dues à la pipe monumentale qu'elle m'a faite et rien d'autre, elle est la meilleure amie de ma belle-sœur, Emma, qui est elle-même la femme de mon petit frère. Rien que pour ça je dois impérativement…

— Et comme ça, on pourra ensuite te le carrer bien profond dans le cul. Tu pourras chier dans ta poche tranquille partout où tu iras, continue de m'informer Had' pour la marche à suivre.
— Okay, pas de problème, je vous fais confiance, rétorqué-je alors que je n'ai rien écouté.

— Ça, c'est clair que tu nous fais confiance, s'esclaffe Ahri', mort de rire.

Je ne sais pas ce qu'il a à se marrer de la sorte, mais sa bonne humeur est contagieuse. La radio est rapidement réalisée et je patiente quelques minutes, le temps que Hadès analyse les clichés. Après son examen, j'apprends que tout est parfait et qu'ils vont pouvoir me retirer mon drain. Il me demande si j'ai bien tout compris tout à l'heure, car c'est très important. Comme ce n'est pas le cas, j'ai le droit au deuxième refrain pendant que je m'allonge sur un lit médicalisé.

— La fermeture épidermique doit être exécutée tout de suite lors de l'extraction de la canule. Je vais devoir pincer immédiatement la peau au pourtour de la plaie pendant son ablation pour ainsi effectuer une suture cutanée de rapprochement en U de type Blair-Donati…
— Had'… soupiré-je.
— … au niveau de la lésion. Écoute-moi, bon sang. C'est un point résistant à de fortes tensions avec un double passage dans le derme qui permet une éversion correcte et un affrontement convenable des berges. Je dois donc me préoccuper de l'étanchéité de la plaie pendant qu'Ahri' retire le drain en aspiration.
— Okay…
— Bon, en gros, concentre-toi sur ta respiration et on s'occupe du reste. C'est parti, Ahri', on y va !

J'ai l'impression que ça ne va pas être une partie de plaisir, mais quand il faut y aller, il faut y…

Arghhhh, l'enculé !

— Ça y est, c'est fini. Tout va bien ? m'interroge Had' tout de suite après.
— Nickel… grommelé-je alors que j'ai l'estomac retourné.

Fidèle à moi-même, j'intériorise ma douleur, mais putain de bordel de merde que ça fait mal ! J'ai cru que j'allais me gerber dessus et qu'il était en train de me vider les boyaux un à un.

— T'es tout pâle, t'es sûr que ça va ? insiste Ahri'.
— Absolument, c'est l'éclairage. On peut y aller maintenant ?
— Repose-toi une minute, le temps que je range tout ça et que je rédige mon rapport.

Okay, je ne le contredis pas, ça m'arrange un peu (beaucoup). Je ne suis pourtant pas douillet, mais là, je dois vous avouer que ce n'était vraiment pas agréable. D'ailleurs, j'ignore combien de jours va durer ma convalescence, mais nous allons vite devoir aborder le sujet…

CHAPITRE 13

ROMANE

— Trois mois !!!

Outch… le boss est en pétard. Il tourne comme un lion en cage malgré son état.

— Tu dois te rallonger, Than', soupire Had'.
— Ce n'est pas possible, t'entends ?!! Je ne vais pas rester ici trois mois sans rien foutre ! beugle-t-il en continuant de faire les cent pas dans le salon.
— Tu dois rester tranquille au minimum un mois. De toute façon tu n'as pas le droit de prendre l'avion avant, sous peine d'aggraver ton pneumothorax à cause des variations barométriques… argumente le médecin de l'équipe avant d'être coupé par son collègue en colère.
— Je m'en branle, Had' ! Donc après c'est okay ? Je pourrai retourner sur le terrain ?
— Pas vraiment, non… Tu as interdiction d'effectuer des efforts importants avant les fameux trois mois.

— Donc… tu es en train de me dire que même si je reste ici trois putains de mois, je ne peux pas m'entraîner ???

— C'est bien ça…

— Vois le bon côté des choses, Than', tu ne seras pas seul ! Tu tiendras compagnie à Romane ! s'exclame Anubis avec entrain.

Génial…

L'autre fou fait pivoter sa tête et plante alors ses yeux dans les miens. Puissants, énigmatiques, envoûtants… je me laisse bercer par la noirceur de son regard. Je ne comprends toujours pas pourquoi mon corps réagit ainsi, mais j'ai la sensation de perdre pied. Je n'entends plus rien autour de moi, mis à part mon cœur qui bat la chamade. Mes paumes deviennent moites, mon ventre se noue et j'ai l'impression qu'il n'y a plus personne dans la pièce alors que toute l'équipe est pourtant bien présente.

— C'est hors de question ! Il doit bien y avoir une solution ! râle-t-il finalement en détournant son attention.

Ah bah c'est sympa ça, super, merci… Non, mais il se prend pour qui lui ?

— Eh, oh ! Le GI Joe en carton, là ! Il va se calmer, oui ! m'écrié-je, piquée au vif par son attitude.

Mon coup de gueule surprend tout le monde et l'ensemble des regards dévie vers moi.

— Et puis d'abord, vous comptez me libérer quand au juste ? Il est où Valentino ? Car j'ai une vie moi aussi ! J'ai un commerce à faire marcher, des amis, une famille ! Il est hors de question que je reste trois mois de plus ici, et surtout avec Terminator comme colocataire ! cinglé-je avec véhémence.

Silence… S'il y avait une mouche dans cette pièce, je suis certaine qu'on pourrait l'entendre voler tant il n'y a pas un bruit. Malaise… Bizarrement, j'ai l'impression d'avoir mis les deux pieds dans le plat. Pour quelle raison ? Je n'en sais rien, mais j'ai le sentiment d'avoir dit une énormité ou bien quelque chose qu'il ne fallait pas.

— Valentino ? Bah il est… tente de me répondre Odin avant qu'il ne soit coupé par Thanatos.
— En vie ! Parfaitement en vie. Il n'y a pas plus en vie que lui, s'empresse-t-il de finir.
— … en vie… termine donc Odin à voix basse.

C'est bien ça le problème. Si je fais genre devant eux, je reste terrorisée à l'idée de sortir dehors sans leur protection. Ce que j'ai vu là-bas, ce que j'ai vécu… jamais je ne pourrai l'oublier. Comme si chaque seconde qui s'était écoulée dans cet enfer était à présent gravée dans mon ADN, altérant indubitablement ma personnalité, mon être tout entier. Tout ce en quoi je croyais jusqu'à cet événement s'est effondré comme un château de cartes. Mon insouciance s'est envolée en emportant avec elle ma naïveté. Je ne suis plus la même, je le ressens au plus profond de moi. Donc, même si je râle pour la forme, je suis bien contente d'être à l'abri ici avec ces soldats de l'extrême. D'ailleurs, j'ai bien envie de les titiller un peu…

— Après si c'est trop compliqué pour vous et si vous n'arrivez pas à mettre la main dessus, je n'ai qu'à aller voir la police après tout…
— La police ? répète Ahri', l'air ahuri.
— Oui, ou la gendarmerie, au choix, dis-je en faisant mine de réfléchir.
— Ils ne pourront rien faire, gronde Thanatos.
— Qu'est-ce que vous en savez ? Ils seront peut-être plus efficaces que vous, répliqué-je pour les pousser à bout.

Certains comme Pluton et Hadès se retiennent de rire alors que d'autres comme Lucifer semblent vouloir me fusiller sur place. Bon, en même temps, rien d'inhabituel provenant de lui. En revanche, je ne parviens pas à déchiffrer l'attitude de Thanatos. Fidèle à lui-même, il demeure une énigme. Mystérieux, il continue de me fixer avec intensité. Puis, pour une raison que j'ignore, il commence à avancer. Il s'approche de plus en plus jusqu'à se planter à quelques centimètres de moi. Il reste silencieux pendant un court instant et je crois bien que je vais m'évanouir tant mon cœur s'emballe.

Merde, merde, merde !

— Regarde-moi dans les yeux et répète ce que tu viens de dire… souffle-t-il, la voix grave.

Merde, merde, merde ! Il me tutoie !!! Merde !

— Je…

La vache, il est quand même super impressionnant. Il est tellement grand que je suis obligée de ployer la tête en arrière si je ne veux pas taper la causette à ses pectoraux.

— Je…

Merde, merde, merde !

—Tu… murmure-t-il alors que je jurerais qu'il est en train de fixer mes lèvres.
— Je… je pourrais appeler la po-police… bégayé-je en déglutissant.

Je vais tomber dans les pommes. Ma fréquence cardiaque grimpe en flèche alors que mes intestins ont décidé de faire un scoubidou géant dans mon ventre.

— Bon allez, ça suffit les enfants. Than', tu dois absolument aller te reposer, on rediscutera de tout ça plus tard. Romane, ne t'en fais pas, on va trouver une solution, on te le promet. Maintenant, je ne connais pas votre programme les gars, mais pour ma part je rentre chez moi, je prends une douche et au lit ! Tchao les nazes ! nous lance Hadès, épuisé.

Hypnotisée par l'aura et les iris ténébreux de mon sauveur, je ne parviens pas à détacher mon regard du sien. La tension qui flotte dans l'air est insoutenable. Je n'ai qu'une envie, faire glisser délicatement le tissu qui m'empêche de découvrir son visage. Ses traits m'obsèdent. Chaque nuit, mes cauchemars se répètent invariablement. Je suis projetée de nouveau dans cette espèce de souterrain, enfermée dans cette cage sordide. Les poignets lacérés, je me vide de mon sang tandis que j'observe avec effroi toutes ces filles se faire frapper, violer, charcuter, assassiner par tous ces pervers. Je crie, mais aucun son ne sort de ma gorge. Je me sens partir, jusqu'à ce que je le voie. Il tue tout le monde, puis court pour me prendre dans ses bras. Il m'étudie, l'air énigmatique, jusqu'au moment où je lui retire lentement sa cagoule. Un sourire étire alors mes traits en découvrant les siens. Nos bouches, comme si elles étaient aimantées l'une à l'autre, s'attirent et se rapprochent. Nous sommes sur le point de nous embrasser sauf que je me réveille subitement. À l'intérieur de moi, je hurle de frustration. D'autant plus qu'il a un visage qui diffère à chaque fois. De quelle couleur sont ses yeux ? Bleus, marron, verts ? Comment sont ses lèvres ? Fines et aguicheuses ou bien pleines et pulpeuses ? Est-ce qu'il a des fossettes ? Des grains de beauté ? À l'inverse, je devine aisément une mâchoire carrée et un nez bien proportionné.

— Qu'est-ce que tu fais ? chuchote-t-il en conservant notre proximité alors que tout le monde est parti.

Je suis en train d'imaginer à quel point tu es beau...

— Qu'est-ce que je fais ? répété-je en balbutiant comme une imbécile.
— Tu le sais très bien… réplique-t-il la voix rauque.

Je suis sur le point de me liquéfier alors qu'il avance son visage vers le mien. Mon cœur menace d'exploser sous ma poitrine tellement il bat fort. Je suis à deux doigts de croire qu'il va m'embrasser quand au dernier moment il dévie sa trajectoire pour venir se caler juste au-dessus de mon oreille.

— Arrête ça… murmure-t-il le ton rocailleux avant de s'en aller et de me laisser ici seule comme la potiche que je suis.

Mais arrêter quoi, bon sang ?

CHAPITRE 14

THANATOS

— Très bien, Thanatos. Je m'en remets à votre bon jugement. Ce sera donc Hadès qui prendra le relais le temps que vous soyez de nouveau opérationnel, m'informe H.

— Parfait, répliqué-je, satisfait de sa réponse.

— Une nouvelle mission les attend dès à présent. Dites-lui qu'il m'appelle immédiatement, rétorque-t-il sur un ton que je n'apprécie guère.

Je raccroche sans un mot. Il ne se formalisera pas outre mesure puisque j'ai toujours fonctionné ainsi. Je parle très peu et il le sait. Ce n'est certainement pas avec moi qu'il tapera la bavette. Pour autant, je ne perds pas une seconde et sors de mon lit pour aller au contact de mon collègue. Je ralentis le rythme en réalisant que je me suis levé un peu trop vite et que par conséquent le sol tangue. Je grogne de frustration. J'ai horreur de me sentir démuni. Mon boulot, c'est toute ma vie. Alors, la perspective de rester enfermé aussi longtemps me paraît totalement folle. Si encore je pouvais continuer à m'entraîner, ça pourrait éventuellement le faire, mais là… Je vais être coincé trois putains de mois sans rien branler. La pilule est difficile à avaler. Le pire, c'est que je vais devoir cohabiter avec Romane, le temps que je trouve une solution. Si l'idée de l'héberger ne me semblait pas insurmontable, puisque j'étais soit en mission, soit ici avec mes collègues, savoir que je vais être dorénavant seul avec elle… ça ne va pas être possible du tout… C'est de la véritable torture. Chaque fois que je plante mon regard dans le sien, j'ai l'impression d'y lire le même désir, la même envie. Lorsqu'elle m'observe, j'ai le sentiment d'être le centre de son attention, que plus rien n'existe autour d'elle. Je vois bien qu'elle me détaille, qu'elle tente de deviner ce qui se cache derrière la cagoule. Si seulement elle savait… si seulement elle savait qu'elle m'a déjà vu, qu'elle m'a déjà eu dans sa bouche, qu'elle m'a…

Stoooooop !

Okay, je dois cesser de penser à ça tout de suite. Ce serait malvenu de me pointer devant Had' avec une gaule monumentale. Néanmoins, la vision qui m'attend lorsque j'arrive dans le salon ne fait rien pour calmer mes ardeurs. Confortablement installés dans le canapé, Pluton et Romane sont en train de jouer à la console, tandis que le reste de l'équipe les regarde s'amuser.

— Et bammmm ! Dans ton cul ! martèle d'un seul coup la jeune femme en levant son poing en l'air en signe de victoire.
— Putain, mais… mais… balbutie Pluton, les sourcils froncés.
— Purée Romie, tu déchires ! s'extasie Odin.

Romie ?

— Elle a fait genre « Ce bouton-là c'est quoi, et celui-ci c'est pour quoi ? » Alors qu'elle le savait très bien ! Elle nous a roulés dans la farine, les gars, s'esclaffe Ahri'.

— T'es une tueuse, ma belle ! Respect ! scande Had' en lui tapant dans la main.

Ma belle ?

Tous ces surnoms commencent à me faire monter en pression. Il va vite falloir que je trouve une solution, car ça devient n'importe quoi ici. Un club Med, où la joie et la bonne humeur ont totalement évincé la morosité des lieux. Non pas que je préfère voir mes hommes faire la gueule, hein… Juste, il est indispensable qu'ils restent dans leur bulle afin de maintenir leur concentration au maximum au cours de nos missions. L'unique moment où nous avons le droit de souffler, c'est lors de nos permissions et ça n'arrive pas souvent. Une ou deux fois par an en général.

— Oh, Than ! Comment vas-tu ? m'interroge Anubis en m'apercevant.
— Vous ne devriez pas être en train de vous entraîner ? grondé-je pour la forme.
— Si, si, mais… on s'apprêtait à y aller quand… tente de se justifier Odin.
— C'est de ma faute. C'est moi qui leur ai proposé une petite partie, rétorque Romane en se levant pour les défendre et m'affronter.

Elle me fusille du regard alors qu'à l'inverse elle paraît si fragile. Je ne pense qu'à une seule chose, faire glisser mon doigt entre ses yeux pour lisser sa vilaine ride du lion, la hisser sur mes épaules et l'emmener dans ma chambre pour lui proposer également une petite partie, mais d'un tout autre genre… Bien qu'elle ne puisse pas le voir, un rictus ourle mes lèvres tant le tableau qui se dresse devant moi est hilarant. Debout face à moi, le dos droit et la tête haute, elle surplombe toute mon équipe qui se trouve assise derrière. On dirait des enfants sur le point de se faire gronder par papa, tandis que maman sort les crocs pour les protéger. Elle ne doute vraiment de rien et malheureusement je crois bien que c'est ce qui me plaît le plus chez elle. Même si ce que lui a fait endurer ce fils de pute de Valentino l'a fragilisée, elle n'en demeure pas moins une femme au tempérament de feu, qui s'assume, qui a confiance en elle et surtout qui ose. J'espère qu'elle recouvrera un jour la petite étincelle qui brillait dans ses yeux. Celle qui la rendait insouciante et si belle lorsqu'elle se déhanchait au milieu de cette piste de danse. Je voudrais qu'elle puisse retrouver son innocence tout simplement, quand bien même j'ai conscience que c'est impossible.

— Had', tu peux me suivre, s'il te plaît ? demandé-je à mon coéquipier tout en toisant celle qui a l'audace de me défier.

Je soutiens son regard avec insolence et amusement. Même si elle n'a pas accès à mon visage, je suis certaine qu'elle parvient à lire en moi comme dans un livre ouvert. Il y a un côté extrêmement flippant à ça, mais il y a aussi un côté très excitant qui met mes sens à fleur de peau et mon self-control à rude épreuve.

— Tout de suite, chef !

Hadès se lève et m'emboîte le pas jusqu'à mon nouveau bureau, c'est-à-dire mon putain de lit.

— Un problème ? m'interroge-t-il aussitôt. Tout va bien ? Tu as mal quelque part ?
— Non, non, ça va. Les antidouleurs que tu m'as prescrits sont efficaces. Ce n'est pas pour ça que je t'ai demandé de venir. J'ai eu H au téléphone.
— D'accord…
— Je t'ai nommé à la tête de l'équipe. Jusqu'à mon retour, c'est désormais toi qui dirigeras le GHOST.
— Je ne sais pas quoi dire… murmure-t-il, surpris.
— Ce poste implique de grandes responsabilités, Had'. Je compte sur toi.
— Comme toujours, mon frère…
— Je sais. Tu dois contacter H, une mission vous attend. À toi de jouer… lancé-je en essayant de me montrer un tant soit peu enthousiaste alors que c'est tout l'inverse.

Depuis que le GHOST a été créé, je n'ai jamais loupé un seul contrat. Je fais partie des murs pour ainsi dire. C'est moi qui ai constitué cette équipe de A à Z et les voir voler de leurs propres ailes me fait quelque chose. Purée, je me ramollis, je deviens un putain de sentimental.

— Okay, j'appelle H et on décolle dans la foulée. Je vais prévenir les autres, mais je dois également m'entretenir avec Romane avant notre départ, me réplique Had', déjà très concentré, le regard déterminé.
— Pour quel motif?
— Pour tes soins, mon pote. Je ne peux pas te laisser comme ça. Ton pansement doit être changé deux fois par jour.

Incapable de le retenir, un râle rauque et sauvage s'échappe de ma gorge. Évidemment, mon collègue se marre et ajoute, hilare :

— Je peux aussi lui demander qu'elle effectue ta toilette si tu le souhaites…?
— Had'…
— Chef?
— Casse-toi!
— Je suis plus là!
— Eh! Had'…
— Oui?
— Faites attention à vous…
— Sur la terre comme au ciel, sans peur ni regret, avec honneur et intégrité, ma vie pour mon pays… récite-t-il, la main sur le cœur, avec fierté et bravoure avant de disparaître de mon champ de vision.

Bon sang, c'est quoi encore ces picotements sous mes côtes? Sans compter l'énorme chape de plomb qui vient de s'abattre sur ma poitrine et qui m'empêche de respirer correctement? Je l'ignore, mais comme c'est tout nouveau, j'en déduis que c'est sans doute dû au coup de couteau qui m'a perforé un poumon. Ça ne peut être que ça…

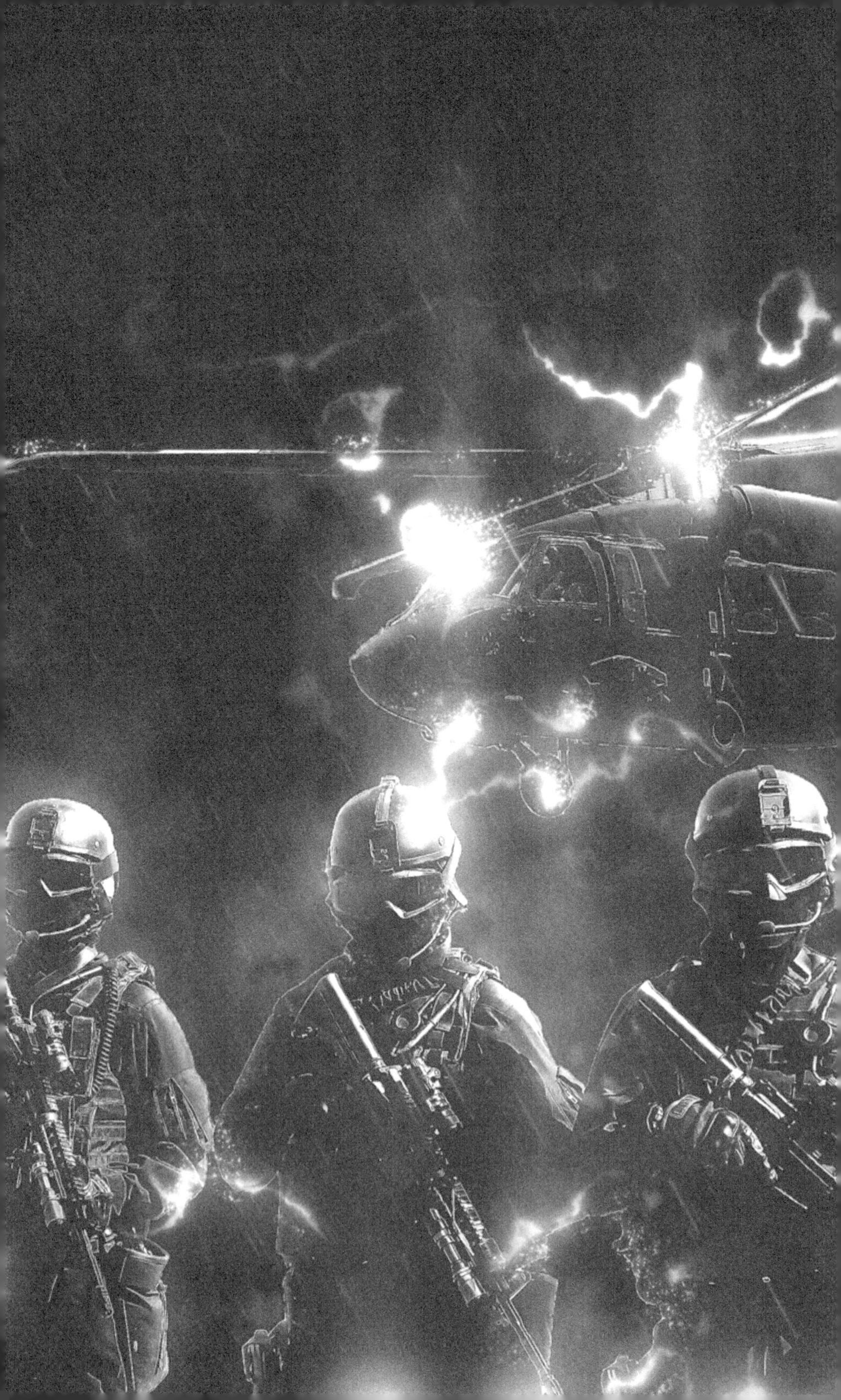

CHAPITRE 15

ROMANE

La main suspendue en l'air, le cœur tambour battant, je m'apprête à toquer contre la porte de celui qui m'obsède de plus en plus. C'est ridicule.

Allez, un peu de courage, ma vieille !

Toc, toc, toc…

Pas de réponse. Si ça se trouve, il dort. Le souci, c'est qu'il est bientôt onze heures et que Hadès m'a explicitement demandé de lui changer son pansement matin et soir. Il a bien insisté sur la nécessité de le faire afin d'éviter tout risque infectieux. Depuis qu'ils sont partis hier, il n'est pas ressorti de sa chambre. Ou du moins pas en ma présence.

Toc, toc, toc !!!

Je réitère en tapant plus fort cette fois-ci. Ça semble fonctionner puisqu'après quelques secondes, le battant s'ouvre brusquement. Je sursaute, car je ne m'y attendais pas. Devant Thanatos vêtu d'un simple jogging noir porté bas sur les hanches, et de rien d'autre mis à part sa cagoule, je reste complètement figée. Je crois que jamais je ne m'habituerai à sa carrure. Sa tenue professionnelle était déjà un véritable carnage pour ma santé mentale, mais alors là, il vient d'ajouter de l'eau à mon moulin, ou plutôt du grain à moudre à mon imagination débordante. Il m'a surtout grillé le cerveau. Outre le bandage impressionnant qui parcourt son torse, je demeure bouche bée devant tant de virilité. Sculpté dans la masse, il exhale la testostérone. Mais attention, hein... il ne ressemble pas aux mecs bodybuildés qui ne font que de la gonflette. Non, non, chez lui, tout est parfaitement bien proportionné, tout est naturel. Ses épaules semblent fermes et robustes et me donnent envie de m'y accrocher. Ses pectoraux en partie dissimulés par son pansement sont dessinés à la perfection. J'ai le loisir de découvrir d'un peu plus près la chaîne qu'il porte autour de son cou, et surtout la plaque militaire qui y est suspendue, affichant fièrement le logo du GHOST. Je poursuis mon analyse et découvre des abdominaux qui me font tourner la tête. Ils mènent tout droit à une ceinture d'Apollon qui à elle seule devrait être interdite aux moins de dix-huit ans. Impossible de m'arrêter là, je descends d'un cran et surprends la forme de son sexe moulé dans son pantalon. Bazar, c'est indécent de posséder un paquet pareil, même au repos. Mes sens sont en ébullition et mes joues chauffent : je détourne aussitôt le regard. Malheureusement, je m'égare instinctivement dans le sien. À mon plus grand désespoir, il n'a rien loupé de mon inspection détaillée, alors je rougis encore plus. Comme chaque fois, il se passe un laps de temps où aucun de nous deux ne parle. Mal à l'aise, je triture mes doigts et baisse les yeux au sol pour rompre le sort. Jadis, je n'aurais pas perdu une seconde et lui aurais sauté dessus. J'aurais joué de mes atouts et aurais fini dans son lit, mais à présent... je ne sais pas, je ne suis plus moi-même. J'hésite, j'ai peur. Peur de me faire avoir de nouveau, peur de me laisser aller, peur de m'abandonner tout bonnement. Mes pupilles s'humidifient et j'ai conscience que c'est absurde. Enfin, c'est l'impression que j'en ai. Alors que je m'apprête à faire demi-tour pour qu'il ne s'aperçoive pas de ma détresse, il saisit délicatement mon menton et relève mon visage vers lui. Le contact de ses doigts sur ma peau me déclenche des frissons. Je lis dans ses iris de l'inquiétude et surtout de l'incompréhension. Pour la toute première fois, il m'observe autrement qu'avec une œillade assassine. Il... il semble partager ma peine. C'est fou comme un simple regard peut faire oublier tout le reste autour de soi, allant même jusqu'à occulter cette cagoule terrifiante.

— Je... je... je venais pour votre pansement... Hadès m'a demandé de... balbutié-je, incapable de finir ma phrase.
— Que vous a-t-il demandé ? me rétorque-t-il en fronçant les sourcils, contrastant avec le sourire que je suis certaine d'avoir perçu dans sa voix.
— De m'occuper de vous pendant son absence, débité-je rapidement, mal à l'aise.
— De vous occuper de moi ? répète-t-il en croisant ses bras et en s'adossant nonchalamment contre le bâti de la porte.

Bordel, qu'est-ce qu'il peut être sexy !

— Oui, non, enfin oui, si, mais, euhhh... je dois changer vos bandages et nettoyer votre plaie...
— Okay, souffle-t-il après quelques secondes d'hésitation.

Il me fait signe de passer alors qu'il ne bouge pas d'un iota, m'obligeant à le frôler en franchissant le seuil de sa chambre. Mon cœur bat tellement fort sous ma poitrine que j'ai le sentiment qu'il va éclater. Non, mais c'est fou comme il peut me faire de l'effet ! Jamais un homme n'avait éveillé autant de choses en moi. Le pire, c'est que j'ai l'impression de sentir son regard brûlant dans mon dos, ce qui n'aide pas à apaiser les tensions qui m'animent.

— Vous êtes infirmière ? m'interroge-t-il alors que je pose sur son lit la trousse à pharmacie que j'ai emportée avec moi.

— Non, pas du tout, c'est Hadès qui m'a fourni le matériel...

— Encore et toujours Hadès... murmure-t-il, la voix grave et rocailleuse.

— Je vous laisse aller vous doucher, je reviendrai quand vous aurez fini... dis-je subitement en détalant comme si j'avais le feu au cul.

Peut-être un peu, remarque...

Je souffle lorsque j'arrive au salon. Les mains sur les hanches, je prends de profondes inspirations afin d'apporter l'oxygène nécessaire à mes organes vitaux. Ouais, parce que là, ils étaient tous en PLS, ou en grève au choix. C'est l'effet Thanatos, je crois. J'ai l'impression d'avoir couru un putain de marathon. Je m'installe dans le canapé et tente de calmer mes pulsations cardiaques. Avec effroi, je constate que j'ai les paumes moites et que mes jambes tremblent. Non, mais ça ne va pas bien, hein ! J'allume la télévision et zappe de chaîne en chaîne, jusqu'au moment où je tombe sur un reportage parlant de singes. Super, c'est bien ça ! J'ai toujours adoré les animaux. J'observe alors avec une immense attention le documentaire qui est diffusé sur le grand écran jusqu'à ce que... jusqu'à ce qu'ils s'enfilent tous comme des sauvages.

Bordel !

Même eux, ils s'y mettent ! Je vois défiler sur mes rétines un véritable porno. La voix off précise alors que contrairement aux chimpanzés qui règlent tous leurs soucis en se bagarrant, les bonobos eux résolvent leurs problèmes en baisant. Et ceci quel que soit le sexe opposé, même en famille ! Sans m'en apercevoir, mes lèvres s'entrouvrent d'étonnement. La zappette dans la main, le doigt suspendu au-dessus du bouton, je reste malgré tout scotchée sur le téléviseur. C'est finalement un raclement de gorge qui me fait redescendre sur terre.

— Nom de Dieu ! hurlé-je alors que je jette machinalement la télécommande en l'air.

Une serviette autour des hanches, de l'eau qui dégouline sur son torse et son pansement, Thanatos m'observe avec une drôle de lueur dans les yeux.

— Je... je... j'étais en train d'écouter les informations... enfin... je... j'allais changer quoi... bégayé-je comme une idiote.

Arghhhhhhhh !!! Quand est-ce que je vais arrêter de perdre mes mots devant lui, bon sang ? Romane, reprends-toi, bordel !

— C'est bon, vous êtes prêt à ce que je vois, on va pouvoir y aller ! ajouté-je avec un peu trop d'entrain.
— Oui, je vous attendais, mais vous étiez très occupée visiblement... souffle-t-il en ayant le regard rivé sur la télé.

Des bruits de singes en rut retentissent à tout va, tandis que deux d'entre eux se déboîtent littéralement l'arrière-train à tour de rôle. Gênée au possible, je m'empresse de ramasser la télécommande pour la reposer sur la table basse, sans oublier bien sûr d'éteindre ce putain de documentaire. Au pas de course, je me dirige dans la chambre de mon hôte sans réfléchir. Lorsque j'atteins mon objectif, mes narines sont subitement prises d'assaut. L'odeur du gel douche de Terminator flotte dans l'air et me fait l'effet d'un bon gros rail de coke. Impossible de me retenir, j'inspire à pleins poumons afin de me shooter comme la pauvre camée que je suis. Forcément, je ne m'arrête pas là et réitère l'opération plusieurs fois jusqu'à ce que l'intéressé débarque enfin et que je sois obligée de me calmer pour ne pas passer pour une demeurée. Si ce n'est pas déjà fait...

— Allez hop, au lit ! lancé-je avec beaucoup trop d'enthousiasme.

Nom d'un chien, les fragrances de son shampooing m'ont rendue folle.

— Au lit ? me répète-t-il surpris.
— C'est ça, au pieu le vieux !

Que quelqu'un me fasse taire, s'il vous plaît… peu importe de quelle manière, mais faites-le, je vous en supplie !!!

— Le vieux ? gronde-t-il férocement.

Seigneur…

Est-ce que je vous ai dit que j'adore lorsqu'il fait ça ? Quand il grogne comme un putain de primate. Et merde, voilà qu'à présent, j'ai les images des singes qui s'enculent dans mon esprit. Ce mec va avoir ma peau ! Ça doit être les hormones, je ne vois que ça… Ou bien, c'est dû à son sex-appeal de dingue, à son corps incroyable, à sa belle voix grave… et peut-être aussi et surtout au fait qu'il m'ait sauvée des griffes de l'autre cinglé ? Ouais, ça doit être tout ça à la fois.

— Bah, je n'ai pas besoin de découvrir votre visage pour deviner que vous n'avez plus vingt ans, hein ! argumenté-je avec aplomb.
— Très bien… et vous me donneriez quel âge alors ? Vous qui êtes si douée… réplique-t-il, vexé.
— Hum, je ne sais pas. Voyons voir, je dirais entre trente-deux et trente-six ans.
— Et donc, pour vous, avoir entre trente-deux et trente-six ans, c'est être vieux ? s'étonne-t-il.
— Non, mais ça, plus le fait que vous êtes grincheux, bah bingo ! Oh et puis zut à la fin ! Ça rimait, je trouvais ça sympa, laissez-moi tranquille.
— Ça rimait ? répète-t-il.
— Bah oui ! Au pieu le vieux ! Il faut vraiment tout vous expliquer, soupiré-je en secouant la tête de gauche à droite.

— Okay… souffle-t-il, l'air dépité.
— Bon, en attendant, vous n'êtes toujours pas couché…
— Je vous découvre bien pressée de me voir dans un lit, mademoiselle Lacourt…

J'aurais besoin d'un ventilateur, d'un climatiseur, ou même d'un putain d'éventail pour me rafraîchir le corps et l'esprit, please ?!! Non, attendez, encore mieux, un défibrillateur !

— Paaaaaas du tout ! Maintenant, au lieu de dire des âneries, venez donc vous allonger que je puisse faire vos soins.
— Il vous a précisé ce que vous deviez faire ? m'interroge-t-il suspicieux en s'installant sur le matelas.
— La confiance règne à ce que je vois… J'ouvre, nettoie la plaie à l'aide d'une compresse stérile et de la Biseptine, applique ensuite une pommade qu'il m'a donnée et ferme avec un nouveau pansement. Sans oublier le suppo que je dois humidifier un peu avant pour faciliter le passage, récité-je méthodiquement.
— Quoi ??? Le suppo ??? Mais quel suppo ??? s'alerte-t-il en se levant précipitamment.

Tellement vite que sa serviette dégringole de sa chute de reins et me permet d'apercevoir le cul le plus beau que j'aie jamais observé de ma vie. Malheureusement pour moi, je n'ai pas le temps de contempler la pleine lune qu'il réajuste aussitôt le tissu en place.

Trésor, je te mets des suppos quand tu veux…

— Oh là ! Mais n'est-ce pas le grand, le ténébreux, le mystérieux, le magnifique Thanatos, soldat et chef de l'élite suprême qui aurait peur d'un pauvre petit suppositoire ? me moqué-je, complètement hilare suite à ma vanne.
— Je ne laisserai jamais personne m'enfoncer quoi que ce soit là-dedans ! C'est une porte de sortie, rien d'autre… grommelle-t-il.

— Mouais, vous ne dites pas toujours ça, hein… ne puis-je m'empêcher d'ajouter.

À la seconde où les mots jaillissent de ma bouche, je les regrette déjà. Ma réflexion fait son effet et mon interlocuteur me regarde bizarrement.

— Bon, je déconnais, c'était une blague. Je n'ai pas besoin d'insérer quoi que ce soit dans votre… dans ça là…, par contre tout le reste était vrai. Donc, on s'allonge et on se détend, tout va bien se passer… dis-je, un sourire de psychopathe sur les lèvres.

Il me dévisage comme si j'allais lui fourrer la tour Eiffel dans le cul. C'est à mourir de rire.

— Je reviens. Je vais enfiler un boxer et un jogging pour m'en assurer… marmonne-t-il comme un gamin.

Impossible de me contenir plus longtemps. J'explose de rire. Bon sang, je vais me faire pipi dessus…

CHAPITRE 16

THANATOS

Cette fille est complètement folle. Le jour où on m'enfoncera un truc dans le derrière n'est pas encore arrivé. J'ai affaire aux plus grands criminels qui puissent exister sur cette planète et pourtant, à ses côtés, je ne suis pas à l'aise, pas serein. Pour quel motif ? Eh bien, pour la simple et bonne raison que mon corps réagit différemment à son contact. Déjà, en temps normal, j'ignore comment me comporter en présence d'une femme. Donc avec celle qui me retourne le cerveau, je vous laisse imaginer… Abandonné très jeune par mes géniteurs, balloté de foyer en foyer, j'ai été élevé par Pap's que je considère comme mon père. Puis j'ai grandi avec mon frère. Ensuite, dès que j'ai pu, j'ai quitté le domicile familial pour rentrer dans l'armée. Non pas que j'étais malheureux et que je désirais absolument fuir mes proches. Non, non, rien de tout ça. Juste, je savais au plus profond de moi que j'étais né pour servir et protéger mon pays. J'avais ça dans le sang.

Malgré tout l'amour que Pap's m'a transmis, je n'ai jamais réussi à canaliser toute cette colère qui déferle constamment dans mes veines. Je voulais donner un sens à ma vie et c'est ce que j'ai fait. Mes performances étaient telles que je ne suis pas resté très longtemps dans l'ombre. Rapidement, un agent du gouvernement français est venu me chercher. Il m'a alors exposé son projet de créer une unité d'élite fantôme avec l'accord de l'État. Un commando qui aurait tous les droits, y compris, et le plus important, celui de tuer les plus grands malfrats de ce monde. Une sorte d'équipe de nettoyeurs qui n'aurait pas besoin de rendre de comptes à qui que ce soit. Le problème ? Je devais disparaître de la circulation, ne plus exister, perdre mon identité. C'était hors de question, je ne pouvais pas faire ça à Pap's, pas après tout ce qu'il avait fait pour moi. Dès lors, j'ai réussi à négocier ce qu'on appelle des permissions de quelques jours par an, tout en gardant notre véritable nom. Ce n'était pas grand-chose, mais cela m'autorisait à entretenir un lien avec celui qui m'a tout donné, celui qui m'a tout appris. Sans oublier mon petit frère qui compte énormément pour moi. À partir de là, nous nous sommes serré la main et le GHOST naissait. J'ai moi-même recruté les hommes qui constituent mon équipe actuellement. Tous des êtres cabossés par la vie, mais qui en même temps possèdent une force mentale à toute épreuve. L'équilibre parfait. C'est précisément notre passé qui nous a permis d'atteindre ce niveau d'excellence.

Nous n'avons pas peur de la mort.
Nous sommes la mort...

En revanche, il se pourrait que la Grande Faucheuse soit un tantinet mal à l'aise aux côtés de la tornade Romane. J'ai l'impression de ne rien maîtriser lorsqu'elle est dans les parages et je déteste ça. C'est d'ailleurs mon self-control qui m'offre la possibilité de diriger cette équipe et de mener à bien nos missions. Or là... je ne contiens plus rien du tout. J'ai autant besoin de la serrer dans mes bras, que de la retourner pour la prendre à quatre pattes. Quand elle est avec les gars, j'ai soudain envie de buter tous mes camarades un à un juste parce qu'ils ont osé poser les yeux sur elle, et ceci, même en tout bien tout honneur. J'évite de penser à Valentino et tout ce qu'il lui a fait, sinon je risquerais de péter un câble et d'être fou de rage. Non, vraiment, je ne sais pas ce qui m'arrive. Sans compter ma respiration qui s'alourdit, ma fréquence cardiaque qui s'emballe, mes paumes qui deviennent moites… Il va vite falloir que je m'en débarrasse si je ne veux pas que ça dégénère. Le cœur plus léger après cette prise de décision, je sors de la salle de bain attenante à ma chambre et y découvre Belzébuth en personne allongée sur mon lit. Putain, il va y avoir son odeur partout après. La torture continue…

— Ça va, je ne vous dérange pas ? demandé-je sur un ton agressif.

Tandis qu'elle tourne son visage pour river son regard au mien, je lutte férocement contre l'envie d'aller la rejoindre.

— Non, ça va. Merci, me répond-elle doucement, ce qui me fait de suite regretter mon attitude de connard.

Elle semble perdue dans ses pensées, mais surtout elle a l'air triste. J'étouffe un râle rauque, car je déteste cette espèce de nœud que forme mon estomac à cet instant précis. Et bon sang, je ne sais pas quoi faire, moi ! Qu'est-ce que je dois lui dire ? Un truc gentil ?

— Vos chaussettes sont sympas, m'exclamé-je alors comme un abruti.

Vos chaussettes sont sympas ? Sérieux ?

— Oh… merci… enfin, je crois… me répond-elle en rougissant.

Qu'est-ce que ça veut dire ça ? Que ça lui a plu ? Merde ! J'ignore comment interpréter ses réactions.

— Je les porte toujours dépareillées... ajoute-t-elle en riant et en bougeant ses orteils.
— De quoi ? demandé-je subitement alors que j'étais perdu dans mon analyse.
— Bah, mes chaussettes...
— Ah oui...

Rappelez-moi pourquoi on est en train de parler de ses putains de chaussettes au juste ? Seigneur, je suis incapable de faire la conversation. Je suis bien plus doué pour trancher la gorge de quelqu'un ou encore lui transpercer la tête avec une balle que pour discuter de la pluie et du beau temps.

— Bon alors, on le change ce pansement ? m'interroge-t-elle, assise désormais en tailleur sur mon lit, un grand sourire aux lèvres. Promis, je n'ai pas de suppo !

Elle ne le voit pas, mais moi aussi à cet instant précis je souris comme un con. Pas parce qu'elle me fait rire, non... mais plutôt parce que je suis heureux de la découvrir tout simplement radieuse. Son bonheur m'est contagieux.

Je ne suis pas dans la merde...

CHAPITRE 17

ROMANE

Pourquoi ces fichues aiguilles n'avancent-elles pas ? 9 h 45, encore un quart d'heure à patienter. Assise sur un tabouret et surtout avachie sur l'îlot de la cuisine, je guette avec beaucoup d'attention l'horloge. Seigneur, je fais vraiment pitié. Voilà que je me mets à compter les minutes qui me séparent du moment où je vais changer le pansement de Thanatos. Cela fait dix jours que les gars sont partis en mission et cela fait donc dix jours que je pelote leur chef sans vergogne. C'est mon moment préféré de la journée et par chance j'ai double dose. J'ignore comment j'en suis arrivée là, mais je suis devenue complètement accro. Son tatouage que j'ai découvert sur l'un de ses pectoraux, dissimulé jusqu'à présent derrière son bandage, me fascine et en même temps me tétanise.

Sur la terre comme au ciel, sans peur ni regret, avec honneur et intégrité, ma vie pour mon pays...

Cette phrase est gravée à l'encre noire sur sa peau, pile poil au-dessus de son cœur. Sa peau, quant à elle, est parsemée de cicatrices ici et là. Elle est si douce et si chaude. Je ne me lasse pas de faire courir malencontreusement mes mains sur son épiderme, d'appliquer la pommade cicatrisante avec beaucoup, beaucoup d'assiduité. Il est noté sur la notice que l'on doit masser jusqu'à tant que la crème disparaisse, alors c'est ce que je fais. Bon, le problème, c'est que je vide la moitié du tube à chaque soin… Hadès va se demander pourquoi son stock s'est volatilisé. En revanche, je n'ai pas l'impression que ça dérange Terminator. Les premières fois, je l'ai senti tendu comme un string. Puis, au fur et à mesure, son corps s'est relâché. Je me fais peut-être des idées, mais j'ai le sentiment qu'il se contient. Par contre, une chose est sûre, il n'est pas bavard pour un sou. Tout le contraire de moi qui suis une vraie pipelette quand je suis lancée. Étonnamment, cela ne m'embête pas. Je me surprends même à kiffer son petit côté grognon et…

Dix heuuuuuuuuures !!!

Désolée, mais le devoir m'appelle, on rediscutera de tout ça plus tard ! Le cœur tambour battant, je sors de la cuisine comme une furie. Je suis tellement excitée que j'éclate la porte contre le mur. J'essaie de me ressaisir, mais c'est peine perdue. Impossible de canaliser l'afflux d'adrénaline qui coule dans mes veines, ce courant chaud et euphorisant qui me parcourt de la tête aux pieds. Il n'y a pas de miracle, c'est donc complètement essoufflée que j'arrive devant sa tanière. Tanière qu'il ne quitte pour ainsi dire jamais. Parfois, j'ai envie de débouler là-dedans sans prévenir, de le surprendre et de tenter de le voir sans cagoule. Puis, je me ravise. Je ne veux pas jouer à ça avec lui. Il m'a sauvé la vie, je dois respecter son métier et les règles qui s'imposent. Quoique…

Non, Romie…

La main sur la poignée, j'hésite. Découvrir sa tête m'est devenu une véritable obsession. Néanmoins, je résiste. Je m'efforce de calmer ma respiration avant de toquer franchement. Lorsque j'ai son autorisation, j'ouvre et avance. Comme d'habitude, il est plongé dans tout un tas de documents qui sont éparpillés sur une petite table. Assis sur une chaise, l'air concentré, il semble examiner une carte avec beaucoup d'attention. Habillé d'un jogging noir logoté du même sigle que son uniforme ainsi que d'un tee-shirt également griffé, il paraît contrarié. Même si je n'ai pas accès aux traits de son visage, je vois bien que quelque chose le tracasse. Son corps est encore plus tendu que d'habitude. Sa jambe tressaute nerveusement et ses poings sont méchamment crispés.

— Tout va bien ? osé-je demander.
— On doit y aller ! lance-t-il en se levant brusquement.
— Pardon ? Mais aller où ? m'étonné-je.
— Valentino se rapproche, on ne peut plus rester là.

Mon sang se glace et j'ai subitement la tête qui tourne. Vivre ici, recluse, m'a permis de reprendre légèrement confiance en moi. Chaque moment, je m'efforçais de combattre cette angoisse qui n'a cessé de gagner du terrain depuis ce fameux jour où j'ai suivi cet homme à l'autre bout du monde. Cette putain de peur qui me paralyse et me réveille constamment la nuit.

— Mais… mais je croyais que nous étions en sécurité ? Que rien ne pouvait m'arriver… soufflé-je terrifiée à l'idée que Valentino me retrouve.
— Ce n'est plus le cas, affirme-t-il gravement.
— Okay… soupiré-je résignée tout en avançant vers lui.
— Qu'est-ce que vous faites ? m'interroge-t-il en fronçant les sourcils.
— Ça fait dix jours, je dois vous retirer vos fils, l'informé-je.

— Tant pis, ça attendra, on…

— Non, c'est bon, le coupé-je. Ça va prendre cinq minutes. Allongez-vous !

— Vous savez à qui vous vous adressez ? grogne-t-il en s'exécutant malgré tout.

— Non, je n'en sais rien… mis à part que vous vous faites appeler Thanatos et que vous êtes le chef du GHOST. Une sorte d'unité d'élite extrême bien plus puissante que le GIGN ou le RAID. J'ignore toujours si tout ce que vous faites est légal ou non, mais je le découvrirai, réponds-je en m'asseyant à ses côtés.

— Vous n'allez rien découvrir du tout et vous contenter de la boucler, c'est clair ? m'assène-t-il avec virulence.

Je n'aime pas sa façon de me parler. Il n'a aucun ordre à me donner et encore moins à me dicter ma conduite. Il me considère peut-être comme une petite chose fragile, mais… Bon, okay, c'est probablement le cas désormais, mais c'est hors de question que je me laisse faire ! C'est donc sans aucune tendresse que je soulève son tee-shirt et que je lui arrache son pansement d'un seul coup. Il ne bronche pas d'un millimètre alors que j'ai pourtant perçu son abdomen se contracter sous mon geste. Néanmoins, malgré la colère qui bouillonne en moi, je m'arrête là. Dès lors que mes doigts touchent son épiderme, je fonds. La douceur de sa peau contraste énormément avec les cicatrices qu'elle exhibe. Je suis surprise par la chaleur qu'elle dégage. Chaque fois, j'ai envie de me blottir contre lui, de me nicher dans ses bras et de me gorger de cette énergie impressionnante. Je désinfecte la plaie et comme hypnotisée, je reste ainsi quelques secondes, une de mes mains sur son flanc, l'autre dans son dos. Au tout début où j'ai commencé ses soins, je me suis demandé s'il se rasait le torse, car il possède seulement une fine ligne de poils qui court de son nombril à… bref… Mais non, j'ai été vigilante et dix jours après, aucune repousse n'est à déclarer. Et bon sang, ça me rend folle. J'ai toujours détesté ça chez les hommes. Les longs poils écœurants qui se faufilent dans tes narines quand tu poses ta tête confortablement sur leurs pectoraux. Alors que là… j'ai juste envie de faire sillonner la pointe de ma langue sur le moindre centimètre carré de sa peau. Embrasser, lécher…

— Un problème ? grommelle-t-il.
— Aucun, rétorqué-je en me raclant la gorge.
— Alors, dépêchez-vous, on n'a pas que ça à faire, gronde-t-il une nouvelle fois.

Oooooh, il commence à me gonfler lui !

— Taisez-vous et laissez-moi me concentrer, bon sang ! râlé-je, agacée.
— Ce n'est pourtant pas bien compliqué. Vous…
— C'est bon, Hadès m'a déjà expliqué comment faire ! Pas besoin de sortir de Saint-Cyr pour retirer deux ou trois fils…
— Aïe ! s'écrie-t-il soudainement.
— Ça va… rhoooo… ronchonné-je en riant malgré tout.

C'est plus fort que moi. Je ne m'attendais tellement pas à cette réaction de sa part. Bon, j'avoue, j'ai un peu merdé. Lorsque j'ai glissé la fine pointe du scalpel pour couper le nœud qui retient le fil, j'ai malencontreusement dévié ma trajectoire. Ce n'est peut-être pas si simple finalement.

— Faites attention, bon sang…
— Mais c'est qu'il est douillet en plus ! J'ai hâte de voir la tête des gars quand je vais leur confier que vous êtes une vraie chochotte ! le chambré-je, hilare.

Je n'ai pas le temps de comprendre ce qui se passe que je me retrouve violemment plaquée contre le matelas, écrasée par Terminator qui me surplombe de tout son long. Il est allé à une telle vitesse que j'ignore comment il a réussi son coup. Chamboulée de le sentir aussi près de moi, ce n'est clairement pas maintenant que je vais trouver la réponse à mes questions. Mon cerveau vient de disjoncter, mon cœur, quant à lui, a rendu l'âme. En revanche, mon bas-ventre est en surchauffe. Ma respiration est si chaotique que ma cage thoracique se soulève frénétiquement à la recherche d'un peu d'air, mais son odeur parfumée m'achève. Son allure dangereuse de prédateur ne fait qu'accroître le désir intense que j'éprouve pour lui. C'est du grand n'importe quoi. Intimidée, j'évite son regard et détaille ses avant-bras puissants, gorgés de sang, qui s'élèvent de chaque côté de mon visage. Les veines saillantes serpentent sur des muscles incroyablement bien dessinés. J'avale difficilement ma salive qui s'agglutine beaucoup trop vite à mon goût dans ma bouche et me détourne de toute cette testostérone. Erreur, mes prunelles se plantent finalement dans les siennes comme si elles étaient aimantées entre elles. Je cligne des yeux à plusieurs reprises et mes lèvres s'entrouvrent à la recherche d'oxygène. Je suis tout bonnement incapable de réagir, de me dépêtrer de sa prise ou encore d'émettre le moindre son.

— Répète un peu pour voir, me murmure-t-il au creux de l'oreille alors que le tissu de sa cagoule m'empêche de sentir son souffle sur ma nuque.

Ma fréquence cardiaque atteint des records tant sa voix grave et chaude me fait l'effet d'un électrochoc. Je dévie mon visage et ne me retrouve qu'à quelques millimètres seulement de sa bouche. Je meurs d'envie de le goûter… Comment est-ce possible d'éprouver autant d'attraction pour lui sans jamais avoir découvert ses traits au préalable ? Est-ce justement ce côté mystérieux qui m'attire ? Cette facette chevaleresque ? Cet aspect grognon et solitaire ? Okay, ça fait beaucoup, mais comprenez-moi… Je tente de déchiffrer ce feu qui brûle en moi, qui me consume de l'intérieur, cette passion que je rêve de partager avec lui.

— Chochotte… murmuré-je calmement, contrastant

considérablement avec mon cœur qui frappe comme un fou contre ma poitrine pour s'en échapper.

Son regard noir et ténébreux se charge alors d'une lueur qui ne me dit rien qui vaille. Pétrifiée, je ne bronche plus, de peur d'avoir été trop loin. Mais quand finalement il s'approche encore plus et qu'il mordille ma lèvre inférieure à travers sa cagoule, j'explose. Mes cuisses s'écartent tout naturellement et ceinturent sa taille. Mes mains glissent sous son tee-shirt et se posent sur son dos ferme et musclé qu'elles ne cessent de caresser. Prise d'une pulsion soudaine, enivrée par son odeur de mâle alpha, je me jette sur sa bouche pourtant masquée. Je gémis de plaisir tandis que j'étouffe ses râles sauvages.

— Embrasse-moi, s'il te plaît... le supplié-je en me tordant d'excitation sous lui. Embrasse-moi pour de vrai...

Comme si je l'avais subitement réveillé, ou alors giflé violemment, il s'éloigne aussitôt de moi. Il se lève pour s'en aller en me laissant ici seule, pantelante dans son lit, complètement essoufflée par l'instant que nous venons de partager.

Bordel, c'était quoi ça ?

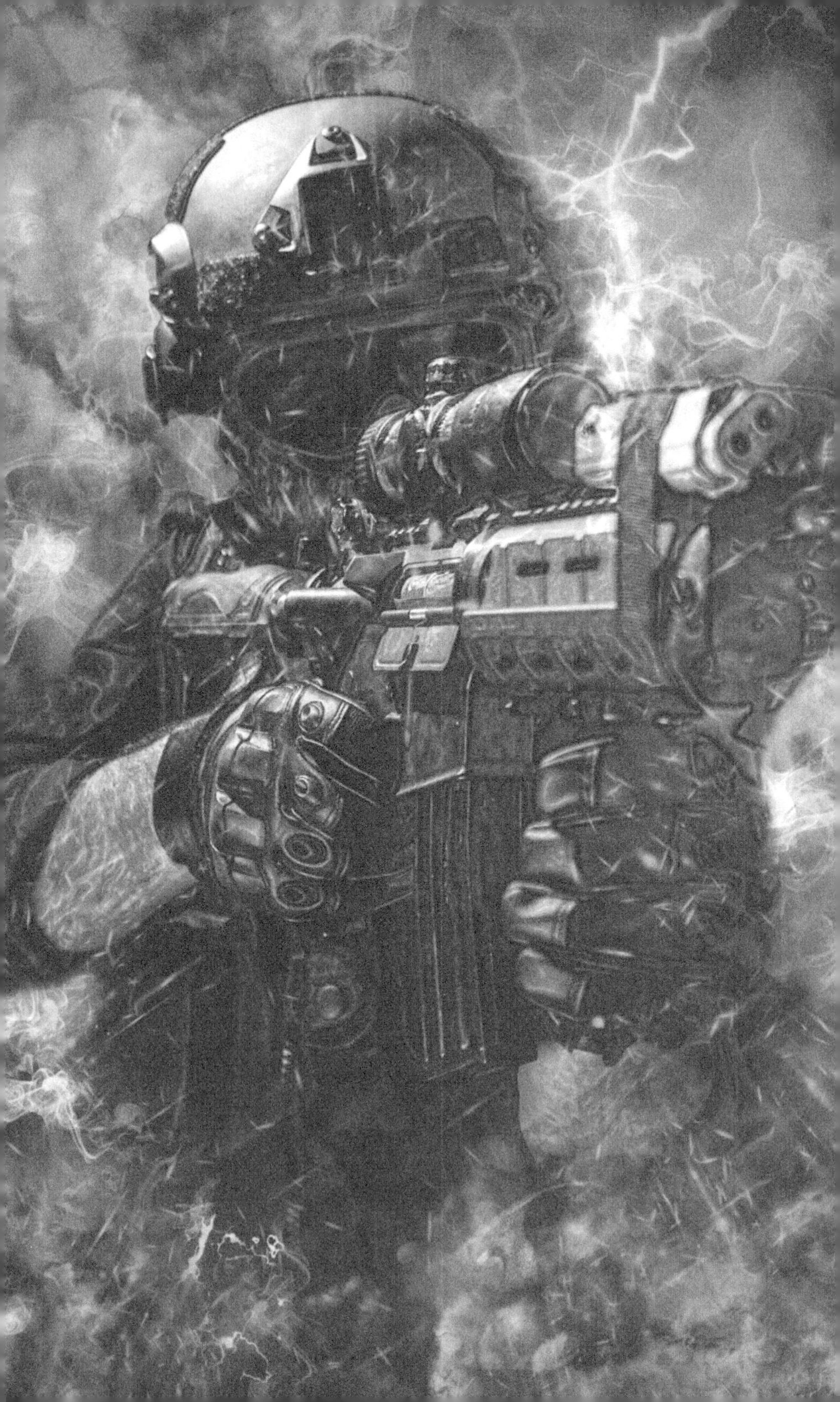

CHAPITRE 18

ROMANE

Après plusieurs minutes où je me suis efforcée de reprendre le contrôle, je sors enfin de sa chambre. Évidemment, je n'ai pas réussi à recouvrer pleinement mes esprits et je pense que plus jamais ce ne sera le cas. Ce que j'ai ressenti à son contact, dans ses bras… L'explosion qui a eu lieu sous ma poitrine et au creux de mon ventre… Il a marqué mon âme à l'encre indélébile, tout comme son rejet m'a profondément blessée après mon abandon le plus total lors de notre étreinte. Je l'ai supplié de m'embrasser… quelle pauvre fille fait ça, sérieusement ? C'est les yeux rougis que j'accède à l'énorme pièce de vie. Eh oui, j'ai été incapable de retenir les larmes qui se sont échappées de mon corps, tel un torrent dévastateur et indomptable. Pour autant, l'espace d'un instant, la tristesse est rapidement remplacée par l'étonnement lorsque j'arrive dans le salon. Ébahie, j'observe Thanatos torse nu, devant un miroir, en train d'essayer de retirer lui-même ses points de suture avec le bout de son couteau. Sa cicatrice se situant sur son flanc gauche, il ne peut donc pas s'aider de son autre main, c'est d'ailleurs pour ça que je contribuais à ses soins. Sinon, il est évident qu'il s'en serait occupé lui-même. Bref, je le regarde, médusée. Parce qu'il ne souhaite plus que je le touche, je suppose, il est capable d'aller jusqu'à se charcuter tout seul. Quoique, à la vue des nombreuses marques qui zèbrent sa peau ici et là, il en a sûrement vu d'autres… Ça n'empêche qu'il est complètement cinglé, ma parole. Sans un mot, je m'approche de lui. Je le sens se crisper, néanmoins il ne s'éloigne pas. Je glisse alors ma paume sur son avant-bras, pour venir me saisir de son poignard. Incroyablement léger, il ressemble à un mini sabre. Le souffle coupé, je caresse son manche en cuivre, les finitions sont juste impressionnantes.

— Il a été fabriqué à la main, par des forgerons chevronnés utilisant une technique éprouvée et vieille de plusieurs siècles, commente le soldat.

Éblouie par les soucis du détail et la qualité d'exécution, je suis époustouflée par cette œuvre d'art.

— C'est mon père qui me l'a offert, il ne me quitte pour ainsi dire jamais.

Outre la beauté de l'objet, je suis profondément émue et choquée. Ou choquée et émue. Ouais, choquémue quoi… C'est la première fois que mon hôte parle autant et en plus, il me confie quelque chose sur lui. Je ne devrais pas ressentir tous ces picotements à l'intérieur de moi et surtout cet élan de joie qui envahit mon cœur à présent, mais c'est pourtant le cas. Je ne comprends pas bien ce qui m'arrive. Malgré tout, je suis aux anges alors qu'il y a cinq minutes, je chialais comme une misérable.

Pathétique…

Je ne trouve rien à dire et approche l'arme blanche de sa peau.

— Attention, me souffle-t-il en plantant ses yeux dans les

miens à travers le miroir.

Je hoche la tête, bien consciente que je dois être très rigoureuse et surtout vigilante. Extrêmement concentrée, j'occulte le regard pesant de Terminator sur moi, et crochète son premier point à l'aide de son couteau. Contrairement à tout à l'heure avec le scalpel, le fil cède immédiatement sous sa lame tranchante. Je réitère jusqu'à ce qu'il n'ait plus rien. Une fois les quinze fils de suture retirés, je vais chercher la crème cicatrisante. À mon retour, il est désormais dans la cuisine, en train de farfouiller, me semble-t-il, quelque chose dans un grand tiroir. S'il est comme moi, il ne retrouvera jamais ce qu'il cherche mis à part un énorme bordel qui ne sert à rien, mais qu'on ne jette pas, sait-on jamais... Je me poste dans son dos et sans lui demander son avis, plaque mes mains sur sa peau. Il se fige, mais ne se défile pas non plus. Pire, il me paraît avoir perçu un léger soupir de plaisir. Est-ce que lui aussi il ressent la même chose que moi ? Cette tension permanente, ce désir fulgurant ? Tiraillée, je pose mon front contre sa colonne. Nous demeurons ainsi quelques secondes avant qu'il ne se détourne et me prenne dans ses bras. Blottie tout contre lui, mon oreille contre sa poitrine, j'ai l'impression que mon cœur éclate. Alors, quand je distingue sa paume dans ma nuque, je m'apprête à lever mon visage pour le regarder dans les yeux. Cependant, j'ignore ce qui m'arrive, mais j'en suis incapable. Je ne parviens plus ni à bouger la tête ni le reste de mon corps que je m'efforce de déplacer par tous les moyens. Pire, ma vue se brouille et j'ai subitement la nausée. Comme si on m'avait injecté un produit anesthésiant, je sens mon pouls qui s'affole et mes paupières qui s'alourdissent de plus en plus.

Qu'est-ce qui se passe ?

Pour me rassurer, je tente de me concentrer sur les battements cardiaques de Terminator, mais ils semblent également désordonnés. Perdue, j'ai tout juste le temps de l'entendre me souffler :

— Je suis désolé...

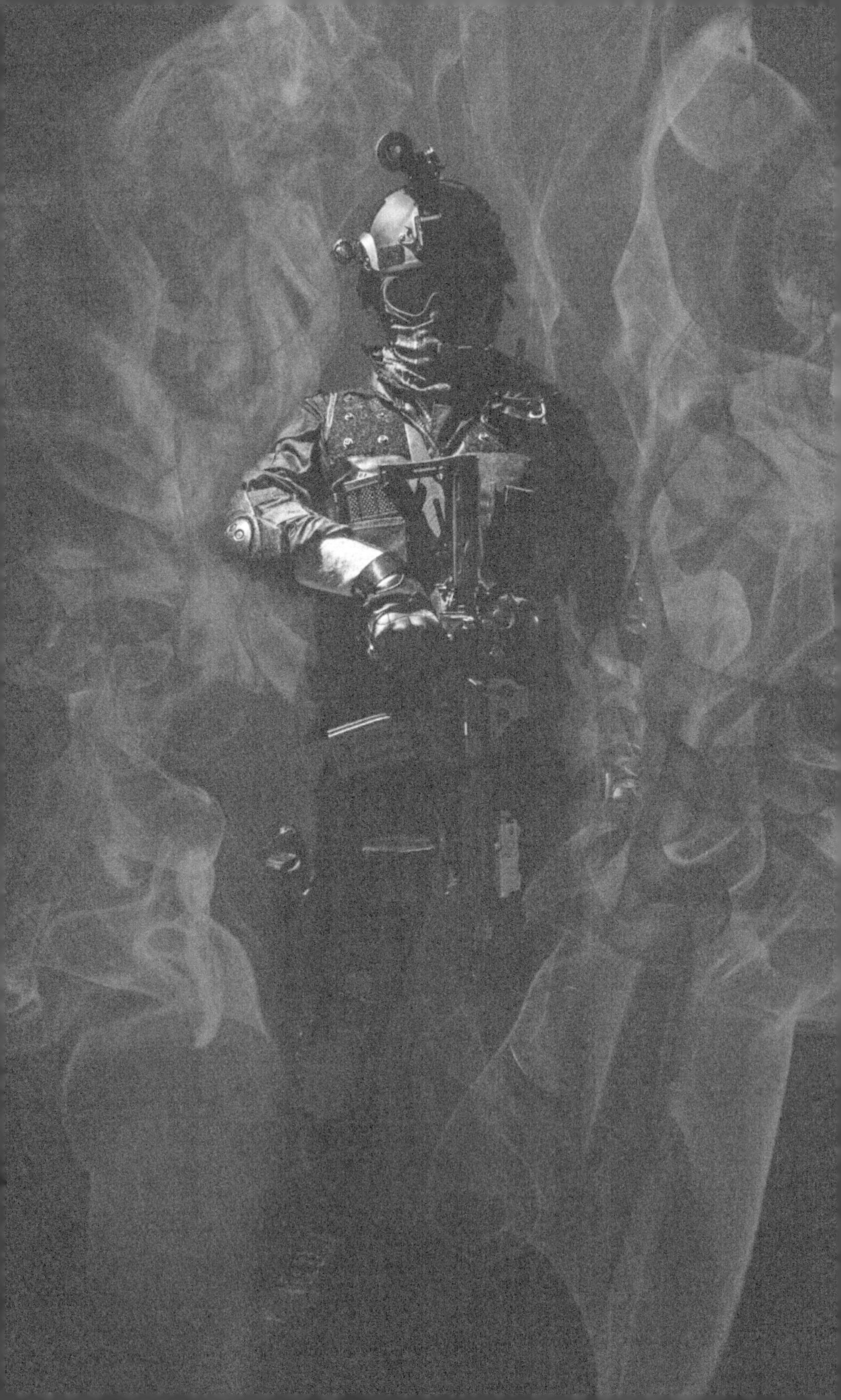

CHAPITRE 19

ROMANE

J'ai mal partout. C'est quoi ce bordel ? Courbaturée de la tête aux pieds, je reviens à moi avec difficulté, la faible lumière du jour m'agressant les rétines à travers la peau fine de mes paupières. Complètement vaseuse, j'ouvre les yeux et observe mon environnement. Putain, mais je suis où encore ? Couchée dans un lit, je semble être logée dans une espèce de cabane au fin fond de l'Amazonie. C'est quoi ce délire ? Puis soudain, je percute. Valentino a dû me retrouver et il m'a enlevée. Il a tué Thanatos et m'a emmenée ici pour me faire subir toutes les horreurs qu'il avait prévues si ce n'est plus. Terrorisée, je n'ose sortir ni même montrer un signe de vie. Pourtant, mon instinct de survie est bien plus fort que la peur qui coule dans mes veines jusqu'à me glacer le sang. Sans un bruit, je parviens à me lever. Je jette un œil par la vitre et la verdure que je distinguais au loin confirme mes doutes. Je suis en plein milieu de la jungle. J'ignore quelle heure il est, mais il est soit très tôt le matin, soit assez tard le soir, car le soleil est absent et le ciel couvert. Je tente de m'approcher de la porte pour y coller mon oreille afin de percevoir la moindre information qui pourrait m'aider sur l'identité de celui qui me retient, mais le plancher en bois se met à craquer dangereusement. Je me fige et les battements de mon cœur s'emballent. Forcément, il ne faut qu'une microseconde à mon ravisseur pour débarquer. L'espace d'un court instant, je me demande si avec de l'élan je pourrais sauter et traverser la fenêtre qui se trouve à l'opposé de moi, mais aussitôt, je le reconnais.

— Thanatos ? m'exclamé-je, surprise.
— Comment allez-vous ? me réplique-t-il sans répondre à ma question.

Il n'a pas besoin de le faire, je sais que c'est lui. Je repère immédiatement son poignard accroché à sa ceinture, ses yeux sombres et surtout sa voix grave. Je suis soulagée, mais très rapidement, c'est l'incompréhension et la colère qui prennent le dessus.

— Putain, mais on est où, bordel ? Qu'est-ce qui s'est passé ? crié-je, totalement dépassée par un maelström d'émotions qui me submergent à la vitesse de l'éclair.
— Calmez-vous, sinon vous allez… tente-t-il de me prévenir, mais je le coupe.
— Que je me calme ?!! Que je me calme ?!! répété-je comme une folle avant que je vacille de nouveau et que je tourne de l'œil.

Encore. Quand je recouvre mes esprits, je suis allongée sur un canapé au confort plus que spartiate, la grosse tête de Thanatos à l'envers juste au-dessus de mon visage.

— Qu'est-ce que vous m'avez fait ? grommelé-je de très, très mauvaise humeur.
— Je vous ai droguée, me répond-il tout naturellement.
— Quoi ? Mais vous êtes complètement taré ma parole ! Et vous me dites ça comme ça, genre c'est normal !

— Doucement, sinon vous allez tomber dans les vapes, m'annonce-t-il avec son flegme habituel.
— Arghhh ! Je vous déteste !
— Okay. On mange dans cinq minutes, je vous attends.

Okay ? Okay ? Non, je ne suis pas okay du tout ! Je vais le tuer !!!

— Je n'ai pas faim !!! m'écrié-je alors qu'il se lève pour rejoindre ce que je suppose être l'espace « cuisine ».

Ce n'est pas vrai, mais il n'a pas besoin de le savoir. Hors de question de lui obéir à ce connard.

— Vous avez dormi plus de quinze heures, vous devez reprendre des forces. Je ne vous laisse pas le choix.

Je n'aime toujours pas sa façon de me parler comme si j'étais sous ses ordres, mais c'est un tout autre détail qui m'interpelle.

— Quinze heures… ?

La panique m'envahit. On est où bon sang ?

— Ça suffit, je veux rentrer chez moi ! Ramenez-moi à la maison !
— Ce n'est pas possible, vous êtes en danger. Si on est là, c'est pour vous protéger. On va vivre quelque temps ici avant que je trouve une solution, je vous le promets, m'affirme-t-il les yeux dans les yeux.

Je suis troublée par l'intensité de son regard et l'émotion que j'ai pu déceler dans sa voix. Aussi étrange que cela puisse paraître, je me suis systématiquement sentie en sécurité à ses côtés. Il m'a sauvé la vie, je ne dois pas l'oublier. Son équipe a sans cesse été aux petits soins pour moi et je dois dire que je me suis attachée à eux. Je soupire de dépit et résignée, je le rejoins aux fourneaux.

— Je peux vous aider ? demandé-je à présent timidement.

C'est seulement maintenant que je remarque sa tenue. Il a de nouveau revêtu son uniforme noir, parfois bleu nuit en fonction de la luminosité. Armé de la tête aux pieds, son holster à la jambe droite, son couteau à la ceinture, son gilet pare-balles avec je ne sais combien de poches, il est juste impressionnant. Il incarne la force et la maîtrise de soi. Ce qui me surprendra toujours chez lui c'est sa manière d'être. Il paraît si calme, si réfléchi. Impossible de décoder ce qu'il pense ou ce qu'il compte faire, mais il donne le sentiment de tout contrôler, de tout dominer.

— Allez vous asseoir, je vais vous servir, réplique-t-il sans même me jeter un coup d'œil.
— Et sinon, mis à part donner des ordres, vous savez faire autre chose ?
— Voler au secours de jeunes filles en détresse peut-être ? me rétorque-t-il du tac au tac en rivant cette fois-ci ses prunelles ténébreuses sur les miennes.

Okay, un point pour lui…

— Qu'est-ce qu'on mange ? grommelé-je pour faire diversion.

Il me tend alors une assiette que j'accepte volontiers tant j'ai super faim. Je regarde d'un air dégoûté les haricots blancs et l'énorme saucisse peu ragoûtante, puis repère une boîte de conserve vide au loin sur le plan de travail en bois.

— Bon, visiblement, la popote ce n'est pas votre fort… marmonné-je.
— Et vous, vous parlez souvent pour ne rien dire. Je dois

dire que vous excellez même dans ce domaine… me balance cet enfoiré.

— Waouh, vous avez réussi à enchaîner deux phrases d'affilée ! Un véritable exploit ! Ça va, vous n'êtes pas trop essoufflé ? me rebiffé-je avec virulence.

— Mangez et foutez-moi la paix, gronde-t-il à présent.

— Et voilà qu'il recommence à donner des ordres, dis-je en levant les yeux au ciel de manière exagérée.

Imperturbable, il se contente d'un bref hochement de tête pour désigner mon bol. J'ai très, très envie de le remettre une nouvelle fois à sa place, mais comme j'ai hyper faim, j'abandonne. Malgré l'aspect écœurant de sa tambouille, elle ne s'avère finalement pas si mauvaise. Néanmoins, la cuillère suspendue entre mes lèvres entrouvertes, je cesse tout mouvement et rive mon regard au sien. Le cul posé contre une espèce de grande malle en bois, Thanatos m'observe. La tension qui flotte dans l'atmosphère est insoutenable.

— Qu'est-ce que vous faites ? l'interrogé-je en comprenant que je suis visiblement la seule à passer à table.

— C'est vraiment trop vous demander de vous taire trente secondes ? soupire-t-il, les sourcils froncés, l'air las, ce qui ne manque pas de me faire dégoupiller.

— Bon, écoutez-moi bien deux minutes… On va remettre l'église au milieu du village là ! Parce que moi je ne suis ni votre pote, ni votre subalterne, ni votre clébard, vous entendez ? Alors vous allez me parler sur un autre ton, okay ? Je voulais juste savoir pourquoi vous ne mangiez pas avec moi !!! C'est tout !!! éructé-je en me levant brusquement, renversant ma chaise au passage.

Bon sang, ma tête tourne encore et je vacille légèrement. L'œil aguerri de mon ennemi repère immédiatement mon moment de faiblesse. Il se précipite donc vers moi, mais je le repousse. Enfin, j'essaie. Autant dire que mon geste n'a pas vraiment l'effet escompté. Ses bras solides et puissants me maintiennent fermement et me sauvent d'une chute certaine.

— Je vous ai dit…
— Ah vous, ne recommencez pas, hein ! le coupé-je instantanément.

Et là, une chose assez rare pour être soulignée se produit : il se met à rire. Bon, d'accord, ce n'est pas la franche rigolade, hein… mais il m'a semblé entendre une espèce de petit gloussement bizarre.

— Vous vous moquez de moi ? demandé-je en tournant la tête de façon à pouvoir le regarder.

Erreur. Mon visage se situe maintenant à seulement quelques centimètres du sien. Comme chaque fois, et ce pour une raison inexpliquée, je me retrouve paralysée. Comme si mon corps rendait les armes, comme si je me liquéfiais. Mon pouls s'emballe, des putains de picotements creusent mon ventre, et mon entrejambe s'embrase.

— Oh non, je tiens trop à la vie pour oser faire un truc pareil, chuchote-t-il, amusé.
— Pourtant, on ne dirait pas… ne puis-je m'empêcher de murmurer en retour.

Et merde, quelle conne ! Voilà qu'il se détend un tantinet et moi je mets les pieds dans le plat. J'aurais mieux fait de me taire, bon sang…

— Pourquoi ça ? riposte-t-il aussitôt avec gravité.

Et voilà, qu'est-ce que je disais ? Imbécile !

— Votre travail… répliqué-je, gênée.
— Croyez-vous à la vie après la mort, Romane ? me sonde-t-il ardemment.
— Euh, je… je ne sais pas. Oui, je pense…
— Vous pensez ? répète-t-il, le timbre rauque.

— Je... quel est le rapport ? le questionné-je en ne comprenant pas bien là où il veut en venir.

— Simplement parce que tout est lié... rien n'arrive jamais par hasard, me souffle-t-il alors qu'il replace machinalement une mèche de mes cheveux derrière mon oreille. La frontière entre le bien et le mal est si mince que nous sommes ici pour rétablir l'équilibre. Nous n'avons rien à perdre, mais a contrario c'est justement notre soif de vivre qui nous maintient en vie et nous permet d'être encore plus forts. Notre foi et notre rage de vaincre, rien d'autre... La mort ne nous fait pas peur, elle fait partie intégrante de nous. C'est cette volonté farouche de sauver la vie des autres qui nous guide chaque jour pas à pas. Nous nous battons pour sauver l'humanité. Une vie pour une vie, c'est ainsi et ça l'a toujours été.

— Ça fait longtemps que...

— Depuis que j'ai dix-sept ans, me précise-t-il instantanément.

Interdite, je reste bouche bée, scotchée par ses propos. L'intensité avec laquelle il s'est justifié me laisse abasourdie. Ses mots ont vibré avec une telle force, une telle puissance qu'ils résonnent avec vivacité sous ma poitrine et sous mon crâne. Je pensais que pour exercer un métier pareil, il fallait être complètement fêlé et n'en avoir rien à faire de périr... De toute évidence, je me trompais. J'ignore ce qui l'a amené à réagir de cette façon, mais j'imagine tout de suite le pire. Après ses révélations, je réalise que j'en veux encore. Je souhaite en découvrir plus sur lui, sur son histoire, sur son passé... J'ai envie de tout connaître, mais je me retiens de lui poser les mille et une questions qui s'entrechoquent dans mon esprit. Si je m'abstiens, c'est pour la simple et bonne raison que je vais l'effrayer, j'en suis persuadée. Il n'a pas l'air habitué à communiquer avec les gens. Là où je pensais qu'il était un connard, je me rends compte aujourd'hui qu'il ne sait peut-être tout bonnement pas comment s'y prendre avec les autres. Dix-sept ans, c'est si jeune...

— Ah oui, c'était donc il y a très longtemps... le chambré-je gentiment.

— Oui, puisque je suis très, très vieux... chuchote-t-il, sa bouche désormais à quelques millimètres de la mienne.

— Je suis certaine que vous êtes tout ridé... soufflé-je dans un murmure.

Merde, merde, merde !!! C'est quoi ce bordel ! Je ne sais même pas si c'est moi qui ai avancé ou bien si c'est lui qui est à l'initiative de ce rapprochement ! Ou alors, c'est nous deux ? Je n'en ai aucune foutue idée ! Ce dont je suis sûre en revanche c'est que je suis sur le point de suffoquer et de m'évanouir ! Je m'apprête aussi à lui arracher sa cagoule et à sauter sur ses lèvres quand finalement il recule brusquement.

NOOOON !

— Vous devriez manger... vraiment... ça ira mieux après, vous verrez, me lance-t-il, la respiration haletante.

Ma bouche s'entrouvre et se referme à plusieurs reprises. Non ! Il ne peut pas ! Pas encore ! Pas une deuxième fois ! Je rêve de ce baiser jour et nuit. Je vais mourir de désir s'il ne m'embrasse pas. Malheureusement pour moi, je ne vais pas tarder à passer l'arme à gauche puisqu'il s'en va sans même me jeter un dernier regard. La douleur que m'inflige son rejet me brûle de l'intérieur. Je suis complètement barjot. Je suis en train de perdre les pédales, je dois me ressaisir !

Allez, Romie ! Tu PEUX le faire ! You can do it !

Il doit probablement être chauve et avoir des plaques sur le visage. Ouais, c'est bien ça ! De l'herpès ! Beurk ! Avec des boutons blancs partout ! Des chicots pourris, un gros pif dégueulasse avec des narines poilues et des oreilles en forme de chou-fleur ! Impeccable ! Et pour parfaire le tout, il doit sûrement s'appeler Jean-Bernard ou François-Xavier dans la vraie vie. Aaaah, je me sens mieux d'un coup ! C'est vrai quoi, cette fixette est tout bonnement ridicule. J'ai les idées à présent plus claires, bien qu'une partie de moi persiste à penser que même s'il ne correspond pas à mon idéal masculin, je ne peux ignorer l'attirance que j'éprouve à son égard. Je chasse cette douce folie de ma tête et m'empresse de poursuivre mon repas qui a refroidi. Tant pis, ça fera quand même l'affaire. Au cours de ma dégustation, je prends le temps d'observer autour de moi. La cabane de fortune dans laquelle je me trouve semble avoir été construite à la main. Je constate également que hormis la chambre que j'ai quittée tout à l'heure, il n'y a pas d'autre espace fermé. Où sont les toilettes ? Et la salle de bain ? Inquiète, je me lève, dépose le bol qui s'avère être une demi-noix de coco dans la bassine qui fait office d'évier, puis me dirige vers la sortie. Lorsque je franchis le seuil de la porte, je cligne des yeux à plusieurs reprises.

C'est quoi ce bordel ?

— Il faut qu'on parle ! crié-je à Thanatos qui, appuyé contre un tronc d'arbre, les pieds nus dans le sable, observe l'horizon et le ciel noir.

— Je vous écoute…

— On est où, bon sang ?!! aboyé-je comme une furie.

— Chez moi, me réplique-t-il tout naturellement.

— Chez vous ? Chez vous ? Non, mais vous vous moquez de moi ? rétorqué-je choquée, alors qu'il commence à pleuvoir.

— Encore cette question ?

— Thanatos, grondé-je, agacée.

— J'ai acquis cette île il y a déjà quelques années. Un concours de circonstances, en quelque sorte…

— Un concours de circonstances ? En quelque sorte ? Vous vous foutez de ma gueule, en fait ? C'est un pot-de-vin, c'est ça ? En réalité, vous êtes aussi pourri que tous les autres ! Vous…

— … allez vous taire, oui ! Ça suffit, maintenant ! grogne-t-il férocement alors qu'il se retrouve devant moi en quelques enjambées, me clouant ainsi le bec.

Les yeux dans les yeux, nous nous affrontons sans détour ni faux-semblants. La pluie continue de tomber et celle-ci devient de plus en plus dense. À tel point que mes cheveux dégoulinent et collent désormais à mes joues, tandis que lui reste... *lui*. Fort et puissant, brut et époustouflant. Sans prévenir, le tonnerre gronde et un orage éclate, faisant écho à mon cœur qui tambourine violemment. Un éclair fend soudainement le ciel et je ne peux m'empêcher de compter à voix basse pour déterminer à quelle distance la foudre s'est abattue.

— Un, deux, trois, quatre...

Quatre kilomètres...

Il est suivi de très près par deux autres, éblouissant au passage la nuit sombre et terrifiante. La mer qui me fait face se déchaîne à mesure que les vagues se jettent et se fracassent sur le sol avec une énergie incroyable. Les palmiers et les arbustes ploient sous la force du vent, de plus en plus violent. Mais en dépit du spectacle saisissant de la nature qui se révolte, je suis hypnotisée par mon sauveur aux yeux noirs et mystérieux. Ses mains entourent à présent mon visage, et la seconde d'après son front se plaque contre le mien. Je suis étourdie par son odeur qui m'enivre, par la chaleur que me procurent ses paumes gantées, par la maîtrise qu'il tente de s'imposer pour, me semble-t-il, me résister. Il lutte, je le vois, je le ressens au plus profond de mon être. Désormais, alors que l'obscurité de la nuit m'empêche d'observer l'horizon, cela n'a jamais été aussi clair dans ma tête. Il me veut autant que moi je le désire. J'en suis certaine. Force est de constater que cette conclusion me donne des ailes, puisque je me laisse porter par mes émotions à fleur de peau. Mes doigts capturent ainsi ses poignets, parcourent la longueur de ses bras, glissent sur ses épaules pour ensuite venir saisir sa nuque recouverte de tissu. Au moment où je commence à retrousser sa cagoule, je le sens se tendre imperceptiblement.

— Fais-moi confiance… je t'en prie… murmuré-je en tentant de lui transmettre à travers mon regard toute mon honnêteté. S'il te plaît…

J'ignore s'il parvient à lire en moi, mais en tout cas il ne prend pas la fuite. Son absence de réaction équivaut pour moi à un accord de sa part, donc je continue mon ascension. Au fur et à mesure que la blancheur de sa peau émerge sous le faisceau lumineux des étoiles qui scintillent, mon pouls s'affole dangereusement. Une veine saillante attire mon attention, et quand finalement les premières courbes de sa mâchoire apparaissent, je manque de défaillir. Je m'interromps un instant, les mains tremblantes. L'adrénaline qui coule à présent dans mon corps est indescriptible. Je poursuis et découvre rapidement sa lèvre inférieure, puis l'autre… Je vais m'évanouir. Mon sang pulse à une telle vitesse que je suis à deux doigts de faire un infarctus. Mon cœur bat si fort qu'il résonne violemment sous mes tempes. Je m'arrête là, me privant ainsi du reste de son visage, mais ce n'est pas grave. Le fait qu'il m'ait déjà laissée faire jusque-là est énorme pour moi. Tout mon être éclate de joie alors qu'il ne devrait pas. Non, je ne devrais pas ressentir tout ça. Tous mes sens, mes émotions sont démultipliés, amplifiés à son contact. Sa bouche est comme je l'avais imaginée : pleine, ferme, virile, attirante, excitante… L'eau ruisselle sur elle ainsi que sur sa mâchoire carrée qui n'a rien à envier aux autres parties de son corps. Bien au contraire, elle sied parfaitement avec le personnage. Je passe instinctivement mon index sur elle et sans m'en rendre compte, je mordille l'intérieur de ma joue. Un râle rauque s'échappe de sa gorge quand la pulpe de mon doigt disparaît entre ses lèvres. Je déglutis tandis que mon entrejambe s'éveille. L'onde de choc qui traverse mon clitoris me fait trembler et gémir en même temps. Trempée de désir, je m'approche et me colle à lui. Tenant mon visage en coupe jusque-là, Thanatos craque et finit par laisser ses mains courir sur ma peau. Alors qu'il me soulève brusquement pour me porter dans ses bras, mes pieds ceinturent sa taille. Je le vois grimacer et réalise que j'ai dû appuyer sur sa blessure.

— Oh, pardon… excuse-moi, je…
— Tais-toi et embrasse-moi, putain…

Sa voix rocailleuse et son souffle haletant trahissent son impatience et son excitation. Je ne réfléchis plus et me jette sur sa bouche. À la seconde où nos lèvres se découvrent, j'ai l'impression de revivre. Comme si on m'injectait une dose d'oxygène, une dose de bonheur… Sans plus tarder, ma langue le pénètre pour venir s'enrouler ardemment à la sienne. Il n'y a rien de doux ni de délicat dans notre baiser. Non, c'est tout le contraire. Comme si nous avions attendu ça toute notre vie, comme si je pouvais enfin respirer correctement. Dans ses bras, je fonds, je gémis, je me languis… Je ne cesse de l'embrasser et de le peloter en même temps. Mes paumes caressent sa mâchoire, son cou tandis que lui n'est pas en reste non plus. Une main sur mon crâne, l'autre sur mon postérieur, il me dévore. La danse endiablée de nos deux langues est sensuelle, sulfureuse, sauvage… Elle m'étourdit, allant même jusqu'à me faire oublier tout ce qui m'entoure, y compris la nature qui se déchaîne de plus en plus. Mes doigts gourmands n'arrêtent pas de pétrir sa nuque, d'enserrer le tissu de sa cagoule. J'ai envie de la lui arracher violemment, de glisser mes phalanges dans ses cheveux que je devine sous le lycra. Je me sens tellement bien dans ses bras, comme si j'étais sur mon petit nuage. Cependant, mon bonheur est de courte durée, car ma bulle éclate brutalement lorsqu'une branche d'arbre manque de nous faucher en plein vol. Heureusement, les réflexes aguerris de Thanatos nous permettent de l'esquiver juste à temps. Il me relâche aussitôt et déjà je regrette la chaleur de son étreinte et de son corps plaqué contre le mien.

— Dépêche-toi, retourne vite à la cabane ! J'arrive ! crie-t-il pour que je l'entende malgré la pluie qui s'abat et la tempête qui fait rage.
— Mais…
— Ce n'est pas le moment de discuter, putain ! Va te mettre à l'abri !!! hurle-t-il finalement sur les nerfs.

Étonnamment, cette fois-ci, sa manière de me parler en me donnant des ordres m'émoustille.

Cinglée....

En même temps, il n'a toujours pas remis sa cagoule sur le bas de son visage et comment vous dire que la vision de ses lèvres en mouvement me chamboule beaucoup trop. Il est terriblement séduisant, diaboliquement sexy. Aucune plaque écœurante ni aucun bouton blanc…

Je suis dans la merde!

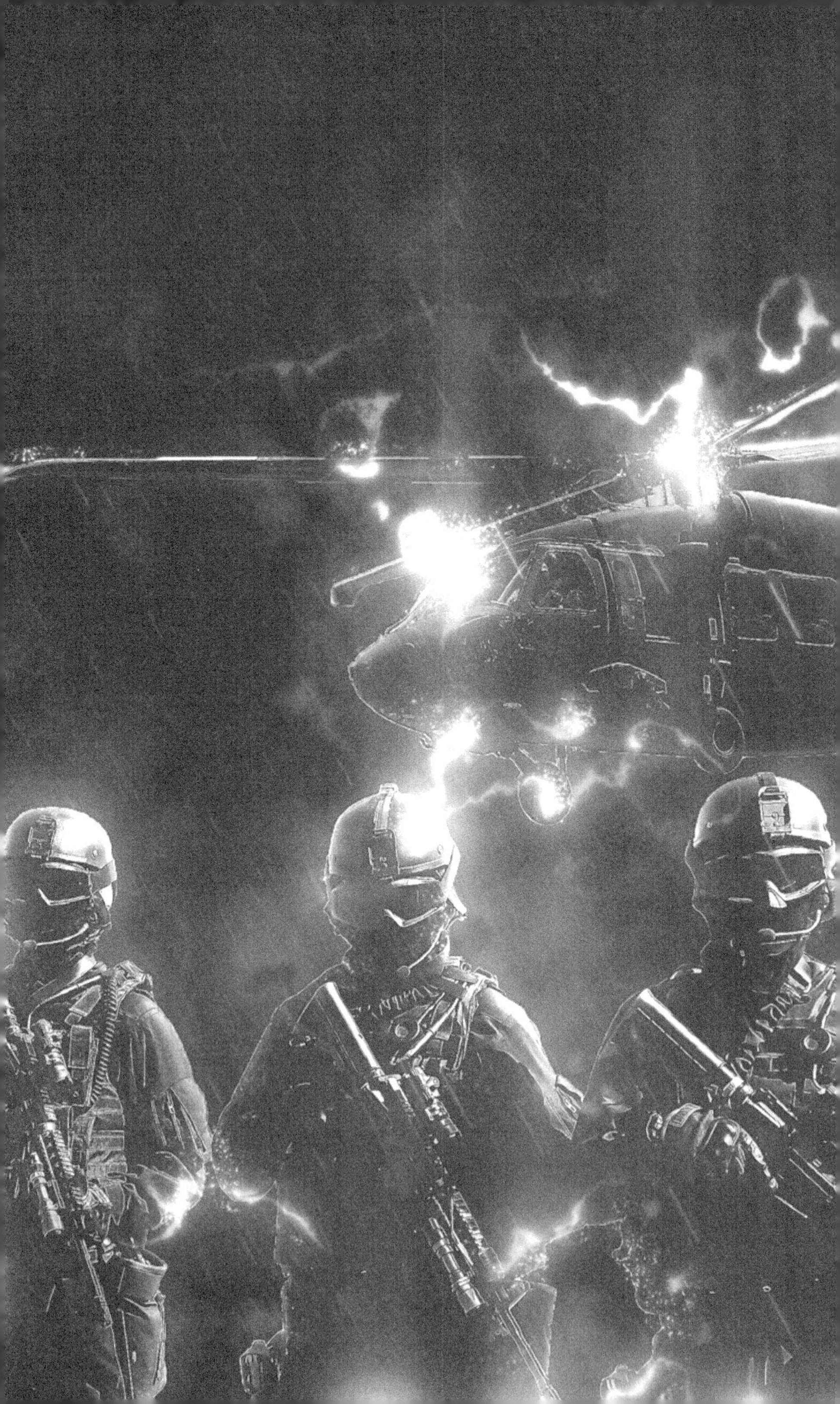

CHAPITRE 20

THANATOS

Trempée jusqu'aux os, je la regarde courir pour aller se mettre à l'abri. Je ne comprends pas ce qui m'arrive. Mon cœur bat si vite que j'en viens à me demander si je n'ai pas un problème de santé. Jamais je n'avais ressenti une telle sensation, même lors de mes missions les plus périlleuses.

Qu'est-ce qui se passe ?

Je suis un soldat aguerri qui depuis bien longtemps maîtrise son corps et son mental à la perfection. Que ce soient ma fréquence cardiaque, ma respiration, mes déplacements, mes émotions ou encore mes sentiments. Or, à ses côtés, je deviens incontrôlable. Comme si la bête qui sommeillait en moi n'attendait qu'à sortir. Mes besoins primaires prennent le dessus et je ne peux pas me le permettre, d'autant plus dans ces conditions… Elle ignore tout du danger qui la guette tandis que moi je m'apprête à affronter mon plus grand adversaire. J'ai conscience de faillir à mes devoirs, mais c'est plus fort que moi. Mon instinct de protection est plus puissant. Je veux hurler toute ma rage, toute ma peine, toute cette fichue douleur qui me rongent. J'avance jusqu'à fouler le sable humide, puis à immerger mes pieds dans l'eau salée. Contrairement à d'habitude, je ne ressens aucun effet bienfaiteur. J'ai toujours autant envie d'exploser. Je suis un putain de volcan sur le point d'entrer en éruption, prêt à tout détruire sur son passage, et je peux vous garantir que ce ne sera pas beau à voir. Néanmoins, je dois à tout prix me ressaisir, car l'attirance que j'éprouve envers Romane, en plus du goût amer de la trahison, me rend instable. Ce n'est plus qu'une question de temps, c'est une certitude. Alors à moi d'être perpétuellement sur mes gardes. Et ce n'est clairement pas en fourrant ma langue dans sa bouche et en lui titillant les amygdales que je vais y arriver. Comment ai-je pu laisser une chose pareille se produire ?

Fais-moi confiance, je t'en prie… s'il te plaît…

J'ai craqué. Sa voix douce et implorante, ses yeux brillants et pleins d'espoir… J'ai succombé et cet écart aurait pu nous coûter la vie à tous les deux. Si je n'avais pas réagi à temps, nous aurions fini décapités par une putain de branche, bon sang ! Je donne un coup de pied dans l'eau ce qui ne sert strictement à rien si ce n'est m'éclabousser au passage. De toute façon, je suis déjà trempé. Je ne sais même pas ce que je fous là, à rester sous la flotte comme un con. Quoique si, j'ai bien une petite idée. Si je m'étais rendu avec elle jusque dans cette putain de cabane, je ne répondais plus de rien. Sa bouche, ses lèvres fines et désirables, sa langue chaude et humide, ses gémissements de plaisir… Rien que d'y repenser, ma queue durcit davantage et force contre la couture de mon pantalon pour tenter de se libérer. Je dois me calmer. Je prends de grandes inspirations et m'efforce de vider ce que j'ai dans la tête. Je commence à redescendre en pression jusqu'à ce que j'entende Romane hurler au point de réveiller un mort. Mon sang ne fait qu'un tour et l'adrénaline afflue rapidement dans mes veines. D'instinct, je saisis mon arme dans mon holster, puis m'élance à toute vitesse. Mes sens en alerte, j'analyse tout ce qui m'entoure et surtout accélère la cadence. Une fois arrivé sur les lieux, je pousse un soupir de soulagement et constate qu'après avoir vérifié la zone, tout va bien. Avec le vent, la fenêtre s'est ouverte brutalement, faisant ainsi claquer les battants de celle-ci contre le mur. En revanche, je ne peux pas en dire autant de Romane. Complètement terrifiée, au sol et recroquevillée sur elle-même, elle semble en état de choc. J'ignore comment me comporter. Aussi étrange que cela puisse paraître, j'ai envie de la prendre dans mes bras pour la rassurer. N'importe quoi, n'est-ce pas ? Depuis quand ai-je envie de prendre les victimes dans mes bras ? Au contraire, j'ai plutôt tendance à laisser les gars gérer ce genre de désagrément. Alors qu'à présent, c'est presque une nécessité, un besoin viscéral. Je lutte pour ne pas me jeter sur elle, et en même temps il est impossible pour moi de ne pas réagir. Ma décision est prise. Je ferme la fenêtre, puis me dirige vers celle qui me rend dingue.

— Hey… murmuré-je, comme un abruti.

Je ne sais pas quoi dire ni quoi faire. Je vous l'ai dit, je ne suis pas doué pour ces choses-là. Malgré tout, je vais bien devoir trouver une solution, car mon malheureux « hey » n'a pas l'air d'être suffisant. Ce n'est pourtant pas si compliqué. Je n'ai qu'à faire comme si c'était l'un de mes gars. Je suis un excellent chef d'équipe et un meneur d'hommes : ce n'est pas une demoiselle en pleine crise d'angoisse qui va me déstabiliser. Néanmoins, au moment où je m'apprête à l'ouvrir, je m'arrête, une petite voix dans ma tête me sifflant que c'est une très mauvaise idée. Soudain, les paroles d'Hadès résonnent sous mon crâne : « sois compatissant », « essaie de faire preuve d'empathie », « sois à l'écoute », « tu n'es pas obligé de parler, de simples gestes peuvent suffire ».

Okay...

— Romane ? Romane ? l'appelé-je en douceur pour qu'elle relève son visage vers moi.

Rien à faire, elle ne réagit pas. Pire, j'ai l'impression qu'elle ne m'entend pas. D'abord incertain, je tends ma main dans sa direction, mais cela ne fait qu'empirer la situation. Elle tremble désormais comme une feuille. Je ne réfléchis plus et laisse mon instinct prendre le dessus. Ni une ni deux, je réussis à glisser mes bras entre ses genoux et derrière son dos pour la soulever contre moi. Elle est gelée. Sans perdre de temps, je l'amène dans la seule et unique chambre de la cabane, puis la dépose et l'assois sur le bord du lit.

— Il faut enlever vos vêtements, Romane.

Aucune réaction.

— Romane, est-ce que vous me comprenez ?

Zéro réponse.

— Très bien… je vais vous aider… Est-ce que… est-ce que j'ai votre autorisation ? balbutié-je, le ton hésitant.

Après plusieurs secondes qui me paraissent une éternité, où je détecte simplement le vacarme de la pluie qui s'abat violemment contre la structure en bois, le vent en colère qui siffle bruyamment, la végétation qui bataille ardemment pour rester en place, un infime hochement de nuque me parvient. C'est suffisant pour moi donc je m'attelle à la tâche. Avec minutie et prudence, je m'agenouille à sa hauteur et commence à retirer ses chaussures, puis ses chaussettes. Avant d'aller plus loin, je m'active et me dépêche d'aller chercher une couverture supplémentaire. Quand je reviens, elle n'a pas bougé d'un iota, le visage baissé, le regard toujours ancré fermement au sol. Délicatement, je lui ôte les manches de son gilet, puis le jette en boule par terre. Je m'en occuperai plus tard. Je réitère avec son tee-shirt, mais la mission s'avère plus complexe lorsque je dois le passer par sa tête. Finalement, j'y parviens sans trop de difficulté. Désormais en soutien-gorge, je pose le plaid sur elle et l'entoure délicatement. C'est seulement à partir de ce moment-là que je glisse ma main en douceur dans son dos et que je dégrafe son sous-vêtement. Je coulisse ses bretelles une à une puis récupère le tissu et le laisse tomber. Purée, qu'est-ce qui cloche chez moi ? Je suis tellement stressé à l'idée de faire un faux pas que je transpire à grosses gouttes sous ma cagoule. Si je continue comme ça, on va se faire flinguer tous les deux sans que j'aie le temps de lever le petit doigt. Bien qu'en théorie, ici nous ne risquons rien. Je me reconcentre et l'allonge sur le matelas. Je m'attaque ensuite à son jean et le déboutonne. L'espace d'un instant, je me dis que j'aurais aimé faire ça dans d'autres circonstances, puis je me reprends et m'autoflagelle pour mes pensées obscènes. Elle est trempée. J'ai du mal à lui enlever en douceur et suis obligé de forcer un peu, mais j'y arrive. La vision de sa petite culotte me donne de nouvelles suées, mais je la soustrais immédiatement à ma vue bien trop curieuse et la recouvre totalement. Mes mains se faufilent pour lui ôter le tissu rouge que j'ai entraperçu il y a quelques secondes. Enfin nue, j'ouvre le lit de son côté opposé, retourne vers elle, la soulève à nouveau, puis toujours emmitouflée dans sa couverture, je la glisse sous les draps. En silence, je la borde et espère qu'elle ira mieux après s'être réchauffée. Fier de moi pour avoir gardé la tête froide, je commence à quitter la pièce quand elle m'interpelle.

— Ne m'abandonne pas… s'il te plaît…

Putain !

— Romane… soufflé-je alors que je suis déjà en train de flancher.

— Je t'en prie… ne me laisse pas toute seule… sanglote-t-elle, la voix chargée d'émotions diverses.

— Je suis juste à côté, je…

— Reste avec moi. Je me sens bien et en sécurité lorsque tu es là… Ne les laisse plus me faire du mal, je t'en supplie, pleure-t-elle cette fois-ci à chaudes larmes.

C'en est trop, mes limites viennent d'être franchies. Sa détresse, je la ressens au plus profond de moi. Comme si nous étions connectés l'un à l'autre, comme si nous partagions les mêmes douleurs, les mêmes souffrances. Sans attendre, je me dirige dans le placard et récupère une nouvelle cagoule. Par mesure de précaution, je quitte la pièce puis procède au changement. De retour, je me déshabille également tout en gardant mon boxer, puis me glisse à ses côtés. Au début, je suis tendu comme un string et je ne parle pas de ma queue, hein. Non, non. Cette situation est totalement inédite pour moi. Complètement figé, je n'ose esquisser le moindre mouvement. Quelques instants plus tard, c'est finalement Romane qui se démêle de sa couverture supplémentaire et vient se coller à moi. Ses jambes s'enroulent aux miennes, son bras ceinture le haut de mon ventre et sa tête se cale contre mon torse. Elle soupire d'aise tout en attrapant ma plaque militaire qu'elle conserve dans sa main.

Seigneur…

Je vais crever d'une seconde à l'autre. C'est le meilleur truc que j'aie jamais fait de toute ma vie. Bien mieux que de sauter de l'hélicoptère encore en marche, ou bien de zigouiller tout le monde avec nos armes de pointe. Son petit corps si frêle et si froid se réchauffe à vitesse grand V et me donne à présent hyper chaud. Les mains derrière mon crâne, je n'ose les déplier au risque de l'effleurer par mégarde. Il est hors de question qu'elle pense que je profite de la situation. Malgré tout, ma queue n'est pas du tout d'accord là-dessus. Visiblement, elle ne voit pas les choses du même angle et espère au contraire un peu plus de peau contre peau. Beaucoup plus de peau contre peau à vrai dire. Impossible de réfréner quoi que ce soit, je bande comme un taureau en rut. Bon sang, si elle descend son bras de quelques centimètres, elle va cogner contre le bout de ma hampe qui frétille. Nom de Dieu ! Elle va me prendre pour un gros pervers… Je n'ose plus bouger ni même respirer de peur qu'elle se rende compte de quelque chose.

Concentre-toi, bordel !!!

Ça peut paraître complètement fou, mais je ne me suis jamais retrouvé au lit avec une femme. Comme je vous ai expliqué précédemment, je ne suis autorisé qu'à rendre visite à mon frère et mon père lors de mes permissions. Personne d'autre. Par ailleurs, les relations charnelles sont jugées trop risquées. Cet acte est considéré comme étant trop intime et à partir de là, nous pouvons dévier à tout moment du droit chemin.

Sans déconner…

En conséquence, les rapports sexuels sont strictement interdits pour chacun des membres du GHOST. Néanmoins, on ne va pas se mentir, aucun d'entre nous n'est resté puceau. Je sais que mes hommes ont transgressé cette règle, et je ne peux pas leur en vouloir. Je suis très mal placé pour dire quoi que ce soit, ayant moi-même fauté. Cependant, cela n'est arrivé qu'à de rares occasions. Le sexe n'a jamais été pour moi une priorité ni même une source de distraction. Disons que j'étais tout simplement curieux. Celles que j'ai baisées étaient de tous horizons. Ce qu'il y a de bien avec le cul c'est que c'est une langue universelle. Il n'est pas nécessaire de se comprendre quand il suffit de vouloir tirer un coup. Et puis, ça me va très bien si je n'ai pas besoin de parler. J'apprécie le silence et le calme qui en résulte. Oui, mais voilà… Chaque fois, c'était à la va-vite, sans aucune émotion ni aucun sentiment. Du cul pour du cul. Dans l'arrière-salle d'un bar minable, dans les chiottes dégueulasses d'un pub à la mode, dans la boîte de nuit de mon paternel... Rien de transcendant. On ne peut pas vraiment dire que j'ai découvert les plaisirs de la chair dans sa globalité. Comme ce contact que j'ai en ce moment même avec Romane. En réalité, cela me convenait parfaitement... Désolé, rectificatif : cela me convient parfaitement.

J'ai signé pour disparaître, m'effacer, consacrer mon existence à défendre mon pays quoi qu'il m'en coûte. C'est le deal depuis le tout début. Alors la petite vie de famille, ce n'est pas pour moi. Être marié, papa de trois morveux, avoir une grande baraque, être propriétaire d'un chien, deux chats, quatre poules et deux poissons rouges n'est pas compatible avec mon travail. Même si cela nous était autorisé, ce serait finalement impossible. En partant de ce constat, quel est donc l'intérêt pour moi d'aller roucouler une nuit entière dans les bras d'une parfaite inconnue ? Aucun mis à part me faire du mal. Très vite, j'ai compartimenté mon quotidien et coupé court à toute relation sociale qui m'est de toute façon interdite en dehors de mon père et de mon frère. En d'autres termes, je me suis transformé en une espèce d'animal sauvage assoiffé de sang et de chair fraîche. Croyez-moi, pour exercer le métier que je fais, il faut avoir le cœur bien accroché. Voilà déjà seize ans que je suis entré dans l'armée et treize ans que je dirige le GHOST et je peux vous assurer que je m'endurcis encore plus avec l'âge. Plus les années passent et plus je deviens insensible. Je n'ai aucune pitié à éliminer mes ennemis. Pire, je ressens une certaine joie, une grande satisfaction. Peut-on se réjouir de la mort d'un individu ? Peut-on éprouver du plaisir à tuer une personne ? Quelqu'un de normal et sensé vous répondra que non, mais je suis tout sauf quelqu'un de normal et sensé. J'en suis conscient et surtout je le vis bien. C'est peut-être ce qu'il y a de plus inquiétant.

Néanmoins, j'aime ma vie comme elle est. J'ai toujours eu ce sentiment d'être à ma place. Grâce à Pap's, j'ai eu le droit à une seconde chance. Il m'a sauvé tout comme il a sauvé Lucas, mon frangin. Lui aussi a été adopté après avoir perdu ses proches dans d'horribles circonstances et surtout après avoir enduré des sévices qu'un gamin ne devrait jamais avoir à subir. Quand il est arrivé au sein de notre famille, à Pap's et moi, il était extrêmement réservé. Il avait la peau sur les os et surtout il était effrayé. Quelques jours auparavant, il venait de voir sa mère et son grand frère se faire assassiner sous ses yeux. Depuis ce jour, j'ai éprouvé une haine viscérale à l'égard de ceux qui lui ont infligé toutes ces atrocités. Avec le temps, ma colère et ma rage se sont multipliées envers tous ces monstres qui continuent de frapper dans l'ombre. Lorsque je leur ai fait part de mes projets, notamment celui de rejoindre une unité d'élite secrète, mon petit frère et mon père m'ont tout de suite soutenu. À partir de ce moment-là, épaulé par les deux êtres que j'aime le plus sur cette terre, j'ai foncé pour ne plus jamais m'arrêter.

Malgré la distance et mon absence, j'ai toujours gardé un œil sur eux. Quelques années après mon départ, Lucas est devenu sapeur-pompier au sein de l'unité d'élite du GRIMP de la Caserne 91. Putain, vous n'imaginez même pas comment je suis fier de lui. Mon cœur se gonfle de joie à cette idée et d'autant plus quand je sais qu'il est à présent épanoui. Heureux en amour, il a trouvé auprès d'Emma, son équilibre, son âme sœur. Lorsque j'ai vu son numéro s'afficher sur mon écran de téléphone, j'ai tout de suite compris qu'il y avait un problème.

J'ai besoin de toi...

Ses mots vibrent et résonnent encore en moi. La fragilité dans sa voix m'avait littéralement ébranlé. Je n'ai pas hésité une seconde et suis venu à son secours malgré le danger que nous encourions. Je vous rappelle qu'aucun contact en dehors de nos permissions n'est accepté et surtout, on ne doit pas pouvoir nous joindre, pas même les personnes inscrites sur le formulaire, validé par la plus haute autorité gouvernementale. Malgré tout, je n'en avais rien à foutre. Mon petit frère était en danger ainsi que la femme qui partage à présent sa vie. Mon équipe ne m'a posé aucune question et m'a suivi aveuglément. Nous sommes arrivés juste à temps, avant qu'un énième monstre ne fasse encore plus de ravages. Je n'ai pas cherché à comprendre, j'ai buté tout le monde. Je ne devrais sûrement pas vous dire ça, mais ces mecs étaient des amateurs. Il ne nous a fallu que quelques minutes à peine pour les repérer, puis une fois sur place, une fraction de seconde pour les éliminer. Je me souviendrai toujours de cet homme ficelé sur sa chaise. La détresse qui émanait de ses yeux noirs, mêlée à une reconnaissance infinie, m'a percuté de plein fouet. Voilà pourquoi j'effectue ce boulot. C'est dans ces moments-là que je sais que j'ai fait le bon choix. Sacrifier ma vie pour sauver celle des autres, en emportant au passage dans ma tombe le maximum de criminels, ça me va.

Sur la terre comme au ciel, sans peur ni regret, avec honneur et intégrité, ma vie pour mon pays…

CHAPITRE 21

Romane

J'ignore à quoi il pense, mais une chose est sûre, il ne dort pas. Remarque, moi non plus. Quand la fenêtre s'est violemment ouverte et qu'une bourrasque s'est engouffrée méchamment dans la cabane, j'ai cru mourir de peur. Je me suis crue subitement projetée dans cette putain de cage. J'ai hurlé de toutes mes forces. Complètement tétanisée, je me suis recroquevillée sur moi-même. C'est une nouvelle fois Thanatos qui m'a sortie de ma torpeur. Le contact de son corps chaud contre le mien, de sa peau brûlante contre la mienne agit comme un baume réparateur sur mes blessures et me ramène peu à peu à moi. Je m'accroche désespérément à son collier, comme s'il avait le pouvoir de me guérir. Malheureusement, la réciprocité n'a pas l'air vraie. Je l'ai bien senti se tendre lorsque je suis venue me blottir contre lui. Depuis tout à l'heure, il n'a pas bougé d'un iota, ses bras toujours suspendus au-dessus de sa tête. À croire que je le dégoûte tellement qu'il a peur de se salir les mains s'il me touche.

Bordel, ça fait mal…

Pourtant, j'ai eu l'impression que le baiser que nous avons échangé était réel, chargé en émotions. J'ai dû me tromper. Néanmoins, une petite voix sous mon crâne me souffle que je fais erreur, qu'il y a bien quelque chose entre lui et moi, mais je la fais taire pour que cessent ces putains de picotements qui me tordent l'estomac. En même temps, si je lui plaisais vraiment, il en profiterait pour me caresser, n'est-ce pas ? Ça reste un homme, zut ! Je suis à poil dans son lit et je pense pouvoir dire, sans prétention aucune, que je ne suis pas si laide que ça. Enfin, pas au point de dégoûter un mec quand même… Si ?

Oh mon Dieu…

Extrêmement gênée, et surtout humiliée par son énième rejet, je me détache de lui et me décale de mon côté. Je ne voulais pas qu'il me saute, non… juste un minimum de tendresse. Les bras le long du corps, les yeux grands ouverts, j'étudie avec beaucoup d'attention le… plafond. Pour une raison évidente, le silence qui plane est dérangeant. Il y a quelques minutes à peine, il me roulait la pelle de ma vie, et maintenant il agit comme si j'étais porteuse de la peste. Depuis le tout début, il n'a de cesse de m'envoyer des signaux contradictoires. Un coup il est gentil, un coup il est froid. Il a vraiment de sérieux problèmes pour communiquer. Ou alors…

— J'embrasse mal c'est ça… murmuré-je, honteuse.

De toute façon, c'est soit ça, soit je pue tellement de la gueule qu'il préfère garder à tout prix ses distances. Seigneur… moi qui pensais avoir vécu le meilleur baiser de toute mon existence, digne d'un véritable film hollywoodien.

Spiderman et Mary Jane peuvent aller se rhabiller !

— Quoi ? bredouille-t-il à voix basse, clairement mal à l'aise.

Mince, pourquoi ai-je ouvert la bouche, moi ? Je ne suis plus certaine de vouloir la réponse maintenant.

— Je… non, rien… laisse-tomber… marmonné-je finalement.

Voilà, j'ai plombé l'ambiance. Déjà qu'on était loin de se dandiner comme des petits fous sur la danse des canards, désormais c'est le néant le plus total. Même à la morgue, je suis persuadée qu'ils s'éclatent plus ! Ouais… c'est pour dire…

— Ce…
— C'est bon, tu n'as pas besoin de te justifier… le coupé-je sans aucune agressivité dans la voix.

Triste et résignée, je pivote sur le bord du lit. Je lui tourne à présent le dos et bêtement, j'espère qu'il se blottisse tout contre moi. Qu'il m'enserre dans ses bras fermes et protecteurs tout en déposant de tendres baisers dans mon cou.

Ouais, bon, j'ai le droit de rêver, hein !

Eh bien, c'est ce que j'ai fait… enfin pas exactement… j'ai cauchemardé plutôt. Toujours le même refrain, à un détail près ceci dit. J'ai passé ma nuit dans cette cage sordide aux côtés de Valentino jusqu'à ce que Thanatos et son équipe viennent me sauver. Jusque-là tout va bien, mais finalement, au moment de me libérer, le soldat au regard énigmatique me balance au visage que j'ai une haleine de chacal et que ce n'est juste pas possible. Mon ex se met à rire comme une putain de hyène hystérique et le GHOST repart sans un dernier coup d'œil dans ma direction, me laissant ainsi seule avec tous ces pervers. Je me suis réveillée en hurlant et malgré le climat glacial dans lequel nous nous sommes endormis, Terminator s'est montré attentionné. J'imagine qu'il a pris sur lui et je lui en suis reconnaissante. Cela s'est répété deux fois jusqu'à ce qu'il se décide à ne plus me lâcher. Aussi surprenant soit-il, blottie dans ses bras, j'ai fini par sombrer dans un sommeil lourd et profond jusqu'au petit matin. En revanche, j'ai été triste de constater la place vide à mes côtés lorsque j'ai ouvert les yeux. En même temps, qu'est-ce que je croyais ? Que nous étions devenus un vrai petit couple raide dingue l'un de l'autre et que nous allions filer le parfait amour ?

— Tout va bien ? m'interroge l'objet de tous mes fantasmes alors que je suis assise sur le sable fin en train de le mater, euh, observer.

Suite à la tempête de cette nuit, Rambo est en train de réparer les dégâts qu'elle a occasionnés. Notamment sur l'avancée de la cabane qui en a pris un sacré coup. J'ignore toujours ce qu'on fait là et malgré mes tentatives pour apprendre la vérité, je suis encore sans réponse. Je pourrais paniquer à l'idée de me retrouver ici, seule avec cet homme, complètement à sa merci, sans aucun moyen de m'échapper ni même de contacter le monde extérieur, mais ce n'est pas le cas. J'ai bien compris que nous étions dans une situation compliquée, et quand bien même il ne me dit rien, je ne suis pas non plus totalement naïve. En attendant, je me contente d'admirer sa plastique de rêve. Ce mec est bâti comme un dieu. Cerise sur le gâteau, le soleil illumine le ciel et les températures avoisinent de toute évidence les quarante degrés Celsius.

Quel dommage !

Thanatos, et ce pour mon plus grand plaisir, a donc troqué son uniforme contre un simple short bleu marine.

Pfiouuuu... c'est vrai qu'il fait chaud aujourd'hui !

Toujours son holster accroché à la jambe droite avec son flingue, sans oublier sa cagoule et son couteau, je ne peux m'empêcher de baver devant cette masse de muscles indécents. Devant ses pectoraux qui me fascinent et qui se contractent sous l'effort, sublimant ainsi son tatouage luisant de sueur. Bordel… Il est diabolique. Chaque partie de son corps est un véritable appel à la luxure, au péché…

— Romane ?

Ah, oui, merde… qu'est-ce qu'il voulait déjà ?

— Oui ?
— Tout va bien ?
— Oui, pourquoi ça n'irait pas ?
— Vous êtes assise ici depuis tout à l'heure sous un soleil de plomb. Vous êtes toute rouge, vous allez attraper une insolation. Ne venez pas pleurer quand vous rendrez le contenu de votre estomac sur vos pieds.

Okay, on repasse au vouvoiement, le message est très clair…

— Bon, au lieu de vous prendre pour mon père, vous ne pourriez pas plutôt me dire où se trouvent les toilettes ! Parce que bon, j'ai déjà pissé à l'arrache hier, mais franchement, je préfèrerais un endroit plus adapté ! Et si je continue à me retenir, je vais me faire dessus et en prime, je vais me taper une infection ! M'étonnerait qu'il y ait une pharmacie dans votre trou paumé… marmonné-je de mauvaise humeur, de très mauvaise humeur.

— Elles sont juste derrière vous.

Derrière moi ? Je me retourne et avise la flotte à perte de vue. Qu'est-ce qu'il me raconte encore ?

— Je ne saisis pas, mis à part la m… Ooooh ! m'horrifié-je

soudainement. Ne me dites pas que vous prenez la mer pour les chiottes ?

— Si vous préférez faire ça dans le sable ou la végétation, c'est votre problème.

Il n'est pas sérieux ?

— Donc si je comprends bien, je dois lever la patte et gratter le sol après, c'est ça ? répliqué-je, le ton acerbe.
— Pardon ? m'interroge-t-il, surpris.
— Mais quand on a ses chaleurs, comment ça se passe ? On s'enfonce un bout de manioc dans la schneck ? rétorqué-je, hyper énervée.
— Dans la schneck ?
— Bon il est où Denis Brogniart là ? Car la plaisanterie a assez duré ! criè-je une bonne fois pour toutes. Deniiiiiis !
— Denis ? Qui est Denis ? gronde-t-il à présent.
— Vous allez répéter tout ce que je dis ? C'est un jeu, c'est ça ? Elles sont où les caméras cachées ?

Le soldat me dévisage avec intensité tandis que sa main se pose discrètement sur son flingue.

— Oh si vous pensez me faire peur avec votre truc entre les jambes, bah c'est raté ! ajouté-je, déchaînée.
— Taisez-vous !

Sa tête s'incline sur le côté. J'avoue qu'il est un poil flippant malgré tout, mais je suis bien trop fière pour l'admettre. Il ne va quand même pas me buter, n'est-ce pas ? Sans un mot, il approche lentement. On croirait un animal sauvage prêt à bondir sur sa proie. Je déglutis et reviens sur mes propos.

— Bon, je rectifie ce que je viens de dire. J'ai peut-être un tout petit peu les pétoches, mais…
— Il va vraiment falloir apprendre à la fermer, bordel ! grince Thanatos entre ses dents. Ne bougez surtout pas…

— Hein, pourquoi je ne dois pas... Arghhhhhhhh !!!!

Je hurle comme une dératée et aussitôt je me mets à sautiller sur la pointe des pieds. Un coup de feu retentit et, le cœur tambour battant, je cours dans tous les sens. Une deuxième détonation résonne et je crie à nouveau. J'observe l'horrible serpent gesticuler et ramper péniblement alors qu'il s'est pourtant pris deux balles en pleine tête. L'effet de surprise, le choc plus la peur ont un impact immédiat sur moi et contre toute attente je vomis tout le contenu de mon estomac sur le sol.

— Et voilà, je vous avais prévenue de ne pas rester en plein soleil, me lance l'autre fou furieux tandis qu'il range son flingue comme si de rien n'était.

Je vais le zigouiller, ça ne fait plus aucun doute.

— Si vous ne voulez pas finir comme les haricots blancs et la saucisse d'hier soir, je vous conseille de fermer votre putain de bouche !!!

Pour la seconde fois depuis qu'on est arrivés ici, il s'esclaffe.

— Je ne vois pas du tout ce qu'il y a de drôle !
— Oh si ! Moi je vois très bien ! Ma putain de bouche comme vous dites n'avait pas l'air de vous déranger pas plus tard qu'hier justement !

À votre avis, quel est le pourcentage de réussite pour qu'une simple citoyenne lambda, c'est-à-dire moi, puisse buter un soldat d'une unité d'élite secrète ? Non, parce que voyez-vous, s'il existe une infime chance de pouvoir me débarrasser de ce... de ce... de cette espèce de... Seigneur, je vais gerber à nouveau.

— Oooooh ça, c'est petit ! Tout petit ! Comme ce que vous avez entre les jambes, assurément ! Heureusement que vous avez votre joujou pour vous prendre pour un homme, hein ! lui craché-je au visage tout en désignant son arme à feu.
— Vous balancez ça parce que je ne vous l'ai pas encore collé au fond de la gorge pour vous faire taire, oui ! Et je ne vous parle pas de mon flingue ! beugle-t-il furieux.

Mais quel enfoiré ! Comment ose-t-il s'adresser à moi ainsi ?

— Essayez donc pour voir qu'on rigole un peu ! Ce n'est pas votre misérable spaghetti qui va m'empêcher de m'exprimer !
— Si vous pensez un seul instant que j'ai envie de vous chatouiller la glotte ou bien de récurer votre plat de lasagnes, non merci ! Vous vous foutez le doigt dans l'œil !

Mon plat de lasagnes ? Mais il est dégueulasse !

— Mais… mais… mais !!! C'est vous qui vous foutez le doigt dans l'œil !!! Non, mieux, foutez-le-vous dans le cul, ça vous décoincera peut-être ! hurlé-je comme une hystérique. Attendez, non, qu'est-ce que… qu'est-ce que vous faites ?
— Le petit déjeuner est prêt ! grogne-t-il à présent comme un homme de Cro-Magnon alors qu'il vient de décapiter le reptile sous mes yeux pour ensuite le dépecer.
— Hors de question que j'avale ce truc ! Bon, écoutez, ça suffit, j'ai passé l'âge pour ces conversations stupides et ô combien puériles. À quelle heure est la prochaine navette ?
— La prochaine navette ?
— Oui, la prochaine navette ! J'ignore comment on a atterri ici, mais ce n'est pas par la magie du Saint-Esprit ! Donc, de deux choses l'une, soit c'est par la mer, soit par les airs, mais comme je ne vois aucun bateau ni avion à l'horizon j'en déduis que quelqu'un nous a déposés. Merci de le rappeler pour que je puisse me barrer d'ici et au plus vite !

CHAPITRE 22

ROMANE

Ça n'a pas fonctionné, un mois après j'attends toujours cette fameuse navette. Je me suis transformée en une véritable aventurière. Mike Horn n'a qu'à bien se tenir ! Je vais chercher du bois pour alimenter le feu, récupère de l'eau potable au fin fond de la jungle dans une espèce de cuve étrange, bouffe des crabes et du lait de coco à n'en plus finir. Je ne vous explique même pas les maux de ventre que je me tape, sans parler des nappes phréatiques que je dézingue. Oui, parce que voyez-vous, j'ai bien essayé, hein… de réaliser mes petites affaires dans la forêt… ni vu ni connu. Sauf que, d'une, le moindre bruit suspect me ferait avoir une attaque en plein lâchage de bombes ! Manquerait plus que je meure étalée dans mes propres excréments. Et de deux, pour s'essuyer cela s'avère un peu plus compliqué. Non, parce que les feuilles, ça passe au début, mais après… Quand tu as le trou de balle en chou-fleur, eh ben ce n'est plus possible du tout. Bref, je ne suis plus à ça près de toute façon. Je ne suis pas loin de ressembler à Chewbacca à ce rythme. J'ai des poils plein les pattes, ma chatte on dirait les Jackson Five et enfin je suis certaine que je peux faire des tresses sous mes aisselles. Suis-je également obligée de vous préciser que je me lave dans l'eau dans laquelle je pisse et chie tous les jours ? Bon, okay, je ne fais pas ça du même côté de l'île, mais quand même... Laissons donc mon hygiène de vie ou plutôt mon absence d'hygiène de vie de côté. Je suis au plus bas degré de ma sexitude alors que l'autre enfoiré qui me sert de colocataire est toujours au top de sa forme. Non, mais sans déconner, il n'y a vraiment aucune justice, sérieux ! Quoique... j'aimerais bien voir sa tronche sans sa cagoule maintenant, encore plus que d'habitude je veux dire. Pour quelle raison ? Tout simplement parce que vous verriez son bronzage ! Et comme il la porte en permanence... Il doit avoir le visage aussi pâle qu'un cachet d'aspirine tandis que son corps ressemble à une barre de chocolat.

Hummm, du chocolat...

Ouais, la faim me tiraille et commence à me faire perdre les pédales. Les premiers jours, ça allait, on avait de quoi s'alimenter correctement, quelques conserves finalement alléchantes et des denrées indispensables. Mais très vite nous avons épuisé tout le stock et avons donc dû nous rabattre sur des rations militaires lyophilisées. Autant vous dire que c'est bien, bien dégueulasse. Je ne comprends même pas qu'il n'ait pas pensé à prendre quinze mille kilos de riz. Il n'a jamais regardé Koh-Lanta ou quoi ? C'est la base, bordel ! À présent, on passe notre temps à chasser le bétail (des crabes de terre et des reptiles) et à pêcher. Eh oui, le poiscaille n'a qu'à bien se tenir, car Romane la chasseuse de requins est dans la place. Bon, en vrai, on est plutôt sur du Romane la chasseuse de bulots, mais vu ce que j'endure ici, j'ai le droit de me la péter un peu ! En attendant, ce soir, c'est mon soir ! C'est mon anniversaire ! Avec tous mes potes les crabis[1], les serpeninous, les stiquemous, tout ça tout ça, on a prévu de se mettre la tête à l'envers ! Attention, hein ! C'est une soirée privée ! Donc les soldats grognons et beaucoup trop sexy, on n'en veut pas ! J'ai

---

1   Les crabes, les serpents et les moustiques.

bien tenté de joindre le reste de l'équipe en début d'après-midi, ses copains les psychopathes, mais je n'y suis pas parvenue. Comment? J'ai fouillé dans les affaires de Rambo et j'ai déniché un genre de GSM étrange. Les numéros de tout le bataillon étaient enregistrés, j'étais trop contente. Ces cons-là ne m'ont même pas répondu, pas un seul! Bon, j'exagère, ils étaient sûrement en mission à sauver le monde après tout! J'ai également souhaité donner un signe de vie à Emma, mais impossible. En dehors des contacts sauvegardés dans l'appareil, je ne pouvais appeler personne d'autre. J'ai essayé de trouver une solution quand Thanatos était déjà de retour. J'ai eu une trouille monumentale. J'ai fourré le bordel dans son sac, ni vu ni connu, et j'ai fait style de rien alors que j'ai bien cru que mon cœur allait exploser. Conclusion, j'en suis au point mort et m'apprête à fêter mon anniversaire comme une misérable.

— Qu'est-ce que vous faites? m'interroge l'ennemi sur un ton neutre alors que je suis assise sur le sable en train de contempler la mer.

— Oh, parce que ça vous intéresse? répliqué-je, le timbre acide.

Oh, je vous vois venir! Vous vous dites, le pauvre garçon, il se fait agresser direct! Oui, mais ce que vous ignorez, c'est que moi ça fait un peu plus de quatre semaines que je me le coltine et vous savez quoi? Bah il est aussi ennuyeux qu'un rat de bibliothèque! Il ne parle pas et j'en peux plus! Les seuls moments où il l'ouvre, c'est pour donner des ordres. Mais il a imaginé quoi lui? Que j'étais sa pote? Son employée? Mais que dalle, oui! Je ne suis pas sous son commandement! Bon après, j'avoue, je suis un brin mauvaise, car il passe toutes ses nuits avec moi et Dieu merci! Chaque fois que je suis dans ses bras, plus rien n'existe autour de nous et mes cauchemars ne sont plus qu'un lointain souvenir. Je suis comme dans un rêve, une bulle enchantée. Son odeur m'apaise et m'envoûte. Je crois que j'y suis devenue accro même. Ça craint du boudin.

— Romane, gronde-t-il comme si je n'étais qu'une enfant.

Je déteste quand il fait ça !

— Mon colonel ! rétorqué-je en rivant ma paume sur mon front alors qu'il porte son uniforme.
— Vous pouvez me dire où vous avez trouvé ça ? soupire-t-il, désespéré par mon attitude.
— Oh ça ? Vous le savez très bien ! D'ailleurs, ce n'est pas très gentil de me l'avoir cachée…
— Vous n'avez quasiment rien dans le ventre, si vous buvez ce truc, vous allez être malade, m'affirme-t-il avec dureté.
— Merci docteur ! lancé-je avant d'ouvrir le goulot de la bouteille et d'en avaler une microgorgée.

La vache !!!

C'est qu'elle dépote grave la vodka ! Je tousse, manque de m'étouffer, puis tente de reprendre contenance.

— Allez, venez, me souffle-t-il en me proposant sa main gantée pour m'aider à me relever.
— Lâchez-moi la grappe un peu, vous voulez bien ? C'est mon anniversaire aujourd'hui et je me retrouve sur cette plage, seule au monde, loin de ma vie et des gens que j'aime. Ma famille me manque, mes amis me manquent, mon boulot me manque… Alors si j'ai envie de passer la soirée ici, avec ma copine russe, eh bien je le fais, peu importe votre avis.
— Okay, me répond-il tout en s'asseyant finalement à côté de moi.
— Qu'est-ce que vous faites ?
— C'est votre anniversaire, nan ?
— Oui, mais…
— Pas de mais. Parlez-moi de vous, me demande-t-il tout en me tendant ses doigts pour que je lui file ma nouvelle meilleure amie.

J'hésite, puis lui confie. Alors que j'étais persuadée qu'il allait me la confisquer, il me prend de court et retrousse sa cagoule sur sa bouche.

Seigneur...

Je ne l'avais pas revue depuis la fois où l'on a dérapé quand on a débarqué sur cette île. Je n'avais pas rêvé, elle est… merveilleuse, incroyablement virile, désirable, envoûtante, excitante… Je l'observe porter la bouteille à ses lèvres et déglutis devant le spectacle saisissant. Comment cet homme peut-il être aussi attrayant ? Le liquide coule à présent dans sa gorge et je ne peux m'empêcher de me dire qu'il vient de passer après moi. J'ignore si c'est l'alcool qui me chauffe déjà les étiquettes, mais je peux vous dire que j'ai super chaud. Je n'ai qu'une envie, le plaquer au sol, lui grimper dessus à califourchon pour ensuite l'embrasser passionnément.

— Romane ? m'interpelle-t-il alors que je m'étais égarée.
— Oui, pardon… Que voulez-vous savoir ? le questionné-je tout en vérifiant discrètement si je n'ai pas bavé.
— Tout… murmure-t-il avec intensité.
— Il n'y a pas grand-chose à raconter… J'ai été élevée au sein d'une famille attentionnée avec un petit frère que j'aime plus que tout. Dans notre enfance, on a passé des heures et des heures à nous affronter aux jeux vidéo. L'école, ce n'était pas trop mon truc. En revanche, l'esthétisme et les produits de beauté beaucoup plus, donc j'ai fait des études pour devenir esthéticienne. Très vite, ne supportant pas les ordres…
— Voyez-vous ça… commente Thanatos sur un ton moqueur.

Je ris, ce qui fait un bien fou, puis poursuis de meilleure humeur.

— Donc comme je disais, ne supportant pas de recevoir des ordres de quiconque, j'ai créé ma propre boîte avec l'aide de mon père. Depuis, mon centre de soins affiche complet sur plusieurs mois. Enfin, ça, c'était avant que je me retrouve ici… En réalité, je pense pouvoir dire aujourd'hui que j'étais une gamine pourrie gâtée qui profitait de la vie sans se soucier des conséquences. Ma meilleure amie, Emma, m'avait pourtant prévenue. J'ai toujours été entreprenante avec les hommes. Une femme sûre d'elle et déterminée, mais surtout stupide et inconsciente. Qui ferme son salon pour une durée incertaine pour partir en vacances avec une personne qu'on ne connaît pas ? Plus j'y réfléchis et plus je me dis que je devais avoir un pois chiche à la place du cerveau, soupiré-je en reprenant la bouteille et en avalant une nouvelle gorgée.

— Vous êtes dure avec vous-même… souffle-t-il en me sondant avec ses prunelles ténébreuses.

Prunelles ténébreuses qui s'avèrent être de l'arnaque puisque ce sont bien des lentilles de contact. Je le sais désormais de source sûre, dans la mesure où je l'ai repéré se mettre discrètement des gouttes dans les yeux tous les jours. Le commun des mortels est obligé de les retirer chaque soir afin de ne pas abîmer sa cornée. Mais pas pour le GHOST, non. Après avoir bassiné Thanatos avec ça, il a enfin accepté de me délivrer son secret. Il m'a expliqué que son équipe et lui-même possédaient un produit révolutionnaire, un dispositif médical à la pointe de la nouvelle technologie, ce qui leur permet donc de conserver leurs lentilles vingt-quatre heures sur vingt-quatre, et ceci sur une période de trois mois.

— Je ne suis pas dure, mais réaliste. J'aime les plaisirs de la vie et de la chair, mais j'imagine que je me suis égarée au fil du temps. Je me suis pris une gifle monumentale. J'aurais pu mourir là-bas. J'aurais dû mourir là-bas…

— Personne ne mérite de périr entre les mains de ces monstres, croyez-moi. Ce n'est pas parce que vous étiez une femme libre et libérée que cela fait de vous une mauvaise personne. Au contraire. Ce n'est pas vous la mauvaise personne dans l'histoire, Romane… tente-t-il de me convaincre avec sa voix rauque et profonde.

— J'ignorais que vous aviez des talents de psychologue, ris-je pour détendre l'atmosphère qui s'est alourdie d'un seul coup.

— Vous n'avez encore rien vu, rétorque-t-il amusé lui aussi.

— Je ne demande que ça ! répliqué-je beaucoup trop vite. Enfin, euh… je veux dire… non… pas tant que ça, hein…

Il ne répond rien et se contente de me dévisager avec intensité. Une nouvelle fois, il s'empare de la vodka et la porte à sa bouche. J'ai peur d'avoir cassé l'ambiance, quand finalement il se lève brusquement et m'annonce qu'il s'occupe de tout. Surprise, je l'observe s'activer sans que je comprenne ce qu'il fabrique. Je ne sais pas comment il peut avoir autant d'énergie alors que je suis complètement à plat. J'imagine qu'il doit avoir l'habitude de vivre dans des conditions extrêmes et qu'ici c'est peut-être de la rigolade pour lui.

Un jeu d'enfant...

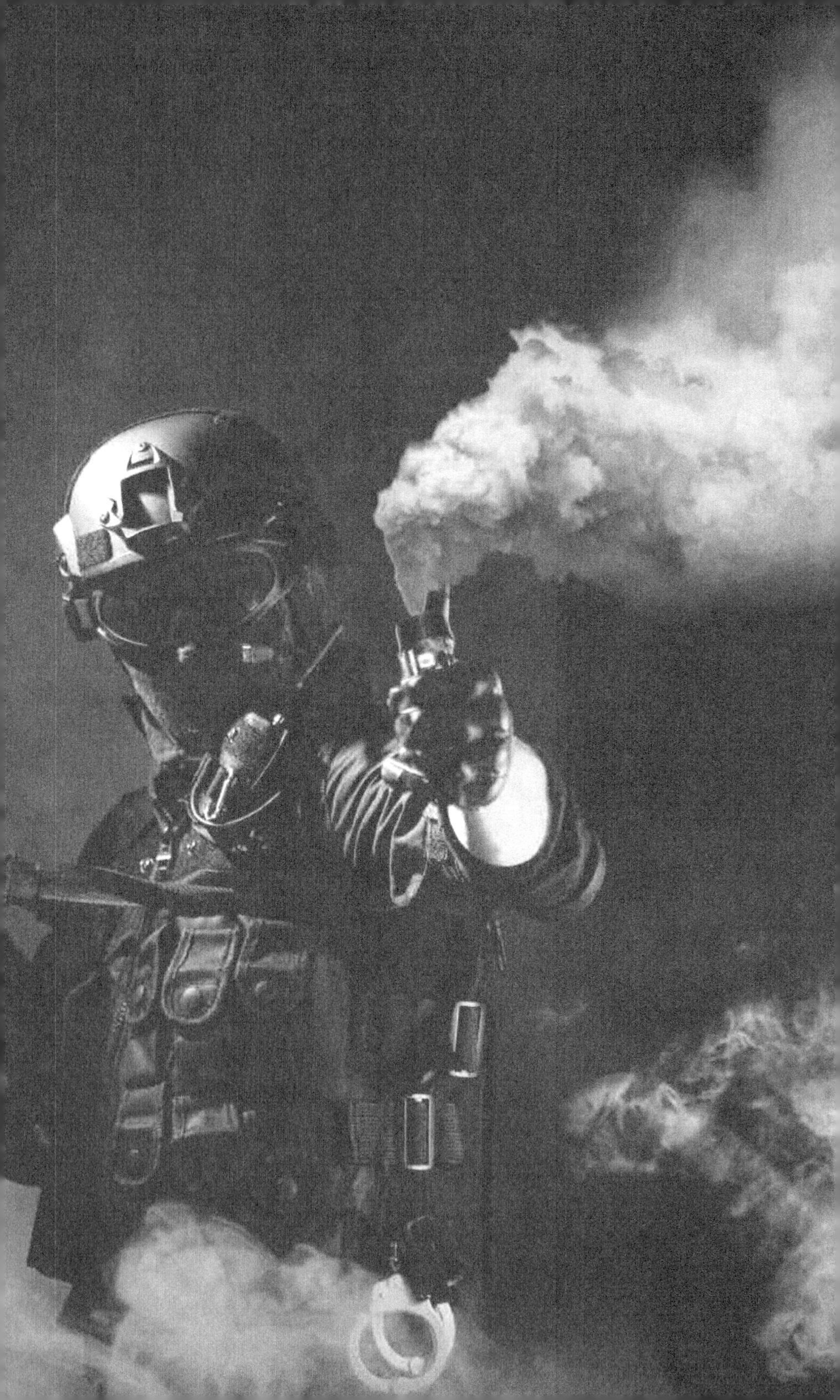

CHAPITRE 23

THANATOS

Est-ce que quelqu'un peut m'expliquer ce qui m'arrive, s'il vous plaît ? Voilà déjà plus d'une heure que je m'active pour tenter d'organiser une soirée digne de ce nom. Enfin, un truc un peu moins pourrave que les autres jours quoi… Pourquoi ? Je n'en sais rien, putain ! Lorsqu'elle m'a appris que c'était son anniversaire, mon cœur s'est emballé. Depuis, je ne désire plus qu'une seule chose, lui faire plaisir, lui redonner le sourire. Donc certes, je ne suis pas le plus loquace, le plus fun, mais ce soir j'ai envie de repousser mes limites. Pour elle. Okay, rien ne va plus. C'est quoi ce traquenard ? Depuis quand j'éprouve ce genre de sentiments pour une inconnue ? Je regarde ce que j'ai accompli et me dis que je suis grave dans la merde. Depuis quand je fais des trucs pareils ?

— Waouh… merci beaucoup… lance Romane les larmes aux yeux lorsque je l'invite à venir voir ce que j'ai préparé.

— Ce n'est pas grand-chose, j'ai fait avec ce que j'avais… feinté-je avec brio.

— C'est beaucoup pour moi… murmure-t-elle, émue.

Son bonheur m'atteint comme une flèche en plein cœur et ce dernier se gonfle immédiatement de joie. À cet instant précis, je n'ai plus qu'une seule envie, la prendre dans mes bras et l'embrasser jusqu'à ne plus pouvoir respirer. J'ignore ce qu'elle m'a fait, mais elle s'est immiscée dans ma tête pour ne plus pouvoir en sortir. Elle m'obsède littéralement. Je sais qu'elle veut rentrer chez elle, mais comment lui expliquer que je suis incapable de la protéger en dehors de cette île ? Elle me rend faible et je refuse qu'il lui arrive quelque chose. Le problème, c'est que dès qu'elle posera un pied sur n'importe quel autre continent, elle sera éliminée sur-le-champ. Putain, je n'y survivrai pas. Pas elle.

— On mange ? demandé-je, mal à l'aise.
— Oh oui ! Avec grand plaisir !

Je la regarde s'installer avec entrain et je me dis qu'elle est vraiment sublime. Le paysage est à couper le souffle. La mer turquoise aux allures de paradis, le sable fin qui chatouille ses orteils, la table que j'ai dressée à même le sol sur un plaid, quelques bougies que j'ai disséminées ici et là, ses longs cheveux bruns qui tombent en cascade sur ses épaules, ses magnifiques prunelles bleues, son sourire qui me chamboule, sa petite robe qui virevolte au gré du vent…

Je suis foutu…

— Bulots, crabes, poissons, manioc et banane au menu de ce soir, mademoiselle Lacourt, dis-je en soulevant les couvercles qui recouvraient les plats.

Elle éclate de rire et je me fais alors la promesse d'entendre cette douce mélodie encore et encore. Nous mangeons en silence, mais contrairement à d'habitude, celui-ci n'est pas pesant. Au contraire, il est agréable. Je ne la quitte pas des yeux et me marre presque quand je la vois batailler avec sa pince de crabe. Persévérante, elle ne lâche rien et finit par l'exploser à l'aide d'un galet. Elle pousse un cri de surprise avant de se fendre la poire une nouvelle fois.

Putain, mais qu'est-ce qu'elle m'a fait ?

Des miettes de crustacés plein les cheveux, elle est tout simplement irrésistible. La preuve en est, je ne résiste pas à lui ôter la nourriture éparpillée. Sans que je puisse le retenir, mon bras s'élance et ma main glisse dans sa chevelure. Le temps semble comme suspendu. Le souffle coupé, je me concentre sur ma tâche alors que je sens le regard brûlant de Romane sur mes lèvres que je mordille.

— Vous en avez... juste là... murmuré-je, la voix rocailleuse.
— Oh, merci... gémit-elle, le feu aux joues.

Elle est mignonne comme ça...

Après quelques secondes de black-out total, je reprends ma place. La tension entre nous est à son comble. Je ne vais pas pouvoir tenir encore bien longtemps. Mon cœur flanche et s'allie à mon corps qui la réclame chaque jour un peu plus. Depuis notre baiser, je suis incapable de penser à autre chose.

Chaque nuit passée à ses côtés est une véritable torture.
Chaque journée passée à ses côtés est un véritable supplice.

Pour la toute première fois de ma vie, j'envisage ce qu'aurait pu être mon existence si je n'avais pas signé pour entrer au GHOST et ça, ce n'est pas bon.

Pas bon du tout...

Le repas touche à sa fin et depuis que nous sommes arrivés sur l'île, nous allons enfin pouvoir manger un fruit. D'abord content de ma trouvaille, je me demande à présent si ce n'est pas un plan diabolique du Tout-Puissant pour me faire craquer. Non, parce que contempler Romane en train de gober sa banane tout en poussant des gémissements de plaisir, c'est tout simplement un calvaire. En plus, je suis persuadé qu'elle ne se rend même pas compte du martyre qu'elle m'inflige. Déterminé à ne pas flancher, je rive mon regard sur l'étendue d'eau qui me fait face. L'objectif est d'endiguer l'afflux de sang qui se rend bien trop vite dans mon boxer, mais c'est peine perdue. Dans un état de nervosité extrême, je m'empare de la vodka et en picole une bonne gorgée pour m'anesthésier.

— Hey ! Ne buvez pas tout ! proteste Romane qui essaie de récupérer la bouteille en rigolant.

Sauf que je n'ai pas du tout l'intention de lui faciliter la tâche. Je garde mon précieux sésame dans ma poigne tendue vers le ciel alors qu'elle s'évertue à me le dérober. Elle rit aux éclats et chose encore plus incroyable, je ris avec elle. Je me sens si léger… Cette perception est extraordinaire. Je suis à la limite de planer quand elle se rate et se vautre sur moi.

Putain de merde !
Alerte générale !
Code rouge ! Code rouge !

Elle tente de se redresser, mais c'est plus fort que moi, je l'en empêche, mes mains fermement agrippées sur la peau nue de ses cuisses. Ma raison hurle sa désapprobation, mais mon corps, pire mon cœur n'en font qu'à leur tête. Je suis en train de me consumer de désir pour cette femme et elle ne peut évidemment rien louper de mon état. Je bande si fort que ma queue force contre le tissu de mon treillis. Ses lèvres s'entrouvrent pour former un o délicieux alors que mes doigts insatiables glissent sous sa robe et s'arriment à ses hanches. Je ne maîtrise plus rien du tout et il y a quelque chose de complètement fou là-dedans. Moi qui ai passé toute ma vie à être dans le contrôle permanent, je découvre le lâcher-prise et bon sang que c'est agréable.

— J'ai tellement envie de toi... balancé-je le timbre éraillé.

Elle ne réagit pas, totalement paralysée par mon aveu soudain. Le temps d'un court instant, j'ai peur. Peur de l'avoir brusquée, peur de l'avoir effrayée, peur de l'avoir offensée. J'ai peur, putain. Puis, tout bascule. Mon univers tout entier se renverse à nouveau et je pousse un râle rauque et puissant. Romane s'est jetée sur ma bouche avec une telle avidité que l'espace d'une seconde, je ne sais plus quoi faire. Je m'allonge sur le sable et son corps suit le mouvement. Je saisis sa nuque avec fermeté pour approfondir notre baiser. Des frissons parcourent son épiderme tandis qu'un double nœud se forme dans mon estomac. J'ai le sentiment de sauter dans le vide sans aucun parachute pour me retenir d'une mort certaine. Je ferme les yeux et inspire à pleins poumons. Très vite, son odeur entêtante enivre mes sens et agit comme un putain de parfum aphrodisiaque. Elle me fait perdre la tête. Mon cœur bat tellement fort que j'ai l'impression qu'il va s'échapper de ma cage thoracique. Sa langue chaude et humide me rend complètement fou alors que je la fouille et la dévore frénétiquement.

— Tu me rends dingue... haleté-je entre deux baisers.

Son bassin autour de mes hanches, sa petite chatte pile au-dessus de ma queue, je ne peux m'empêcher de me frotter à elle. Je tente de me soulager, mais cela ne fait qu'empirer mon état. Mon cerveau est HS. Je suis incapable de penser à autre chose que ma bite fourrée bien au chaud entre ses cuisses.

— Dis-moi quelque chose... murmuré-je à son oreille alors

que je la renverse brusquement.

Elle hoquette de surprise et j'en profite pour l'embrasser à nouveau. Dorénavant sous moi, je la surplombe avec attention.

— Je vous ai connue plus bavarde, mademoiselle Lacourt…
— Et vous moins bavard… maintenant tais-toi et prends-moi ! me souffle-t-elle, la respiration saccadée.

Et voilà, ce qui devait arriver arriva, mon cœur lâche. Enfin, c'est le sentiment que ça donne en tout cas. Il ne m'en fallait pas plus pour dégoupiller. Ses paroles me font l'effet d'un électrochoc et, à moins qu'elle ne me mette un stop, je ne peux plus faire machine arrière. J'ai trop mal pour m'arrêter maintenant. Je la désire tant que c'en est douloureux. Je m'empare des commandes et m'empresse de retirer sa robe. Quand vient le moment de détacher son soutien-gorge, je perds la tête et me jette sur sa poitrine. Je lèche avidement l'un de ses tétons tandis que je malaxe le second sans aucune douceur. Je dois absolument parvenir à me contrôler, car si je continue comme ça, je vais lâcher la sauce sans même avoir sorti ma queue de mon fute. Quant à Romane, elle n'est pas en reste non plus. Elle tente de m'arracher mon uniforme, mais sans succès. Il faut dire qu'avec mon gilet pare-balles ce n'est vraiment pas évident. À la hâte, je prends donc le relais et m'en débarrasse précipitamment. Mon tee-shirt subit très vite le même sort. Une fois torse nu, elle soupire de contentement. Aussitôt, ses mains gourmandes se posent sur ma plaque qui semble la fasciner, puis sur ma peau qui se couvre de chair de poule. Bon sang, elle ne doit surtout pas coller sa paume sur mon cœur au risque de s'apercevoir du bordel qui se joue sous mes côtes. À cet instant précis, j'ai envie de tout lui révéler : la couleur de mes yeux, les traits de mon visage, mais aussi et surtout mon identité. J'ai besoin de l'entendre crier mon nom quand elle jouira sur ma queue.

C'est officiel, je suis définitivement fichu…

CHAPITRE 24

ROMANE

Je suis totalement paumée. J'ai envie de lui. Plus que tout au monde. Pourtant, quelque chose me bloque. Avant ma rencontre avec Valentino, il est évident que j'aurais couché avec lui, et ce même sans voir son visage. Oui, vous pouvez penser ce que vous voulez, me juger, mais c'est la stricte vérité. Aujourd'hui, je ne suis plus la même. Je n'y arrive plus. Ou alors c'est parce que c'est lui ? Je l'ignore, mais ce qui est certain, c'est que je souhaite plus. Beaucoup plus. J'ai besoin de me perdre dans ses bras, sans détour ni barrières. Je n'en ai rien à faire de savoir s'il est beau ou non. Bien sûr, ce serait hypocrite de ma part de vous dire le contraire. Mais pour être tout à fait honnête, l'attirance que j'éprouve pour lui va bien au-delà de son physique. Ce que je ressens pour cet homme est indescriptible. J'ai l'impression que nous sommes connectés, liés l'un à l'autre. C'est complètement fou de songer à un truc pareil, mais c'est pourtant cette évidence qui vibre et résonne au plus profond de mon être. Je panique. Je crois. Mon pouls s'affole et surtout une vague d'angoisse s'abat sur moi tel un tsunami lancé à pleine vitesse. Je me noie dans un océan de doutes existentiels et de peurs irrationnelles. Et s'il n'était pas celui que je pensais ? Et s'il était comme lui ? Et si…

— Hey… me souffle Thanatos alors qu'il me surplombe et que ses bras se trouvent de part et d'autre de mon visage.

Je n'ose pas river mes yeux aux siens. Je ne veux pas qu'il me voie comme une chose fragile. À vrai dire, je déteste ça même. Malgré l'amour que mes parents ont pu m'apporter tout au long de mon enfance, puis de mon adolescence, ils m'ont aussi poussée à devenir celle que je suis aujourd'hui. Mon père est une personne exigeante qui n'accepte pas les échecs. Pour lui, être faible n'est pas une option. Pleurer ? Encore moins. J'ai depuis bien longtemps ravalé mes larmes de petite fille pour donner naissance à une femme ambitieuse et déterminée. Il m'a appris à m'affirmer, à tenir tête à quiconque, quand ma mère m'inculquait l'art et la manière de séduire un homme. Ils ont fait de moi un requin qui n'a peur de rien, alors que je ne suis en réalité qu'un putain de poisson rouge égaré et imprudent qui nage en eaux troubles.

— Excuse-moi, je…
— Laisse tomber, c'est moi qui suis désolé. Je me suis emporté, je n'aurais jamais dû, me lance-t-il tout en se relevant aussi sec.

Sans un mot de plus, il replace sa cagoule correctement, me tourne le dos, puis avance jusqu'au bord de la mer sans rien dire. Songeur, le regard rivé au large sur le coucher du soleil, il semble porter toute la misère du monde sur ses épaules. Cette soudaine prise de conscience me fait l'effet d'un coup de poignard en plein cœur, d'un électrochoc. Il paraît malheureux et sa douleur me transperce de part en part. Poussée par une volonté sourde, je me lève sans me donner la peine de me rhabiller. Je tressaille, tandis que je l'observe attentivement au fur et à mesure que je m'approche de lui. Ses rangers aux pieds, son pantalon noir, son arme à feu dans son holster, sa ceinture où est accroché son couteau, sa peau nue, mate et parsemée de sable… Je dois dire que je détaille chacun de ses muscles dorsaux avec beaucoup d'intérêt, mais ce n'est pas ce qui me coupe le souffle. Non, c'est plutôt ce qu'il dégage, les ondes qui émanent de lui. Je me prends une vague de tristesse, de souffrance si forte que j'ai l'impression de me recevoir un uppercut. J'ai du mal à respirer alors sans hésiter un seul instant, je me colle à lui. Je l'encercle de mes bras fins, de mes mains qui atterrissent sur ses abdominaux se contractant à mon contact, puis plaque mon front entre ses omoplates. Je soupire, puis me lance…

— Je ne sais rien de toi… murmuré-je en déposant un baiser sur sa colonne vertébrale. Qui es-tu ?
— Personne, souffle-t-il, son intonation me brisant le cœur au passage.
— S'il te plaît… le supplié-je en l'embrassant une nouvelle fois.
— Je ne peux pas… me rétorque-t-il, résigné.
— Tu ne me fais pas confiance… marmonné-je, blessée.

Ce constat me fait le même effet qu'une putain de gifle. Ça pique, ça fait mal.

— Tu te trompes…
— Alors, prouve-le-moi… chuchoté-je en le mettant au défi de me démontrer le contraire.

Il se retourne, puis me sonde avec une intensité volcanique. Je ne me dérobe pas et soutiens son regard malgré les picotements et les fichus papillons qui s'activent au creux de mon ventre.

— Ferme les yeux, me lance-t-il avec gravité.

Je m'exécute aussitôt et me demande ce qu'il a derrière la tête.

— Tu ne les ouvres sous aucun prétexte. Entendu ?

J'acquiesce, alors que la chair de poule saisit mon épiderme. Fébrile, je suis incapable de prononcer le moindre mot. Mes paupières sont soudées à l'inverse de mes lèvres qui s'entrouvrent à la recherche d'oxygène. Seul le bruit des vagues qui s'agitent me parvient aux oreilles jusqu'à ce que je détecte enfin du mouvement. Très vite, je m'aperçois que Thanatos me bande les yeux. Aussi surprenant soit-il, c'est agréable. En réalité, c'est surtout l'effluve qui se dégage de mon masque improvisé qui m'envoûte. Ça sent... lui. D'emblée, son odeur me rassure, m'apaise. Quand, après quelques secondes de silence, sa bouche se pose sur la mienne, je manque de m'évanouir. Je me raccroche à lui, à ses épaules, puis me laisse emporter une fois de plus par la magie qui nous anime. Malgré mes réticences, le feu qui brûle au plus profond de moi grandit encore un peu plus. Finalement, même si je n'ai pas eu ce que j'attendais, je ne suis plus certaine de pouvoir m'arrêter. J'ai trop besoin de lui, de ce truc qui vibre entre nous. J'abandonne. Ma décision désormais prise, je me sens plus légère, plus libre. Je me retrouve un tant soit peu et choisis d'accélérer la danse. Notre baiser se fait plus sauvage, plus passionnel. Je me jette sur lui et le dévore. Je le fouille, ma langue s'enroulant autour de la sienne avec une frénésie déconcertante. Emportée par un désir fulgurant, j'empoigne sa tête pour approfondir notre échange. Mes doigts glissent brutalement dans ses cheveux, les attrapent, les tirent et les malmènent. Il grogne alors que...

Attendez, quoi ???

Ses cheveux ? Je... me fige. Mon pouls se fait la malle au même titre que mon cœur qui s'affole. Fébriles, mes mains coulissent sur sa mâchoire comme pour me confirmer que je ne rêve pas. Sa barbe de quelques jours picote ma paume alors que, de mon index, je finis par arpenter les pourtours de son visage. Aucun de nous ne parle. Le fait qu'il me le dévoile ainsi me bouleverse, même si je suis dépourvue de toute acuité visuelle. Je crève d'envie d'arracher ce que je suppose être sa cagoule sur mes yeux, mais je me retiens. Je lui ai demandé de me faire confiance, et c'est ce qu'il est en train de me prouver. Je ne cesse de parcourir ses traits qui me fascinent. Être privée d'une partie de mes sens décuple mon attention. Mon toucher n'est irrémédiablement plus le même. La pulpe de mes doigts s'embrase au contact de son épiderme. Incapable de me contenir, j'embrasse sa mâchoire, ses joues, ses pommettes, son nez, son front, le haut de son crâne... Il m'obsède, m'enivre, me bouleverse.

— Qu'est-ce que tu me fais... murmure-t-il, le souffle haletant. Je ne devrais pas...
— Chuuuuuut... Fais-moi oublier, s'il te plaît...

J'ai si peur qu'il me rejette une fois de plus. J'ai prononcé ces mots à une fréquence sonore tellement basse que j'ignore s'ils ont atteint ses oreilles. Mais soudain, je pousse un cri au moment où, surprise, il me saisit par la taille pour me hisser sur son bassin. Instinctivement, mes jambes s'enroulent autour de son corps avec ferveur et mes mains ceinturent sa nuque. Insatiable, je colle de nouveau ma bouche à la sienne qui m'accueille avec toujours autant de passion. Je ne sais pas où il m'emmène, mais je ne lui pose aucune question. Je me laisse porter et aussi incroyable que cela puisse paraître, je n'ai plus aucun doute.

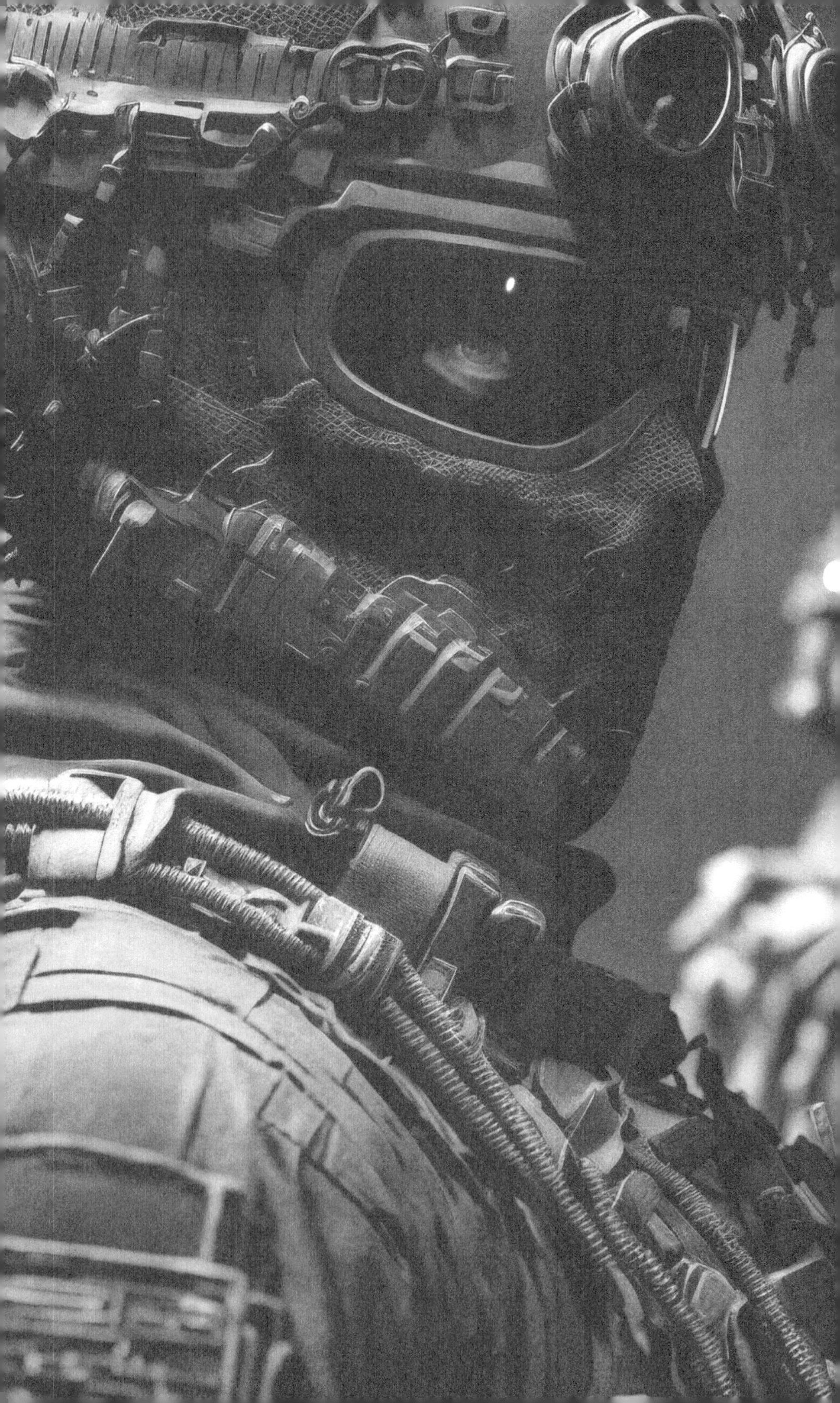

CHAPITRE 25

THANATOS

La fièvre qui m'envahit n'a rien d'un simple rhume dont j'aurais été victime. Non, elle est inexplicable et démesurée. Dans un état proche de la combustion instantanée, j'emporte la responsable de mes tourments dans mes bras sans cesser une seconde d'explorer sa bouche. Incapable de réfléchir comme il faut, mes neurones ayant subitement disparu, j'arpente en titubant la plage comme un poivrot complètement déchiré. Romane est elle aussi déchaînée. Elle malmène mon cuir chevelu avec une telle énergie que je la soupçonne soit de vouloir m'arracher les cheveux pour me punir du port de ma cagoule en permanence soit parce qu'elle est obsédée par eux. Ou bien les deux ? Possible. En attendant, ses petits gémissements à répétition me rendent fou. Je perds la tête. Je m'excuse d'avance pour ce que je vais vous dire, mais je ne songe plus qu'à une seule chose : m'enfouir en elle jusqu'à la garde pour ensuite aller et venir avec force et détermination. Ce n'est pas compliqué, je veux fourrer ma queue dans sa chatte. Point. Réaction purement primaire, mais elle fait ressortir en moi ce qu'il y a de plus sauvage. Comme un putain d'animal, mon besoin de m'unir à cette femme est inextricable, colossal. J'ai égaré l'ensemble de mes facultés mentales et pour quelqu'un comme moi, c'est à la limite de l'impensable.

— S'il te plaît… me répète-t-elle entre deux coups de langue.

Ses ongles à présent plantés dans mon dos, elle me griffe la peau comme pour me signifier son impatience. C'en est trop. De toute façon, je ne sais même plus comment je m'appelle ni ce qu'on fout ici, donc autant ne pas gaspiller une seconde de plus. Je la plaque contre le tronc d'un palmier qui se trouvait sur notre passage et me jette à nouveau sur ses seins. Je lèche ses tétons qui durcissent sous le délice que je leur procure. Je les suce, les mordille, les titille. Sa poitrine généreuse remplit mes paumes excitées. Je deviens dingue. Encore plus dingue. J'arrache sa petite culotte et sans crier gare m'agenouille et enfouis mon visage entre ses cuisses que j'écarte allègrement. Je prends un malin plaisir à déguster son clitoris qui se gorge de volupté tandis que mon nez se perd dans sa toison délicate. Enfin, je peux assouvir mon fantasme. Celui qui a pris naissance au cœur de mes entrailles ce jour-là dans cette boîte de nuit et qui me hante depuis. Son odeur me grise alors que son goût sucré se dépose savoureusement sur mes papilles qui s'affolent. Ma salive se mélange à sa mouille qui coule abondamment. À n'importe quel moment, elle pourrait retirer ma cagoule qui lui masque la vue, mais je n'en ai rien à faire. Tout ce qui compte à cet instant précis, c'est sa jouissance et rien d'autre. Très vite, elle se cambre de désir, son corps s'arc-boute et ses gémissements se transforment en petits cris. Je cesse ma torture et recule légèrement afin de la contempler. Elle est si belle ainsi, à ma merci, nue et les yeux bandés. Sans plus tarder, je me relève, dénoue ma ceinture, puis déboutonne mon pantalon. Je dézippe ma fermeture Éclair, puis fais glisser le bas de mon uniforme sur mes quadriceps. Mon boxer le rejoint aussitôt et incapable de me contenir davantage, j'attrape mon membre durci dans ma main. Il palpite d'exaltation et frémit de plaisir lorsque je commence à coulisser ma paume autour de lui. Les rangers encore aux pieds, mon jean, mes armes et mon calbut descendus sur les chevilles, je me branle comme un putain de gros dépravé. Seigneur… Heureusement qu'elle ne peut pas me voir.

— Thanatos… geint-elle en frictionnant ses cuisses entre elles dans l'expectative de soulager un tant soit peu le feu qui la consume de l'intérieur.

L'entendre me supplier ainsi me rend dingue, pourtant mon cœur se serre une microseconde. Malheureusement, ce moment de faiblesse aussi fugace soit-il va me pousser à réaliser une erreur monumentale. Je me plaque brusquement contre elle et lui écarte les jambes à l'aide de mon genou. Je positionne ensuite ma queue contre sa chatte et fais lentement coulisser mon gland violacé dans sa fente trempée. C'est pile à cet instant que je commets l'irréparable.

— C'est Colton… susurré-je à son oreille avec une intonation que je ne reconnais pas moi-même.
— Qu… quoi? Mais pourquoi? bégaye-t-elle alors que je continue de frotter ma bite contre son clitoris.
— Quand tu crieras mon nom… articulé-je avec une voix d'outre-tombe.

Et voilà. C'est à poil sur une île perdue au milieu de nulle part, la teub au garde-à-vous, que je romps mon serment le plus important. Divulguer une telle information s'avère être extrêmement problématique sauf que pour l'instant, je n'en ai rien à foutre. Au contraire, je bande encore plus à l'idée qu'elle connaisse une partie de moi, aussi infime soit-elle.

Putain, qu'est-ce qu'elle m'a fait ?

Sans plus attendre, je dirige le bout de ma queue vers son orifice, puis commence à la pénétrer lentement. Elle est si trempée qu'elle va pouvoir l'accueillir sans difficulté malgré sa taille imposante. Elle hoquette d'abord de surprise puis très vite, elle gémit de bonheur. Et c'est exactement ce que je fais en poussant un long râle rauque et puissant. Bordel… Elle est si étroite et si chaude que j'ai le sentiment de vendre mon âme au diable. Enfin, si on omet le fait que j'ai déjà pactisé avec lui, et ce à de multiples occasions auparavant. Je me sens à la fois libéré et pris au piège. Mes poumons se gorgent d'oxygène. À tel point que j'ai l'impression qu'ils vont éclater. Tout comme mon cœur qui se gonfle également. Je ne vais pas tarder à m'envoler si ça continue. Blague à part, je ne vais pas vous mentir, l'idée que je puisse céder et passer à autre chose m'a effleuré l'esprit plus d'une fois. Sauf que là… j'ai croqué dans le fruit défendu. Dès la première pénétration, je réalise que je n'en aurai jamais assez. C'est comme si elle était faite pour moi. Nos deux corps s'épousent à la perfection, c'est déroutant. Jamais je n'avais ressenti une telle osmose avec l'une de mes rares partenaires. Je suis à deux doigts de craquer et de lui arracher son bandeau. J'aimerais tant pouvoir lire dans ses yeux. Partager cet instant de pure volupté, voir briller cette étincelle de vie, détecter ce voile de plaisir qui je suis sûr la rend sublime. J'augmente le rythme de mes coups de boutoir qui, c'est certain, vont nous mener à notre perte, mais bon sang c'est si bon ! Voir mon sexe entrer et sortir de sa vulve trempée m'excite terriblement, sans parler du bruit que font mes couilles qui claquent contre son cul. C'est officiel, en plus d'être un putain de psychopathe, je suis devenu un gros obsédé.

— Colton… gémit-elle.

Mon cerveau vient de griller. Court-circuit. RIP.

— Redis-le…
— Colton…

Je perds pied. Je me retire, défais de la même manière qu'un sauvage mes rangers, chaussettes, boxer et pantalon. Je les valdingue à l'arrache, armes comprises, puis me jette sur sa bouche comme un affamé. Je la soulève dans mes bras tout en l'empalant de nouveau sur ma verge luisante de mouille et de liquide pré séminal. La passion dévorante qui m'anime est démentielle, totalement détonante. Je marche sans savoir vraiment où aller, en ayant pour seule certitude une volonté farouche que ce moment dure toute une vie. Je me leurre d'espoir, chassant méticuleusement mes idées noires. Tel un défouloir, elle me sert d'exutoire. Sans le vouloir, mes pas nous ont conduits à la cabane. Je pousse la porte d'un coup de pied trop violent, mais pas le temps d'examiner les dégâts, je la colle contre le mur. Ma main s'accroche à ses cheveux que je tire en arrière. La vue de sa nuque dégagée me donne l'eau à la bouche et je ne résiste pas à la tentation. Je croque sa peau fine et délicate, pour finalement glisser la pointe de ma langue tout du long jusqu'à atteindre le lobe de son oreille. Je le prends entre mes lèvres, le titille, le suçote. Elle frissonne, se tend, s'abandonne… Je me déplace de nouveau et fais tout tomber sur notre chemin. Je la plaque ensuite assez brusquement sur la table et la pilonne sans discontinuer. Elle hoquette de stupeur, puis crie mon nom encore et encore. Je la contemple avec cette irrépressible et effroyable envie de lui arracher ce putain de bandeau. Je suis sur le point de le faire quand un bruit m'interpelle. Grâce à mes réflexes aguerris, je retiens Romane de justesse avant que le pied du meuble ne cède et s'écroule sur le sol.

— Qu'est-ce qui se passe ? s'affole-t-elle.
— Rien. Continue de m'embrasser, grogné-je, désireux d'être à nouveau le centre de son attention.

Jaloux d'une table… bah il est beau le Dieu de la mort…

Si on poursuit comme ça, on va littéralement se bouffer tout cru. Je glisse ma main dans la sienne pour l'emmener avec moi, mais ce simple geste anodin me donne des fourmillements dans le ventre. C'est quoi ce délire ? Très rapidement, je la couche sur le lit et m'enfouis de nouveau en elle, dans son fourreau étroit et humide. J'émets un soupir de plénitude tant le bonheur et la joie de le retrouver sont grands, comme si j'étais de retour à la maison.

Je viens vraiment de comparer sa chatte à une baraque ?

Oui, mais attention, pas n'importe laquelle, hein ! Je vous parle de celle qui vous rend heureux. Celle qui vous fait vous sentir à votre place… Okay, je débloque… J'ai dû manger ou boire quelque chose qu'il ne fallait pas. Je dois cesser de réfléchir ainsi. J'augmente le rythme pour faire taire ces putains de voix dans ma tête et très vite le plaisir me submerge. Je l'embrasse comme je n'ai jamais embrassé personne. J'étouffe ses plaintes sensuelles avec ma langue tandis que je parcours son corps sans discontinuer. Je pelote ses seins à la manière d'un gros pervers, alors qu'elle-même tente de toucher mon visage. Ses mains suspendues en l'air, elle manque de me crever un œil quand enfin elle me trouve. C'est plus fort que moi, je lèche l'intérieur de sa paume avant de sucer ses doigts. Elle gémit, je halète. Elle crie, je grogne.

— Plus fort ! me supplie-t-elle.

Elle va me tuer !

J'accélère la cadence et remonte ses cuisses pour modifier l'angle de pénétration. Je vais encore plus loin et ses rugissements redoublent d'intensité. J'embrasse ses chevilles que je tiens avec fermeté, mais finalement, je change rapidement de position afin de garder le rythme et ainsi éviter d'éjaculer comme un putain de puceau. Je n'ai pas envie que ça se termine. Pas tout de suite. J'en veux plus. Beaucoup plus. Je la retourne et la prends à quatre pattes. Sans tarder, je place mon gland à l'orée de sa chatte et m'enfonce en elle avec ardeur. Je m'accroche à ses hanches et la culbute violemment. Plus je tape fort, plus elle hurle. Quant à moi, je manque de devenir aveugle au moment où mes yeux se perdent sur son sillon qui frémit sous mes assauts. Jamais la vue d'un cul ne m'avait autant excité. Incapable de résister, mes doigts s'agrippent à ses deux globes et mon pouce glisse sur sa raie, jusqu'à effleurer son anus. Dans un premier temps subtilement afin de jauger sa réaction. Romane me laisse faire et au contraire, se cambre encore plus sous mon toucher. J'interprète alors son attitude comme une invitation positive à poursuivre mon exploration. Cette fois-ci, j'y vais franchement. J'appuie avec plus de fermeté et titille son orifice qui s'ouvre à moi. Dans d'autres circonstances, je ne me serais pas posé de question et aurais enculé ce joli petit cul qui me rend fou.

Dans d'autres circonstances...

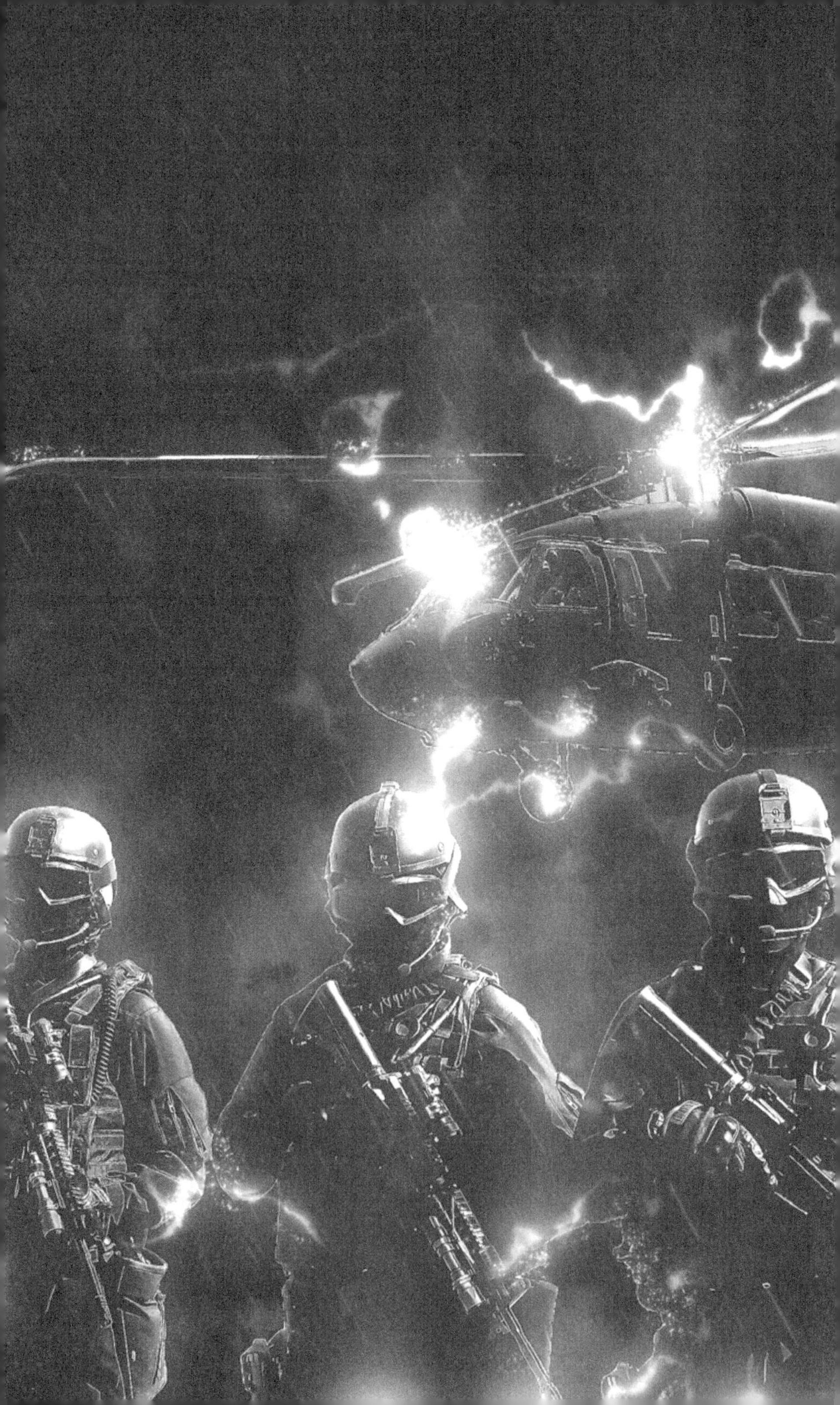

CHAPITRE 26

THANATOS

Dès lors, une douce chaleur salvatrice naît au cœur de mes entrailles. Non, pas déjà ! Des frissons s'emparent de mon épiderme alors que je suis en train de mener un combat qui va avoir ma peau à coup sûr. Une lutte intérieure complètement folle. Mes doigts se perdent insidieusement dans ses cheveux, tout en faisant attention à ma cagoule qui lui obstrue toujours la vue. Je tire en arrière et son visage haletant apparaît. Elle est si belle, putain… Sa bouche entrouverte me court-circuite les sens et aussitôt j'imagine lui faire avaler ma queue. Je m'interromps et tente de recouvrer mes esprits. Comme si Romane avait lu dans mes pensées, cette dernière se retourne subitement et gobe ma verge sans crier gare. J'ai l'impression qu'elle vient de me donner un coup de poing dans l'estomac tant j'ai le souffle coupé. Mon ventre se contracte. Tous les muscles de mon corps sont tendus à l'extrême, sans parler de ma bite qui est dure comme du béton. Je crois n'avoir jamais autant bandé. Ses paumes se posent sur mes pectoraux pour m'inciter à m'allonger et rapidement, elle prend les commandes. La pointe de sa langue parcourt mon torse, s'arrête sur mes tétons, puis dessine les lignes de mes abdominaux. Lorsqu'elle atteint mon pubis, puis qu'elle parsème à l'intérieur de mes cuisses de tendres baisers, je ne parviens plus à respirer. Je suis dans l'attente de plus, et je vais vriller d'une seconde à l'autre si elle continue son cirque.

— Romane…

Je souhaitais mon ton dissuasif, mais il s'est avéré suppliant. Mon bassin se soulève de lui-même comme pour attirer son attention, pour l'implorer qu'elle s'occupe enfin de lui.

— Oui ?
— S'il te plaît…
— Qu'est-ce que vous voulez, soldat ? Soyez plus clair, je ne comprends pas… s'amuse-t-elle à me pousser dans mes retranchements.
— Suce-moi ! grogné-je, le timbre voilé à la fois de supplice et de désespoir.
— Avec plaisir, cow-boy…

Je me fige instantanément.

Cow-boy…

Ce surnom me renvoie immédiatement à cette nuit-là. Celle où elle s'est immiscée dans ma tête pour ne plus jamais la quitter. Elle m'avait appelé de la même façon. J'ignore pourquoi, mais quelque chose opère dans mon organisme. Une sensation désagréable me parcourt l'échine et me rend fou. Comme un courant puissant et destructeur qui me donne envie de tout casser. Un sentiment dévastateur. Mon cœur se serre à l'idée qu'elle nomme toutes ses conquêtes ainsi. Alors c'est ça ? Je ne suis rien de plus qu'un simple amant de passage. Bordel, mais pourquoi ça fait si mal ? Pourquoi ai-je l'impression que tout s'écroule autour de moi ? C'est complètement débile. Je…

Oh bon sang...

Mes bourses se rétractent de bonheur au moment où la langue de Romane atterrit sur elles. Aussitôt, mes pensées négatives s'éclipsent pour laisser place à un plaisir incroyable. Avec un talent fou, elle me lèche et longe ensuite mon membre et sa veine saillante sur le point d'exploser. Quand, enfin, elle atteint mon gland violacé, je m'agrippe aux draps que je froisse violemment. Avec gourmandise, elle récupère la goutte de liquide pré séminal qui perle fièrement sur sa pointe, puis m'avale avec une dextérité déconcertante.

Elle est douée, putain...

On dirait qu'elle a fait ça toute sa vie. Je chasse immédiatement cette idée qui me tue de l'intérieur et me concentre sur l'instant présent. Après tout, elle aussi elle n'est rien de plus qu'une simple partie de jambes en l'air. Ni plus ni moins.

Tout à fait...

C'est un véritable feu d'artifice sous mes côtes et sous mes paupières qui se ferment d'elles-mêmes. Romane me suce avec entrain alors qu'a contrario l'une de ses mains malaxe mes couilles avec douceur. Comme dans cette boîte de nuit, elle se donne à fond et m'engloutit avec ferveur. Sa salive lubrifie ma bite qui ne demande qu'à se loger au fond de sa gorge et c'est ce qu'elle fait. Ses gémissements et ses petits couinements me font perdre la tête. Ou bien c'est sa paume qui enserre mon sexe avec fermeté... Je l'ignore, en tout cas, elle me branle sans relâche et si elle continue ainsi, je vais tout lâcher entre ses lèvres. Encore. C'est hors de question. Dans un effort surhumain, je la hisse jusqu'à moi et l'encercle de mes bras. Je me jette sur sa bouche que je dévore avec passion. Son goût salé ne m'arrête pas, bien au contraire. Mes mains glissent dans ses cheveux, dévalent sa colonne vertébrale, s'agrippent à son cul, le dirigeant juste au-dessus de ma queue qui tressaille. Je m'enfonce encore une fois dans sa chair humide et brûlante. Elle est si trempée que ça me galvanise. Ses gémissements reprennent et redoublent d'intensité quand j'accélère la cadence. Mes coups de reins la percutent avec une telle force que je perçois son fourreau étroit se contracter frénétiquement autour de ma verge.

— Colton, murmure-t-elle à mon oreille.

Il ne m'en fallait pas plus. L'entendre susurrer mon prénom ainsi me fait dégoupiller. Je la retourne de nouveau et me rue férocement en elle. Au moment où je sens la vague de plaisir m'envahir, annonciatrice d'un orgasme démentiel, je donne tout ce que j'ai pour que Romane atteigne elle aussi le Nirvana. Quelques secondes plus tard, elle jouit si fort qu'elle manque de me péter un tympan. Mais en vrai, je m'en fous. Tout ce que je ressens, là, tout de suite, c'est un putain de bonheur immense. Je ne cesse de l'embrasser alors que mon sperme jaillit par intermittence et tapisse les parois de sa chatte. Elle étouffe mon râle rauque et sauvage quand ses ongles eux s'enfoncent et me griffent le dos. C'est ridicule, mais j'aime l'idée qu'elle me marque et que mon corps garde des traces de notre échange. Je deviens cinglé. Nos bouches ne se quittent pas durant de longues minutes jusqu'à ce que finalement elle se laisse choir à côté de moi, sa tête appuyant sur mon torse, ses doigts jouant avec ma plaque militaire. Discrètement, j'incline mon visage pour enfouir mon nez dans ses cheveux. J'inspire à pleins poumons et me gorge de cette odeur qui m'étourdit depuis le tout premier jour. Nous restons ainsi, silencieux un long moment. Autant au début, je planais encore sur mon petit nuage, autant à présent, la réalité me rattrape. Je cherche des yeux mon équipement, mais je ne le trouve pas. Impossible. Pas moi. Ça ne m'arrive jamais. Où est-ce que j'ai bien pu poser mes armes ? Ma fréquence cardiaque s'emballe et…

— Quelque chose ne va pas ? murmure Romane timidement.

Merde ! Son oreille toujours collée contre ma poitrine, elle a dû percevoir les battements de mon cœur qui s'affole. Je panique. Je n'ai pas de réponse. Où est mon putain d'équipement, nom de Dieu ?!! Ce simple constat me prouve ce que je redoutais tant. Avec elle à mes côtés, je perds tous mes moyens, tout contrôle et ça c'est impensable. Inacceptable. Je n'ai pas le droit à l'erreur.

— Colton ?

Putain de merde…

Qu'est-ce que j'ai fait, bon sang ! Comme un misérable lâche, et pour la toute première fois de ma vie, je fuis. En silence, je décale son corps du mien et m'éclipse en dehors du lit, puis de la chambre.

— Thanatos ? me hèle-t-elle à nouveau, le timbre chevrotant.

Malgré l'urgence et la douleur que je perçois dans sa voix, je reste muet.

Connard !

Je m'empresse de récupérer une nouvelle cagoule dans mes affaires, puis pars à la recherche de mon arsenal. Je ne m'en sépare jamais, c'est pour vous dire dans quel état elle me met. Je soupire au moment où j'identifie finalement mon boxer, mon pantalon avec mon flingue, mon couteau et mes rangers à l'arrache, dans le sable. Je me rhabille à la hâte, quand un détail m'interpelle. Des traces de pas en partie balayées par le vent se dessinent sous mes yeux. C'est étrange, je n'ai pas le souvenir d'être passé par ici tout à l'heure. Je me fige et me concentre sur ce qui m'entoure, sur mon environnement. Je ne cède pas à la panique et tente de réfléchir. C'est impossible qu'on nous retrouve ici, donc soit…

— COLTOOOOOOON!!!!!!!!!!! hurle Romane à pleins poumons.

Okay, maintenant je panique ! Mon sang ne fait qu'un tour et je me précipite à son secours.

— COLTOOOOOOON !!!!!!!!!!!

Le son provient de la forêt, ils sont en train de l'emmener ! Je me reprends et cours tout en tenant mon arme en joue. Je fais abstraction de tout le reste sauf de Romane et de ses ravisseurs. Mes sens aiguisés me permettent de détecter la présence de plusieurs hommes. Ils sont là. J'ignore comment ils ont fait pour nous repérer, mais on est dans la merde. Cependant, je me ressaisis et ne me démonte pas en m'obligeant à garder la tête froide. J'analyse chaque donnée, chaque bruit qui retentit. Quand bien même je suis en infériorité numérique, je possède un gros avantage sur eux. Je connais cette île comme ma poche. Chaque recoin, chaque centimètre carré, même les profondeurs marines tout autour n'ont plus de secret pour moi. Je devine aisément où ils se dirigent et me conduis donc à l'exact opposé. Lorsque je parviens à mon point stratégique, je retire les branchages qui camouflaient les portes du bunker souterrain. Je m'y engouffre et me rends aussitôt devant le coffre que je déverrouille immédiatement. J'enfile un haut, une veste et mon gilet pare-balles. J'attrape mes couteaux à lancer ainsi que leur support que je sangle autour de ma taille et de ma cuisse afin d'éviter qu'ils s'envolent quand je cours. Je récupère un sac de sport noir et y fourre plusieurs armes de pointe dont un fusil de précision, des munitions, un kit de survie et des affaires de rechange. Fin prêt, je déserte les lieux en prenant garde à bien dissimuler l'entrée derrière moi. C'est parti. Dès lors, je cale ma respiration sur mon rythme cardiaque qui diminue. J'avance à pas de loup et traverse la jungle hostile. Quelques minutes plus tard, j'entends un hurlement. L'un d'entre eux vient sûrement de tomber dans l'un de mes pièges. Je serre les dents et occulte la douleur que cela m'inflige à l'intérieur. Je me blinde et inspire.

Un de moins.

Lorsque je parviens à mon deuxième point stratégique, je balance mon paquetage au sol et me couche par terre. Ce que je m'apprête à faire sera la mission la plus dure que j'aie eu à exécuter. J'installe mon équipement et rive mon œil dans la lunette de mon fusil. Là où je me trouve, j'ai une vue dégagée sur l'ensemble de l'archipel. Il me faut à peine quelques secondes pour les repérer : ils ne sont plus que cinq. Ils se sont divisés, pourtant ce n'est pas faute de leur répéter de rester unis. Ils n'ont donc rien appris ? Je soupire, mais je me ressaisis. Je ne dois pas laisser mes émotions et mes sentiments prendre le dessus. Ce qu'est en train de faire H va à l'encontre de nos principes et de nos valeurs. Jamais je n'autoriserai la mort d'un témoin, quelle que soit son implication dans notre vie. Néanmoins, mes hommes ne font que suivre les ordres, je ne peux pas leur en vouloir. Malgré tout, une pointe de déception m'envahit. Ils auraient pu essayer de m'en parler, on aurait pu tenter de trouver une solution. Mais non, je me retrouve au pied du mur. Je sais que notre métier nous a ôté toute part d'humanité, mais quand même... Ils ont vécu avec elle des semaines durant. Ils se sont liés d'amitié, ils ont partagé des instants de complicité. Merde, Romane n'a rien fait pour mériter ça. Je ne les reconnais pas. Malheureusement, l'heure n'est plus à la parlotte. En réalité, elle ne l'a jamais été. Dans ma ligne de mire, un membre de mon équipe. Je me concentre, cesse de respirer, arrête de réfléchir, puis appuie sur la détente. Mon frère d'armes s'écroule et aussitôt je déporte mon attention sur un autre de mes hommes. Mon cœur bat la chamade, mais je n'y accorde aucune importance. Je ne sais pas ce qu'il a en ce moment, mais il se ramollit. Je tire une deuxième fois, et mon coéquipier tombe à la renverse. Plus que trois. Les autres cibles désormais hors de ma portée, je me redresse puis m'élance dans leur direction en empruntant un raccourci. Un souterrain qui va m'amener pile sur eux. Dans le noir, j'allume ma lampe de poche accrochée à mon gilet. Mes rangers frappent le sol avec puissance et rapidité. L'eau qui m'arrive à la hauteur des tibias ne me stoppe pas, bien qu'elle freine malgré tout ma progression. Lorsque j'aperçois la lumière au bout du tunnel, je ralentis pour ne pas me faire repérer. J'éteins l'éclairage, et m'arrête pour tenter de capter quelque chose. Des bribes de conversation me parviennent et un détail m'interpelle.

Un détail qui change la donne...

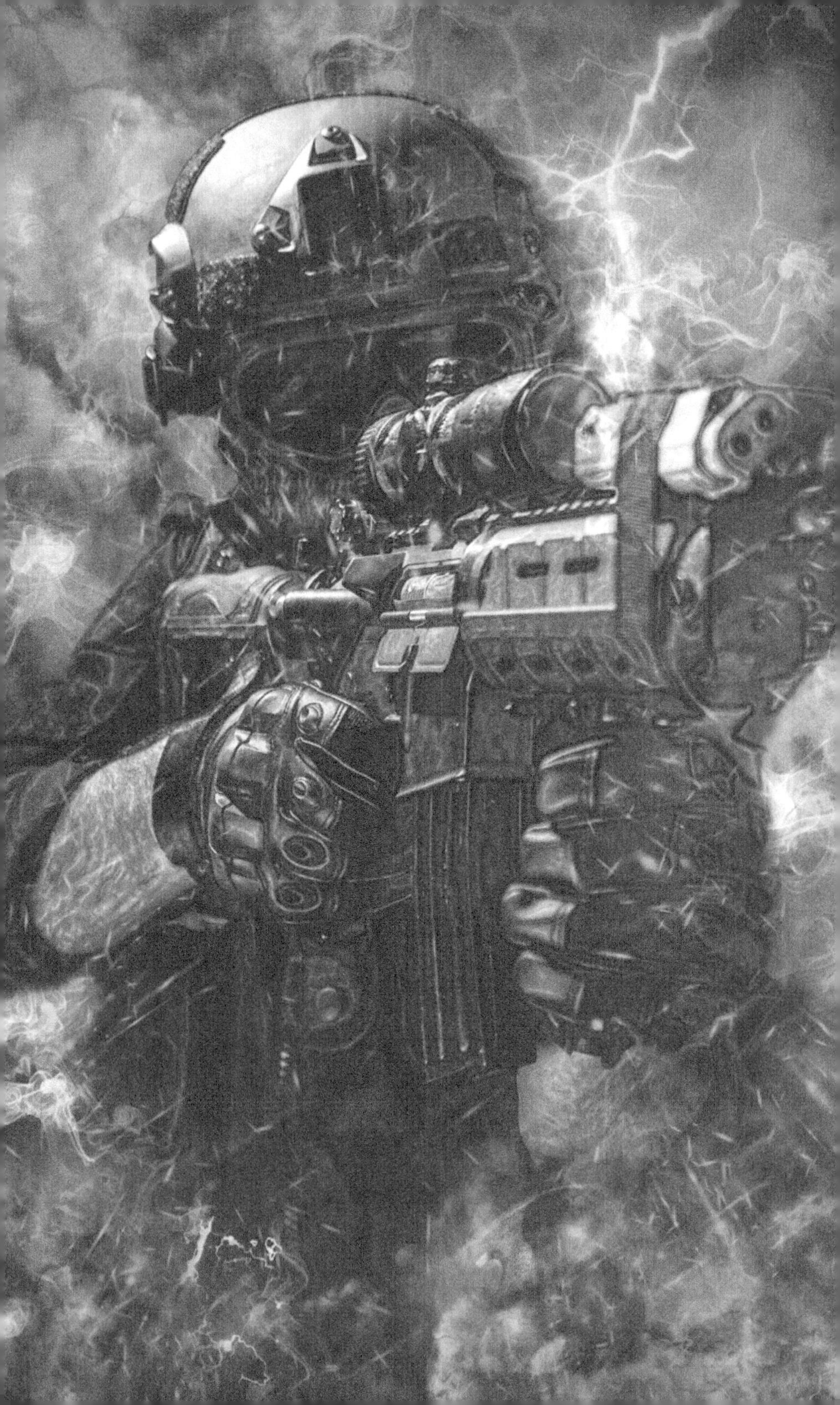

CHAPITRE 27

ROMANE

Mais c'est pas vrai !

Qu'est-ce qui se passe encore ? Je suis folle de rage ! Alors déjà, ce connard de Thanatos me laisse seule juste après m'avoir sautée ! Comme un putain de dieu certes, mais quand même ! Ça n'excuse pas tout ! Vous y croyez, vous ? Non, mais qui fait ça, sérieusement ? Cerise sur le gâteau, je n'ai pas eu le temps de me remettre de mes émotions, ni de m'apitoyer sur mon sort, ni même de retirer mon masque que je me fais kidnapper ! Rebelote ! J'ai eu beau hurler à l'aide de toutes mes forces, l'autre troufion avait disparu, sans doute barré à Pétaouchnok pour me fuir. Le pire dans cette histoire, c'est que j'ai tellement la haine envers cet abruti que je ne suis même pas effrayée. Enfin si, mais j'ai tellement les nerfs que ma colère prime sur tout le reste. D'autant plus que mes ravisseurs ne m'ont pas laissé me rhabiller et que je suis par conséquent toujours à poil.

Merveilleux...

Néanmoins, je me fustige intérieurement d'avoir été si crédule et cesse de penser à notre câlin. Oui, bon... câlin, câlin... c'est vite dit, un bon gros câlin quoi... breffff... Ce n'est pas le moment de tergiverser là-dessus, je vous rappelle que je suis dans les mains de dangereux criminels et que...

— Wôô ! Putain, les gars !!! Vous êtes cinglés ou quoi ?! crié-je quand on me retire le bandeau des yeux.

Non, mais ils sont tarés ma parole ! Les trois compères se jettent des regards interrogateurs, ne comprenant visiblement pas ce que je raconte. Mince, il a dû se passer trop de temps depuis notre séparation, je ne parviens pas à deviner qui est qui. Dès lors, ils communiquent entre eux dans une langue étrangère et leur accent à couper au couteau m'empêche également de les différencier. Ou bien ils ont réussi leur coup pour m'embrouiller... Néanmoins, il n'y a que le GHOST pour porter cet uniforme et ce genre de cagoule ! Je suis si contente et soulagée de les retrouver que je leur saute dans les bras. J'étreins l'un d'entre eux quand un écho sourd et fuyant retentit dans mes oreilles. Puis, quasi instantanément, un impact résonne, un bruit curieux tinte dans l'air. Comme un os qui se brise. Aussi dingue que cela puisse paraître, il se met à pleuvoir au même moment. Mon visage est éclaboussé par la fine averse. Cependant, c'est assez étonnant, cette dernière a une drôle d'odeur. Âcre et ferreuse, elle...

Oh mon Dieu !

Il ne pleut pas ! Je hurle sans discontinuer. Je tente de passer une main sur ma tête pour enlever finalement tout ce sang qui tapisse désormais ma figure, mais celui que j'enlaçais quelques secondes plus tôt m'en empêche. Il me retourne tout en me pointant son pistolet sur la tempe, et m'offre le loisir d'observer Thanatos assassiner de sang-froid l'autre soldat à ma droite. Bordel, mais qu'est-ce qu'ils foutent ?!

— Mais arrêtez !!! Arrêtez !!! Je vous en supplie ! Arrêtez !!! protesté-je, le regard rivé sur les corps inertes de mes amis.
— Relâche-la, immédiatement ! ordonne Thanatos à son collègue sans prêter attention une seule seconde à ce que je viens de dire.
— Jette tes armes ou je la bute ! rétorque celui qui me retient.

Hein???

Sans broncher, Colton se débarrasse de son sac, de son fusil d'assaut ainsi que de son flingue et de son poignard. Cependant, je repère dans ses yeux une vive étincelle qui n'augure rien de bon.

— Allez, les gars, on se calme. C'est un malentendu...
— Relâche-la, gronde à nouveau Thanatos, le timbre glacial.

Il est un tantinet effrayant, je dois bien l'admettre. Et dire qu'il n'y a même pas trente minutes, j'étais à sa merci dans ses bras...

— Sinon quoi ? Tu n'es pas en mesure d'exiger quoi que ce soit là ! D'ailleurs, elle a raison la petite, tu devrais te détendre. Pourtant, je ne comprends pas, avec ce que j'ai vu tout à l'heure, tu...

Sauf qu'il ne termine pas sa phrase. Surprise, je lance un œil dans sa direction. Il vacille et recule brusquement. Je ne tilte pas tout de suite, jusqu'à ce que je repère très rapidement le couteau planté dans sa gorge. Dès lors, il se met à tousser et du liquide écarlate commence à perler par-dessus le tissu au niveau de sa bouche.

Je vais vomir...

Horrifiée, je ne parviens pas à détacher mon regard de

l'homme en question. Une seconde, il m'observe. La suivante, il se prend une autre lame pile entre les deux yeux. Et comme si ce n'était pas suffisant, une troisième en plein cœur également.

— Dépêche-toi ! Suis-moi ! hurle Thanatos.

Mais je reste figée, incapable de me déplacer. Médusée, je surveille l'individu se vider lentement de son sang.

— Comment… les garçons… bredouillé-je en état de choc.
— Ce ne sont pas eux ! Allez, grouille-toi !

Ce ne sont pas eux…

Je tente d'assimiler ses paroles, mais je peine à y croire.

— L'uniforme… la cagoule…
— Un piège !
— Mais pourquoi Valent…
— Je t'expliquerai tout, mais plus tard ! On doit y aller ! Maintenant ! beugle-t-il tout en récupérant son sac et ses armes.

Alors que je n'ai toujours pas bougé, il revient sur ses pas, puis attrape ma main dans la sienne. Je me retrouve projetée en avant à devoir courir comme une dératée. Je manque de me vautrer à plusieurs reprises, mais je garde le rythme. J'y suis bien obligée, puisque je suis tractée par un bulldozer. Quand on s'arrête, un soldat gît au sol, une fléchette, que je devine tranquillisante, est plantée dans son cou. Thanatos s'approche, lui retire sa cagoule, peste, puis lui colle une balle en pleine tête. Juste comme ça. Je hurle au moment où la détonation retentit, puis nous repartons.

Il est fou à lier…

Il répète l'opération une deuxième fois et je peux vous garantir que je ne m'y habitue toujours pas. Comment peut-il tuer de la sorte sans sourciller ? J'ai l'impression d'avoir affaire à une machine de guerre, à un robot sans cœur. Sa froideur me fait peur et contraste considérablement avec l'homme que je tenais contre moi tout à l'heure. Nous reprenons notre course effrénée, empruntons un tunnel dont j'ignorais l'existence, puis débouchons sur un endroit au panorama incroyable. Un spot insolite. D'ici, nous pouvons contempler toute l'île, sa nature verdoyante, les plages de sable fin qui la bordent ainsi que cette eau à perte de vue. Je suis époustouflée par la beauté des lieux. Subjuguée par le paysage idyllique sous mes yeux, j'ai un temps de retard et m'aperçois que Thanatos est déjà reparti. Sans perdre une seconde de plus, je m'élance à sa poursuite et m'engouffre dans la forêt le cœur tambour battant. J'occulte la douleur des échardes et autres choses en tout genre qui s'enfoncent dans ma voûte plantaire. Je cours et me concentre sur ma respiration afin de garder le rythme, tout en maintenant ma poitrine contre moi avec mon bras. Non, parce que les nichons qui ballottent dans l'air au gré de mes mouvements, bah ça fait vachement mal. Bref…

Il va me tuer…

C'est finalement complètement essoufflée, les mains sur les hanches, les cheveux plaqués contre ma tronche, que je rejoins Thanatos. Intriguée, je l'observe se pencher, puis dégager des feuilles et des branches. Je m'apprête à lui demander ce qu'il fabrique quand j'aperçois une porte dissimulée sous la végétation. Il l'ouvre puis disparaît. Pas sereine du tout, je me précipite pour le suivre.

— Tiens, enfile ça ! me lance-t-il en me balançant des fringues et une paire de rangers trop grande pour moi.

J'attrape ses affaires de justesse et me dépêche de les porter sans rechigner. À présent couverte, je me sens un chouïa mieux. J'ignore pourquoi, mais endosser un jogging et un tee-shirt à l'effigie du GHOST me rend fière, malgré ce qui se passe. Sapée tout en noir, j'ai le sentiment de me prendre pour un ninja.

— Si ce n'étaient ni tes collègues ni Valentino, qui étaient ces types ? l'interrogé-je alors qu'il s'empresse de remplir son sac.

Dans l'attente de sa réponse qui ne vient pas, j'observe mon environnement. La mine ébahie, je contemple une armoire sécurisée où un nombre incalculable d'armes sont accrochées. Des fusils d'assauts, des grenades, des sabres, des pistolets, des couteaux et bien d'autres choses flippantes.

Mais qui est cet homme ?

Je vais pour le relancer quand il s'approche de moi. Je suis clairement coupée dans mon élan. Mes lèvres s'entrouvrent, mais le son se coince dans ma gorge tant je suis impressionnée par l'aura dominatrice qu'il dégage. Je bloque sur ses deux billes ténébreuses qui me chamboulent. Sans un mot, il passe mes mains, puis mes bras dans un gilet pare-balles, puis s'évertue à me l'attacher. Tout en me regardant droit dans les yeux, il règle les sangles à ma taille en les resserrant d'un coup sec. Je hoquette de surprise et telle une poupée de chiffon, je me laisse faire. Fébrile et pantelante, je m'arrime à ses épaules pour tenter de ne pas perdre pied et m'écrouler. Son souffle chaud chatouille ma peau qui se barde de frissons. Son œil aiguisé le remarque aussitôt tandis que l'air dans mes poumons se raréfie. Je suffoque. Le temps semble être suspendu. Je ne désire plus qu'une seule chose, qu'il m'embrasse et me prenne contre lui. J'ignore si c'est à cause de la peur et l'afflux d'adrénaline qui coule dans mes veines en ce moment, mais j'ai subitement envie de lui. Ce désir soudain me terrasse et occupe désormais toutes mes pensées. Ce feu ardent me consume de l'intérieur et enflamme mon clitoris qui palpite entre mes cuisses. J'ai la sensation de lire le même supplice dans ses iris qui scintillent. Ce constat m'électrise et me rend audacieuse. Je suis sur le point de me jeter sur lui, quand il me lance sur un ton grave :

— Écoute, ce qu'on a fait tout à l'heure c'était une erreur.

Ça ne doit plus se reproduire. Jamais.

La douche est sacrément froide, putain… pour ne pas dire gelée. Je ne m'attendais pas du tout à ça. J'étais certaine que lui aussi ressentait ce truc entre nous. Je n'ai pas rêvé… si???

Bordel, il faut que je sorte de là !

J'ai l'impression d'étouffer. Je me sens ridicule et mes pupilles s'humidifient à la vitesse de l'éclair. Je ne vais quand même pas me mettre à chialer, bon sang ! C'est n'importe quoi ! Je me détourne et me terre dans un mutisme qui ne me ressemble pas.

Je veux retrouver ma vie…

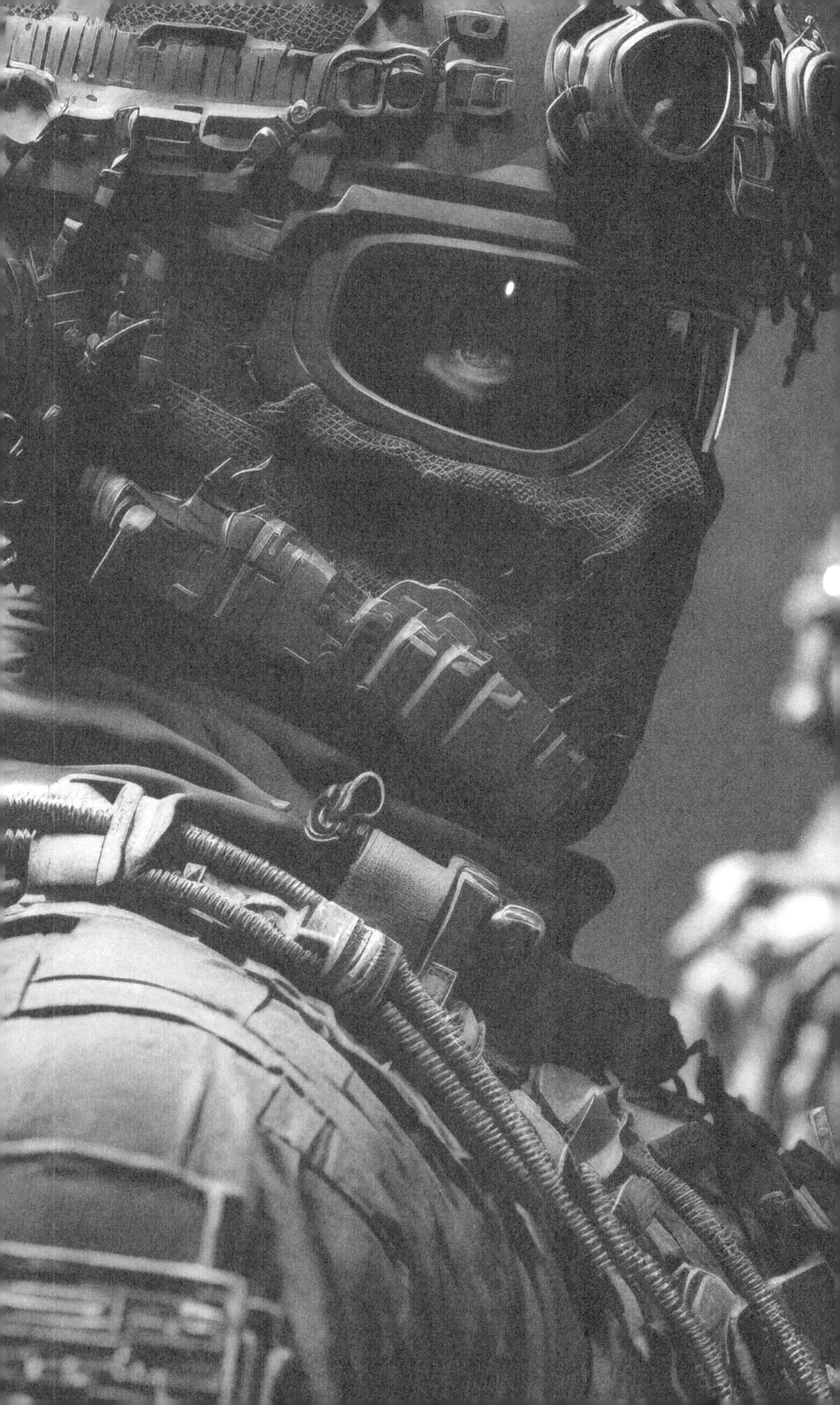

CHAPITRE 28

THANATOS

Et voilà ! C'est la merde ! Elle me regarde avec des yeux qui puent l'amour ! Je savais que je n'aurais pas dû la baiser !

Fait chier !!!

Le pire c'est que j'ai envie de recommencer ! Elle m'a ensorcelé, ce n'est pas possible autrement. Malgré tout, je dois faire abstraction de mon cœur qui bat beaucoup trop vite. Je n'ai rien à lui offrir. Je ne suis qu'un mirage, une putain de chimère qu'elle oubliera avec le temps. Enfin, je l'espère. En revanche, de mon côté, je ne suis pas sûr d'y parvenir. Néanmoins, je suis forcé de continuer mon chemin, de tracer ma route. Tel est mon destin. Pour la première fois de ma vie, j'éprouve moins d'entrain à l'idée de poursuivre dans cette voie. Comment ai-je fait pour en arriver là, sérieusement ? Furibond, je me fustige d'être aussi con et surtout d'être aussi faible tout en remplissant à nouveau mon sac de matos.

— On doit y aller. Tu restes toujours derrière moi. Si je te dicte quelque chose, tu écoutes et obéis sans discuter, c'est clair ? lui ordonné-je avec encore plus de sévérité que d'habitude.

Il faut qu'elle comprenne que ce n'est pas un jeu, qu'il en va de sa survie. Elle me répond par un hochement de tête timide. Depuis que je lui ai dit que c'était une erreur nous deux, elle ne m'a plus adressé la parole. Quand bien même elle souhaite se montrer forte et indifférente, j'ai parfaitement repéré le moment où son cœur a manqué un battement. Je le sais, car le mien a fait la même chose au moment où j'ai proféré les mots fatidiques. Pourtant, je n'avais pas d'autre choix que de les prononcer. Aussi bien pour elle que pour moi.

— Tiens, prends ça, lui intimé-je en lui fourrant un flingue dans les mains.
— Hein ? Qu'est-ce que tu veux que je fasse avec ce machin ?! réplique-t-elle, horrifiée.
— Te défendre ! Attention, il est chargé, tu dois…
— Je ne sais même pas comment… Arghhhh !!! hurle-t-elle alors qu'un coup de feu retentit lourdement dans le bunker.

La balle se dirige tout droit sur la partie blindée du coffre pour finalement ricocher et venir se planter juste derrière nous, dans une malheureuse étagère. J'ai tout juste eu le temps d'envoyer Romane valser sur le côté afin d'éviter le projectile.

— Putain de merde !!! Lacourt !!! Ressaisissez-vous, nom de Dieu !!!
— Tu… vous… vous êtes ble… blessé… bégaye-t-elle en pointant son index tremblant sur moi.

J'observe sa trajectoire et constate qu'effectivement la

balle a effleuré mon bras. Du sang s'écoule légèrement sur mon uniforme tandis que j'émets un râle énervé. Avec l'adrénaline, je n'ai rien senti, mais désormais la douleur se réveille et me rattrape. Je peste tout en m'emparant de la trousse de secours.

Bordel !!!

Je désinfecte la plaie sans prendre la peine d'ôter ma veste. Je chope une bande de compression que j'enroule autour de mon biceps, par-dessus mes fringues, puis serre pour comprimer la lésion.

— Il faut enlever votre v...
— Ce n'est rien du tout, juste une égratignure, j'ai connu pire, rétorqué-je violemment en dégageant sa main qui venait de se poser sur moi.
— Je suis désolée, je...
— On n'a pas le temps de pleurnicher. On se casse. Et faites attention, bon sang !

Terrorisée, elle secoue vivement sa tête pour m'exprimer son accord. Ses magnifiques prunelles bleues se gorgent de flotte en un temps record et aussitôt un torrent de larmes dévale sur ses joues creuses. Merde ! J'y suis peut-être allé un peu trop fort ?! Qu'est-ce que je suis censé faire maintenant ? La serrer dans mes bras ? Non, trop dangereux. Lui parler ? Non, ça, je ne sais pas faire. Fuir ? Non, pas encore. Ça fuse sous mon crâne alors que je suis complètement largué. Prends une décision, merde !

Putain, je n'y parviens pas !

Finalement, c'est elle qui m'apporte la solution en se ressaisissant. Je n'ajoute rien de plus, attrape mon sac et nous conduis directement sur un nouveau point stratégique. Celui qui va nous permettre de nous tirer d'ici. Pour aller où ?

Je l'ignore encore, mais j'aviserai en temps voulu. Pour une raison obscure, ce n'était pas mon équipe, mais de vulgaires pantins incompétents qui sont très loin d'arriver à la hauteur de mes gars. Bon, je dois vous avouer que cela m'a grandement facilité les choses, mais pour quel motif H me les a envoyés eux et pas mon escouade ? Mystère. En attendant, nous devons rester sur nos gardes. Pour une fois, Romane m'écoute et me colle aux basques. Par chance, son endurance et son corps athlétique nous permettent de garder un rythme soutenu bien qu'elle soit essoufflée. Nous parvenons là où je le souhaite et même si ce spot est l'un de mes préférés, je n'ai pas le temps de m'égarer sur la beauté du paysage. Je sors les masques, les palmes, les gilets stabilisateurs, les détendeurs et les bouteilles d'oxygène.

— C'est quoi ça ? m'interroge Romane, les paumes sur les hanches, hors d'haleine.

Je ne réponds pas. Elle est suffisamment intelligente pour deviner ce que c'est. Je lui jette un regard censé la dissuader de me contredire et avance dans sa direction pour lui enfiler l'équipement par-dessus son gilet pare-balles, mais elle recule.

— Wôw, wôw, wôw ! lance-t-elle en opposant ses paumes devant elle pour me défendre d'entreprendre quoi que ce soit. Qu'est-ce que vous faites ?
— Lacourt… grondé-je, ma patience mise à mal.
— Où est-ce qu'on va ? Sous l'eau ??? s'exclame-t-elle, horrifiée.
— Non, dans l'espace ! Arrêtez vos enfantillages et cessez de nous faire perdre du temps, bon sang !
— Jamais de la vie !!! hurle-t-elle, la peur se lisant dans ses pupilles.
— Bon, ça suffit maintenant ! C'est soit sous l'eau soit sous terre puisqu'on crèvera ici sinon ! Je vous écoute ? gueulé-je alors que je m'attelle déjà à l'équiper.

— Dans l'espace, ça me va… murmure-t-elle.

Elle ne peut pas le voir puisque je suis dos à elle, mais elle m'arrache un sourire. Une nouvelle fois, je sens mes barrières vaciller, et sans que je contrôle quoi que ce soit, je ressens au plus profond de mes tripes ce besoin urgent de la rassurer. Je pivote légèrement de façon à me retrouver à ses côtés et attrape son menton dans ma main. Pantelante, elle se laisse faire et plonge alors son regard magnifique dans le mien. L'espace d'un instant, le temps s'arrête, plus rien n'existe autour de nous. Je meurs d'envie d'écraser mes lèvres contre les siennes, mais je me contiens. Mes muscles sont contractés tant je lutte contre ce désir indicible, violent, démesuré. Je tente de lui insuffler la force nécessaire pour surmonter ses craintes, tout en me noyant dans cet océan de passion.

Elle a couché avec moi sans voir mon visage…

Cette prise de conscience me tétanise et me foudroie l'âme. Elle s'est donnée à moi, elle m'a fait confiance malgré tout ce qu'elle vient de vivre. Bordel, je dois absolument canaliser mes émotions et enfermer tout ça quelque part dans un coin de ma tête et de mon cœur. Je ne dois pas penser à ça maintenant.

— Tout va bien se passer, soufflé-je, le timbre éraillé. Je ne te lâcherai pas une seule seconde…

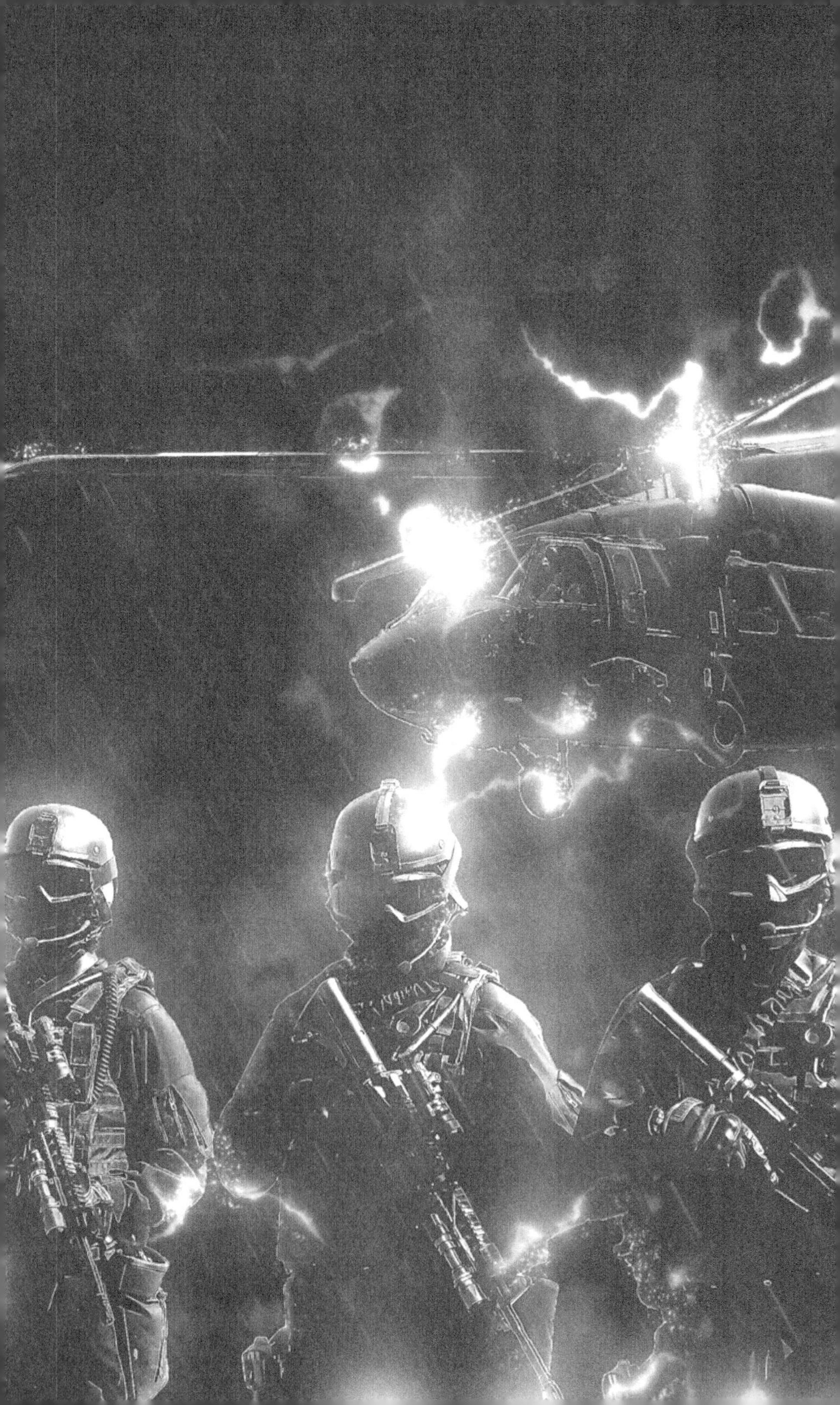

CHAPITRE 29

ROMANE

Subjuguée par l'intensité de son regard, je me laisse transporter par son charisme envoûtant, son aura rassurante. Mes yeux me piquent, mais j'endigue tant bien que mal l'afflux lacrymal qui abonde une nouvelle fois. Je cligne à plusieurs reprises des paupières et inspire à pleins poumons. Il a raison, ça suffit maintenant ! Je n'ai pour ainsi dire quasiment jamais pleuré de ma vie et là je ne parviens plus à me maîtriser. Comme si mon corps et mon esprit étaient soudain pris d'assaut par un trop plein d'émotions. N'importe quoi, ce n'est pas une petite virée sous la flotte qui va m'effrayer… Oh putain, si ! J'ai peur ! Enfin… barboter dans l'eau ça passe, mais dès lors que je n'ai plus pied, je panique littéralement. Par conséquent, faire carrément de la plongée sous-marine, ça me paraît insurmontable.

— Tu ne me fais pas confiance… marmonne-t-il l'air revêche.

— Tu te trompes… rétorqué-je en sachant déjà ce qu'il va

me répondre.

— Alors, prouve-le-moi... chuchote-t-il en me mettant au défi exactement de la même manière que moi quelques heures plus tôt au cours de notre étreinte passionnée.

Un sourire timide étire mes lèvres et une drôle de lueur scintille désormais dans ses prunelles charbonneuses. Nous pensons tous les deux à la même chose et raviver ce souvenir me galvanise.

Okay...

Je reste silencieuse, mais effectue un travail intérieur colossal afin d'arriver à surpasser mes démons. Un instant plus tard, nous sommes fin prêts. Il tient ses promesses et c'est ensemble, main dans la main, que nous avançons dans l'étendue salée qui me nargue par sa puissance et son immensité. Ne pas savoir ce qui va y avoir sous mes pieds me terrifie, mais je n'ai pas le choix. J'observe Thanatos avec le masque de plongée qu'il a enfilé par-dessus sa cagoule. J'avais espoir qu'il la retire, mais non. Toujours pas. Il paraît si fort, si dur que j'ai la sensation que rien ne l'atteint. Enfin, la plupart du temps, car parfois, j'ai le sentiment qu'il éprouve la même chose que moi. Qu'il est tiraillé entre son cœur et sa raison. Ou alors c'est moi qui m'emballe. Il est juste partagé entre sa queue et sa raison.

L'eau m'arrive désormais jusqu'à la taille et par chance, la température de celle-ci est agréable. Je suis Thanatos et imite tous ses faits et gestes. Il introduit le détendeur de plongée dans sa bouche après avoir relevé le bas de sa cagoule et s'immerge complètement. Ma paume étant toujours dans la sienne, je n'ai pas d'autre choix que de le suivre. Ma fréquence cardiaque accélère au fur et à mesure qu'on évolue. Mon organe vital va littéralement exploser sous ma poitrine tellement je panique. Cependant, je tiens fermement le soldat qui m'entraîne avec lui, je ne sais où. Habile, il se dirige à l'aide de son bras disponible, mais également avec la force de ses jambes et de ses palmes. Bien évidemment, moi aussi je nage afin de ne pas freiner notre progression. Après plusieurs minutes à sillonner les fonds marins, une drôle de cavité se dessine lentement sous mes yeux. Plus nous avançons, et plus je distingue une sorte de tunnel creusé dans la roche. Je dirige mon regard vers le haut, et... je n'aurais jamais dû !!!

Jésus, Marie, Joseph...

Nous sommes à une bonne dizaine de mètres de profondeur. Tétanisée, je ne m'étais pas aperçue de mon arrêt brutal. Thanatos me sonde et attend probablement une explication. Je secoue la tête et m'efforce d'occulter cette donnée de mon cerveau. Je ferme mes paupières, inspire profondément, et lui indique qu'on peut reprendre. Je tente de me concentrer sur le caractère incroyable de la végétation qui m'entoure. Sous la surface foisonne une flore riche et mobile. Une véritable explosion de formes et de couleurs qui me bouleverse et me touche en plein cœur. J'aurais aimé découvrir cet endroit dans un tout autre contexte... Ouais, nan, je n'y aurais jamais mis les pieds en réalité. Nous continuons et comme je le pressentais, Thanatos nous stoppe juste devant l'espèce de tunnel. D'un geste de la main, il me fait signe que...

... moi, pas comprendre...

Qu'est-ce qu'il me raconte ? On ne va tout de même pas entrer là-dedans ?! Ah non ! Tout, mais pas ça ! Pourtant, malgré mes protestations, le soldat persiste et signe. Il se détache de moi en abandonnant ma main, mais d'emblée je me jette sur lui. Hors de question qu'il me lâche. Je m'agrippe à lui comme une putain de moule à son rocher. Il exécute de drôles de mouvements et j'ignore pourquoi, mais lorsque je le vois gesticuler ainsi je me dis qu'il ferait un super bon steward. Quoique... le sourire en moins... Avec douceur et précaution, il retire mes bras que j'avais enlacés autour de ses hanches, puis il attrape un appareil étrange qu'il avait attaché à sa taille. Encore un de ses gadgets étonnants. Il me fait signe de me calmer, puis de m'accrocher de nouveau à lui. Tandis que j'enserre à présent son bassin, Thanatos allume l'engin motorisé et aussitôt nous nous retrouvons propulsés en avant. La vache ! Je ne m'attendais pas à ça ! Nous nous engouffrons dans l'énorme trou noir que constitue l'entrée du tunnel et je m'imagine déjà mille et un scénarios. Qui sait le nombre de poissons bizarres qui se cachent là-dessous ? Peut-être même qu'un poulpe géant avec ses longs tentacules nous guette ? Ou alors une méduse aux dimensions hors norme ? Un barracuda tueur et sanguinaire ? Ou bien un requin à trois têtes ? Bon okay, ça n'existe pas, mais peut-être qu'ici, oui. Pourvu qu'il ne me lâche pas ! Je n'ai pas envie de finir dans le ventre d'une grosse baleine. Je resserre ma poigne et choisis finalement de fermer les yeux. Je tente de relativiser. D'abord, la baleine, elle ne peut pas rentrer dans le souterrain, c'est impossible. À moins que ce ne soit une pythaleine ? Genre un mix avec un python et une baleine ?

Seigneur...

Les secondes, voire les minutes s'égrènent et nous sommes toujours tractés par le mini scooter des mers de Thanatos. Bien évidemment, j'ai gardé les paupières closes, donc je ne sais pas si nous nous trouvons encore dans le tunnel. M'en fous. Je préfère vivre dans l'ignorance la plus totale. Cependant, une secousse m'oblige à réajuster ma prise et surtout à cligner des yeux. Stupéfaite, je constate que l'engin motorisé éclaire parfaitement les lieux. Subjuguée, j'aperçois des poissons multicolores nager à nos côtés, des algues et des coraux brillants de mille feux. A priori, aucune espèce bizarroïde dans les environs. J'en prends plein la vue et sans m'en rendre compte, je desserre mon étreinte qui s'apparentait plutôt à un étau. Je n'aurais jamais cru observer un tel spectacle un jour. La nature me surprend chaque fois un peu plus et m'aide à me sentir mieux, à aller de l'avant. Quand, enfin, nous quittons ce grand couloir étroit, nous remontons et atteignons rapidement la surface. Nous retirons le détendeur de plongée de nos bouches ainsi que nos masques. Les yeux écarquillés, j'admire les parois rocheuses qui nous surplombent. La grotte est juste… je n'ai pas les mots. Pour me sortir de ma torpeur, Thanatos s'empare de ma main qu'il loge dans la sienne, puis nous guide jusqu'à la terre ferme. Mes pieds foulent une multitude de coquillages tous plus magnifiques les uns que les autres. Cependant, ma contemplation est brusquement stoppée net par ma perte d'équilibre. L'une de mes palmes se plante dans le sable et me fait faire un roulé-boulé, la tête la première dans la flotte. Je me ramasse comme une merde tandis que le soldat à mes côtés se fend la poire. Oui, vous avez bien compris, ce con se marre. Hilare, il me tend sa paume pour m'aider malgré tout, mais c'est mal me connaître. J'ai la rancune tenace. Sans qu'il s'y attende, je tire d'un coup sec et l'emporte avec moi. Déstabilisé, il chute lourdement, me recouvrant ainsi de sa silhouette d'Apollon. Il grogne alors que c'est désormais moi qui me bidonne, incapable de me contenir. Ma poitrine tressaute contre son torse au rythme de mes gloussements qui ne tarissent pas. Néanmoins, mon rire meurt instantanément quand son regard vient se loger dans le mien. Sombres et inquiétants, ses yeux semblent animés d'une vive étincelle que je ne parviens pas à déchiffrer. J'ignore pour quelle raison mon corps réagit de cette façon à son contact, mais je me sens comme une boule de feu susceptible de tout embraser sur son passage. Quel est ce brasier incandescent qui me consume de l'intérieur avec une force herculéenne ? Jamais je n'avais ressenti un tel désir pour un homme. J'irais même jusqu'à dire un tel besoin. Car oui, c'est exactement de ça dont il s'agit : un putain de besoin. Besoin de ne faire plus qu'un. Besoin de le sentir au plus profond de moi, à l'endroit même où mes tripes bouillonnent de passion… Besoin de m'abandonner et de lâcher prise. Besoin de tout lui donner, sans honte ni jugement, sans compromis ni peur. Mes lèvres s'entrouvrent à la recherche d'air, puisque ma cage thoracique semble vouloir m'empêcher de respirer correctement. Mon souffle se fait de plus en plus chaotique au fur et à mesure que Thanatos approche son visage du mien.

Embrasse-moi...

Je me languis de lui, de son corps contre le mien. J'aimerais pouvoir réagir, prendre les choses en main et lui montrer à quel point je le désire. Mais non, je suis paralysée, les muscles tétanisés par je ne sais quoi. Je me contente d'être en apnée, ressemblant probablement à un putain de poisson inerte.

Embrasse-moi !!!

J'ai envie de crier, de pleurer, de hurler mon désespoir dans l'intention de chasser ce besoin impérieux qui me tiraille de part en part. Son odeur s'infiltre dans mes narines et embaume mes sens. Elle s'insinue au plus profond de mon être, comme une douce et chaleureuse ivresse. Il me rend folle. Dingue de lui. N'en pouvant plus d'attendre, je clos mes paupières et penche la tête en arrière afin de savourer la fraîcheur de l'eau. Un grognement sourd et animal résonne alors dans la grotte au moment où je détecte mes cheveux flotter librement. Je meurs d'impatience d'ouvrir à nouveau les yeux pour contempler ses deux billes ténébreuses qui me hantent et m'obsèdent littéralement, mais non. Je résiste et demeure dans l'obscurité. Néanmoins, dès l'instant où je sens très distinctement ses lèvres se poser sur ma gorge, mon cœur éclate en un million de papillons. Ils volent, animent et embrasent chaque partie de mon corps, la moindre particule de mon organisme. Thanatos étouffe un grondement quand sa langue me caresse et me goûte. Tempétueux, il se montre de plus en plus vorace. Il m'embrasse, me lèche, me mord et m'aspire. Plus il me dévore, plus je gémis. Plus il me revendique et plus j'abdique. Je manque de boire la tasse tant je ne contrôle plus rien, mais par chance, il me rattrape à l'aide de sa main sans jamais cesser sa douce torture. La vue à présent retrouvée, je glisse ma paume dans son cou dépourvu de tissu. Je me liquéfie et mon rythme cardiaque s'affole. Mon désir croît et devient plus puissant, au même titre que son érection qui pousse désormais contre mon bas-ventre à travers nos vêtements respectifs. Le courant qui se déverse entre mes jambes est tel que la chair de poule zèbre dorénavant mon épiderme. Son bassin, insatiable, s'active sous les décharges qui nous terrassent de part et d'autre. Ses frottements m'arrachent plusieurs plaintes jusqu'à ce que ses coups de reins s'intensifient. Sans que je comprenne quoi que ce soit, je pousse un cri de délivrance. Je jouis tandis que mes hanches s'enfoncent elles aussi contre lui. L'orgasme qu'il me donne est libérateur, bienfaiteur, mais surtout dévastateur. Il me transporte dans des montagnes russes émotionnelles. Je suis partagée entre l'extase absolue, le bonheur, le plaisir, mais également la peine et la tristesse. Quand il se recule comme si une mouche l'avait piqué, Thanatos adopte à nouveau une attitude froide et professionnelle. Il réajuste sa cagoule sur le bas de son visage puis me fait signe du menton de le suivre. Pantelante, les jambes flageolantes, je me redresse et tente de faire comme si de rien n'était alors que mon cœur se fissure encore un peu plus.

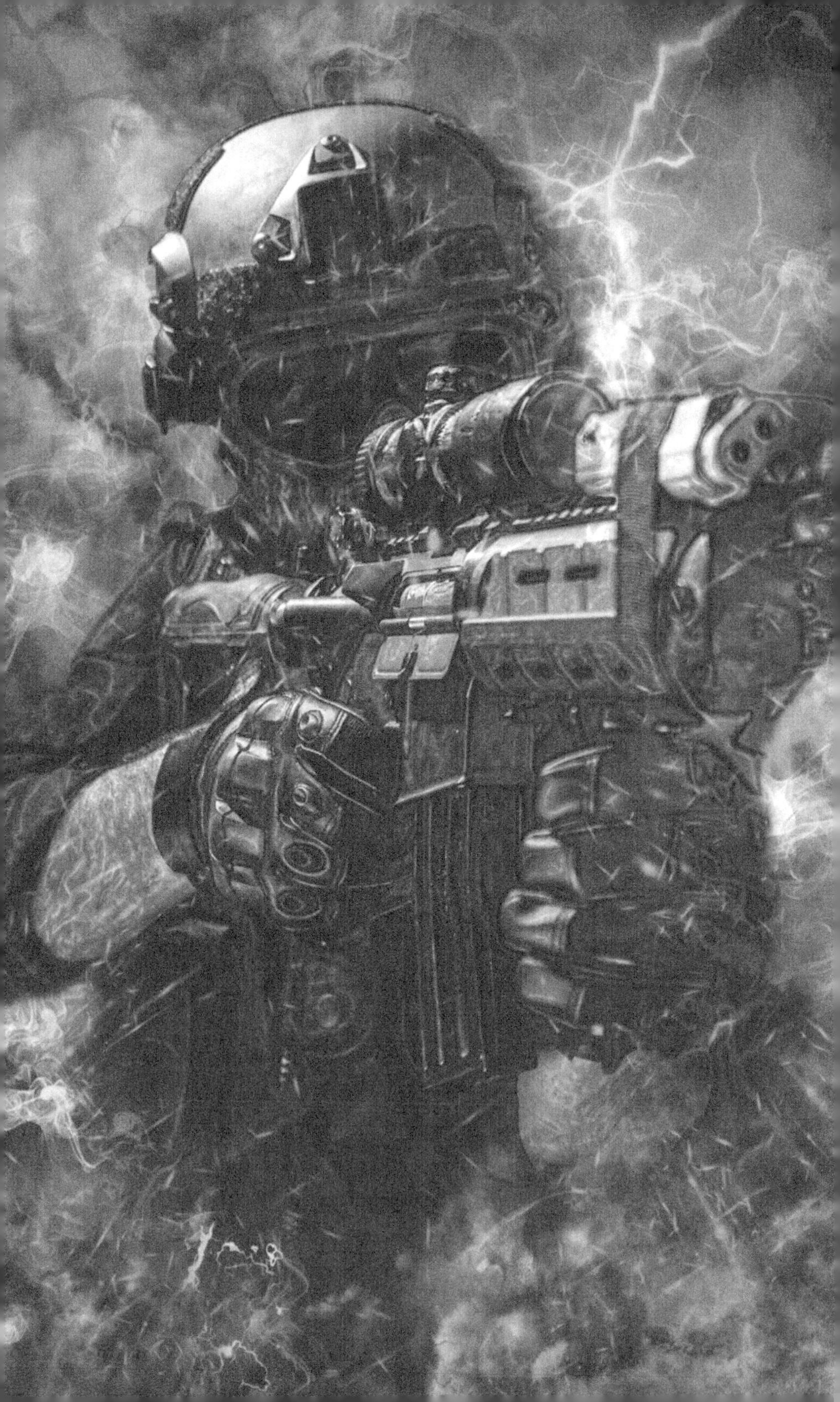

CHAPITRE 30

ROMANE

— C'est mort !!!
— Romane…
— Jamais je ne monterai dans ce… ce… ce truc ! paniqué-je de plus belle en reculant instinctivement.
— Ce truc, c'est un hélicoptère… souffle le soldat, dépité par mon attitude.
— Oui, bah j'avais remarqué, merci ! Ça va bien cinq minutes les conneries ! On se croirait dans un film de James Bond ! J'ai déjà échappé aux pythaleines, je ne vais certainement pas grimper dans ce machin ! Et puis d'abord, il est où le pilote ? rétorqué-je, l'esprit embrumé et le corps paralysé par la peur.
— Aux pytha quoi ? Et comment ça, il est où le pilote ?
— Bah le gars qui va conduire, bon sang !!!

C'est n'importe quoi. J'ai failli me faire enlever il y a quelques heures et je suis là, à chipoter auprès de celui qui tente de me maintenir en vie. Thanatos fronce les sourcils, me dévisage quelques secondes, puis s'installe dans l'appareil à la place… du pilote.

— Après 007, voilà qu'il se prend à présent pour Maverick dans Top Gun… marmonné-je en pestant comme une gamine.
— Je vous préviens, si vous ne montez pas, je décolle sans vous ! beugle-t-il tout en manipulant tout un tas de boutons devant lui.

Et voilà le retour du vouvoiement ! À croire que le tutoiement est un traitement de faveur réservé aux orgasmes !

— Jamais vous n'oseriez !!! crié-je comme une dératée.

L'air déterminé, il me fixe des yeux, ajuste son casque sur les oreilles et…

— Non, non, non !!! Attendez-moi !!! m'égosillé-je alors que les pales de l'engin se mettent en route.

Ni une ni deux, je saute dans la carlingue sans demander mon reste. La cagoule du mystérieux soldat m'empêche toujours de voir son visage, mais pour une raison que j'ignore, je suis persuadée qu'un sourire étire actuellement ses lèvres. Est-ce la lueur fugace qui scintille au cœur de ses pupilles qui m'incite à penser ainsi ? Probablement. Une chose est sûre, je ne dois absolument pas regarder devant… ni même à côté de moi… Ma deuxième peur après la flotte ? Le vide ! J'ai le vertige depuis que je suis gamine. D'ailleurs, je ne sais pas pourquoi je me sentais aussi bien en haut de la tour d'ivoire où je vivais avec le GHOST. Le sentiment de sécurité prévalait sans doute sur tout le reste.

— Prête à vous envoyer en l'air ? m'interroge subitement Thanatos avec beaucoup de sérieux juste après avoir bouclé ma ceinture et ajouté également un casque sur mes oreilles.

Sa voix résonne et je comprends qu'un micro est relié à notre équipement.

— Très drôle, pesté-je malgré moi.

Une agréable mélodie tinte alors dans l'espace et vibre en moi puissance mille. Un rire bref s'échappe de mon tortionnaire et cela m'atteint beaucoup plus que ça ne le devrait, me déclenchant tout un tas de papillons surexcités au creux de mon ventre. Néanmoins, le bien-être que j'éprouvais à l'instant même se dissipe à la vitesse de l'éclair quand nous décollons, nous éloignant progressivement de la surface de la terre.

— Arghhhhhhh !!! Arghhhhhhh !!!!

Je hurle de toutes mes forces, tentant vainement de me cramponner à quelque chose. Mes mains finissent par s'agripper fermement à l'avant-bras de Tom Cruise qui tire sur le levier.

— On va tous mourir !!!
— Calmez-vous, Lacourt ! Personne ne va mourir ! Enfin pas tout de suite du moins…

Mon cœur tambourine tellement fort sous ma poitrine que j'ai l'impression qu'il va éclater sous la pression. Je m'efforce de recouvrer un tant soit peu mes esprits, mais c'est difficile. Par conséquent, je me focalise sur l'homme que j'ai face à moi. Par chance, avant d'embarquer dans cet engin de malheur, il avait tout prévu. Lorsque nous sommes arrivés sur la deuxième île, nous nous sommes changés avec des vêtements secs qu'il avait soigneusement rangés dans une malle au préalable. J'imagine qu'il a été formé pour parer et affronter tous les dangers et que tout ce dispositif était déjà prêt depuis belle lurette. Comme s'il avait toujours une longueur d'avance sur l'avenir. Comme s'il envisageait constamment le pire. C'est à la fois déstabilisant et rassurant. Sa carrure en impose dans cet espace aussi confiné. Lorsque je l'observe ainsi, je me dis que je ne suis pas surprise qu'il occupe un poste si important au sein d'une unité telle que la sienne. Il inspire la peur et le respect tout en générant une sorte d'admiration. Il donne le sentiment d'être invincible, immortel. Fut un temps, je pense pouvoir affirmer que j'étais comme lui, sûre de moi et conquérante. Ma visite dans le désert libyque en compagnie de Valentino aura eu raison de mon innocence, de mon inconscience. Je n'aspire plus qu'à une seule chose, recouvrer ma petite vie tranquille auprès de ma famille et de ma meilleure amie. Jouer à la console avec mon frère, retrouver mon travail et mes clients, même les plus cons. On ne réalise pas la chance que l'on a tant qu'on n'a pas tout foutu en l'air. Je me suis crue la reine du monde, intouchable et indomptable, il n'en était rien. Je n'étais qu'une pauvre gamine égarée qui s'amusait à flirter avec la ligne rouge.

— Tout va bien ? m'interroge Thanatos avec une once d'anxiété dans la voix.

Perdue dans mes pensées, j'ai cessé tout mouvement. Mes yeux grands ouverts se portent sur le ciel, puis sur le décor paradisiaque qui se trouve sous mes pieds. Et pour une raison que j'ignore, les digues lâchent, les vannes s'ouvrent. Un torrent de larmes inonde désormais mes joues et d'énormes sanglots prennent d'assaut ma gorge.

— Je suis déjà morte...

J'ai chuchoté ces quelques mots qui me lacèrent le cœur en lambeaux. Bordel, mais qu'est-ce qui se passe ! Je suis brisée, tout m'échappe.

— Tu es en vie Romane, et je vais te le prouver... Je te le promets, murmure Thanatos après plusieurs minutes de silence.

Je ne sais pas de quoi il parle, mais son timbre éraillé et la conviction dans sa voix suffisent à m'apaiser, à panser mes plaies. Je crois en cet homme, bien plus qu'en ma propre personne. Comme si pleurer avait sollicité toute mon énergie, je me sens vide et épuisée. Mes paupières à présent lourdes clignotent à plusieurs reprises, puis se ferment sans que je puisse résister.

***

— Romane ? Romane ?
— Oui ! sursauté-je d'un seul coup.
— Tout va bien, on est arrivés, m'informe-t-il.
— Qu'est-ce que je fais dans ce lit ? On est où d'abord ? paniqué-je en me redressant vivement.
— Vous dormiez. J'ai tenté de vous réveiller, mais sans succès, alors je vous ai portée jusqu'ici. Nous sommes dans un petit chalet à la montagne. N'ayez crainte, il appartient à mon père.

Je dévisage Thanatos et remarque qu'il n'a plus son bandage autour de son biceps. Il avait visiblement raison, plus de peur que de mal. En revanche, je peux vous garantir que je déteste quand il instaure cette distance entre nous. Ce vouvoiement m'est de plus en plus insupportable. Je le préfère nettement entre mes jambes en train de me susurrer des choses cochonnes à l'oreille. Néanmoins, je stoppe mes pensées salaces au moment où je réalise un truc.

— Pourquoi vous me réveillez ? l'interrogé-je, suspicieuse.
— Ce n'est pas normal. Il était impossible pour nos ennemis de nous retrouver. J'ai besoin de comprendre comment ils ont fait. Est-ce que vous avez vu ou entendu quelque chose ? Le moindre détail peut avoir son importance.
— Comment voulez-vous que j'aie vu ou entendu quelque chose alors qu'il n'y avait personne d'autre que nous sur cette putain d'île et qu'en plus vous étiez constamment sur mon dos ?!
— Donc c'est bien ce que je dis ! Ce n'est pas normal !!!

Il n'y a aucun réseau là-bas. Seul le GSM du GHOST fonctionne et je ne m'en suis pas servi ! Personne n'est au courant pour…

Mais je ne l'écoute plus… Seul le GSM du GHOST fonctionne ? Oh pétard, je crois que j'ai fait une grosse boulette…

— Euuuuuh… je ne savais pas que… m'enfin je… bégayé-je, hyper mal à l'aise, en tentant de le couper.
— J'ai beau tout retourner dans tous les sens, il y a quelque chose qui m'échappe ! Cet endroit était censé être sécur… s'emporte-t-il sans prendre en compte ma misérable intervention.
— Il se pourrait que j'aie fait une petite bêtise…
— C'est impossible ! Nous étions hors… quoi ? Qu'est-ce que vous avez dit ? s'arrête-t-il brusquement.
— Je me suis servie de votre espèce de radio pour essayer de contacter les gars ! Mais personne ne m'a répondu ! Je ne pensais pas que…
— Vous ne pensiez pas ? Vous ne pensiez pas ?!! hurle-t-il à présent. Vous avez failli nous faire tuer, bon sang !!! Vous ne pensiez pas ??? Eh bien il va peut-être falloir commencer à penser, merde !!! Qu'est-ce que vous avez dans le crâne, bon sang ?!!
— Je voulais juste…

Mais je n'ai pas le temps de finir ma phrase qu'il se barre en claquant brutalement la porte. Je n'ai rien compris. En quoi appeler son équipe nous a-t-il mis en danger ? Quel est le lien avec Valentino ? Je suis complètement paumée. Tout ça n'est pas clair et j'ai comme qui dirait le sentiment que Thanatos me cache quelque chose. D'ailleurs, pourquoi les hommes qui sont venus m'enlever étaient-ils déguisés comme les agents du GHOST ? Pourquoi Valentino se serait-il donné autant de mal pour me capturer ? Mon cerveau bouillonne. J'ai l'impression de me retrouver prise au piège, empêtrée dans un bourbier gigantesque qui me dépasse totalement.

Je soupire tout en étudiant l'espace autour de moi. Je me lève et examine les lieux. La pièce est chaleureuse. C'est une chambre à coucher aux couleurs réconfortantes. Un mélange rassurant entre le bleu marine et le beige, le tout se mariant à la perfection au bois du chalet. Elle possède également une salle de bain attenante, où une baignoire et une douche à l'italienne me narguent. Je continue ma visite et me poste devant la fenêtre. Vu la hauteur, j'en déduis que je me situe à l'étage. Je reste hypnotisée face au paysage qui est à couper le souffle : des montagnes à perte de vue recouvertes d'un manteau neigeux. Décidément, Thanatos n'a pas fini de me faire voyager dans des endroits d'exception. Une minuscule voix dans ma tête me susurre que j'aurais aimé que ce petit tour du monde improvisé se fasse dans des circonstances différentes. Néanmoins, une autre me dit que si je n'avais pas suivi Valentino, je ne l'aurais jamais rencontré... Ce qui est totalement absurde, cela va de soi. Je me ressaisis, puis choisis de profiter du confort des lieux. Je vais laisser Terminator se calmer et moi je vais me décrasser sous une bonne douche chaude. Je me déshabille, puis me glisse sous l'eau. Bon sang, qu'est-ce que ça fait du bien ! Je ne sais pas combien de temps je reste là-dessous, mais quand j'avise mes doigts fripés, je devine que ça fait déjà un moment. Je mets fin à cette pause bienfaitrice et sors. J'ouvre les placards et attrape une grande serviette dans laquelle je m'enroule. Je soupire d'aise. J'ai l'impression de revivre rien qu'en sentant la merveilleuse odeur parfumée du gel douche émanant de ma peau, ainsi que la délicate fragrance florale du shampooing qui se dégage de mes cheveux. Cependant, mon bonheur est de courte durée quand mon regard vient se planter dans le miroir au-dessus du lavabo. Mes prunelles se figent d'effroi à l'inverse de celles de l'individu qui se trouve juste derrière moi. Je repère immédiatement cette cagoule terrifiante. Néanmoins il me faut un quart de seconde pour réaliser que ce n'est pas Thanatos. Je m'apprête à crier quand sa paume se plaque brusquement contre ma bouche, m'empêchant dès lors de hurler à la mort.

— Chuuuuuut, c'est moi, ma belle. C'est Anubis. Calme-toi, je ne te veux aucun mal. Tu identifies ma voix ? Fais-moi un signe si tu m'as reconnu et si tu comprends ce que je dis.

J'ai bien cru que j'allais m'évanouir jusqu'à ce que le soldat qui me retient s'adresse à moi. Oui, je le reconnais, ça ne fait aucun doute, c'est bien lui. Je hoche donc la tête pour lui confirmer que c'est bon tout en tenant fermement ma serviette.

— Okay, Romie. Je vais retirer ma main et te libérer, mais tu dois me promettre de ne pas faire de bruit. Surtout, tu te tais et tu écoutes attentivement ce qui va suivre. Je n'ai pas le temps de t'expliquer plus en détail, mais tu dois impérativement m'obéir sans discuter. C'est clair ?

De nouveau, j'acquiesce, le cœur battant la chamade.

Qu'est-ce qui se passe encore ?

— Dans moins de cinq minutes, le bâtiment va être pris d'assaut. Les assaillants ne s'attendent pas à nous trouver là, donc ça va être un vrai carnage. Tu ne bouges pas d'ici. Tu t'allonges dans la baignoire, et tu n'en sors sous aucun prétexte, entendu ?

Ses mots font écho sous mon crâne. Ils résonnent et vibrent avec violence.

« Dans moins de cinq minutes, le bâtiment va être pris d'assaut. Les assaillants ne s'attendent pas à nous trouver là, donc ça va être un vrai carnage. Tu ne bouges pas d'ici. Tu t'allonges dans la baignoire, et tu n'en sors sous aucun prétexte, entendu ? »

Mes yeux s'humidifient à la vitesse de l'éclair. Je suis pétrifiée. Soudain, une silhouette attire mon attention. Elle se dessine discrètement à l'extérieur de la fenêtre, puis s'évanouit aussi rapidement qu'elle est apparue.

— Romie ? Romie ? Regarde-moi. Tout va bien, c'est Ahri', tente-t-il de me rassurer.
— Où est Thanatos ? murmuré-je enfin avec difficulté en rivant mes prunelles scintillantes aux siennes.
— On s'occupe de lui ! Allez, on n'a plus le temps ! Dépêche-toi ! Je te promets que je ne laisserai personne entrer ici !
— Et… et vous ? dis-je, la voix chevrotante.

Anubis ne me répond pas. Il se contente de me sonder d'une œillade sombre et terrifiante. J'ai l'impression que toute étincelle de vie a disparu pour céder place à la mort en personne. Juste avant de se détourner, il me dépose un baiser furtif sur le front, puis s'éclipse. Lorsque la porte se referme derrière lui, j'ai tout juste le temps de l'entendre chuchoter :

— Sur la terre comme au ciel, sans peur ni regret, avec honneur et intégrité, ma vie pour mon frangin…

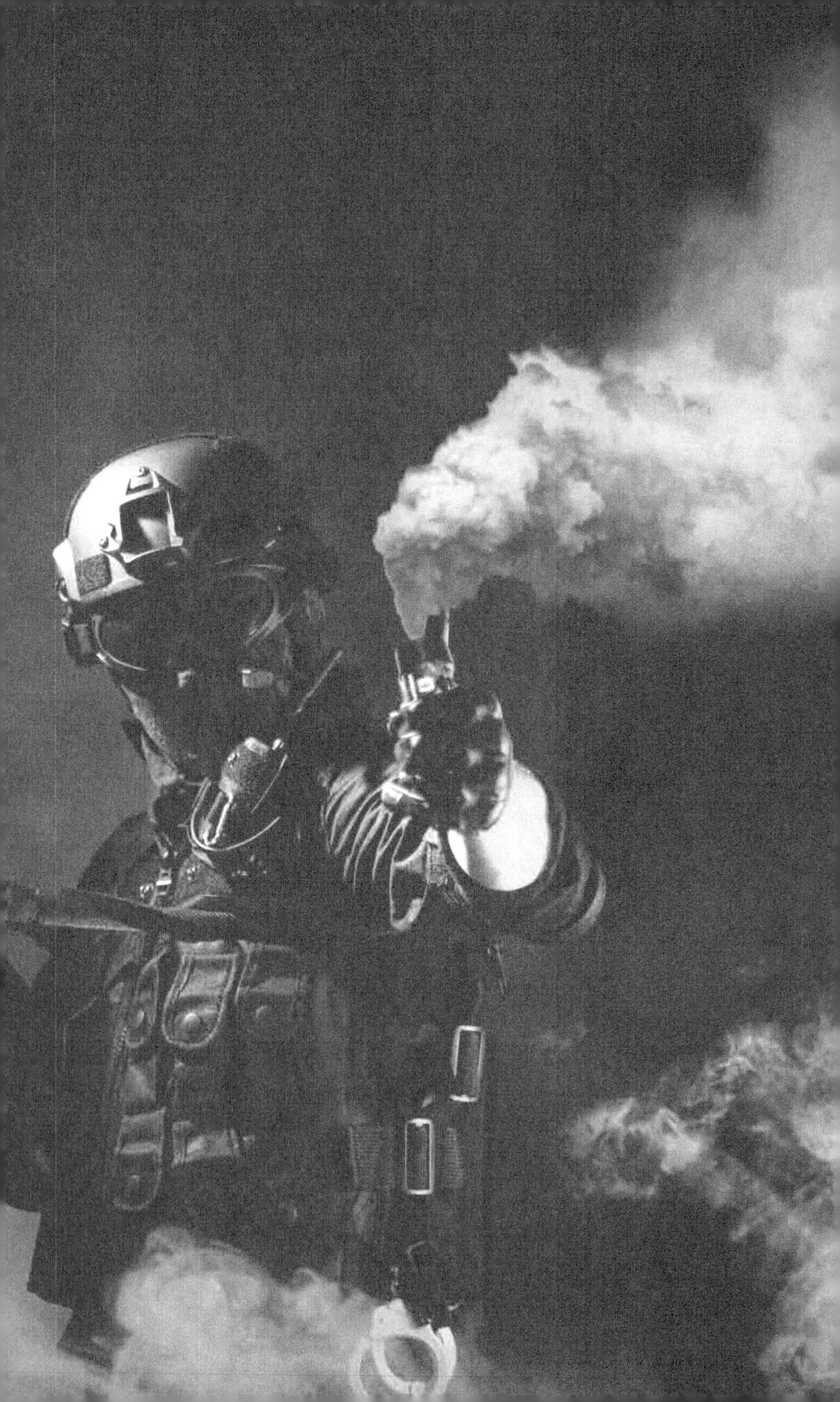

CHAPITRE 31

THANATOS

Elle me rend dingue ! Voilà pourquoi ils nous ont retrouvés ! Je suis fou de rage ! Contre Romane, mais surtout contre moi ! Comment ai-je pu laisser mes affaires comme ça ? Je suis trop con, putain ! Je dois absolument me calmer sinon je vais tout péter. Depuis que cette fille est entrée dans mon existence, je fais n'importe quoi. Je ne maîtrise plus rien du tout, ni mes réactions ni même mes émotions. Je suis une bombe à retardement. Elle m'obsède littéralement. Je ne pense plus qu'à elle de jour comme de nuit. Elle peuple mes rêves de songes merveilleux, d'illusions idéales, de mirages idylliques. Elle n'est rien d'autre qu'un fantasme inaccessible. Elle est la vie que je n'ai jamais voulue jusqu'à ce que nos regards se croisent. Jamais je ne pourrai lui offrir ce qu'un conjoint est censé lui apporter. Mon métier m'en empêche. Je ne peux m'en prendre qu'à moi-même. On ne m'a mis aucun couteau sous la gorge lorsque j'ai signé pour le GHOST. Au contraire. Jamais une seule seconde, l'idée que je puisse regretter cette décision ne m'a effleuré l'esprit. Désormais, c'est un fait. Je suis condamné à vivre avec elle dans la tête, tout en la laissant partir sans pouvoir la retenir. Vais-je en être capable ? Je n'en sais foutre rien, mais tout ce que je peux dire, là, tout de suite, maintenant, c'est que je dois la sortir de ce putain d'enfer.

Assis dans un des canapés du salon, je me triture les méninges pour tenter de trouver une solution. Je n'ai pas eu d'autre choix que de venir nous planquer ici. Nous sommes facilement repérables, mais je pense avoir gagné une journée ou deux de répit. Ce chalet appartient à mon père qui en possède même plusieurs sur la station. Je ne l'ai pas joint pour l'en aviser, car j'aurais mis sa vie en péril. Néanmoins, puisqu'il fait partie de mes contacts autorisés, tous ses moindres faits et gestes ainsi que ses biens sont répertoriés, et ceci depuis des années, dans un registre classé secret défense par le gouvernement. H en est bien entendu le détenteur. Jusqu'à présent, je sais de source sûre que Pap's n'a pas été inquiété par celui qui nous traque depuis des semaines. Il n'a jamais déclenché le signal d'alarme qui m'informerait sur-le-champ qu'il est en danger. Mon paternel possède une montre qui lui permet d'actionner un message d'alerte à tout moment. Ce qu'il ignore, c'est que cette dernière est reliée à sa fréquence cardiaque, et que donc, même s'il n'est plus en mesure d'activer l'alarme, je serai malgré tout averti. Pour que ce dispositif soit efficace, le récepteur est placé dans le manche de mon poignard que je ne quitte jamais. Ainsi, je sais que mon père se porte bien, et par extension mon frère également puisqu'il garde toujours un œil sur lui, de près comme de loin.

Je soupire tout en me passant la main sur le front. Dans quel bordel je me suis fourré, putain ?... Néanmoins, je ne regrette rien. Pire, si je devais recommencer, je le ferais sans aucune hésitation. Je n'allais pas laisser Romane crever toute seule dans ce désert. J'aurais dû la libérer quand il était encore temps, la remettre aux forces de l'ordre lorsque nous sommes rentrés. Non, il a fallu que je la ramène chez nous, chez moi. J'ai commis une erreur monumentale et aujourd'hui nous en payons le prix fort, mais je refuse que sa tête tombe. La mienne chutera avant s'il le faut. Et de préférence avec toutes celles de nos ennemis également. Un léger crissement m'extirpe de mes pensées et me fait immédiatement relever la nuque. Le parquet grince à l'étage et j'en déduis que Romane s'est décidée à sortir de sa chambre. Je souffle un bon coup et me prépare psychologiquement à lui faire face, à ne pas craquer, à résister, à ne pas céder à la vive tentation qu'elle représente. Néanmoins, j'ai beau tout faire pour me contrôler, je ne parviens pas à empêcher mon cœur de s'emballer à l'idée de la revoir. C'est complètement fou. Je retiens même mes jambes qui menacent d'aller elles-mêmes à sa rencontre.

— À couvert !!!

J'ai à peine la possibilité de distinguer la voix d'Odin que je me retrouve projeté en arrière, derrière le canapé. J'essaie de me débattre, mais je suis cloué au sol par deux soldats qui me fusillent du regard.

— Tu vas arrêter tes conneries maintenant ! beugle Hadès alors que des tirs éclatent.
— On est du même côté, abruti ! me cingle Pluton, le timbre glacial, une pointe de déception dans son intonation.

Je suis perdu, mais je n'ai pas le temps de réfléchir, on se fait canarder.

— Tiens, prends ça ! me lance Hadès en me balançant une mitraillette.
— Comment on…

Je m'apprêtais à lui demander comment nous allions parvenir à nous différencier entre nous quand Pluton me coupe :

— Comme ça, putain !!!

Il a craché ces mots tout en arrachant sa cagoule d'un geste rageur. Dès lors, il appuie sur une corne de brume accrochée à son gilet, puis la jette violemment par terre. Il vient certainement de donner le feu vert aux autres. Hadès imite son acte et retire son masque également.

Bordel de merde !!!

— Sur la terre comme au ciel, sans peur ni regret, avec honneur et intégrité, ma vie pour mon frangin ! récitent-ils en chœur avant de se redresser et de mitrailler tout ce qui bouge.

Quant à moi, je suis toujours affalé sur le sol derrière le canapé. Je le sens mal, bordel… ça va mal finir ! Qu'est-ce que j'ai fait ? Pourquoi ma poitrine m'oppresse autant ? Je remonte les yeux devant moi et mon regard se perd sur Ahri' qui me sonde intensément à travers la fenêtre. Lui aussi a ôté sa cagoule. D'un signe de la tête, il m'insuffle la force nécessaire pour me relever et faire front. Je récupère toutes mes facultés mentales et décide de faire honneur à mes frères d'armes. Ceux que j'ai trahis en pensant qu'ils m'avaient eux-mêmes trompé. Je ne suis qu'un putain d'abruti, mais l'heure n'est pas aux lamentations ni même à la repentance. C'est plutôt l'heure de faire le ménage, et c'est dans ce domaine que je suis le meilleur. Je retire également mon masque et me jette enfin dans l'arène. Immédiatement, nous retrouvons nos habitudes. J'effectue un rapide décompte dans ma tête tout en explosant le crâne d'un enculé. J'ai vu Hadès, Pluton, Ahri' et j'ai entendu Odin. Il manque encore Anubis et Lucifer. Ce dernier doit être posté à l'extérieur pour assurer nos arrières, à moins que… Il a toujours été pour éliminer Romane. Au début, en tout cas, puis un éclair de lucidité me frappe.

Romane…

— Romane !!! vociféré-je à pleins poumons.

La panique m'envahit à nouveau quand il s'agit de cette femme. Elle m'entraîne avec elle dans un tourbillon dévastateur et m'empêche d'avoir l'esprit clair, sombrant ainsi dans un nuage noir. Plus qu'une seule chose n'a d'importance pour moi désormais :

La secourir et la protéger…

— Ressaisis-toi, putain de merde ! me hurle Hadès en me sauvant la vie.

Il était moins une : s'il n'avait pas été là, je me prenais une balle entre les deux yeux. L'électrochoc me remet immédiatement les idées en place. Ce n'est pas six pieds sous terre que je vais pouvoir aider Romane. Je fais à présent le vide dans ma tête. La vague d'adrénaline qui me submerge ainsi que la soif de vengeance qui m'anime me galvanisent. Je me laisse habiter par toutes les horreurs déjà commises par mon équipe et moi-même. Je ne suis plus ni l'homme ni le soldat. Je suis un fantôme avide de sang et de chair fraîche. En réalité, nous sommes les dieux de la mort et quiconque ose s'approcher de Romane en paiera le prix fort.

Je le jure sur ma vie…

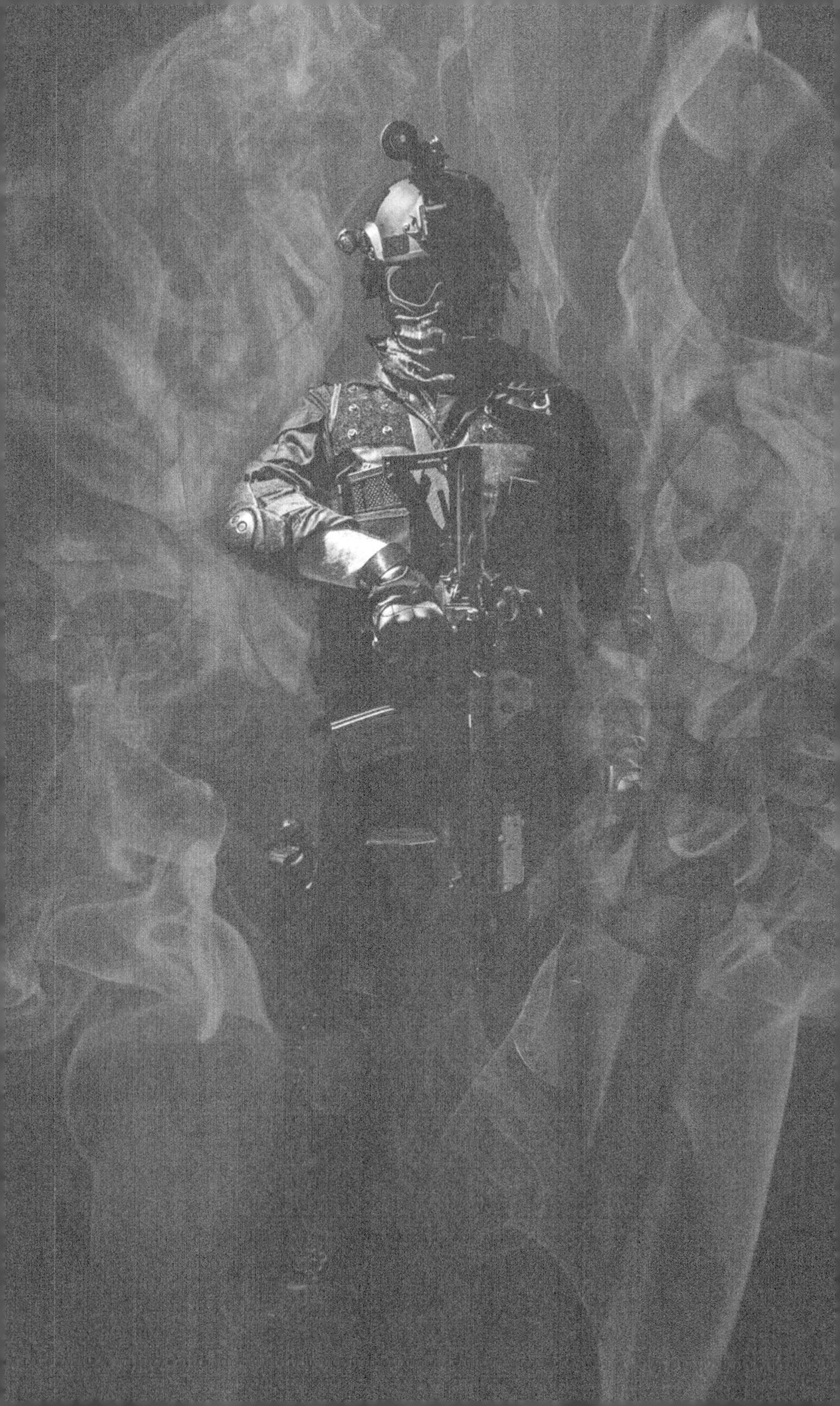

CHAPITRE 32

ROMANE

Je tremble comme une feuille. Recroquevillée comme un fœtus dans cette putain de baignoire, je fais ce qu'on attend de moi. C'est-à-dire, ne pas faire de bruit et surtout ne pas bouger. Les balles fusent et ne cessent de pleuvoir, c'est impressionnant. Le vacarme assourdissant me saisit d'effroi quand mon organe vital, lui, rate un battement à chaque détonation. Autant vous dire que je n'en mène pas large.

— Romane !!!

Je reconnais immédiatement la voix grave de l'homme qui occupe toutes mes pensées depuis qu'il m'a sauvé la vie. Son timbre éraillé me percute violemment. Il a hurlé mon prénom comme un cri du cœur, un appel à l'aide. La peur a littéralement écorché ses cordes vocales. Mon Dieu, mon âme saigne de savoir cette force de la nature vulnérable. Lui, pourtant si solide et si puissant. Alors que j'étais tétanisée il n'y a même pas une seconde, j'ai désormais envie de le retrouver pour l'épauler, pour ne pas le laisser seul affronter tous ces cinglés. Cependant, je ne suis pas suffisamment stupide pour commettre une telle connerie. Je serais plutôt un gros boulet qui se ferait buter d'entrée de jeu. On va éviter. D'autant plus que les gars sont avec lui. J'ignore pourquoi ils ont mis autant de temps à nous rejoindre, mais le plus important c'est qu'ils soient de nouveau avec nous. J'ai confiance en eux. Ils vont nous sortir de là.

La porte de la salle de bain vole en éclats avec une brutalité inouïe. Je hurle sous l'effet de surprise, alors que deux soldats s'écroulent au sol. Ils s'affrontent comme des forcenés, pendant que moi je me blottis dans le coin de la baignoire en m'accrochant à ma serviette comme une désespérée. Si je pouvais me fondre dans la céramique et disparaître, ce serait le cas à cet instant. Je ne quitte pas des yeux les deux individus qui se cognent violemment. L'un revêt une cagoule, tandis que l'autre se bat à visage découvert. Je suppose que c'est l'ennemi puisque les hommes du GHOST sont toujours masqués. Je pousse des cris rythmés par les coups qui sont assénés. L'un est projeté contre le lavabo qui cède sous l'impact. Mon rythme cardiaque, qui est pourtant déjà élevé, s'emballe encore plus quand celui au profil découvert prend le dessus sur Anubis. Alors qu'il s'apprête à donner le coup fatal, j'attrape le porte-savon en ferraille sur ma gauche, me redresse, puis lui fracasse le crâne de toutes mes forces.

Bien fait, enculé !

— Putain, Romane !!! Mais qu'est-ce que tu fous ?!! braille Anubis qui vacille à peine.

Hein ???

— Ben, tu n'as pas ta cagoule ? demandé-je, ahurie alors que je me précipite pour ramasser ma serviette qui a chuté à mes pieds.

— Non ! On les a retirées pour qu'on puisse se reconnaître !!!
— Bah et je fais comment moi ? Je n'ai jamais vu vos visages, je vous signale !!!

C'est seulement maintenant que je remarque la légère entaille au coin de son œil, cette microprécision qui me permettait de le différencier des autres jusqu'à présent. Le soldat à terre tente de se relever, mais Anubis lui colle un coup de pied dans la tronche. La seconde suivante, il attrape le tuyau de douche, puis lui enroule autour du cou.

— Retourne-toi... m'ordonne Anubis.

J'obéis immédiatement et fixe le mur avec beaucoup de rigueur. Tout en détaillant minutieusement la faïence, je ne peux m'empêcher de percevoir les bruits étouffés de l'homme qui se fait étrangler derrière moi. Les coups de feu ne parvenant pas à couvrir ses gémissements, je me bouche les oreilles et me mets à fredonner. Quand enfin Anubis me fait signe que c'est bon en tapotant mon dos, je pivote vers lui.

— Sérieux ? m'interroge-t-il, les sourcils en l'air.
— Sérieux quoi ?
— Jean Jaques Goldman ? Franchement ?
— Tu préfères Shakira, c'est ça ?
— Pour lui, j'en sais rien, me répond le combattant en me désignant le cadavre au sol. Mais pour moi, oui, carrément ! Tsamina mina, eh, eh, waka, waka, eh, eh...

Il est complètement barjot. Il vient tout juste de buter un gars et le mec chante. Normal. Le pire, c'est qu'il danse en même temps. Il a ramené ses mains devant lui l'une contre l'autre, puis réalise des sortes de vagues avec ses épaules, tandis que son bassin se déhanche également au même rythme. Il réussit l'exploit de me faire rire alors qu'on se trouve en plein milieu d'un champ de bataille. Suite à mon éclat de rire, le soldat me renvoie un sourire Colgate, puis, tout en me faisant un clin d'œil, il regagne son poste.

— Retourne te planquer et évite de m'exploser le front la prochaine fois !

Je pouffe et obéis sans discuter. Je m'allonge de nouveau dans cette satanée baignoire, non sans jeter un dernier regard à la dépouille face à moi pour m'assurer qu'elle n'a pas repris vie entre deux.

Bah quoi ? On ne sait jamais, hein !

Les paupières grandes ouvertes, il semble me dévisager avec intensité. Il me fait froid dans le dos, bon sang ! D'un geste hésitant, j'approche mon index de son crâne, mais quand celui-ci entre en contact avec lui, sa tête n'émet aucune résistance et retombe comme une masse du côté opposé.

Okay, il est bien mort...
Seigneur, il est mort !!!

J'inspire, expire, inspire, expire... Allez Romie ! Tu n'es plus à ça près ! Tu peux le faire ! Je ferme les yeux et tente de songer à quelque chose d'agréable. Difficile quand ça canarde dans tous les sens. Mais ils ont combien de balles dans leur machin ? Lorsque je vais raconter tout ça à Emma, elle ne va jamais me croire. Enfin, si je ne finis pas comme l'autre Mister Freeze. Non, non, non... On a dit des pensées positives, nom de Dieu, Romie ! Aussitôt, Thanatos s'immisce sur mes rétines. Un sourire étire naturellement mes lèvres tandis que mon pouls s'apaise quelque peu. Je me remémore notre rencontre, nos joutes verbales, puis nos baisers, nos étreintes... Mon cœur se gonfle de joie, puis se brise en mille morceaux au moment où je réalise qu'il est en plein cœur de la bataille. S'il lui arrive quelque chose, je ne m'en remettrai pas. Puis soudain, c'est le silence le plus total. Vous me croyez ou non, mais cette absence d'agitation est encore plus inquiétante que le chant des balles. Je n'ose pas bouger. Alors je reste là, prostrée, en attendant qu'on vienne me chercher. Les minutes défilent et j'ai le sentiment que ça dure des heures. La panique m'envahit, une douleur sourde me déchire la poitrine. Et s'ils n'avaient pas survécu ? Un sanglot manque de s'échapper de ma gorge quand enfin j'entends du bruit. Je hisse discrètement la tête de façon à observer par-dessus le rebord de la baignoire et souffle de soulagement. Anubis se tient face à moi, le profil tuméfié, une épaule a priori démise et une cuisse ensanglantée.

— Je t'avais bien dit qu'on te sortirait de… commence-t-il avant d'être interrompu par une explosion qui le projette violemment dans les airs comme un pantin désarticulé.

La déflagration est telle que j'ai le réflexe de me plaquer au sol, le visage contre la céramique. Mon cœur a cessé de battre. Je n'ose pas me redresser. Je ne veux pas. Tant que je ne l'ai pas vu, il n'est pas vraiment parti, n'est-ce pas ? Il va se relever, puis me balancer « Tu vois, je t'avais bien dit qu'on te sortirait d'ici ! On est les meilleurs de toute façon ! ». J'aimerais tant… mais il ne bouge pas. Sans que je puisse les contenir, des gouttes affluent en grande quantité au coin de mes yeux. Je sanglote désormais à chaudes larmes, quand j'entends des pas s'approcher, puis des voix familières…

— Anubis !!! s'écrie Odin qui se précipite à son chevet.

Enfin, je crois. C'est difficile pour moi de les reconnaître à présent qu'ils sont sans cagoule. Le deuxième soldat qui s'avance près du blessé et qui s'accroupit à ses côtés pour chercher son pouls n'est autre que Hadès, le médecin de l'équipe. Le souffle suspendu, nous attendons tous son verdict qui ne tarde pas à tomber comme un putain de couperet.

— C'est fini…

Dès l'instant où il prononce les mots fatidiques, c'est comme si je me prenais une balle en plein cœur. Mon visage redescend lourdement dans mes mains et mes pleurs qui s'étaient estompés redémarrent de plus belle. Toujours assise dans ma baignoire, je me balance d'avant en arrière pour... je ne sais pas pourquoi en réalité...

— Nooooon!!! hurle Thanatos, la voix emplie de désespoir.

J'ai trop mal pour assister à ce spectacle. Je ne relève pas la tête, c'est beaucoup trop douloureux. La seule chose qui me fait envie, là tout de suite, c'est d'entendre Anubis chanter et danser sur Shakira. Un sanglot incontrôlable s'échappe de ma gorge en me remémorant ce souvenir qui date pourtant d'à peine quelques minutes. Il ne méritait pas de mourir.

Putain de vie!

CHAPITRE 33

ROMANE

— Qu'est-ce qui s'est passé, bordel ?!! s'énerve celui qui possède son holster à la jambe gauche, donc Pluton.
— Un mec en train de crever a fait dégoupiller sa grenade… marmonne Odin en avisant les lambeaux de chairs disséminées un peu partout, y compris sur Anubis.
— Non ! Je refuse que tu meures, putain ! Austin !!! s'écrie Thanatos.

Austin ?

À la mention de son prénom, je prends mon courage à deux mains et décide d'affronter la situation. Dos à moi, Thanatos s'acharne sur la cage thoracique de celui qu'il considère comme son frère.

— Reviens, putain ! répète-t-il inlassablement sans jamais cesser son massage cardiaque.

— Than'… murmure Pluton.
— NON!!! Il est hors de question que cet enfoiré succombe à cause de moi!!!
— Colt'… chuchote à son tour Ahri'.
— Nooooon! proteste-t-il encore, mais cette fois-ci, le timbre vacillant dangereusement.

Sa souffrance m'est tout simplement insupportable. J'aimerais tant pouvoir faire quelque chose, mais à moins d'avoir des pouvoirs magiques, je ne peux accomplir de miracle. Rien faire du tout, mis à part prier.

Seigneur, je vous en supplie…

— Attendez! hurle Hadès qui tient le poignet d'Anubis dans sa main. J'ai un pouls!

Un pouls? Il a un pouls!!! Il a un pouls!!!

— Okay, on y va!!! Attention en le transportant. À trois! Un, deux, trois! Go! coordonne le médecin avec gravité.

J'observe Thanatos, toujours dos à moi, Odin, Pluton et Ahri' soulever le corps inerte d'Anubis dans une synchronicité parfaite. On dirait qu'ils ne font plus qu'un. Moi aussi, je me relève, mais je manque de m'écrouler instantanément quand des boyaux qui se trouvaient sur moi tombent par terre. Sous le choc, je ne m'étais pas rendu compte que j'étais également recouverte du plasma du mec qui s'est fait littéralement exploser. Du sang, mais pas que… sans crier gare, je vomis mes tripes sur la céramique. Une poigne ferme me maintient debout alors qu'une autre retient mes cheveux en arrière. Une fois mon estomac vidé, je me tourne et dévisage celui qui m'apporte son soutien.

— Docteur…

Ce dernier me tire une révérence tout en m'adressant un sourire Ultra Bright.

— Allez, viens ma belle. On doit se casser d'ici au plus vite.

Hadès m'aide à enjamber la baignoire tout en maintenant ma serviette autour de moi. Le regard plus ou moins dans le vide, je réalise que c'est grâce à Anubis si je suis toujours de ce monde.

Il m'a sauvé la vie...

— Anubis... amorcé-je sans pouvoir continuer à cause des sanglots qui obstruent ma gorge.
— Il a fait un arrêt cardio-respiratoire suite à la déflagration, mais Than' a réussi à le réanimer. Nous devons impérativement le stabiliser. Je te promets de faire tout ce qui est en mon pouvoir pour le maintenir parmi nous.

Je hoche la tête et me contente d'avancer avec le soutien d'Hadès sans qui je m'écroulerais. L'œil hagard, mon attention se perd sur une multitude de cadavres qui jonchent le sol. L'odeur du sang agresse mes narines et me remue encore l'estomac. C'est un massacre. Comment font-ils pour supporter ça ?

— Regarde tes pieds, Romie. Ne regarde rien d'autre que tes pieds. Je te guide, ne t'inquiète pas, me rassure-t-il, sentant sans doute la chape de plomb qui m'engloutit un peu plus à chaque corps que je croise. C'est bientôt fini...

À son intonation, j'ai eu l'impression qu'il parlait de manière beaucoup plus générale. Valentino est-il mort ? Faisait-il partie de l'assaut ? Non, j'imagine que non. Je présume qu'il préfère rester bien à l'abri quand d'autres se salissent les mains à sa place. Mais pourquoi autant d'acharnement ?

Et comment ont-ils fait pour se procurer les uniformes du GHOST ? Je ne comprends rien, quelque chose m'échappe. Toutes ces questions me brûlent les lèvres, mais je les garde pour moi. Ce n'est clairement pas le moment. Lorsque nous atteignons enfin l'hélicoptère, je souffle de soulagement. Ahri' m'apporte immédiatement une veste du GHOST me permettant ainsi de me couvrir un peu plus, puis nous nous installons rapidement. Un petit tour plus tard, nous atterrissons sur le toit de leur immeuble. Je ne saurais vous expliquer le bonheur indescriptible que je ressens à l'idée de me retrouver de nouveau ici. C'est con, mais j'ai l'impression de rentrer à la maison. Alors bien sûr je n'oublie pas mon chez-moi, ma vraie vie, mais je n'en sais rien, ici c'est un petit peu mon havre de paix, mon repère.

— On ne peut pas rester là, braille Thanatos par-dessus le boucan que font les pales de l'engin.

Pour une raison que j'ignore, il ne m'a toujours pas montré son visage. Il a même revêtu sa cagoule. Pourquoi ? Ben, mystère, mais je peux vous garantir que ça me soûle. Qu'est-ce qu'il attend, sérieux ? Avec tout ce qu'on a partagé tous les deux, je pensais au moins mériter un peu plus d'attention.

— C'est bon ! Pluton a cracké le système de sécurité ! Personne ne peut s'introduire dans le bâtiment sauf nous !!! hurle Odin.

Parce que ce n'était pas déjà le cas ? Je fronce les sourcils en signe d'incompréhension, ce qui n'échappe pas à Ahri'.

— On t'expliquera tout à l'heure. Une discussion s'impose avec notre boss.
— Est-ce que tu sais pourquoi il s'obstine à ne pas me dévoiler son visage ?
— J'ai ma petite idée, ouais…
— Tu ne me diras rien de plus, c'est ça ?

— Mais c'est qu'elle pige vite, notre Zébulon ! se moque-t-il de moi.

Je pouffe, puis le suis pendant que les garçons devant nous transportent Anubis. Grâce à la civière qui se trouvait dans l'hélico, il est beaucoup plus facile pour eux de manœuvrer sans trop le bousculer. Comme je m'y attendais, ils s'orientent vers l'ascenseur tandis qu'Ahri' et moi empruntons les escaliers. Au moment où nous atteignons les espaces communs, ce dernier me conseille d'aller prendre une douche et de me reposer un peu. Je ne proteste pas et acquiesce, un sourire timide sur les lèvres. Je pousse les portes de l'appartement de Thanatos et me dirige dans ma chambre, puis dans la salle de bain. L'image que me renvoie le miroir fait peur. On dirait un macchabée tant je suis pâle. J'ai maigri également, ce qui accentue le côté cadavérique. Je n'étais déjà pas épaisse, mais là je bats des records. Si Emma me voit dans cet état, elle va me défoncer, ou pleurer. Ou peut-être bien les deux. Enfin bref... À cela, vous ajoutez l'hémoglobine ainsi que les « morceaux » qui grouillent sur ma tête. Des haut-le-cœur me faisant soudainement tirer le cou, je décide de me glisser sous la flotte sans plus tarder. Je n'attends même pas que celle-ci soit chaude, je fonce. Aussi étonnant que cela puisse paraître, je ne saisis pas la morsure de l'eau froide sur ma peau. Non, je ne ressens rien de plus qu'un putain de soulagement. Le liquide incolore devient très vite écarlate, mais cette vision sanguinolente me renvoie en plein cauchemar. Le contentement est de courte durée et laisse désormais place à une crise d'angoisse. Je panique, j'étouffe, je suffoque. Je frotte mon épiderme, mon visage, malmène mes cheveux comme une dératée pour enlever toute trace de l'horreur que je viens de vivre. J'ai l'impression que des coups de feu retentissent à nouveau, alors je m'abaisse et m'allonge au sol pour me protéger. Les secondes s'égrènent, les minutes défilent et ce n'est plus le sang qui se mélange à présent avec l'eau, mais bien mes larmes qui ne tarissent pas. Je suis incapable de les stopper. Et, pour une raison que j'ignore, elles me font du bien.

Après un certain laps de temps, je me sens mieux. Plus légère, plus libre. Je prends le temps de me savonner une nouvelle fois, car l'odeur ferreuse ne me quitte pas. Enfin, je crois. Je m'occupe de moi et me rase les aisselles, les jambes et le sexe. C'est bête, mais j'ai la sensation de revivre, de me réapproprier mon propre corps. Quand j'ai terminé, je rejoins le salon pour attendre les garçons. Finalement, ils sont déjà tous là, douchés et habillés également. La plupart sont blessés, donc Hadès s'occupe de leur prodiguer les soins nécessaires pendant que leur chef contemple le paysage à travers la paroi vitrée. Ils n'ont pas revêtu leur cagoule, cela ne leur est plus d'aucune utilité puisque j'ai déjà vu leur tête, sauf un… Celui qui m'intéresse le plus, bien évidemment. Leur discussion est animée. Je ne comprends rien, alors je me contente de m'asseoir en me raclant la gorge discrètement pour leur signifier ma présence. Présence qu'ils avaient sans doute déjà perçue.

— Comment as-tu pu penser une chose pareille, putain ?!! rugit Odin, furieux.

— Mettez-vous à ma place, bon sang ! J'avais toutes les preuves sous mon nez ! Qu'auriez-vous fait, bordel ?! se défend Thanatos sans pour autant se retourner.

— Preuves qui étaient falsifiées, bordel de merde !!! hurle Pluton en tapant du poing sur la table basse.

— Je ne pouvais pas deviner !

— Si, putain ! Si, tu pouvais ! Tu as préféré croire cet enculé plutôt que nous ! scande Ahri'.

— En réalité, il n'a même pas attendu notre version… soupire Hadès, dépité.

— Jamais, tu entends ! JAMAIS !!! On t'a toujours suivi, Colt' ! Même quand ton frère a eu besoin de nous ! Merde ! jure Pluton, remonté à bloc.

— D'autant plus que tu as mis ta propre vie en danger en ne respectant pas les consignes que je t'ai données après ton opération, affirme Had'. T'as eu de la chance de ne pas y rester…

— T'es vraiment qu'un gros naze !!! crache Odin.

En réalité, je ne les ai jamais vus ainsi. Ils sont en colère, mais ils sont surtout déçus, blessés. J'ignore ce que Thanatos a fait, mais ils le vivent comme une véritable trahison.

— Je suis désolée… murmuré-je, le timbre chevrotant.
— Pardon ma belle ? me répond Hadès d'une voix douce.
— Tout ça, c'est de ma faute. Si je n'avais pas suivi Valentino dans ce désert, je ne serais pas un fardeau pour vous. Il vous aurait laissés tranquilles et…
— Mais qu'est-ce que tu racontes, Romie ? me coupe Odin, interloqué.
— Je suis désolée que Valentino s'en prenne à vous à cause de moi. Je vais aller me rendre, ça ne peut plus durer.
— Mais… tu ne lui as rien dit Than' ? l'interroge Hadès, le ton sifflant.
— Dit quoi ? rétorqué-je spontanément.
— Pas maintenant… gronde Thanatos.
— Si ! Maintenant ! réagit à l'unisson son équipe.

Un silence de cathédrale règne dans la pièce après l'exclamation des garçons. J'observe leur chef et constate qu'il paraît très tendu. Ses poings le long de son corps se serrent et se desserrent frénétiquement.

— Valentino est mort… lâche-t-il finalement après plusieurs secondes insoutenables.

Sa voix grave et tranchante a fendu l'air avec sévérité. J'ai envie d'exploser de joie, mais quelque chose dans son intonation m'annonce que ce qui va suivre ne va pas me plaire.

— C'est une super nouvelle ça… non ? dis-je, hésitante.
— Il est mort depuis le tout début… complète-t-il comme si cette information était d'une importance capitale.
— Le tout début de l'assaut ? Eh bah tant mieux ! Enfin je crois… Bon, c'est quoi le problème ? Pourquoi vous faites

tous cette tête d'enterrement ? On ne va pas le pleurer quand même ! En tout cas, pas m…

— Non, il est mort la toute première fois que l'on t'a secourue, finit-il d'ajouter.

— Je ne comprends pas, tu m'as dit que…

Mais je m'arrête là. Je ne poursuis pas le reste de ma phrase. Non, je me tais. Les rouages de mon cerveau s'enclenchent et à partir de ce moment-là, je ressasse chaque souvenir, chaque parole qui a été prononcée, réalisant ainsi qu'il m'a menti sur toute la ligne. Si Valentino est mort depuis des semaines, pourquoi m'avoir gardée ici ? Pourquoi m'avoir séquestrée sur cette île ? Pourquoi, bon sang ?

— Retourne-toi ! sifflé-je entre mes dents tandis que je me lève pour l'affronter.

Je bouillonne de colère. Les mains arrimées fermement sur mes hanches, j'attends qu'il daigne bien vouloir me faire face. La déferlante d'émotions qui m'assaille ne m'aide pas à me contrôler. Au contraire, j'explose.

— Retourne-toi !!! hurlé-je folle de rage. Retourne-toi et retire-moi cette putain de cagoule !!!

CHAPITRE 34

THANATOS

Je n'ai plus le choix. À quoi bon continuer cette mascarade ? Avant de me retourner, je retire ma cagoule, mais également mes lentilles de contact. Au point où nous en sommes, autant aller jusqu'au bout. Le cœur tambour battant, je pivote lentement, appréhendant chacune de ses réactions. Je ne la quitte pas des yeux, afin de déceler le moment exact où elle me reconnaîtra. Enfin, si elle se souvient de moi… Mes pupilles à présent plantées dans les siennes, je l'observe vaciller, accusant le coup que je viens de lui porter.

— Le videur… souffle-t-elle, ses deux prunelles bleues s'humidifiant à vitesse grand V.
— Le videur ? répète Pluton.
— Le videur ? m'interroge carrément Ahri' sans se démonter.

Je les ignore. À vrai dire, je suis actuellement incapable d'aligner deux mots. Les paumes moites, j'avance doucement jusqu'à elle. Les larmes qui embuent son si joli regard me cisaillent de l'intérieur.

— Comment as-tu pu... commence-t-elle sans finir sa question.
— Je...

... n'ai pas le temps de terminer qu'elle me décoche une gifle monumentale. Je l'ai vue arriver, mais je ne me suis pas défendu. Je l'ai méritée, c'est indéniable. Certains de mes gars poussent des cris de surprise alors que je frotte ma joue. Elle n'y est pas allée de main morte. J'aimerais pouvoir lui dire que je suis désolé, lui expliquer pourquoi j'ai agi ainsi. Que depuis le tout début, tout ce que j'ai fait c'était uniquement pour la protéger, mais je n'y parviens pas ! Aucun son ne sort de ma bouche. Je reste comme un con, muet et figé devant elle.

— Tu sais quoi, Colton ? Odin a raison, t'es vraiment qu'un gros naze !

Elle a voulu se montrer forte, mais elle a échoué. Un sanglot l'a rattrapée à la dernière seconde et a étranglé sa voix sans aucune possibilité de le contrer ni même de le masquer. Presque honteuse de se dévoiler si vulnérable, elle se soustrait à ma vue en courant en direction de sa chambre. Je m'apprête à la rejoindre, quand Hadès pose sa main sur mon avant-bras pour me retenir.

— Laisse-la digérer... me conseille-t-il.
— J'ai merdé, putain... dis-je tout en passant ma paume sur mon front.
— Non ! Sans déconner ! me cingle Odin.
— Et plutôt deux fois qu'une ! raille Pluton.
— Ça va, n'en rajoutez pas non plus, les gars, me défend Had'.
— Non, ils ont raison... je suis désolé...

Mes excuses sont accueillies par un silence pesant. Mes hommes me regardent sans sourciller, imperturbables. Ils demeurent silencieux, attendant visiblement beaucoup plus de ma part.

— Raconte-nous… m'aide Had'.

— Je n'aurais jamais dû la ramener ici… En faisant ça, j'ai enfreint toutes les règles. H s'en est aperçu, ne me demandez pas comment, mais il le savait. Il m'a ordonné de l'exécuter, mais comme j'étais contre cette idée, il s'est servi de vous pour me rendre fou. Tout d'abord, il a profité de ma blessure pour vous éloigner, nous séparer. Ensuite, il m'a manipulé et m'a fait croire que vous aviez accepté d'éliminer Romane. Il a exigé que je le fasse moi-même, me rappelant ce pour quoi j'avais signé. Mais il a ajouté que si j'en étais incapable, mon escouade s'en chargerait, que je le veuille ou non. Il m'a transmis des photos de vous et un vocal où tu corroborais ses dires, Had'…

— Bien sûr que je confirmais !!! Pour nous laisser une chance supplémentaire de nous retourner et trouver une solution ! Si j'avais refusé, son équipe de nettoyage serait arrivée beaucoup plus vite, crois-moi ! Je souhaitais gagner du temps ! Sauf qu'à notre retour, vous aviez disparu ! On a essayé de te contacter, bordel, Than' !

— J'avais éteint ma radio jusqu'à ce que Romane la rallume pour chercher à vous joindre.

— On n'a jamais reçu ses appels, affirme Ahri'.

— H… en déduit Odin.

— Il a piraté l'ensemble de nos appareils électroniques. Il a également placé des micros et des capteurs un peu partout dans nos appartements. Voilà pourquoi il était au courant de tout… m'explique Pluton.

— Putain !!! Fait chier ! vrillé-je à mon tour en abattant mon poing contre le mur.

— Si tu pouvais éviter de te péter la main, ce serait cool, marmonne Hadès.

— On a tout passé au crible, rassure-toi. La zone est sécurisée, ajoute Pluton pour me permettre de redescendre d'un cran.

— Mais dans ce cas comment avez-vous fait pour nous retrouver au chalet ? H, d'accord, c'est lui qui détient le registre concernant nos familles, mais vous ?

— Vous étiez introuvables, donc nous avons épluché tout ce que nous pouvions, dont nos dernières interventions, y compris celle de Romane. On s'est aperçu que Valentino implantait non pas une, mais deux puces dans ses victimes. Une dans le bras, mais également une dans la nuque. Comme nous n'en avions retiré qu'une seule, nous en avons déduit qu'elle était encore équipée de ce traceur. Ne me demande pas comment, mais Pluton est parvenu à se connecter sur la même fréquence et dès que vous avez remis un pied sur le territoire, notre alarme s'est déclenchée. Rassure-toi, on l'a désactivée depuis qu'elle est de retour parmi nous. Je vais d'ailleurs aller la lui enlever tout à l'heure. En attendant, il faudra que tu nous expliques où vous étiez tous les deux juste avant votre arrivée au chalet. Vous nous avez donné du fil à retordre. Pourquoi êtes-vous revenus ? me questionne Had'.

— Romane a tenté de vous joindre avec mon téléphone. Du coup, H a réussi à nous géolocaliser et il nous a envoyé ses sbires dans la foulée. J'ai cru que c'était vous...

— Je suis curieux de savoir comment tu as réagi... grommelle Odin.

— Bah moi, je ne préfère pas, j'ai déjà été assez déçu comme ça... me lance Ahri'.

— Je les ai d'abord neutralisés avec une flèche tranquillisante. Je ne voulais pas vous faire de mal. En revanche, quand je me suis aperçu que ce n'était pas vous, j'ai été plus direct...

— Quel bordel... murmure Odin.

— Et Lucifer ? demandé-je alors que mon frère d'armes manque à l'appel.

— Je suis désolé. Tu sais bien qu'il était d'accord pour l'éliminer dès le début... souffle Had', dépité.

Je soupire. Ma désillusion est grande. Quand bien même nous n'étions pas du même avis, j'espérais qu'il se range du bon côté. À croire que nos missions et nos actes lui sont littéralement montés à la tête et qu'il ne parvient plus à faire de distinction entre le bien et le mal...

— Je vous laisse, je dois aller contrôler les constantes d'Anubis et retirer la puce à Romane. Than', tu ne bouges pas d'ici. On est une équipe, on le reste. Je m'occupe d'Austin, ensuite on échafaude un plan pour neutraliser cet enculé de H, déclare Had' en se relevant.

J'acquiesce d'un signe de la tête, puis m'apprête à reprendre la conversation, mais mes deux autres camarades se lèvent également et se cassent sans me décrocher un mot. Okay... c'est de bonne guerre. Ils sont vexés et blessés, ce que je peux parfaitement comprendre. Comment ai-je pu penser une seule seconde qu'ils allaient me la mettre à l'envers ? J'ai été aveuglé par ce que je ressens pour Romane. J'étais si inquiet de la perdre, que je me suis enfui en l'emportant avec moi sous le bras comme une putain de valise. J'ai été incapable de réfléchir et d'agir en conséquence. De me comporter comme un combattant du GHOST. Quand je vous le dis que depuis le début elle est dangereuse pour moi, ce n'était pas une putain de blague.

Romane...

Je n'ai qu'une envie, aller la retrouver dans sa chambre pour la serrer contre moi. Inhaler son parfum délicat, puis sentir son cœur battre sous mes doigts. J'ai réellement eu la trouille qu'il lui arrive quelque chose au chalet. Par chance, je possède la meilleure équipe qui puisse exister dans ce monde. Elle a brillé par son incroyable maîtrise et son savoir-faire. Lorsque nous sommes sur le terrain, nous nous transformons. Nous ne sommes plus ni hommes ni soldats. Nous mutons en quelque chose de bien plus féroce, bien plus puissant. Nous allons au-delà de nos propres limites, de nos propres peurs. Je me répète, mais nous n'avons pas peur de la mort. Nous sommes la mort. À partir de là, plus rien ne peut nous atteindre, pas même cet enfoiré qui tente de nous diviser. Si je me suis engagé au GHOST, c'est avant tout pour protéger et défendre mon pays ainsi que ses concitoyens. Je n'ai pas signé pour éliminer de pauvres gens qui auraient vu ce qu'ils n'auraient pas dû. Nous ne sommes pas des monstres. Enfin, ça dépend avec qui… Nous sommes amenés à effectuer des choses qu'aucun être humain ne devrait avoir à faire. Alors quand bien même la frontière est parfois très mince, nous savons encore faire la différence entre le bien et le mal.

À présent seul chez moi, à l'exception de celle qui me rend fou et qui s'est enfermée dans sa chambre, je ressasse tout en boucle. Tant que la situation ne sera pas réglée, je ne pourrai pas penser à autre chose que trouver une putain de solution. J'ai bien une petite idée, sauf que je n'ai aucune garantie que mon plan fonctionne. Néanmoins, je n'ai guère d'autre choix. Entre Romane et lui, la question ne se pose même pas…

CHAPITRE 35

ROMANE

— Où est-ce que tu vas ?

Eh merde… je sursaute en entendant ce timbre rauque et éraillé qui me torpille de l'intérieur. Je me doutais bien que me barrer d'ici incognito, c'était mission impossible, même en plein milieu de la nuit. Pourtant, un infime espoir subsistait au plus profond de mon être. Quand Hadès est venu me retirer cette fichue puce encore logée dans ma nuque, j'y ai cru, l'espace d'une seconde.

— Ça ne te regarde pas ! rétorqué-je avec véhémence pour qu'il lâche l'affaire et me laisse tranquille.

Je poursuis ma route tout en l'ignorant. Si je continue comme ça, dans quelques mètres je serai à nouveau libre.

— Romane… grogne-t-il alors que j'ai l'impression qu'il

est à présent juste derrière moi.

Ne te retourne pas, nom de Dieu !

— Je me casse ! déclaré-je en m'efforçant d'avoir un minimum d'aplomb et de conviction.
— Tu n'iras nulle part tant que…

Je ne l'écoute pas et, déterminée, je tente d'ouvrir la porte d'entrée pour me sauver. Sauf que c'était me bercer d'illusions. Qu'est-ce que je croyais au juste ? Qu'il allait me remercier pour ces dernières semaines passées en ma compagnie, qu'il me laisserait partir gentiment ? Je suis vraiment trop conne. Ma fréquence cardiaque en constante augmentation, j'observe attentivement le bras de Thanatos qui se dessine sur ma droite et qui m'empêche de sortir, sa paume bien à plat contre le battant blindé qu'il rabat brusquement.

Ne le regarde pas, ne le regarde pas, ne le regarde pas, putain !

— Tant que quoi, Colton ? soupiré-je, résignée.

Je ferme les yeux et colle mon front contre le métal froid. Je ne dois surtout pas me retourner sinon je vais craquer. Sa présence derrière moi me court-circuite les sens alors que son parfum viril est déjà en train de m'étourdir.

— Retourne-toi… me souffle-t-il au creux de l'oreille alors qu'il se plaque contre mon dos.

Certainement pas !

— Non…

Arf… de base ce devait être un non ferme et sans appel. Genre : non ! Au final, il s'est transformé en une espèce de plainte ridicule. Je suis en train de me liquéfier et ça, ce n'est pas bon du tout.

— Tu t'en souviens toi aussi… murmure-t-il la voix rocailleuse.

Comment oublier… je n'ai eu de cesse de repenser à lui depuis tout ce temps. Pour qui pour quoi, je l'ignore, mais j'ai toujours eu cet énorme regret de l'avoir planté dans cette boîte de nuit ce soir-là. C'était une sortie entre filles, Emma avait besoin de moi, besoin qu'on lui change les idées. J'aurais été une bien piètre copine si je l'avais abandonnée pour partir avec un étranger. Alors je me suis contentée de prendre ce dont j'avais envie, comme la femme libre et sûre d'elle que j'étais. Je l'ai sucé dans un recoin, à l'ombre des regards indiscrets. Je ne voulais pas qu'on puisse nous voir. Je souhaitais le garder pour moi, uniquement pour moi. Il a fait germer au creux de mon ventre quelque chose d'irrationnel, un désir ardent, un feu naissant. J'ai pris la fuite tant qu'il était encore temps pour ne pas me brûler. Finalement, il faut croire que le destin est joueur. Et je pense que là, on peut affirmer sans aucun doute que cet enculé de destin est un sacré farceur.

— Parce que moi oui… continue-t-il de me susurrer à l'oreille. Je n'ai rien oublié… Chaque seconde passée dans ta bouche, chacun de tes coups de langue…

Un putain de gémissement m'échappe. Bordel de merde !!! Ça devrait être interdit de posséder une telle voix, un tel pouvoir de séduction ! C'est indécent !

— Tu ne t'imagines même pas comment j'ai dû me faire violence pour ne pas te rattraper et te baiser comme tu le méritais… gronde-t-il à présent alors que je sens la force de son désir appuyer contre mes reins.

— Arrête… soupiré-je mollement.

— Que j'arrête quoi ? Ça… ? me demande-t-il alors qu'il

frotte désormais son bassin contre mon cul.

On dirait un prédateur, un félin qui a ferré sa proie. Son nez se promène dans mes cheveux qu'il hume à pleins poumons tandis que son autre bras vient m'encercler.

— Non, je n'ai rien oublié… Est-ce que tu sais le nombre de fois où je me suis branlé en pensant à toi? À ta petite bouche provocante, à ton corps que je n'ai pas pu caresser. Dès que je fermais les yeux, c'est sur toi que je fantasmais…
— Tant… tant mieux pour toi, murmuré-je indifférente.

Enfin, en essayant d'avoir l'air indifférente. Je ne suis pas certaine d'avoir réussi mon coup. Chaque mot qu'il a prononcé, chacune de ses confessions m'ont envoyé un milliard d'électrochocs à travers l'organisme. Une myriade de papillons ont pris leur envol sans que je puisse les en empêcher.

— Je t'ai fait une promesse, Romane… Je n'ai qu'une parole. Laisse-moi te prouver que j'ai raison…

« *Tu es en vie Romane, et je vais te le prouver…
Je te le promets* ».

Les propos qu'il m'a chuchotés lorsqu'on était dans l'hélicoptère sont restés gravés dans ma mémoire. Les barrières érigées autour de mon âme cèdent les unes après les autres, mettant à mal ma résistance qui s'évapore progressivement. Finalement, elle disparaît totalement au moment où sa main se pose sur ma gorge et que son pouce y dessine des microcercles. Son contact m'électrise. Chaque parcelle de mon épiderme se réveille et s'enflamme. Mes poumons quant à eux ont décidé de s'amuser un peu en me privant d'oxygène, tandis que mon cœur lui s'éclate à faire du saut à l'élastique. C'est le bordel complet et j'ignore comment me sortir de là. Même ma raison commence à flancher. Incapable de répondre, je me concentre sur ma respiration anarchique, mais quand sa bouche remplace son doigt, je capitule. Un gémissement m'échappe sans que je puisse le retenir. Pire, je me cambre sous le plaisir que ses lèvres me procurent, amenant ainsi mon cul contre son érection grandissante.

— Laisse-moi me faire pardonner... murmure-t-il, le timbre rauque. Laisse-moi t'offrir le temps d'une nuit tout ce que j'aurais aimé t'offrir pour le reste de ta vie. Accorde-nous cette pause. Je te promets que je vais arranger les choses et que tu pourras récupérer ta vie. Je disparaîtrai, comme je l'ai toujours fait, mais s'il te plaît, laisse-moi te prouver à quel point tu me rends fou... à quel point je perds pied lorsque tu es à mes côtés ...

Et si je n'ai pas envie qu'il disparaisse ? Et si je veux par-dessus tout ce qu'il a à m'offrir le temps d'une nuit pour le reste de ma vie ? Ses mots me font un mal de chien. Ils me font prendre conscience que ce que j'éprouve pour lui va bien au-delà d'une simple attirance. Non, je ne souhaite pas qu'il s'évanouisse dans la nature. Je n'envisage pas retrouver mon existence d'avant, enfin pas sans lui. Merde, je suis amoureuse. Dans la plupart des cas, c'est censé être une bonne nouvelle, n'est-ce pas ? Eh bien, pas pour moi. Tomber amoureuse d'un fantôme, il fallait le faire et c'est sur moi que c'est arrivé.

Pathétique...

— Parle-moi, dis-moi quelque chose...

Je t'aime !
Nooon !

— Et si... et si je ne veux pas que cette nuit s'arrête... avoué-je à voix basse.

Tellement basse que j'ignore s'il m'a entendue. Donc au

moment où ses paumes se posent sur mes hanches pour me faire pivoter, je ne lutte plus. Les yeux ancrés au sol, je n'ose affronter son regard. Celui-là même qui m'a ensorcelée dans cette boîte de nuit. Je sais ce qui m'attend et j'ai peur de plonger dans cette dualité colorée, dans cette étrange particularité qui m'a hypnotisée jadis. Quand ses doigts saisissent délicatement mon menton pour lever mon visage vers le sien, je me prépare à sauter dans le vide. Le souffle coupé, je me perds dans ses iris aux teintes incroyables. L'un est bleu, l'autre vert. Ses yeux vairons sont parsemés d'éclats dorés, renforçant ainsi leur intensité. Éblouissant, tout bonnement stupéfiant. Je n'avais jamais vu une telle spécificité avant lui. Le plus surprenant dans toute cette histoire, c'est qu'il est la seule personne à laquelle j'ai pensé lorsque j'ai tenté de me donner la mort. J'espérais qu'il vienne me sauver, alors qu'il n'était encore qu'un simple étranger.

Fichu destin…

CHAPITRE 36

THANATOS

Bordel, pourquoi ça fait si mal ? Pourquoi ai-je envie d'aller lui décrocher cette putain de lune rien que pour elle et ses beaux yeux ? Pourquoi pour la toute première fois de ma vie, je n'ai plus envie de disparaître, plus envie de jouer, plus envie de lutter… Mon rythme cardiaque s'affole tant elle évoque en moi une multitude d'émotions contradictoires. Elle a réveillé au plus profond de mon être des désirs qui n'auraient jamais dû faire surface. Elle a libéré le loup de sa cage et désormais il ne souhaite plus y rentrer. Elle est la lumière dans mon obscurité, l'étincelle qui fait danser la flamme pour y embraser mon âme.

— Alors il te suffira de fermer les yeux et de penser très fort à nous deux. Ainsi, cette nuit, notre nuit… ne cessera jamais d'exister. Dans ton cœur et dans le mien… murmuré-je en collant mon front contre le sien, le timbre écorché vif.

Ça sort d'où tout ça ?

Ma vie sans elle ne sera plus la même, c'est certain. Un putain d'exil, mon propre pénitencier. Elle est tout ce que je ne peux pas avoir et elle va en payer le prix fort si je ne bute pas celui qui désire sa mort. J'enfouis au plus profond de moi cette rage immense qui ébouillante mon sang dans mes veines. Cette haine viscérale qui me consume de part en part au point de tout vouloir casser. Je suis une boule de feu, un volcan en éruption. Alors, quand je vois ses yeux larmoyants, ma poitrine se serre. Je fais la seule chose qui me paraît juste. Je retire la chaîne que j'ai autour du cou. Celle qui ne me quitte jamais. Celle qui semble la fasciner. Celle qui représente qui je suis. Celle qui porte ma plaque militaire sur laquelle est gravé le logo du GHOST. Rien de plus. Ni nom ni matricule, car nous ne sommes personne. Sans un mot, je me contente de la lui accrocher. Romane s'en empare, puis examine ledit collier. Mon cœur bat tellement fort que j'ai l'impression qu'il va perforer ma cage thoracique pour s'échapper. Comme un putain de gamin, mes mains sont moites, hésitantes.

— Comme ça, je serai toujours près de toi… chuchoté-je.

Elle ne dit rien. Seule une larme dévale désormais sa pommette rougie. La voir ainsi me rend malade. Je ne réfléchis plus et me laisse guider par mon instinct. J'essuie son chagrin délicatement avec la pulpe de mon doigt, puis à l'aide de ma bouche. Doucement. Lentement. La perle salée se dépose sur ma langue. D'ailleurs, cette dernière ne tarde pas à dévier pour franchir la barrière de ses lèvres. Aussitôt, mon abdomen se contracte douloureusement pour je ne sais quelle raison. C'est comme si je me prenais un uppercut. Un coup si violent qu'il m'en coupe la respiration. Très vite, nous gémissons à l'unisson. Notre baiser s'intensifie, nos langues se frôlent, se cherchent et se revendiquent. Romane baisse les armes et s'abandonne à moi. Je ne me fais pas prier et l'enlace avec possessivité. Je la soulève et la hisse sur mes hanches. Ses jambes viennent machinalement se crocheter autour de ma taille. Je suis aux anges. Je me sens à présent tout léger. Comme si je flottais sur un putain de nuage, comme si un poids dont je n'avais pas conscience jusque-là s'envolait de ma poitrine. Je l'embrasse éperdument, alors qu'instinctivement je l'emmène dans ma chambre, dans mon lit. Quand je la couche sur mes draps, des millions de frissons m'envahissent. Un grognement sourd, presque primitif, s'échappe de ma gorge, me prenant presque au dépourvu. Je n'ai jamais ressenti de telles sensations auparavant. Immédiatement, je la rejoins et la surplombe, ne lui laissant plus aucune chance de s'évader. Enfin, façon de parler bien sûr. Si par malheur elle voulait arrêter là, je la laisserais bien évidemment partir. Mais bon, vu qu'au moment où je vous parle, elle est en train de me dévorer la bouche, je pense que ce n'est pas dans ses projets. Enfin, j'espère, sinon je n'y survivrai pas.

Non, mais écoutez-moi...

Je ne suis plus le même homme. Sans s'en rendre compte, Romane a bouleversé mon existence. Tout ce en quoi je croyais s'est volatilisé. Toutes les fondations que j'ai érigées se sont effondrées. Désormais, j'aspire à autre chose, mais je me retrouve pris au piège. J'ai tout foutu en l'air. J'ai d'abord failli à mes devoirs en trahissant mon équipe. J'ai rompu cette relation de confiance que j'avais si durement acquise et consolidée au fil des ans. J'ai carrément perdu un de mes hommes puisqu'il a quitté le navire. J'ignore où se trouve Lucifer ni ce qu'il mijote, mais j'ai malheureusement d'autres chats à fouetter en ce moment. Puis enfin, je me suis mis à dos mon boss qui veut me buter. Dois-je considérer ça comme une quelconque forme de licenciement ? Sans nul doute. En résumé, ma vie n'est qu'un immense champ de ruines. Et malgré ça, je ne changerai rien de ce que j'ai fait si c'est pour me retrouver ici-même, dans ce lit, avec Romane dans mes bras.

— Thanatos… murmure-t-elle entre deux inspirations.

Ses gémissements me rendent fou. Très vite, je la déshabille. Je lui retire d'abord son haut, puis son pantalon. À présent en sous-vêtements, je m'octroie quelques secondes de plaisir, en admirant ses courbes affriolantes. Des frissons parcourent son épiderme, alors que me concernant, ma queue ne cesse de durcir et de forcer contre le tissu de mon boxer. Elle me fait perdre les pédales, il n'y a pas d'autres mots. Telle une bête féroce et enragée, je m'approche de ma proie et descends son soutien-gorge de façon à ce que ses seins débordent de ses balconnets. Je manque de pousser un hurlement tant je suis sur le point d'exploser. Ses deux globes de chair lourds et gorgés d'excitation pointent fièrement vers moi, n'attendant probablement qu'une seule chose : ma bouche et ma langue. Donc c'est ce que je fais. Je me jette dessus et les gobe un à un. Je lèche ses mamelons, suce ses tétons. Je les mordille, les aspire, les cajole. Sa poitrine généreuse me rend totalement cinglé. Si j'avais eu plus de temps, j'aurais aimé pouvoir y glisser ma verge, coulisser mon gland jusqu'à me répandre sur sa peau au teint hâlé. La recouvrir de mon sperme encore chaud. Mais à mon plus grand regret, la nuit est déjà bien entamée. Ma priorité est donc Romane, son plaisir et rien d'autre. Cette prise de conscience me fait l'effet d'un électrochoc. Demain je vais m'occuper de H, je vais lui proposer un marché qu'il ne pourra pas refuser, ce qui signifie qu'elle pourra rentrer chez elle. Mon estomac se noue, se tord au point que mes pupilles s'humidifient.

C'est quoi ce bordel ?

Je ferme les yeux très fort afin d'endiguer cette vague de souffrance qui me terrifie, qui me terrasse de part en part. Mais quand j'émerge à nouveau, c'est son regard qui me happe. Je sais que mes iris scintillent, mais je ne fais rien pour me soustraire à sa vue. À présent, j'ai l'impression de lui dévoiler mon âme. Elle peut dorénavant lire en moi comme dans un livre ouvert. Sans pouvoir me contrôler, lui résister, je lui ouvre les portes de mon cœur et de mon esprit. Je me sens si vulnérable et en même temps si entier, si libre… Je ne suis plus ni le soldat ni le chef de l'unité d'élite la plus puissante de ce pays. Non, je ne suis plus qu'un homme éperdument accro à cette femme. Comme si elle me comprenait, comme si elle saisissait le putain de bordel qui se joue sous mes côtes, Romane pose délicatement la main sur ma joue. Son pouce effectue de tendres caresses sur ma peau, puis effleure ma lèvre inférieure. Mes yeux se referment automatiquement. Comme pour mieux profiter, mieux savourer le contact de sa pulpe sur ma chair. Il est électrisant, euphorisant. Il déclenche en moi un milliard de décharges qui me traversent de la tête aux pieds.

— Colton… murmure-t-elle d'une voix si douce qu'elle me réchauffe instantanément le cœur.

Je prends une grande inspiration, puis ouvre lentement mes paupières, comme pour me donner du courage et me préparer à plonger dans cet océan de passion. Ses prunelles d'un bleu si vif me percutent de plein fouet, tel un tsunami incontrôlable et dévastateur. Elles me subjuguent et m'envoûtent littéralement. Après quelques secondes de flottement, hors du temps, nous nous jetons l'un sur l'autre. L'impatience nous gagne et nous dévore. Nos gestes sont désordonnés, maladroits, mais en moins de temps qu'il en faut pour le dire, nous voilà à présent tous les deux à poil dans ce lit. Nous nous regardons, puis rions de notre empressement. Mais très vite, le désir reprend le dessus et nos corps ne résistent plus. Ils se heurtent violemment, alors que les paumes de Romane se posent sur mon torse, puis sur mon cul. Elle soupire de contentement tandis que de mon côté je grogne comme un putain d'animal en rut. Elle me fait disjoncter. Littéralement. Je ne parviens plus à réfléchir correctement. Seule l'idée de ne faire plus qu'un avec celle qui me tourmente m'obsède. De la même manière qu'un camé, je me shoote de son odeur si délicieuse, si enivrante. Ses doigts sont partout sur moi. Sur mes pectoraux, mes abdominaux, puis sur ma hampe qu'elle attrape sans ménagement. J'étouffe un râle rauque et puissant tant je m'efforce de garder le contrôle.

C'est trop bon, bordel !

En manque, je me rue à nouveau sur sa bouche. Mes mains, quant à elles, sont occupées à pétrir ses seins. J'ignore ce qu'elle me fait, mais je crois que mon cœur ne s'est jamais autant emballé. Même à l'autre bout du monde, dans une situation très compromettante, je n'ai jamais eu une fréquence cardiaque aussi élevée. Je tente de me maîtriser, de faire le vide, mais tant qu'elle continuera de me branler comme elle le fait, je ne suis plus bon à rien. Dans un éclair de lucidité, je me recule brusquement, puis effleure de la pointe de ma langue sa mâchoire, titille son lobe d'oreille, dévale sa nuque, caresse sa clavicule, puis déguste son téton qui pointe. Je ne m'arrête pas là et poursuis ma douce torture. Je descends un peu plus bas, lèche son ventre qui se creuse à mon contact, lui chatouille l'aine, embrasse l'intérieur de sa jambe... Puis je remonte lentement... Je répète mon manège plusieurs fois, jusqu'à ce que ma petite protégée n'en puisse plus et grogne d'impatience. Elle se cambre, lève son bassin comme pour me montrer le chemin. Donc sans attendre, ma bouche s'écrase sur son clitoris. Je cale ses cuisses sur mes épaules, puis glisse mes paumes sous son cul que je soulève pour me faciliter l'accès au fruit de son intimité. Elle est trempée et le parfum de sa mouille se répand sur mes papilles gustatives. Sa chatte vibre sous mes coups de langue insatiable. Je colle mon visage au plus près de ses muqueuses et inspire à pleins poumons pour me gorger de son odeur à la fois douce et sauvage. Cette fragrance qui m'étourdit me pousse dans mes retranchements. Je pourrais jouir rien qu'en la dégustant, donc je me retiens. Vorace, je me repais de son nectar savoureux, me faufile entre ses lèvres, puis m'introduis dans son antre divin. Mon pouce titille son petit bouton de chair pendant que je m'insère au plus profond d'elle. Romane, halète, gémit, feule sous mon intrusion. Plus je m'abreuve de son jus et plus elle en produit. Mon index prend le relais et la pénètre, très rapidement suivi par mon majeur. Elle est si brûlante que mon sang ne fait qu'un tour. Quant à moi, je bande tellement fort que cela en est douloureux. Néanmoins, je persiste et signe en la doigtant allégrement. Plus je la martèle et plus ses parois se contractent autour de moi. Finalement, il ne lui faut que quelques secondes supplémentaires pour crier sa jouissance. Une étrange émotion se propage alors en moi. Je me sens fort et fier. Son corps est pris de soubresauts, ses yeux scintillent de mille feux… et c'est moi qui suis responsable de son état second. Elle paraît flotter, être en apesanteur… Je prends un court instant, et grave son image extatique dans ma mémoire. Quand enfin elle semble atterrir, je me contente de l'observer. L'organisme shooté à l'ocytocine, elle me dévisage, le regard hagard, presque fiévreux. Un sourire étire naturellement mes lèvres, je n'y peux rien. À vrai dire, je ne cherche plus à lutter. Je me laisse porter par mes sentiments, au gré du vent. Poussé par une volonté sourde, je me redresse et me colle à nouveau contre elle. Instinctivement, ma queue vient se loger entre ses cuisses qui s'ouvrent comme par enchantement. Mon gland se place devant son orifice, alors que je rive mes pupilles enflammées aux siennes. Puis soudain, je réalise que je n'ai pas de préservatif et que l'on n'en a pas mis la dernière fois. On s'est comportés comme des putains d'adolescents. En même temps, c'était un peu compliqué de trouver une pharmacie sur l'île…

— Je n'ai pas de capote, lâché-je sans préambule.

Les yeux écarquillés sous l'effet de surprise, je la vois réfléchir à toute vitesse.

— Je me suis toujours protégée sauf avec toi et je porte un implant contraceptif, donc si toi…
— Je suis clean ! la coupé-je dans son élan.

Mon ton empressé et ma vivacité la font glousser. Je refuse de perdre une seconde de plus, alors sans crier gare, je m'enfonce en elle. Ma verge envahit son fourreau étroit. Si étroit qu'il manque de me faire perdre tous mes moyens. Centimètre par centimètre, je colonise ce qui se rapproche le plus pour moi du paradis sur terre.

Mon putain de paradis…

Elle est si chaude et si humide. Je souhaiterais être ici et nulle part ailleurs. Après avoir connu ceci, je me dis que je peux désormais mourir en paix.

— Colton, gémit-elle sans cesse comme un délicieux enchantement.

J'augmente le rythme alors que je ne la lâche toujours pas des yeux. Elle est mon point d'ancrage, le phare qui illumine mes ténèbres. Mes mains ne sont pas en reste non plus, et la caressent sans répit. Nous nous épousons à la perfection, comme si nous étions faits l'un pour l'autre, comme si nous ne faisions réellement plus qu'un. Plus je la remplis, plus je me rends à l'évidence, c'est elle que je veux et personne d'autre. Une douleur diffuse et intense surgit à l'énoncé de cette terrible vérité. Je suis condamné. Jamais je ne pourrai connaître une telle joie, un tel bonheur. Quand le sourire de Romane s'efface, pour laisser place à une mine inquiète, je m'empresse de chasser avec difficulté ces sombres pensées. C'est incroyable cette faculté qu'elle a de lire en moi. Cela en est même flippant. Je me concentre à nouveau et accélère la cadence. Je martèle sa chatte avec fougue et possessivité. Oui, parce que c'est clairement de ça qu'il s'agit. Je la revendique alors que je n'en ai en aucun cas le droit. Je souhaite la marquer à vie. Bordel, je me comporte réellement comme un animal. Elle me fait perdre la raison, mais je compte bien la propulser au septième ciel encore et encore. Je serais épuisé demain, mais pour ce que j'ai prévu de faire, ça ne changera pas grand-chose. Au contraire, je préfère profiter de chaque instant, chaque seconde passée en compagnie de Romane, dans Romane… J'alterne mes coups de reins, parfois lents, parfois violents, parfois insensés, parfois désespérés. La vue de son corps secoué dans tous les sens me galvanise, sans oublier le bruit de mes couilles qui claquent contre son cul. Je crois devenir dingue. Sans que je m'y attende, son vagin se contracte subitement autour de moi, emprisonnant ma bite avec ferveur. Une seconde d'inattention et je suis sur le point d'envoyer la sauce, mais par chance, mon endurance et mon self-control me permettent de garder le cap. Romane gémit, crie, hurle. Plus elle s'égosille et plus j'accélère mes va-et-vient. Enfin, dès lors que je me suis assuré de son plaisir, je passe la deuxième, pour ne pas dire la sixième, et libère la bête tapie dans l'ombre. Je retourne Romane sans ménagement et la culbute violemment. Elle continue d'exprimer son bonheur haut et fort donc je peux vous garantir que je mets beaucoup de cœur à l'ouvrage. Je la prends dans toutes les positions possibles et imaginables, et bon sang, merci aux cours de yoga ! Elle est d'une souplesse redoutable ! Je la baise contre le mur, debout, à quatre pattes, à l'envers, les quatre fers en l'air... On retourne littéralement la chambre. Nos corps sont luisants de sueur alors que nos respirations sont sur le point de flancher. C'est finalement Romane qui signera ma perte en me grimpant dessus. Sans ménagement, elle s'empale sur ma queue toute raide, puis me chevauche comme une putain de reine. Elle remue progressivement, jusqu'à adopter un rythme beaucoup plus soutenu.

Bordel, elle est si belle...

Ses ongles griffent mon torse, s'enfoncent dans mes côtes. Bien qu'elle n'ait pas forcément besoin d'aide, mes mains en manque viennent se poser sur ses hanches. J'accompagne ses mouvements, mais très rapidement une chaleur intense prend naissance au cœur de mes entrailles. Il ne lui faudra pas plus de quelques minutes pour m'achever. J'éjacule en elle et l'idée même de tapisser sa chatte de mon sperme me fait gicler encore plus. Mon corps est pris de spasmes, alors que celui de Romane retombe mollement contre le mien. Instinctivement, mes bras se referment autour d'elle dans un geste protecteur. Je ne peux m'empêcher d'enfouir mon nez dans sa chevelure délicate, tandis que mes doigts se promènent paresseusement sur sa peau moite.

Plus je la contemple, ses cheveux éparpillés sur mon torse, son visage paisible et ensommeillé, plus je suis convaincu.

Ce que je m'apprête à faire tout à l'heure sonne comme une évidence.

J'aurais aimé que cette nuit ne se termine jamais...

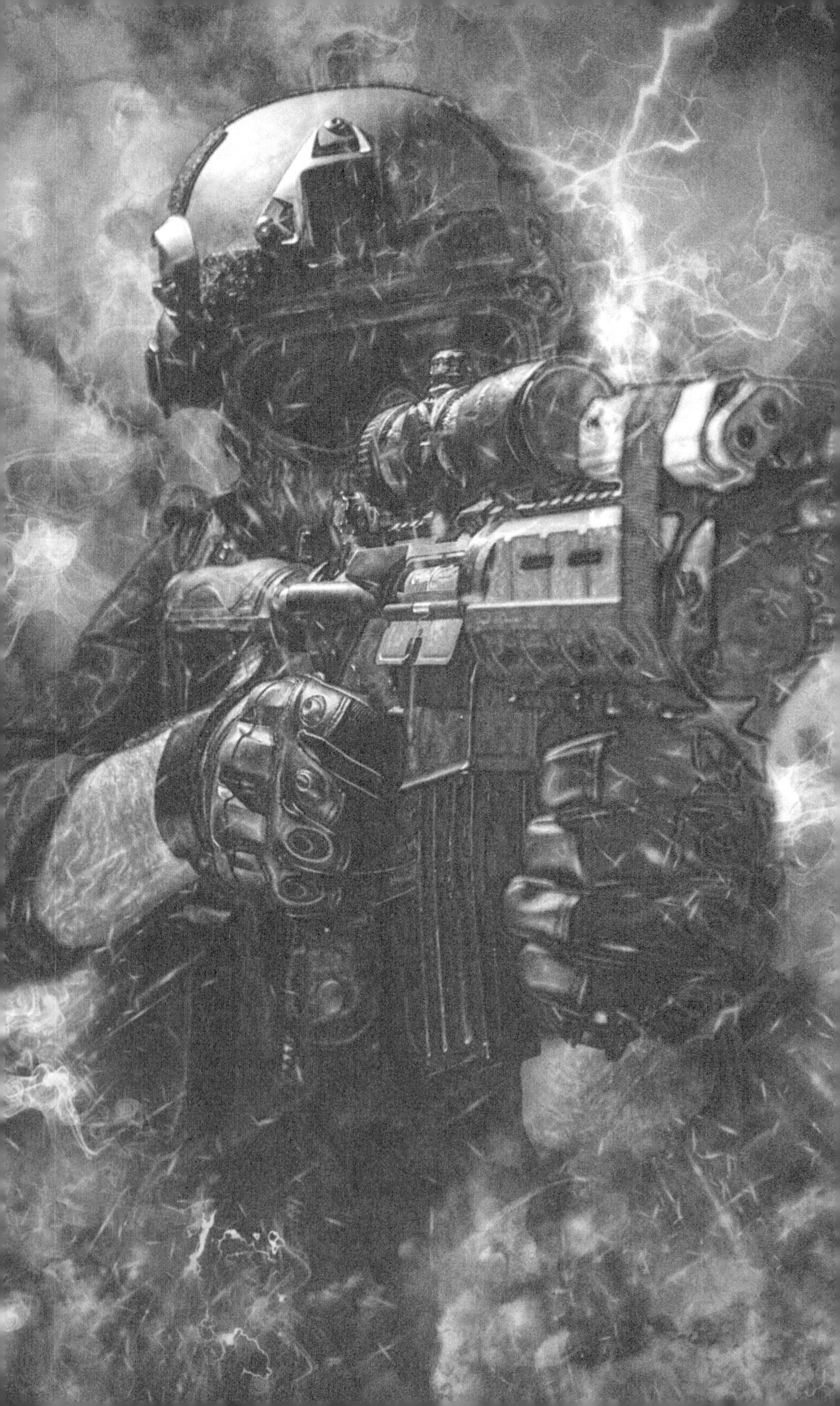

CHAPITRE 37

ROMANE

Bon bah voilà, j'ai craqué... Alors que je souhaitais me faire la malle, j'ai finalement atterri par mégarde sur sa queue... J'ai glissé, ne m'en voulez pas ! Et nom de Dieu ! Ce type est un dieu du sexe. En plus d'être un Apollon, il use de son corps à la perfection. Il m'a retournée dans tous les sens et merci, Seigneur, heureusement que je fais du yoga depuis des années ! C'est bien simple, il m'aurait cassée en deux sinon. Et quelle endurance ! J'ai à peine dormi, mais je ne vais pas m'en plaindre, hein, loin de là ! Les paupières encore lourdes, j'ose tant bien que mal bouger, j'ai des courbatures partout. Concrètement, j'ignore comment je vais faire aujourd'hui. Je me demande même si je vais parvenir à marcher correctement. J'émerge progressivement tout en m'étirant voluptueusement. Un sourire niais flotte sur mon visage, tandis que je me repais de l'odeur de ses draps, ses fragrances masculines y étant fortement imprégnées. Des flashs de son corps contre le mien, de ses mains sur ma peau, de son regard rivé sur moi, m'assaillent de part en part. Mon cœur n'a cessé de se gonfler de joie ces dernières heures, à tel point que j'ai l'impression de planer ce matin. Et alors je ne vous raconte pas quand il m'a embrassée juste avant de s'éclipser à l'aube. J'ai cru mourir de désir. Je suis tellement accro que je plaque son oreiller sur ma tronche et m'étouffe limite avec. Je ne veux plus jamais sortir de ce lit… J'ai vécu un rêve et je ne souhaite pour rien au monde me réveiller. Malheureusement, c'est pourtant ce qui est en train de se produire. Et très vite, son absence me pèse. Il me manque déjà. J'ignore ce qui s'est passé entre lui et moi, mais de mon côté c'était bien plus qu'un simple rapport charnel. Il y avait des sentiments, de la tension, du respect, de l'électricité, de la passion, du partage, de l'émotion, de l'amour…

Alerte rouge !

Il faut absolument qu'on parle ! J'ai bien compris qu'il ne s'agissait que d'une nuit. Qu'il ne pouvait s'autoriser plus, mais je suis certaine qu'on peut trouver une solution ! Je suis prête à tout pour nous donner une chance, peu importe le prix. J'ai bien conscience que son métier est dangereux, qu'il risque sa vie à chaque mission. Mais quelle femme serais-je si je n'étais pas parée à l'accepter, lui, dans sa globalité ? Et puis merde, on n'en est pas encore là de toute façon ! Je suis ridicule, je suis déjà en train de m'imaginer mariée et mère de trois gamins.

Bordel, qu'est-ce qu'il m'a fait ?

Un regain d'énergie me parcourt de la tête aux pieds alors je bazarde la couette d'un seul coup. Je dois lui dire !!! Lui faire comprendre que je suis prête ! Que peu importent les obstacles et les sacrifices, je veux partager mon existence avec lui ! Je ne peux pas tirer un trait sur lui, c'est impossible. Je ne peux pas m'y résoudre. Je m'habille à la hâte et cours comme une attardée dans les couloirs de son appartement à sa recherche.

Tu te calmes, Romie !

Non, je ne me calme pas ! Mon organe vital bat à cent mille à l'heure. Je veux le retrouver, lui dire que je ne souhaite pas le quitter ! Bon sang, je dois à tout prix me maîtriser !!! Il va me prendre pour une tarée ! Mon cœur et ma raison s'affrontent et j'ai bien peur que cette dernière ne fasse pas le poids. Je tremble tant je suis excitée à l'idée de lui déballer ce que j'ai sur la conscience. Ma respiration saccadée n'arrange pas la situation et plus je pousse les portes, plus mon élan de motivation s'estompe.

Mais il est où, putain de merde ?!!

Plus les minutes s'égrènent et plus un sentiment étrange me glace le sang jusqu'à l'os. Un courant d'air froid oppressant. Une chape de plomb qui pèse de plus en plus sur ma cage thoracique. J'étouffe. Ce n'est pas normal. Pourquoi n'est-il pas là ? Depuis qu'il m'a secourue dans ce putain de désert, il ne m'a plus jamais laissée seule. Donc pourquoi maintenant ? Si j'ai bien compris, même si je n'ai toujours pas eu de justifications de sa part ni même des gars, je suis encore en danger, quand bien même Valentino est en train de bouffer les pissenlits par les racines. Je l'appelle, le cherche et m'affole. Je sens la crise d'angoisse arriver, alors je me ressaisis. Je n'ai aucune raison de paniquer ! Je réfléchis, puis soudain, ça me frappe comme une évidence ! Les parties communes ! Il y a suffisamment d'endroits dans cette tour pour qu'il s'y trouve ! Pourquoi n'y ai-je pas pensé plus tôt ! La salle de sport, le centre d'entraînement, l'espace balnéo, la terrasse… mais aussi et surtout leur coin détente. Cette immense pièce de vie à l'allure de loft, où ils aiment traîner et s'amuser. Il faut dire qu'ils ont de quoi s'occuper. Baby-foot, écran géant, table de ping-pong, jeu de fléchettes, billard, et même un flipper ! Avant que les gars soient envoyés en mission et que de notre côté on atterrisse sur cette île mystérieuse, j'ai eu l'occasion de vivre avec cette équipe soudée et fusionnelle. Ils forment une grande famille, sur qui ils peuvent compter sans nul doute. J'ignore pourquoi Thanatos a fait cavalier seul, mais j'imagine qu'il avait une très bonne raison. Ou alors je ne suis plus très objective le concernant. Possible qu'après avoir bénéficié d'un certain nombre d'orgasmes, on ne devient plus très lucide. Bref, en attendant, je ne trouve personne. Puis, je me fais la remarque que je suis vraiment horrible. Je n'ai même pas pensé à Anubis depuis mon réveil. Comment va-t-il ? Les mecs doivent être à son chevet ! Il doit se passer quelque chose de grave…

Seigneur, pourvu que non !

J'emprunte les escaliers et miracle, je tombe nez à nez avec… Zut, je suis perdue maintenant qu'ils n'ont plus leur cagoule.

— Hey salut… euuuh…
— Ah tu fais moins la maligne maintenant ! s'esclaffe l'un des soldats.
— Alors ce gros lourd c'est Odin et moi c'est Ahriman, ma belle, me répond Ahri' en souriant.
— Gros ? Moi ? Je te signale que tu pèses plus que moi sur la balance ! s'indigne le pilote de l'équipe.
— Normal, je suis plus grand et surtout beaucoup plus musclé, le chambre son collègue.
— Dites donc les gars, quand vous aurez fini de comparer qui a la plus grande, vous pourriez me dire où se trouve Thanatos ! Ce serait super sympa !
— Non, justement. On venait le chercher, rétorque Odin, en plissant les yeux.
— Comment ça ? répliqué-je, surprise.
— On devait se retrouver sur le pas de tir pour s'entraîner, mais il n'est toujours pas là. Ce n'est pas dans ses habitudes. L'heure c'est l'heure avec le boss, m'explique Ahri'.
— On s'est dit qu'il devait avoir une bonne raison d'être en retard, ajoute Odin en me décochant un immense clin d'œil.

— Non, non... il... euh... en fait...

— Bon, t'accouches, Lacourt ! s'impatiente Ahri'.

— On a passé la nuit tous les deux ! Voilà ! Mais très tôt ce matin, il m'a... enfin on a... bref! Il m'a embrassée et s'est volatilisé. Je... je me suis rendormie juste après.

— C'était quand exactement ? À quelle heure précisément ? m'interroge Odin, l'air grave.

— Qu'est-ce qu'il t'a dit ? enchaîne Ahri' avec le même sérieux.

Ils me font peur, bordel. Je vous l'ai dit qu'il y avait quelque chose qui clochait !!! Je l'ai senti !!! Seigneur, s'il est en danger, je ne me le pardo...

— Romane !!! scandent les deux hommes pour me sortir de ma torpeur.

— J'en... j'en sais rien ! paniqué-je. Le jour se levait à peine. Il faisait encore nuit, enfin je crois...

— Tu crois ? répète Odin.

— Oui, quand il a ouvert la porte de la chambre pour s'en aller, il faisait sombre. Si nous étions le matin...

— ... la lumière du soleil aurait filtré à travers l'entrebâillement du battant, devine Ahri' qui termine ma phrase.

— Est-ce qu'il t'a lancé quelque chose en partant ? enquête Odin.

— Non, non, rien du tout...

— Et cette nuit ? insiste-t-il.

Je me remémore chacune des paroles que Colton m'a susurrées au creux de l'oreille. L'inconvénient, c'est que je pique subitement un fard. Les joues cramoisies, je les regarde comme deux ronds de flans. Je dois avoir l'air d'une imbécile, mais je ne me vois vraiment pas leur réitérer les mots crus de leur chef. Je ne vais quand même pas leur annoncer qu'il me trouve bonne et qu'il aime trop ma chatte ! Dixit l'intéressé, hein !

— Okayyyy, on ne veut rien savoir ! me répond Ahri' en agitant ses mains devant lui.
— Notre chef est chaud comme la braise visiblement ! se marre Odin.
— En attendant, ça ne nous aide pas à le localiser. Romie, retourne te coucher. Nous, on gère le reste, affirme Ahri'.
— Pardon ? Me coucher ? répété-je bêtement.
— Yes, t'as vu ta dégaine ? s'esclaffe Odin.
— Ben, qu'est-ce qu'elle a ma dégaine ?!
— Ton pull est à l'envers. On dirait qu'un piaf a fait son nid dans tes cheveux. Et enfin, tu as les yeux en trou de pine. Va dormir, me rétorque-t-il, rieur.
— Et si tu crois qu'on n'a pas remarqué que tu marchais comme un canard, c'est loupé, ajoute Ahri' toujours avec sérieux.
— Mais, vous… vous êtes sûrs ?
— Tu oublies à qui tu as affaire, Zébulon ! File, on s'occupe de Than', il ne doit pas être bien loin, me rassure Odin.
— D'accord… répliqué-je sans insister. Est-ce que vous pouvez me dire comment se porte Anubis ?
— Il va bien, rassure-toi. Tu peux même aller lui rendre visite si tu veux, me propose Ahri'.

J'acquiesce, le sourire retrouvé, le cœur plus léger. Ils ont raison, enfin j'espère. Thanatos est peut-être juste parti faire deux trois courses. Et puis je suis sincèrement soulagée d'apprendre qu'Anubis va bien. Je vais aller le voir, mais avant ça, j'ai besoin d'une bonne douche et d'un bon café pour émerger. Je fais donc demi-tour et retourne à l'appartement. Au moment où je franchis la porte, je suis surprise de rencontrer Colton, accoudé au loin contre le plan de travail de la cuisine. L'air songeur, son regard est obscur et intense. Indéchiffrable. Impénétrable. Inébranlable. Malgré ça, je marque une pause, puis avance sans pouvoir me retenir. Comme deux aimants incapables de lutter, de résister à l'attraction inextricable qui les anime et qui les relie. Plus la distance entre nous s'amoindrit, plus mon pouls s'affole, plus mon rythme cardiaque s'emballe. Sombre et mystérieux, alors qu'il a entièrement revêtu son uniforme, il m'effraie autant qu'il m'attire. C'est impensable, inexplicable. Quand enfin, je parviens à sa hauteur, je ne sais plus comment réagir. Il paraît si froid, si loin qu'il semble être à des années-lumière de moi. Tout l'inverse de ce qu'on a partagé cette nuit. Soudain, je ne suis plus très sûre de moi, plus certaine de vouloir lui dévoiler ce que j'ai sur le cœur. On se dévisage, se jauge. Puis finalement il m'ouvre ses bras pour que je puisse venir m'y blottir. Aussitôt, je reprends ma respiration qui s'était suspendue sans crier gare. Je me jette sur lui et me plaque contre son buste. Son odeur m'enivre et apaise mes tourments ainsi que les battements insensés qui cognent furieusement sous ma poitrine. Son étreinte se referme sur moi et j'ai désormais le sentiment d'être à ma place. J'ai eu si peur qu'il lui soit arrivé quelque chose. Mon oreille contre son torse, j'ai le plaisir de pouvoir écouter la folle mélodie que son organe vital est en train de composer. Il semble cavaler au même rythme que le mien, ce qui est complètement délirant. Alors, sans plus attendre, je recule mon visage pour river mon regard au sien. Il porte de nouveau sa cagoule terrifiante ainsi que ses lentilles aux teintes d'obsidienne. Pour autant, je maintiens mon inspection et tente de percer les mystères qui planent autour de cet homme hors du commun. Je n'y parviens pas. Les mains tremblantes, j'attrape le tissu qui recouvre sa tête et le roule jusqu'à apercevoir sa bouche. Instinctivement, ses lèvres charnues me charment et m'attirent. Une seconde, je reste bloquée sur sa lippe inférieure qu'il maltraite en la mordillant. La suivante, je l'embrasse éperdument en me hissant sur la pointe des pieds. À croire que la nuit passée à ses côtés ne m'aura pas suffi, puisque je ressens encore ce besoin impérieux et viscéral de m'unir à lui. Mon bas-ventre pulse d'envie et de désir, quand mon pouls prend la poudre d'escampette. Je gémis tant ce que nous partageons est indescriptible. Tout mon être vibre d'impatience. Nos langues se cherchent, se caressent, se goûtent avec un sentiment d'urgence qui me dévore de l'intérieur. Comme si ce baiser était le dernier, comme si notre étreinte était un adieu déchirant. Je chasse cette affreuse pensée qui me torpille l'âme et le cœur. Je me perds entre ses bras qui me rassurent et me protègent. Je me sens en sécurité avec lui. Malgré tout, je pressens quelque chose d'anormal. Thanatos semble distant, soucieux. J'ignore ce qui le ronge, mais j'espère que ce ne sont pas ces dernières heures passées à mes côtés qui le contrarient. J'ai bien compris qu'il n'était question que d'une seule nuit, mais je ne peux me résoudre à l'oublier. C'est impossible. Aussi étrange soit-il, plus nous nous embrassons et plus j'ai le tournis. Mes pulsations cardiaques ne cessent d'augmenter à une vitesse ahurissante, à l'inverse de mon corps qui s'ankylose peu à peu. Les membres lourds, j'ai l'impression qu'une énergie invisible me tire vers le bas et que je vais m'évanouir d'une seconde à l'autre. Mon esprit embrumé se dissipe alors que je n'ai plus la force de lutter. Mes paupières s'alourdissent et incapable de résister plus longtemps, je sombre dans cette mer noire jusqu'à ce que deux petits mots viennent m'achever.

— Pardonne-moi…

CHAPITRE 38

ROMANE

— Elle se réveille, docteur ! Venez vite !

Dans les vapes, je peine à recouvrer mes esprits. Je tente d'ouvrir les yeux, mais mes paupières sont comme figées, soudées entre elles. Je m'efforce de bouger, mais mon corps ne me répond pas.

— Mademoiselle Lacourt ? Est-ce que vous m'entendez ? Je suis le docteur Travis.

J'ignore qui me parle, mais j'aimerais bien qu'il baisse d'un cran, car j'ai l'impression que ma tête va exploser. Lorsque je parviens enfin à émerger, un rayon de lumière me brûle les rétines. Je grogne et détourne aussitôt mon regard. Je ne reconnais pas la pièce.

— Où… où suis-je ? articulé-je tant bien que mal.

— À l'hôpital, mademoiselle Lacourt.
— Pourquoi... mais comment...
— Vous ne vous rappelez plus ?
— Je... c'est flou...
— Est-ce que vous vous souvenez de ce qui vous est arrivé ? me questionne-t-il à nouveau.
— Oui, non... je ne comprends pas... je...
— Vous avez été enlevée par Valentino Sanchez, un dangereux criminel. Afin de lui échapper, vous avez essayé de mettre fin à vos jours, mais lorsque vous vous êtes taillé les veines, vous êtes tombée et votre tête a heurté violemment le sol.

Quoi ?

— Lorsque les militaires vous ont retrouvée, vous étiez inconsciente. Vous aviez perdu beaucoup de sang, mais vous aviez surtout subi un traumatisme crânien suite au choc.

Un traumatisme crânien ?

— Vous êtes restée presque trois mois dans le coma. Nous sommes heureux de vous voir réveillée, mademoiselle Lacourt.

Mais qu'est-ce qu'il me raconte, lui ?

— Hein ??? Non, non, j'étais...
— Ici, mademoiselle Lacourt. Il arrive très souvent que les patients rêvent lors de leur état comateux. Votre subconscient, lui, a continué de voyager. Nous allons procéder à quelques vérifications et...

Je ne l'entends plus, mon esprit étant bien trop préoccupé à tenter de recoller les morceaux. Alors... alors tout ça, le GHOST, Thanatos, l'équipe, l'île, notre nuit... tout ça... tout ça n'était que le fruit de mon imagination ? Impossible... Je n'ai pas pu inventer une chose pareille. Ça avait l'air si vrai, tellement réaliste... Complètement perdue, je laisse le médecin m'ausculter. Il me parle, mais je ne perçois rien de plus que les battements désordonnés de mon cœur brisé.

Si tout ça était faux, pourquoi est-ce que ça fait si mal ?

Quatre heures plus tard, j'en suis toujours au même point. Lasse de mes réflexions qui ne me mènent nulle part, je me contente d'observer à travers la fenêtre le ciel bleu qui surplombe le joli parc arboré. On cogne à ma porte. Dès lors je me retourne et m'attends à ce que Colton débarque, ou bien Hadès et tous les autres. Mais non, ce n'est ni plus ni moins que l'infirmière m'apportant mon repas.

— Bon appétit, mademoiselle Lacourt, me lance-t-elle toute guillerette.

J'ai envie de lui faire ravaler son sourire, mais je me retiens. Cette pauvre fille n'y est pour rien. Pire, elle a l'air sincèrement ravie pour moi. Quelques secondes plus tard, on toque à nouveau. Je m'apprête à lui demander ce qu'elle a oublié quand j'aperçois Emma dans l'entrebâillement. Sans prévenir, un raz de marée d'émotions me submerge et un torrent de larmes dévale désormais sur mes joues.

— Ooooh ma poulette ! Je suis là ! Tu m'as tellement manqué ! s'exprime-t-elle, en pleurs également, alors qu'elle me prend dans ses bras.

Je sanglote et renifle vulgairement, mais je m'en fiche. C'est si bon de la retrouver.

— Purée, Romie… Tu m'as foutu la trouille de ma vie, bon sang !
— Tu sais que tu peux me libérer, je ne vais pas m'envoler, tenté-je de plaisanter alors qu'elle ne relâche toujours pas son étreinte après un long moment.
— C'est pourtant bien ce que tu as failli faire là… réplique-t-elle, la gorge nouée.

Okay, ma blague était naze...

— Je suis désolée...
— Tu n'as pas à t'excuser ma bichette. Ce n'est pas de ta faute...
— Si. Tu m'avais prévenue d'être plus prudente et je...
— Si ce n'était pas toi, ça aurait été une autre, donc cesse de te tourmenter. C'est comme ça, tu ne pourras rien y faire. Maintenant, est-ce qu'on peut parler de ces trois derniers mois atroces que tu m'as fait vivre pendant que mademoiselle roupillait tranquillement ? m'interroge-t-elle en reculant, les mains sur les hanches.

Je ris de ses bêtises, mais c'est l'occasion pour moi de vérifier quelques trucs.

— Justement... en parlant de ça... est-ce que tu m'as rendu visite plus tôt lorsque... lorsque j'étais dans le coma ?
— Non, je n'ai pas pu. Ils viennent seulement de te rapatrier ! À croire qu'il fallait que tu reviennes en France pour que tu reprennes conscience !
— Comment ça ? insisté-je.
— Lorsque les forces de l'ordre t'ont secourue, tu as été emmenée dans un hôpital à Bab El Oued ! Les procédures administratives étant ce qu'elles sont, tu es restée là-bas jusqu'à ce matin.
— Comment as-tu su que...
— Un gendarme m'a contactée pour m'apprendre ce qui t'était arrivé. C'est encore lui qui m'a informée de ton rapatriement en France. J'ignore qui est ce gars, mais j'ai eu le sentiment qu'il dépassait le cadre de son travail en m'appelant. Pas très aimable d'ailleurs. Néanmoins, j'ai surtout l'impression que tu as tapé dans l'œil de ce keuf, ma poule !

Je ne peux pas empêcher mon cerveau de tourner à plein régime. Automatiquement, les connexions se font et Thanatos s'immisce dans mes pensées, si tant est qu'il en soit sorti un jour...

— Ça ne va pas, ma bichette ? J'ai dit quelque chose qu'il ne fallait pas ? Oh ! C'est ma vanne pourrie sur le flic, c'est ça ? Je suis vraiment désolée, je suis stupide…
— Hey… tout va bien, je t'assure. Ce n'est pas ce que tu as dit, mais… enfin si, mais pas dans le mauvais sens comme tu l'entends.
— Je n'ai rien compris.
— Tu vas me prendre pour une tarée.
— C'est déjà le cas, donc maintenant accouche !
— Le médecin m'a annoncé que j'avais sombré dans le coma, pourtant j'ai réellement l'impression d'avoir vécu ces derniers jours…
— C'est-à-dire ?
— Tu as du temps devant toi ?
— Je viens de te retrouver, alors un peu que j'ai du temps devant moi, ma poule ! me répond-elle, un gigantesque sourire aux lèvres.

Elle s'installe dans le fauteuil destiné aux visiteurs, tandis que je me lance dans un récit digne d'une aventure hollywoodienne. Je fais les cent pas dans la pièce tout en lui narrant tout dans les moindres détails, même mes rapprochements avec Thanatos. J'omets cependant leur cagoule terrifiante. Si j'ajoute cette donnée, elle va définitivement me prendre pour une folle, quand bien même Emma est la sœur que je n'ai jamais eue. On se raconte tout, c'est ainsi et cela l'a toujours été. Je serai éternellement là pour elle, et je sais que la réciprocité est vraie. La preuve, elle me confie avoir remué ciel et terre pour tenter de venir me voir pendant mon fameux coma. A priori, tant que l'enquête était encore en cours, le lieu où je me trouvais était classé secret défense. Jusqu'à ce matin. Comme par hasard, personne n'est capable de confirmer si oui ou non j'étais bien dans le coma. Lorsque j'ai enfin terminé mon histoire, Emma me contemple sans rien dire.

— Alors ? Qu'est-ce que tu en penses ? Je suis tarée, c'est ça ? dis-je tout en grimpant sur le lit pour m'y asseoir en tailleur.
— Non, je… je ne sais pas quoi te dire… je suppose qu'il faut surtout que tu te reposes, ma bichette…

— Putain, tu ne me crois pas ! m'exclamé-je, blessée.
— Si ! Je te crois ! Mais je...
— Tu ?
— Et si le médecin avait raison ? Et si tu avais juste dormi pendant tout ce temps et que tu as tout simplement imaginé tous ces moments ?
— Non, je ne peux pas...
— Tu ne peux pas quoi ?
— Je ne peux pas tirer un trait sur tout ça, je ne peux pas l'oublier ! C'est au-dessus de mes forces ! rétorqué-je en éclatant en sanglots.

Emma ne me répond rien, mais je vois bien dans ses yeux toute l'incompréhension et la douleur que je lui cause. Elle souffre de me découvrir ainsi et ne sait pas comment faire pour m'aider. Alors sans un mot, elle me rejoint sur le lit, puis me prend dans ses bras et me serre très fort. Moi, je suis incapable d'ouvrir la bouche. Je me contente de pleurer à chaudes larmes sur son épaule qui m'a tant manqué.

Thanatos m'a menti.
Je ne suis pas vivante.
Je suis bel et bien brisée.

CHAPITRE 39

ROMANE

Deux heures plus tard, Emma est toujours là. Mes larmes se sont taries et nous avons parlé de tout et de rien. Enfin surtout de son pompier en réalité. Même si ma poitrine se serre alors que je m'imagine moi-même avec Thanatos, je suis sincèrement heureuse pour mon amie. Son bonheur me réchauffe le cœur et me donne un peu d'espoir. Notre discussion à présent plus légère, je décide de la taquiner.

— Mais dis donc, tu n'aurais pas maigri, toi ?
— Si, un petit peu, me répond-elle timidement alors qu'elle se met à rougir. Il faut avouer que tu ne m'as pas ménagée ces derniers temps. Et puis Lucas est… comment dire…
— Une vraie bête de sexe insatiable ? m'esclaffé-je, un énorme sourire aux lèvres.
— Ne m'en parle pas ! Il est terrible, je te jure !
— Bah raconte ! Je veux tout savoir !

Et nous revoilà à jacasser comme des pintades. Bon sang, ça me fait tellement de bien ! J'apprends des choses que j'aurais finalement préféré ne jamais connaître, mais ça a au moins le mérite de me faire rire aux éclats. À plusieurs reprises, je ne peux pas m'empêcher de palper mon cou, à la recherche du collier que Thanatos m'a offert. Force est de constater qu'il s'est volatilisé lui aussi, tout comme ces soldats de l'extrême. Chaque fois que mes doigts caressent la peau fine de ma nuque, mon cœur rate un battement. Puis, j'inspire profondément, tente d'endiguer la vague de tristesse qui m'envahit, puis raccroche les wagons avec l'instant présent. Emma n'est pas dupe. Elle voit bien que par moments je m'égare, que je me perds dans mes pensées, dans mon monde imaginaire. Celui qui m'a permis de m'en sortir, de me cramponner à la vie. Rien que pour cette raison, je ne parviens pas à passer à autre chose.

— Il va te falloir du temps, ma puce... Je serai là pour toi, quoi qu'il advienne, tu entends ? me souffle ma meilleure amie avec beaucoup d'empathie et de bienveillance.
— Je sais, ma poulette...

Nous nous étreignons pour la énième fois de la journée avant qu'Emma s'en aille. Elle me promet de revenir dès demain treize heures, heure à laquelle les visites sont autorisées. Elle me précise également qu'elle va me ramener de la vraie bouffe au lieu de cette espèce de truc gélatineux qui trône dans mon plateau-repas que je n'ai, par ailleurs, toujours pas touché.

Les jours défilent et ne se ressemblent pas. Mon frère et mes parents sont venus me rendre visite juste après Emma. Autant vous dire que j'ai épuisé mon stock de larmes pour un bon moment. Même mon père qui est pourtant un dur à cuire était ému. J'ai l'impression d'être requinquée pour l'éternité. Et a contrario, j'ai constamment le sentiment d'être brisée, détruite de l'intérieur. J'ignore ce qui me fait le plus de mal en réalité. Cet enlèvement, ce kidnapping, toutes ces choses affreuses que j'ai vues, ou encore l'absence atroce de Thanatos qui me broie les tripes et le cœur. Alors, quand je sens que je sombre, que je meurs à petit feu, je ferme les yeux et me remémore sa voix rauque gravée à jamais dans ma mémoire.

« *Alors il te suffira de fermer les yeux et de penser très fort à nous deux. Ainsi, cette nuit, notre nuit… ne cessera jamais d'exister. Dans ton cœur et dans le mien… Comme ça, je serai toujours avec toi…* »

Je ne sais pas si effectivement, tout ceci n'est que le fruit de mon imagination, mais une chose est sûre, mes sentiments eux sont bien réels. Si je suis tombée amoureuse d'un mec qui n'existe finalement pas, je suis encore plus ravagée que ce que je pensais. C'est donc avec une certaine appréhension que je réintègre mon appartement. Quand le docteur Travis m'a dit que j'étais en pleine forme et que par conséquent, je pouvais rentrer, j'ai cru sauter de joie. Mais maintenant que je me retrouve chez moi, j'ai juste envie de m'allonger par terre et de pleurer jusqu'à ce que je ne puisse plus me relever, jusqu'à ce que mes yeux sombrent de fatigue. Ce n'est même pas tous ces corps sans vie qui me hantent, ni même cette barbarie à laquelle j'ai été confrontée. Non. C'est uniquement l'absence de Colton qui me bouleverse. Comme si le chagrin que j'éprouvais grignotait un peu plus chaque jour mon âme en perdition.

« *Laisse-moi me faire pardonner… Laisse-moi t'offrir le temps d'une nuit tout ce que j'aurais aimé t'offrir tout le reste de ta vie. Accorde-nous cette pause. Je te promets que je vais arranger les choses et que tu pourras récupérer ta vie. Je disparaîtrai, comme je l'ai toujours fait, mais s'il te plaît, laisse-moi te prouver à quel point tu me rends fou… à quel point je perds pied lorsque tu es à mes côtés…* »

C'est exactement ce qu'il a fait, Seigneur… Je m'en veux

d'avoir été si bête et je lui en veux encore plus de m'avoir abandonnée comme ça. Plus je ressasse ses mots et plus ils résonnent en moi comme une évidence. Peu importe ce qu'on me relatera, ce qu'on souhaitera me faire croire, je sais que ce que j'ai vécu était bien réel. Pourtant, rien sur internet ou dans les archives ne confirme mes dires. Malgré tout, le bruit court qu'une unité d'élite secrète a été créée par le gouvernement il y a déjà quelques années. Des forces spéciales avec une équipe de soldats surentraînés pour protéger la Nation et tuer les pires criminels sur cette putain de planète. La légende raconte qu'ils déposent une plume de corbeau à chacun de leurs exploits. Je ne peux pas m'empêcher d'effectuer le lien avec le sigle de leur escadron : un corbeau aux ailes déployées avec deux flingues qui s'entrecroisent. En me basant sur cette donnée, je déniche plusieurs articles de journaux, rapportant toujours le même procédé avec des dénominateurs communs des plus éloquents. Chaque fois, il s'agit de la mort d'un déséquilibré. Le sang coule à flots et une étrange plume y est identifiée... Néanmoins, je ne trouve rien de plus qui soit en mesure de m'aider à localiser ces soldats ni même à les contacter. Je ne perds pas espoir et passe mes journées à tout éplucher. Enfin, quand Emma me fiche la paix. C'est-à-dire pas souvent. Mais je ne vais pas m'en plaindre, au contraire, heureusement qu'elle est là. Je me rends aussi régulièrement chez mon frangin. On joue à la console et nos parties s'éternisent jusqu'à pas d'heure. Comme mon frère ne veut pas que je reparte en plein milieu de la nuit, je reste dormir à son domicile. Vous devez probablement vous demander ce que j'ai fait de mon boulot. Eh bien, c'est simple, je n'y ai toujours pas remis les pieds. C'est bête, mais je ne suis pas encore prête. Mon père m'a informée avoir fait le nécessaire et prévenu ma clientèle lorsqu'ils ont été avertis de ma situation. Encore une fois, je me repose sur mon paternel, mais je dois vous avouer que pour le coup, j'en ai terriblement besoin. En attendant de me requinquer, j'effectue mes recherches et profite pleinement de mes proches. D'ailleurs, je dois me dépêcher, Emma ne va pas tarder à arriver. Elle m'a invitée à passer le week-end avec elle et même si j'étais plus ou moins réfractaire au début, je me suis laissé porter par les arguments de mon amie. Ou plutôt par sa lourdeur à ne pas vouloir lâcher le morceau. C'est bien simple, si je ne me ramenais pas chez elle, c'est elle qui venait camper ici. Cela ne m'aurait pas du tout dérangée, mais quand j'ai vu son sourire apparaître lorsque j'ai accepté sa proposition, cela a réchauffé mon cœur l'espace d'un court instant. Jusqu'à ce qu'il se rappelle l'absence de Thanatos et qu'il se givre à nouveau.

Traître !

La sonnette à peine enclenchée, Emma est déjà dans le salon.

— Allez, c'est parti, ma poule ! lance-t-elle avec entrain.

C'est une vraie tornade. Elle m'embrasse rapidement en me claquant une bise sur chaque joue, puis attrape mes affaires d'une main. De l'autre, elle saisit mon bras, puis m'entraîne à sa suite.

— J'espère que tu es prête pour ces deux jours de folie !
— Euuuh…

Seigneur, faites qu'elle ne m'emmène pas en boîte de nuit ou un truc du genre !

— Je nous ai concocté un programme aux petits oignons ! Prépare-toi pour un marathon de bouffe et de films niais à souhait ! Tu vas repartir de chez moi remplumée, c'est moi qui te le dis !

Ouffff…

— Alors c'est parfait… murmuré-je émue et profondément touchée par la volonté de ma copine à désirer me redonner le sourire. J'espère que tu as prévu du guacamole !

— Un peu que j'ai prévu le guacamole, ma poulette ! Il y a tout un banquet qui t'attend ! D'ailleurs, il faut qu'on se bouge si tu ne veux pas que Lucas se remplisse la panse avant nous !

— Tu ne m'as pas dit qu'il était absent ?

— Si, si, il va rejoindre son père pour de la paperasse. A priori, un problème de dégât des eaux dans l'un de ses chalets. Mais après, il doit se rendre directement au boulot, donc il ne souhaite pas partir sans me dire au revoir...

— Que c'est mignooooooon... la charrié-je alors qu'elle me traîne jusqu'à sa voiture.

Le trajet se déroule dans le rire et la bonne humeur. Passer du temps avec Emma, c'est passer du temps à penser à autre chose que lui, encore lui, rien que lui et toujours lui... Enfin presque, car pour être totalement honnête avec vous, il ne quitte jamais vraiment mon esprit. Il est constamment là, dans un coin de ma tête et surtout dans un coin de mon cœur. Bon okay, pas seulement dans un coin, mais vous avez compris l'idée.

Je suis fichue...

CHAPITRE 40

THANATOS

Quinze jours auparavant...

Je n'ai pas envie de quitter ce lit, pas envie de la quitter elle... Alors que je viens de lui faire l'amour, je dois l'abandonner pour lui sauver la vie. Je n'ai pas d'autre choix. Voilà déjà quelques minutes que je dois me lever, mais je n'y parviens pas. Son petit corps tout chaud collé contre le mien me procure un bonheur incommensurable. J'ai l'impression de planer, l'organisme shooté à l'ocytocine. Je promène paresseusement mes mains sur ses courbes, tandis que j'enfouis mon nez dans ses cheveux éparpillés ici et là. Je me prends un shoot ou deux, peut-être même plus à vrai dire, puis tente de me libérer. Un gémissement s'échappe entre ses lèvres délicieuses, je ne résiste pas et plaque ma bouche contre la sienne. Je l'embrasse une dernière fois et me fais la promesse qu'elle retrouve sa liberté, de lui offrir l'existence qu'elle mérite.

Quand je parviens finalement à me dégager des draps et de son étreinte beaucoup trop addictive, je me dépêche d'enfiler mon uniforme. Pendant ce temps-là, je ressasse en boucle mon plan dans ma tête. H étant en déplacement professionnel, je vais profiter d'une faille dans son système de sécurité pour le toper et passer un marché avec lui. Je pourrais très bien prendre simplement un rendez-vous avec lui, procéder ainsi de manière très formelle, mais ce n'est pas ce que je souhaite. Le but de ma démarche étant de lui foutre la trouille de sa vie. Si cet enculé n'était pas mon responsable, je l'aurais buté depuis bien longtemps. Enfin, je dis ça, mais malgré tous les actes immoraux que j'ai pu accomplir jusqu'ici, mes victimes étaient toujours de dangereux criminels, des monstres dépourvus d'humanité. Ici, même si je ne suis pas d'accord avec H, je ne peux pas me permettre de le liquider sous prétexte que nous ne sommes pas sur la même longueur d'onde. Je dois juste lui faire entendre raison, trouver une solution pour que Romane puisse retrouver sa liberté et moi la garantie qu'il ne lui arrivera rien.

En silence, je quitte ma chambre, puis mon appartement en attrapant mon casque et mon sac au passage. J'accède au sous-sol et monte sur ma moto que j'ai délaissée ces derniers temps. Dans un vrombissement tonitruant, le bolide s'élance et avale l'asphalte avec aisance. Je ne lâche pas l'accélérateur et le compteur ne cesse d'augmenter, même à l'approche d'un virage serré. Néanmoins, au dernier moment, je lève le pied et laisse l'engin ralentir de lui-même. Je négocie la courbe avec dextérité et me fustige intérieurement. Ce n'est pas le moment de me foutre en l'air, Romane a besoin de moi.

J'y suis. H a rendez-vous avec le chef d'État-major des armées demain et pour l'occasion il loge à l'hôtel avec sa femme et ses gosses. Cet abruti ne sort jamais sans sa famille, donc ça ne m'arrange pas, mais soit... Il nous a formés pour devenir nous aussi des monstres alors que ce bouffon se contente de rester derrière son bureau à cracher des ordres. Il n'a aucune idée de ce que ça représente d'être sur le terrain, d'affronter le chaos et la désolation. Il a voulu se frotter à plus fort que lui, il est désormais temps qu'il comprenne qu'ici ce n'est pas lui qui décide, mais bien nous. Au diable la hiérarchie, au bout du compte, c'est celui qui a le doigt sur la gâchette qui a le dernier mot.

Après avoir escaladé la façade Est du bâtiment, il me faut à peine quelques secondes pour infiltrer la chambre de H. Pour un soldat comme moi, ce n'est ni plus ni moins qu'un jeu d'enfant. Cependant, je ne baisse pas ma vigilance et reste sur mes gardes. Une fois dans sa piaule, un sourire malsain étire mes lèvres. J'ai hâte de voir la peur dans les yeux de celui qui a commandité le meurtre de celle que j'… que j'aime bien, et par la même occasion, le mien. Je sais qu'il ne voulait pas ma mort, mais je sais aussi qu'il désire celle de Romane coûte que coûte, peu importent les dommages collatéraux. Je dois l'arrêter. Le stopper tant qu'il est encore temps. Et si pour ça je dois user de la force et de mes compétences, je le ferai et en abuserai. Avant de le surprendre dans son sommeil, je m'empare du collier de sa femme, tout comme j'ai fait avec les bracelets que ses enfants portaient il y a quelques instants. Rassurez-vous, ils ne se sont rendu compte de rien, puisque je les ai endormis en douceur avec un mouchoir de chloroforme. J'ai opté pour cette solution afin d'être sûr qu'ils ne se réveillent pas et n'assistent pas à une scène pouvant les traumatiser à vie. Ensuite, avec une maîtrise imparable, je m'approche de H et glisse mon couteau contre sa gorge. Lorsque sa pomme d'Adam remonte avec difficulté, heurtant sensiblement ma lame aiguisée, son souffle se coupe, ses yeux s'ouvrent subitement. Sans un bruit, il n'émet aucun geste brusque. Il a déjà pigé à qui il a affaire : cela ne sert donc à rien de se débattre.

— Un seul mot, et ta femme subira le même sort que celui que tu as réservé à Lacourt, c'est compris ?

Il hoche la tête pour acquiescer. J'éloigne donc mon poignard pour qu'il se redresse et me suive. En calbut et du haut de son mètre soixante-dix, il n'en mène pas large. Je le domine aisément et observer son teint blafard me ferait presque sourire. Lorsque nous rejoignons le salon, je le laisse s'installer au bout de la table. Je l'imite et nous nous jaugeons mutuellement.

— Je t'écoute, Colton, lance-t-il en bombant le torse pour paraître un peu plus viril.
— Laisse Romane tranquille, grondé-je, le timbre menaçant.
— Tu sais bien que c'est impossible. Ouvre les yeux, bon sang ! s'agace-t-il.
— Sous prétexte qu'elle a découvert l'existence du GHOST, on doit l'éliminer, c'est bien ça ? Mais de quel côté sommes-nous ? Non, parce que là je ne sais plus ! Cette nana n'a rien fait de plus que se faire enlever par un putain de sociopathe ! scandé-je alors que mon poing s'écrase violemment sur le bois. Dans ce cas, qu'est-ce qu'on fait de toutes les autres victimes que l'on a secourues ?! On les retrouve toutes pour les buter une à une ? Ça n'a aucun sens !
— Ne mélange pas tout, Colton. Romane Lacourt a vu et entendu trop de choses. Elle seule a vécu chez vous. Elle seule a noué des liens d'amitié avec les membres de l'équipe. Elle seule t'a fait tomber amoureux.
— Foutaises ! Tu ne sais pas de quoi tu parles !
— Oh si, je le sais parfaitement, crois-moi. C'est d'ailleurs pour cette raison qu'elle représente une menace et qu'elle doit être éliminée.
— Tu ne toucheras pas à un seul de ses cheveux, t'entends ? articulé-je froidement, le timbre funèbre. Sinon c'est moi qui balancerai tout aux médias. Et s'il lui arrive quelque chose, ou à moi-même, sache que j'ai déjà fait le nécessaire. Elle meurt, tu tombes. Je meurs, tu tombes. C'est aussi simple que ça. J'ignore ce que tu caches, mais crois-moi, il vaut mieux

pour toi que tu stoppes tout maintenant. Je m'occupe de Romane, elle ne sera plus un problème.

— Et toi ?
— Quoi moi ?
— Que vas-tu faire vis-à-vis d'elle ?
— Rien. L'oublier. Elle fera sa vie de son côté, tout comme moi je continuerai de servir mon pays comme je l'ai toujours fait.

Un silence macabre règne dans la pièce. Je le vois réfléchir. Alors, pour l'aider un peu plus dans ses réflexions, je balance les bracelets de ses gamins ainsi que le collier de son épouse sur la table.

— Je t'interdis de toucher à ma famille ! Ils sont à moi ! Ils m'appartiennent, tu entends !
— Ce n'est pas une option, H.

Mon ton sans appel ne lui laisse aucune porte de sortie. Le message est clair. Tu touches à Romane, je touche à ta femme et tes enfants. Ce qui, soyons honnêtes deux minutes, n'arrivera jamais, mais ça, il n'est pas censé le savoir. Lorsque l'on côtoie les ténèbres et la mort chaque jour, la frontière entre le bien et le mal s'efface progressivement, jusqu'à parfois flirter avec une limite qu'on ne devrait jamais franchir. Je n'attends pas de réponse, ma déclaration est on ne peut plus explicite. Je me lève, lui lance un dernier regard qui veut tout dire, puis m'élance par la fenêtre par laquelle je suis arrivé. Quelques secondes plus tard, l'alerte retentit, mais je suis déjà loin.

Très loin...

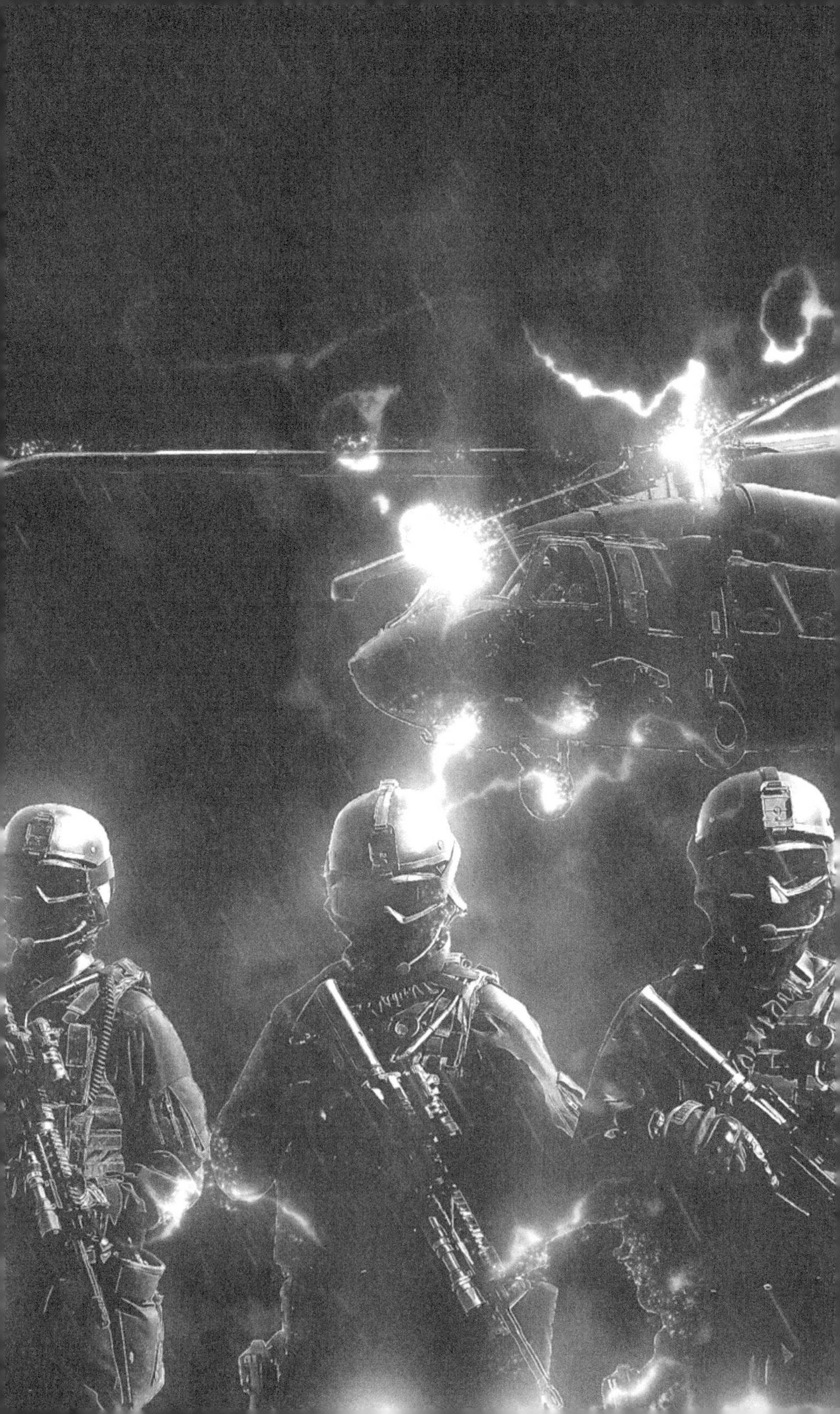

CHAPITRE 41

THANATOS

Je suis déçu.

Je pensais retrouver Romane dans mon lit, entre mes draps. Je pensais qu'elle dormirait encore après les corps à corps torrides qu'on venait de partager.

Je suis déçu.

Je pensais pouvoir profiter d'elle encore un peu. Je pensais pouvoir contempler ses traits ensommeillés, peut-être même caresser une dernière fois son corps repu et alangui.

Je suis déçu.

Car il n'en sera rien, puisqu'elle ne s'y trouve plus. Décidément, elle ne fait jamais rien comme je l'espère. Un rictus naît au coin de mes lèvres. Je crois que c'est ce trait de caractère qui me trouble le plus chez elle. Son côté à la fois borné et tête brûlée. J'observe les draps défaits et des flashs de notre nuit défilent sur mes rétines. Ses gémissements emplissent ma boîte crânienne quand mon organe vital, lui, bat à un rythme jusque-là encore inconnu. Une fréquence que je ne songeais pas un jour atteindre. Sa cadence effrénée me fout une trouille immense. Suis-je réellement tombé amoureux de Romane comme le sous-entend H ? Je n'en sais rien, putain... ce qui est sûr c'est que je donnerais ma vie pour elle, plus que pour n'importe qui... Alors si c'est ça être amoureux, je... ferme la porte de ma chambre.

C'en est trop...

Chancelant, mon cœur est en train de se fissurer, de se disloquer à l'idée de l'abandonner. Je me conduis vers la cuisine et me saisis de la petite fiole qui va m'aider à mettre mon plan à exécution. Je prépare la seringue avec une dose suffisamment importante de sorte que Romane puisse dormir un certain moment. Je me déteste de devoir procéder ainsi, mais je n'ai guère d'autre choix. C'est la seule solution que j'ai trouvée pour que son existence ne soit plus en danger. Accoudé contre le plan de travail, je réfléchis, le regard dans le vide, égaré dans les méandres de mon esprit. Je me demande quand je vais bien pouvoir agir, lorsqu'une porte s'ouvre et se referme. Aussitôt, deux prunelles bleues se rivent aux miennes. Après un microtemps d'arrêt, ma protégée se dirige droit sur moi, l'air déterminé. Comme si nous étions incapables de rester loin plus longtemps, inexorablement attirés l'un vers l'autre. Je me retiens moi aussi d'avancer, de me ruer sur elle pour l'étreindre et l'embrasser. Plus la distance entre nous se réduit, plus je suis sur le point de flancher. Mon pouls s'affole, mes mains deviennent moites, mon ventre se contracte, mon entrejambe se réveille. Je ne la quitte pas des yeux et la sonde de mon regard impénétrable. Elle ne se démonte pas, ne prend pas la fuite, malgré mon attitude glaciale et peu avenante. Lorsqu'enfin elle se poste juste devant moi, je la vois hésiter, vaciller. Elle ne sait pas comment interpréter ma réaction et je la comprends. Cette lueur indécise qui virevolte dans ses iris me fend le bide. Je craque et lui ouvre mes bras en espérant qu'elle vienne rapidement se blottir tout contre moi. Par miracle, c'est ce qu'elle fait. Aussitôt, son odeur embaume et éveille mes sens à l'affût. Je resserre mon étreinte et son visage se plaque au-dessus de ma poitrine en perdition. J'ai beau tenter de tout contrôler, de tout maîtriser, je ne peux malheureusement pas camoufler les battements anarchiques de mon cœur. Comme si ce vacarme assourdissant l'alertait, Romane penche sa tête en arrière pour arrimer ses pupilles scintillantes aux miennes. Les yeux plissés, elle s'efforce de lire en moi, de s'immiscer sous ma carapace, mais je fais front. Je lutte, jusqu'à ce qu'elle pose finalement ses mains tremblantes de chaque côté de ma nuque et qu'elle retrousse le tissu de ma cagoule pour dévoiler ma bouche asséchée. Incapable de me contenir plus longtemps, je mordille ma lèvre inférieure dans l'espoir fou qu'elle cesse sa torture. Pour mon plus grand bonheur, elle se hisse sur la pointe des pieds et m'embrasse enfin.

Bordel !

Je grogne de plaisir quand sa langue se fraie un passage pour s'enrouler autour de la mienne. Bon sang, elle va me faire crever. Ses petits gémissements me font tourner la tête, alors que je suis pris dans une spirale infernale. Je suis quasi sûr que Romane ressent ce sentiment d'urgence, ce besoin presque viscéral que je la fasse mienne à nouveau. Comme si toute cette nuit n'avait pas suffi, comme si elle n'avait jamais existé. J'ai envie de tout casser, de tout envoyer balader. D'abandonner, de jeter cette fichue seringue que je tiens toujours discrètement dans le creux de ma main, mais je n'en fais rien. Mon désir pour elle est si puissant, indescriptible, dévastateur. Mon érection grandissante s'immisce et se loge entre nous deux tandis que nos langues, elles, continuent leur danse endiablée. On se cherche, se frôle, se caresse, se dévore… Je mets dans cet échange toutes mes tripes, toute mon âme, au moment même où je réalise que c'est la toute dernière fois que je pose mes doigts sur elle.

Bon sang, c'est un adieu…
Non, je ne peux pas…
Si, je suis obligé…
Non, c'est impossible…
Alors elle mourra…

J'ai envie de hurler comme un putain d'animal qu'on égorge. J'ai mal. Si mal. Mais je ne dois pas aller plus loin.

Je ne peux pas faire durer cette étreinte plus longtemps, au risque de perdre tous mes moyens et de la porter dans mes bras pour la ramener illico dans mon lit. Non, je dois faire ce qu'il y a de mieux pour elle. Je cesse de réfléchir, l'embrasse encore plus vigoureusement afin de faire diversion et enfonce l'aiguille toute fine dans sa nuque. Quand j'injecte le tranquillisant dans son organisme, je maintiens l'intensité de mon baiser. Je continue, jusqu'à ce que je perçoive son corps se détendre, puis se relâcher complètement.

— Pardonne-moi… murmuré-je, me sentant ô combien coupable.

Je déteste la voir ainsi si frêle, si vulnérable. Je ne parviens pas à détacher ma bouche de la sienne, je suis pitoyable. Néanmoins, la réalité me rattrape, et très rapidement mon côté professionnel et control freak reprend le dessus. Je dois agir et vite. Je lui ai administré une dose suffisamment forte pour qu'elle dorme plusieurs heures durant. Cependant, je n'ai pas de temps à perdre. Je la porte dans mes bras, me dirige vers l'ascenseur, puis accède au sous-sol du bâtiment. Je l'installe confortablement à l'arrière de mon Range Rover, puis quitte les lieux. Sur la route, j'en profite pour contacter Jake.

— Tout se passe comme tu veux ? m'interroge l'ancien soldat qui a décroché dès la première sonnerie.
— Affirmatif. Prépare-toi, je te l'amène.
— On fait ce qu'on a dit ?
— On ne change rien. Elle s'est fait enlever par Valentino Sanchez. Elle a tenté de mettre fin à ses jours en se taillant les veines, mais elle s'est écroulée. Sa tête a heurté le sol, lui provoquant un traumatisme crânien. Elle est tombée dans le coma et elle vient seulement de se réveiller.
— Et pour ce qui est du GHO…
— Tu te démerdes, c'est toi le médecin. Fais en sorte qu'elle pense que tout ceci n'était qu'un putain de cauchemar. Elle doit tout oublier, Jake…
— Entendu, Than'. Passe par-derrière, ce sera plus simple. Je m'occupe du reste.

CHAPITRE 42

THANATOS

De retour à la maison, j'ouvre la fenêtre pour m'aérer l'esprit, en ayant bien pris soin de fermer ma porte à clef au préalable. Il est hors de question qu'on vienne m'emmerder, ce n'est vraiment pas le moment. Je suis d'une humeur de chien. J'ôte mon gilet pare-balles, puis m'écroule dans le canapé du salon. Après avoir déposé Romane auprès de mon ancien coéquipier, le docteur Jake Travis, j'ai contacté H pour l'avertir. Comme c'était convenu entre nous, il m'a répété sa volonté de protéger le GHOST : tant que la situation était sous contrôle, il ne ferait aucun mal à Romane. J'éprouve de gros doutes quant à la crédibilité de ses propos. Mais une chose est sûre, cet homme sait que je n'ai qu'une parole. Et surtout, il sait de quoi je suis capable. C'est donc dans son intérêt de faire profil bas et de se contenter de cet arrangement. De mon côté, j'ai effectué le nécessaire. J'ai placé une clé USB contenant l'intégralité des informations nous concernant ainsi que chacune des missions que nous avons accomplies dans un petit coffre gardé secret au nom de mon paternel. Ainsi, s'il m'arrive quelque chose, Pap's récupérera mes affaires et la vérité éclatera au grand jour. Et comme je n'ai toujours pas confiance en ma hiérarchie, et que je ne peux pas écarter l'hypothèse qu'elle s'en prenne à mes proches, j'ai joint, en plus de mon testament, une copie de cette clé à mon notaire qui sera tenu de la transmettre à Elisabeth Riley si jamais mon père était amené à disparaître lui aussi. Cette femme est journaliste au sein du journal « La Gazette du 91 ». Elle est également la compagne de Mathias Wilson, le beau-frère de mon frangin. Oui, c'est un peu compliqué, mais après avoir enquêté sur eux et surtout après les avoir libérés d'un putain de traquenard, je suis serein. Et puis, quel journaliste ne serait pas intéressé par le scoop du siècle ? Car soyons honnêtes deux minutes, l'existence d'une telle unité ferait couler beaucoup d'encre. Elle diviserait le pays, c'est certain. C'est regrettable de se dire qu'on œuvre pour le bien de notre Nation et de ses concitoyens alors que derrière, notre vocation pourrait être remise en cause. Il y aurait constamment des illuminés de service pour croire que chaque problème a sa solution et que la violence est loin d'être la bonne réponse. Nous possédons nos propres convictions, nos idéaux. Chaque individu est libre de penser comme il le souhaite. Néanmoins, grâce à nos actions, des milliers de personnes ont pu être sauvées. De nombreux attentats ont été déjoués, des gosses et des femmes ont été libérés. Donc je peux vous garantir une chose, je me contrefous de la bienséance et j'emmerde les bien-pensants.

Deux heures plus tard, je suis toujours dans le même état. Je n'ai pas bougé d'un iota. Mon téléphone sonne, mais je ne daigne pas décrocher ni même regarder qui cherche à me joindre. Je n'ai envie de rien. Je veux juste qu'on me fiche la paix. Cependant, après cinq appels manqués, une folle idée s'immisce sous mon crâne pour ne plus le quitter. Et si Romane était en danger ? Et si elle avait besoin de moi ? À cette pensée, ma poitrine se serre alors que mon pouls s'affole. Je me redresse d'un bond et extirpe mon portable de ma poche afin de répondre à mon interlocuteur.

— Ça va, mon garçon ?

Inutile de checker l'écran pour découvrir qui est à l'autre bout du fil. Je reconnaîtrais cette voix entre mille. Elle est celle qui m'a bercé, celle qui m'a sorti de l'enfer des foyers et celle qui m'a élevé. Celle qui m'a réconforté, celle qui m'a éduqué, celle qui m'a aimé et surtout celle qui m'aime toujours d'un amour pur et sincère, authentique et véritable.

— Il y a un problème ? répliqué-je sur-le-champ, inquiet de son appel.
— Non, non… me rétorque-t-il à voix basse.
— Papa… soufflé-je alors qu'il sait qu'il n'a pas le droit de me téléphoner.

En réalité, sur le papier, il ne devrait même pas pouvoir le faire.

— Les pompiers et la gendarmerie m'ont contacté.
— Pour quelle rais…

Oh putain ! Je dois absolument le rassurer :

— Ne t'en fais pas, tout va bien. Mon boss va faire le nécessaire pour étouffer l'affaire et réparer les dégâts !
— Je me contrefous du chalet, fils. Qu'est-ce qui se passe ? Tu as des soucis ?
— Non, tout va bien, affirmé-je en essayant de me montrer convaincant.
— Tu n'as jamais su me mentir, murmure-t-il dans le combiné.

Loupé, il me connaît par cœur. Ses paroles me touchent. Il est l'un des seuls à être capable de percer ma carapace.

— Tout va bien, Pap's…
— Si tu le dis…
— Ne t'inquiète pas.
— Sache qu'un parent s'inquiète sans arrêt pour ses enfants, fiston. D'autant plus quand ils risquent leur vie tous les jours. Vous n'avez pas ménagé votre vieux père en choisissant de telles professions. Vous ne pouviez pas être comptables ou professeurs des écoles, soupire-t-il.

Je ne réponds pas, car ce qu'il me confie me fait mal. Je souffre de lui infliger cette douleur permanente, cette peur constante de devoir perdre un être cher. Jusqu'à maintenant, j'ai toujours fait en sorte de bloquer mes sentiments, de me blinder afin d'affronter la réalité de notre métier. Mais depuis Romane, je perds pied. J'ai l'impression que mes émotions sont démultipliées, de tout ressentir en dix fois plus fort, dix fois plus intense.

Qu'est-ce qu'elle m'a fait, bon sang ?

— Comment va Lucas ? l'interrogé-je pour changer de sujet.
— Il est en pleine forme. Depuis qu'il a rencontré Emma, c'est le jour et la nuit !

Mon cœur se gonfle instantanément de joie. Mon petit frère mérite d'être heureux et de vivre une existence merveilleuse après ce qui lui est arrivé. C'est pour lui que je me suis lancé dans cette quête de justice. Lui et tous les enfants de ce monde subissant les mêmes atrocités.

— C'est super. Bon, je dois te laisser, papa...
— Fais attention à toi, fiston. Et n'oublie pas...
— Jamais, affirmé-je sans plus m'épancher.

Comment pourrais-je oublier la promesse que je lui ai faite lorsque je me suis engagé ? Celle de toujours nous retrouver, celle de rester en vie quoi qu'il advienne. Un serment que je sais ne pas pouvoir tenir à chaque nouvelle mission.

— Colton ?
— Oui ?
— Fais attention à toi, je t'en prie, me répète-t-il à voix basse, le timbre éraillé.

Sa voix chevrotante me lacère les entrailles. Bordel, je n'avais pas besoin de ça ! Son inquiétude et sa sensibilité datent-elles seulement d'aujourd'hui ? Ou bien les a-t-il exprimées auparavant et je ne les avais jamais perçues jusqu'à présent ? Bon sang, je suis paumé et le ton écorché vif de mon paternel n'arrange rien. L'état dans lequel il a récupéré le chalet n'a pas dû améliorer la situation.

— Je t'aime, mon fils.
— Moi aussi, papa, répliqué-je avant de raccrocher brusquement.

Les effusions ce n'est pas mon truc. Cette conversation vient de me dépouiller du peu d'énergie qui me restait. J'ai l'impression de me sentir vide, d'être mort de l'intérieur. Comment ai-je pu en arriver là alors qu'il n'y a pas si longtemps, j'étais heureux et épanoui ?

Vraiment ?

Est-ce que je l'étais réellement au final ? Je n'en sais rien du tout.

Toc, toc, toc !

— Ouvre cette putain de porte, Colton ! s'égosille Had', en colère.

Mais ils se sont tous donné le mot ou quoi ? Ils vont me foutre la paix, bordel de merde !

— Laisse-moi tranquille !
— Ouvre.cette.putain.de.porte… gronde-t-il à présent, le timbre menaçant tout en toquant fermement.
— Casse-toi, Derek ! hurlé-je en retour alors que je perds littéralement patience.
— Okay, tu l'auras voulu ! scande-t-il avec véhémence.

J'ignore ce qu'il sous-entend, mais je m'en branle. Je me lève brusquement et décide de me servir un verre. Je ne bois jamais, mais en cet instant, j'ai comme qui dirait besoin de m'anesthésier un peu afin d'évacuer. J'entame une très bonne bouteille de whisky que mon père m'a offerte, puis m'en verse une quantité raisonnable. Le but n'est pas non plus de finir rond comme une queue de pelle. Néanmoins, l'alcool agit rapidement et déjà il attise mon palais, puis me brûle la trachée. Je soupire et m'avachis une nouvelle fois dans le canapé. Les yeux dans le vide, je fais tournoyer le liquide ambré d'un geste mécanique, tandis que mon esprit s'évade. Deux prunelles bleues scintillantes surgissent spontanément et je me perds alors dans une multitude de souvenirs. Un sourire point naturellement sur mes lèvres au moment où je songe à son caractère bien trempé, à son tempérament enflammé. Sans que je puisse les contrôler, de drôles de fourmillements creusent mon abdomen. Mon pouls, quant à lui, s'emballe de la même manière qu'un cheval lancé au galop. Je clos mes paupières pour profiter entièrement de ces sensations qu'elle seule est en mesure de me procurer. Je m'abandonne au doux son de sa voix qui se répercute en écho sous mon crâne. Je me laisse porter pleinement par tous ces sentiments qui me submergent, qui m'engloutissent dans un tourbillon dévastateur. Je savoure ces images d'elle qui me réchauffent l'âme et le cœur, jusqu'à ce qu'un vacarme tonitruant me fasse dégainer mon arme à feu.

— Putain, mais vous êtes complètement tarés ou quoi ! hurlé-je, ahuri devant mes hommes qui viennent de descendre en rappel du bâtiment pour ensuite sauter et s'engouffrer par l'unique fenêtre ouverte.

— Tu commences sérieusement à nous faire chier, Than' ! beugle Had', hyper énervé.

— Je suis toujours ton chef au cas où tu l'aurais oublié, grondé-je, furieux d'être dérangé.

— Plus pour très longtemps si tu veux mon avis… marmonne Odin.

— C'est clair que si tu continues à la jouer solo comme ça… grommelle Pluton.

— Qu'est-ce que vous voulez, bordel ?! m'agacé-je.

— Où est Romane ? m'interroge Ahri', les sourcils froncés et le regard noir.

— Là où elle doit être ! tempêté-je violemment.

— Tu sais que je connais d'excellents moyens pour te faire parler, n'est-ce pas ? me menace Had' d'un ton bien trop tranquille.

— Qu'est-ce que t'as fait, bordel ?! s'impatiente Odin.

— Parce que, qu'est-ce que tu crois que j'ai fait au juste ? articulé-je d'une voix d'outre-tombe tout en avançant lentement vers lui.

— Bon, calmez-vous, les gars, nous intime Pluton. Ça ne sert à rien de vous prendre la tête. Ce n'est pas en agissant ainsi qu'on va trouver une solution !

— Je l'ai trouvée, la putain de solution ! Romane est chez elle. On peut reprendre le cours de notre vie. Tout est rentré dans l'ordre ! m'évertué-je à leur dire avec assurance.

— Chez elle ? répète Ahri', suspicieux.

— Oui, chez elle !

— Et H ? me questionne Had'.

Je soupire, termine mon verre d'une traite, puis me lance. Je leur confie tout dans les moindres détails. Mon déplacement chez H, notre petite discussion, mes menaces, mon retour à la maison, mon étreinte avec Romane, notre baiser, la drogue que je lui ai injectée à son insu, mon appel auprès de Jake. Puis, je leur explique l'avoir déposée à l'hôpital. Avec l'aide de H et de notre ancien collègue de travail pour la paperasse, Romane a été enregistrée comme étant une nouvelle patiente.

— Mais t'es un grand malade… murmure Odin.

— Et Romane ? Elle ne va rien comprendre ! s'alarme Pluton.

— Tout est sous contrôle. Dès qu'elle se réveillera, Jake lui fera croire qu'elle était dans le coma depuis son enlèvement. Ainsi, ces derniers mois passés en notre compagnie seront juste le fruit de son imagination.

— Mais tu es fou… marmonne Ahri', sous le choc.

— Tu es tombé sur la tête, ma parole… grommelle Odin en faisant les cent pas.

— Je ne voulais pas vous mêler à tout ça ! m'écrié-je alors que leur regard lourd de sens pèse sur moi. Vous avez pris de gros risques dans cette histoire ! Si H a envoyé une deuxième équipe à nos trousses, à Romane et moi, c'est qu'il n'avait déjà pas confiance en vous ! C'était hors de question que je vous mette en danger une seconde fois !

— Tu réalises ce que Romie va endurer à son réveil ? m'interroge Pluton.

— On l'a croisée ce matin. Elle était complètement paniquée, tu n'étais toujours pas revenu. On l'a rassurée et on lui a expliqué qu'elle pouvait aller se recoucher, qu'on s'occupait de toi... Elle avait retrouvé le sourire, putain... lance Ahri', désemparé.

— Ferme-la ! éructé-je hors de moi tant ses derniers mots me font mal.

— Après tout ce qu'elle a vécu, tu viens de lui porter le coup de grâce ! hurle Odin, en colère.

— Heureusement pour toi qu'Anubis est cloué au lit, sinon il t'aurait déjà collé la trempe de ta vie ! affirme Pluton.

— Et toi ! Tu ne dis rien, mais tu n'en penses pas moins, c'est ça ? agressé-je Had' qui reste bien silencieux depuis tout à l'heure.

— Je trouve que ta stratégie était intelligente, même si nous n'avons réellement aucune certitude pour H. Je comprends pourquoi tu as agi en solo, j'aurais probablement réagi de la même façon et comme tous les membres de cette équipe. Ne me regardez pas ainsi, c'est la stricte vérité et vous le savez. Arrêtons de l'accabler. Il a tenté de protéger ses frères d'armes ainsi que celle qu'il aime, on ne peut pas lui reprocher. N'oublions pas qu'avant d'être des soldats, nous sommes avant tout des hommes avec des valeurs et surtout un cœur. Néanmoins, Than', je dois quand même te préciser que tes actes peuvent avoir de lourdes conséquences sur le plan psychologique pour Romane. Après ce qu'elle a subi, elle s'est reconstruite à nos côtés. Tu viens de lui retirer tous ses repères.

— Tu crois que je l'ignore, peut-être ? répliqué-je, le timbre éraillé, à deux doigts de craquer.

— Excuse-nous, si on réagit de la sorte, c'est parce qu'on s'y est attachés, nous aussi, à Romie... souffle Ahri'.

— C'était notre bulle d'oxygène, ajoute Pluton.

— Elle est devenue comme une petite sœur... avoue Odin.

Et moi, la femme de ma vie et c'est bien ça le cœur du problème...

CHAPITRE 43

ROMANE

— Tu n'as pas plutôt un film d'horreur à nous mettre, s'il te plaît ? demandé-je tout en reniflant.

Je n'en peux plus de tous ces trucs à l'eau de rose qui me font irrémédiablement penser à mon histoire d'amour impossible avec Colton. Que dis-je, mon histoire d'amour impossible, mais surtout a priori fictive. Je pleure toutes les larmes de mon corps. C'en est trop. Après avoir regardé Dirty Dancing, Love actually et Pretty Woman cet après-midi, j'ai des envies de meurtre. Ou bien de me passer une corde autour du cou, au choix.

— Je ne suis pas certaine que ce soit la solution avec ce qui t'est arrivé, ma bichette…

Mes sanglots redoublent d'intensité et très vite, ma copine me prend dans ses bras.

— Tu sais quoi ? Je sais ce qu'il te faut ! Va t'habiller, je t'emmène ! me lance-t-elle en me claquant les fesses.

— Où ça ? Mais je suis déjà habillée… m'efforcé-je d'ajouter avant d'être coupée.

— Tss, tss, tss… je te parle de vêtements propres, c'est-à-dire sans trace de morve, ni de guacamole, ni de glace au chocolat ! Allez, oust, dépêche-toi !

J'ignore où veut me traîner Emma, mais je vous avoue que je n'ai pas du tout envie de bouger. Comme si cela ne suffisait pas d'avoir le cœur brisé, j'ai mal partout. Néanmoins, j'occulte la douleur et cette chape de plomb qui me tirent vers le bas. J'enfile de nouvelles fringues et rejoins ma meilleure amie qui m'attend au volant de sa voiture. Je m'installe à mon tour dans l'habitacle, puis sans un mot, je me laisse porter par le paysage qui défile sous mes yeux. Très vite, nous arrivons à destination. Enfin, j'imagine, même si je ne comprends pas du tout ce qu'on fout là.

— Qu'est-ce qu'on fiche ici ? Ton homme te manque tant que ça ? l'interrogé-je en haussant les sourcils.

— Comme toujours ! se marre-t-elle. Mais non, ce n'est pas pour cette raison ! Comme je ne parviens pas à te changer les idées, je me suis dit que c'était une excellente alternative à notre pyjama party initialement prévue !

— Je ne saisis pas trop en quoi m'amener sur le lieu de travail de ton mec va me changer les idées comme tu dis…

— Attends de voir, ma poulette ! Si avec eux tu ne récupères pas ton sourire, j'arrête le saucisson !

— N'importe quoi, ne puis-je m'empêcher d'ajouter en rigolant bien malgré moi.

Elle est tarée cette fille, mais c'est comme ça que je l'aime et pas autrement. Je la suis de près et très vite, je me retrouve intimidée par la façade du bâtiment.

La Caserne 91…

Emma fait comme chez elle et déambule à travers les camions. Nous saluons des hommes et des femmes en uniforme, prêts à décoller à la moindre alerte. Une fois à l'intérieur des locaux, je suis surprise de croiser dans les couloirs des soldats du feu en partie dévêtus. L'effervescence qui règne au sein de cet établissement est à son paroxysme. Et surtout, des éclats tonitruants résonnent entre les murs. Curieuse, je tente de trouver d'où provient cette agitation, mais c'est sans compter sur Emma qui me taquine.

— Eh bah voilà, un pompier ou deux torse nu et tu as déjà le smile[2] !
— Pas du tout ! rétorqué-je sincèrement.

Je suis sérieuse, ça ne me fait ni chaud ni froid. Ce sont surtout les rires et l'ambiance qui me donnent du baume au cœur. Quand enfin, nous parvenons à l'endroit souhaité, je comprends désormais pourquoi tout le monde est à moitié à poil.

— Ma bichette ! Tu es quand même venue finalement ?! scande une petite brune rayonnante au sourire contagieux.
— Oui, je me suis dit qu'il n'y avait rien de mieux qu'une soirée avec vous pour changer les idées de ma copine !
— Tu as bien raison, ma poule ! lui confirme une blonde aux cheveux très courts.
— On va passer un bon moment, ça, c'est clair ! enchaîne une nana avec une tresse incroyable.
— Romie, je te présente Élisa, Alice et Cassie ! Élisa, Alice et Cassie, je vous présente Romane alias Romie, ma meilleure amie.
— Enchantée Romie ! Rassure-toi, ici, on est une belle et grande famille ! me lance Élisa en me prenant dans ses bras.

---

2   Sourire en anglais.

Euh...

— Tu es la bienvenue parmi nous ! s'exclame Cassie en se joignant elle aussi à « notre » étreinte.
— On ne te laissera pas tomber ! finit d'ajouter Alice en se jetant également sur nous.

La même Alice qui m'avait contactée par Facebook il y a déjà quelque temps de ça quand Emma avait disparu.

Oui, c'est une longue histoire...

Je cherche du regard Emma qui rit derrière sa paume. Une fois le câlin collectif terminé, je m'empresse de retrouver ma pote qui se marre toujours.

— Tu m'as emmenée dans une secte ou quoi ? lui chuchoté-je discrètement pour ne déranger personne.
— Tu vas les adorer, crois-moi... me souffle-t-elle en retour.
— Mais qu'est-ce qu'ils font ? l'interrogé-je tout en examinant mon environnement.
— Le calendrier des pompiers !
— Okay... et donc c'est pour cette raison qu'il y en a un qui tient un concombre dans sa main ?
— C'est ça ! s'esclaffe Emma. Je te présente William, le futur mari de Cassie.
— Et l'autre qui bouffe un burrito en baisant des yeux l'objectif, c'est normal également ?
— Lui, c'est le chéri d'Alice. Il est chaud comme la braise ! pouffe-t-elle.

J'ai l'impression d'avoir atterri dans un univers parallèle. Aussitôt la photo prise, les deux hommes se jettent littéralement sur leur moitié pour leur rouler le patin du siècle. Instinctivement, je songe à Thanatos et mon cœur se serre. Je chasse sur-le-champ ces souvenirs pour le moins néfastes à ma convalescence, puis examine le prochain modèle.

— Okay, et maintenant on a le droit à ton frangin avec le marteau de Thor...
— Oui, je t'expliquerai...
— Il ne rigole pas, dis donc...
— Jamais !

De nouveau, le soldat d'élite surgit dans mon esprit. Le regard noir et déterminé de Mathias, le frère d'Emma, me fait d'emblée penser à Thanatos. Je secoue vivement la tête, puis me fustige de toujours tout ramener à lui. Je dois passer à autre chose. Soit il était effectivement le fruit de mon imagination, soit il a bel et bien existé, mais il a disparu de la circulation en m'abandonnant comme un lâche dans ce lit d'hôpital. Donc clairement, il ne mérite pas de siéger en permanence sous mon crâne.

— C'est qui le type derrière la photographe ? Il n'a pas l'air commode du tout lui non plus...
— C'est Logan, le mec de Camilla !
— Camilla ?
— Ben la photographe !
— D'accord... dis-je en trouvant ça étrange.
— De base, c'est son chef, mais il a également été son garde du corps à un moment donné. Du coup, depuis, il a beaucoup de mal à lâcher du lest. Et si tu veux mon avis, c'est surtout un gros jaloux... ajoute Emma pour justifier son attitude.
— En même temps, je peux le comprendre, gloussé-je en examinant tous ces hommes dénudés à la plastique de rêve.
— Pourtant, je l'ai déjà vu torse nu, il n'a rien à envier aux garçons, je t'assure...
— Comment ça, tu l'as déjà vu torse nu ?
— On s'est fait un après-midi piscine chez Mathias avec tout le monde.
— Oh ! Ça devait être génial !

— Ben, pas tant que ça... murmure-t-elle après quelques secondes, les yeux brillants.
— Bah pourquoi ? m'étonné-je.
— Tu n'étais pas là... souffle-t-elle, la voix chevrotante.

Je ne résiste pas et l'enlace tendrement. Après un certain laps de temps, je me détache d'elle tout en rivant mon regard au sien.

— Je suis revenue maintenant, et je te promets de ne plus t'abandonner.
— Tu m'as manqué, vieille folle, lance-t-elle en riant alors qu'elle me reprend à nouveau dans ses bras pour me serrer fort contre elle.

Bon sang, ce câlin me fait un bien incroyable ! Elle me fait un bien incroyable !

— Tiens, lorgne un peu le spectacle ! C'est au tour de Vincent et de Xavier de poser ! me dit-elle à présent pour rompre nos effusions d'affection.
— Ils sont pas mal aussi, balancé-je pour détendre l'atmosphère et rentrer dans son jeu.
— Ils sont célibataires tous les deux... me confie-t-elle, l'œil espiègle.
— Plus pour très longtemps si tu veux mon avis...
— Pourquoi tu dis ça ? me questionne-t-elle, surprise.
— Tu n'as pas vu la nénette au maquillage ? Il n'arrête pas de la reluquer.
— Robine ?
— Bah, je ne sais pas comment elle s'appelle. Elle, là-bas...
— Oui, donc Robine. C'est la meilleure amie de Camilla. Mais qui la mate ? Vince' ou Xav' ?
— Le sosie de Captain America...
— Okay, donc Vincent...
— Par contre, elle n'a pas l'air très réceptive. Au contraire,

elle semble même vouloir lui crever les deux yeux ! Ils se connaissent ?

— J'en sais rien... murmure Emma qui les dévisage.

Nous finissons par éclater de rire. Et pour être tout à fait honnête avec vous, je suis curieuse de savoir pourquoi elle l'assassine du regard. Nous décidons de mener l'enquête, mais finalement celle-ci se trouve écourtée quand Lucas, le cher et tendre de ma copine, nous rejoint. Il est plus que ravi de retrouver sa dulcinée et bien évidemment, il se fait chambrer par ses collègues.

— Les filles, vous restez manger avec nous ce soir ? nous interroge Élisa.

— Euuuh...

— Oui, oui, carrément ! me coupe Emma. Avec grand plaisir !

— Super ! Du coup, je vous laisse ! Je récupère mon fils chez mes parents, puis je vais commencer à préparer !

— Ça marche ! Si tu as besoin de quelque chose, n'hésite pas, on s'arrêtera au supermarché ! lui répond mon amie.

— Non, c'est bon, merci ! Les gars ont fait des courses ce matin. Tu les connais, il y en a pour tout un régiment !

— Oui, je vois très bien ! s'esclaffe Emma. À tout à l'heure !

— On fait comme ça ! À tout à l'heure, les girls !

Bon, bah... à tout à l'heure alors...

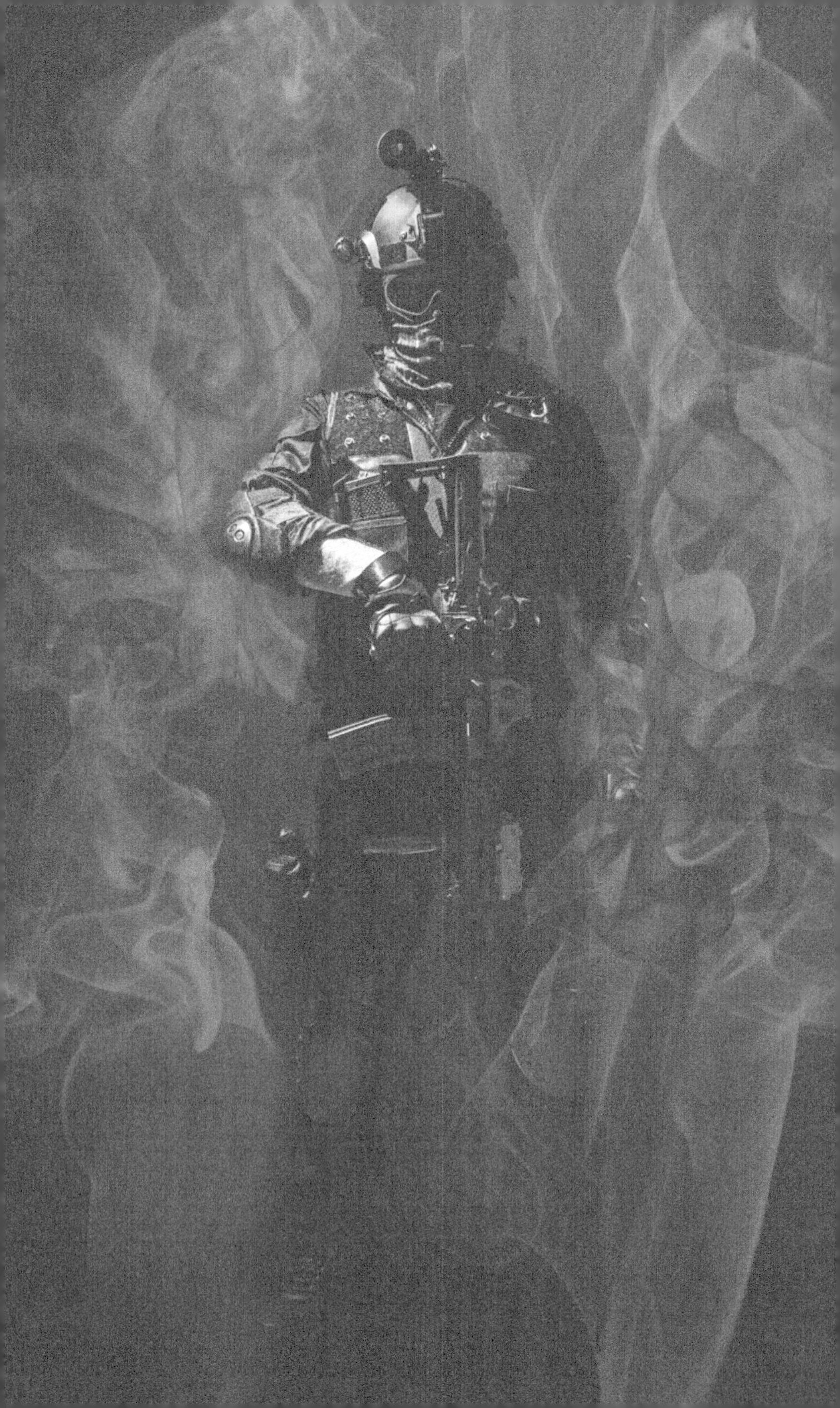

CHAPITRE 44

THANATOS

Un mois plus tard

Je n'arrête pas de penser à elle. Littéralement. Dès que je me réveille, quand je me lève, déjeune, me douche, me brosse les dents, m'habille… Lorsque je rejoins mes hommes pour l'entraînement, au cours de nos missions… Mais encore au moment de me coucher, de dormir. Mes rêves sont peuplés de ses prunelles bleues, de son sourire sincère, de ses courbes affolantes, de nos étreintes passionnées…

Que fait-elle ?

Cette question toute simple occupe à présent toute ma tête, à tel point que j'ai manqué de me faire buter à plusieurs reprises au cours de nos précédentes interventions.

— Ce n'est plus possible, Than', tu dois te ressaisir, me lance Odin qui m'a justement sauvé la vie pas plus tard qu'hier.

— Ça va… soupiré-je, contrarié d'être dorénavant un fardeau pour mon équipe.
— Non, clairement, ça ne va pas… me contredit Ahri'.
— Ça va aller, je vous assure…
— Mouais… murmure Anubis qui est désormais de nouveau sur pied. Je n'y crois pas une seule seconde.
— Merci pour ton aide, marmonné-je à son encontre. Pluton, tu as du nouveau ?
— Pas depuis la dernière fois que tu m'as demandé, c'est-à-dire il y a moins d'une heure… me rétorque-t-il, avachi dans le canapé, le timbre sarcastique.

Fait chier…

Savoir ce qu'elle fait est devenu une véritable obsession. Est-ce qu'elle va mieux ? A-t-elle revu sa famille, ses amis ? Sort-elle à nouveau ? Si oui, avec qui ? Où ? À l'Orgasmic, cette fameuse boîte de nuit libertine où l'on s'est rencontrés ? Non, je préfère ne pas y penser. Une part de moi me souffle que ce serait top, car cela signifierait tout simplement qu'elle récupère, qu'elle se reconstruit. En revanche, une autre part de moi, la plus égoïste de toutes, espère qu'elle ne se perde pas dans les bras d'un autre. Je me refuse d'imaginer une telle chose, sous peine de vriller totalement. La douleur de son absence me pèse de plus en plus et si je continue ainsi, je vais signer mon arrêt de mort, tout en signant celui de mon équipe par la même occasion. C'est pour ça que depuis quelques jours… bon, d'accord, depuis quasiment le tout début en réalité, je demande à Pluton de traquer Romane sur les réseaux. Malheureusement pour moi, ses comptes sont déserts.

— Ah ! Attends ! Sa copine vient de publier une story où elle est identifiée ! s'exclame d'un seul coup Pluton qui se redresse.

Mon cœur manque un battement. Bordel, mes pulsations cardiaques s'emballent, tandis que mes mains deviennent moites.

— Montre-moi ! le pressé-je en le rejoignant immédiatement.
— Euh, non, non... fausse alerte... désolé... bredouille-t-il en rangeant subitement son portable dans la poche arrière de son jean.

Suspicieux, je le dévisage sans sourciller. Malgré tous ses efforts, il ne parvient pas à me duper. Après quelques secondes, je n'ai plus aucun doute, il me ment.

— Montre-moi... grondé-je à présent.
— Je ne suis pas sûr que ce soit une très bonne idée, grommelle-t-il alors que les gars sont également de son avis, sans même avoir vu le post.
— Pluton... Tu sais que j'ai juste à sortir mon téléphone pour regarder, n'est-ce pas ?
— Cesse tes conneries ! D'une, tu serais bien capable de lui lâcher un like. Donc pour la discrétion, on repassera. De deux, H te surveille. Il nous surveille tous. Tu sais très bien que je suis le seul à pouvoir l'espionner sans nous faire repérer. Donc ne fais pas l'abruti en gâchant tout.

Putain, il n'a pas tort, ce con !

— Raison de plus pour arrêter de faire ton gamin et me dévoiler cette putain de story ! enchaîné-je, hors de moi.
— Bordel, Pluton ! Tu ne pouvais pas fermer un peu ta gueule toi aussi ! râle Ahri'.
— Va te faire foutre, Spiderman ! Je ne pouvais pas deviner qu'elle s'afficherait avec deux... avec... enfin voilà quoi !
— Avec deux quoi ?
— Colton, je pense qu'il serait bien d'écouter Pluton et... tente de me raisonner Hadès que je coupe aussitôt.
— Ne me dis surtout pas ce que je dois faire... sifflé-je entre mes dents serrées.

— Bon, bah vas-y, montre-lui ! On ne va pas tergiverser pendant quinze ans, non plus ! C'est trop tard maintenant, il veut voir et moi aussi de toute manière, ajoute Anubis.

Mon frère d'armes soupire, puis me tend enfin son téléphone que je déverrouille sans perdre de temps. La claque que je me prends est magistrale. Elle me coupe le souffle. J'étouffe, ma poitrine m'oppresse, ma cage thoracique écrase subitement mes poumons. Je me laisse tomber lourdement dans le canapé, tandis que j'examine attentivement le cliché où Romane apparaît.

— La bonne nouvelle, c'est qu'elle semble aller mieux… commente Odin juste au-dessus de mon épaule.
— Oui, je trouve même qu'elle s'est un peu remplumée, la petite… constate Ahri', le sourire aux lèvres.

Ils ont raison. Cependant, je ne parviens pas à me réjouir. Au contraire, la vue de ces mecs torse nu collés à ma nana me fait péter les plombs.

Ta nana ?

— Elle a l'air bien entourée en tout cas… murmure Had' en penchant sa tête sur le côté comme pour mieux analyser la situation.
— J'avoue que je suis grave jaloux, moi aussi ! Elle s'est déjà fait de nouveaux potes, ronchonne Anubis, les sourcils froncés, les bras noués sur son torse.
— C'est clair, pareil… Je suis sûr qu'elle leur donne les mêmes cours de yoga qu'à nous, pfff… bougonne Pluton.

Okay, il faut que je me calme, je vais tout casser. Je me lève subitement pour aller je ne sais où. Je fais les cent pas sans parvenir à canaliser mes émotions.

— Je t'avais dit de ne pas regarder ! ajoute Pluton d'un ton exaspéré.

Et encore une fois, il a raison ce con. Impossible de m'ôter ces images de la tête, est-ce que... est-ce qu'elle a couché avec ces hommes ? Seigneur, je ne veux pas savoir. Enfin, si ! Mais non !

— Qui sont ces types ? s'interroge Odin comme nous tous ici.

— Sa copine qui l'a identifiée a écrit en dessous : #Lacaserne91 #Calendrierdespompiers #Chaleur #Thor #Concombrosor #Burritosor #Courgetosor #Ilfaitchaud...

La Caserne 91 ?!

Mais oui, putain ! Évidemment ! Sa meilleure amie étant la femme de mon frère, il n'y a rien de surprenant ! Je récupère le portable et examine plus attentivement toutes les photos qu'Emma a publiées. Je repère sur l'une d'entre elles le mec que j'ai sauvé par le passé quand Lucas m'a appelé à l'aide. Puis, vient le tour de mon frangin, torse nu, uniquement vêtu de son pantalon ignifugé ainsi que de ses bretelles rouges. Je pouffe intérieurement alors que je me note mentalement de lui foutre dans les dents à ma prochaine perm.

— La Caserne 91 ? Ce n'est pas là où bosse ton frère ? Celui qu'on a secouru ? tilte aussitôt Ahri'.

— C'est exactement ça... souffle Odin.

— C'est fou ça, le monde est petit ! s'exclame Anubis.

— Pas tant que ça finalement... ça explique probablement pourquoi notre chef connaissait Romie alors qu'elle ne faisait pas partie de ses contacts autorisés... rapporte Had', toujours aussi perspicace.

Je n'ajoute rien, étant bien trop concentré à détailler le moindre centimètre carré de chaque cliché. Romane pose sur plusieurs d'entre eux. Elle est si belle, putain... Son sourire est sublime, même s'il n'atteint pas complètement ses oreilles. C'est un rictus timide, discret, loin de représenter la femme joviale et sûre d'elle qu'elle était jadis. Comme s'il lui manquait quelque chose. Comme si elle n'était pas totalement heureuse. Son regard également semble absent, égaré, perdu dans le vide. Les photos sont pros. Il n'y a aucun geste inconvenant, chacun reste à sa place. Malgré tout, je me découvre jaloux comme un pou. J'ai horreur de la voir ainsi entourée. Autant avec mon équipe, j'étais confiant, autant avec ces mecs, pas du tout. Je ne les connais pas, excepté mon frangin avec lequel je ne risque rien. Il est bien trop fou amoureux de sa Emma pour qu'il pose un œil sur une autre fille. Les autres ? Je ne sais même pas s'ils sont casés, à l'exception du lieutenant Wilson. Je chasse ces pensées et me concentre à nouveau sur Romane. Je m'attarde sur ses traits, son corps... Ahriman a raison, elle semble avoir repris du poids. Ce simple constat suffit à me redonner du baume au cœur. Néanmoins, je n'ai pas le temps de m'épancher et de la contempler davantage, mon téléphone sonne.

— C'est H...

CHAPITRE 45

THANATOS

— Mine à dispersion détectée ! nous alerte Pluton. Zone hostile en approche !
— Okay, on change de point stratégique ! On applique le plan B ! ordonné-je à mes hommes. On se replie !

Nous rebroussons chemin tout en rampant sans émettre le moindre bruit pour ne pas nous faire repérer. Très rapidement, nous atteignons des locaux précédemment sécurisés afin de nous mettre à l'abri.

— Odin, c'est à toi de jouer !
— Entendu. Lancement du missile imminent, me répond-il d'une voix monocorde et extrêmement concentrée. Trois, deux, un…

Une déflagration retentit et dès lors, les rats quittent le navire. Enfin, ceux qui le peuvent encore. De loin, nous éliminons sans aucun scrupule les adversaires dans notre ligne de mire.

— Tourelle ennemie abattue, nous confirme Odin, aux commandes de l'hélicoptère.
— Parés au déploiement, les gars ! On y va !

Nous nous engageons dans la bataille, tout en empruntant un sentier annexe pour éviter les charges explosives dissimulées également dans le sol argileux. Lorsque H m'a contacté, c'était tout simplement pour nous envoyer sur une nouvelle mission. Un code noir. Un certain Erwan Satan, cybercriminel qui sévit dans le monde entier. Personne ne parvient à mettre le grappin dessus. Visiblement, ils sont tous nazes, car il n'a pas fallu longtemps à Pluton pour le dénicher de son terrier. Un vrai jeu d'enfant, c'était trop facile et c'est bien dommage. Nous adorons quand la traque est difficile, la satisfaction est d'autant plus grande au moment où nous les attrapons. La vérité, c'est que nous sommes des putains de chasseurs. Après avoir enfin briefé mes hommes sur leurs tics respectifs lorsqu'ils sont nerveux, nous avons donc repris le chemin du travail. Mon fusil d'assaut bien en joue, j'élimine tout ce qui bouge et mon équipe en fait tout autant. Quelques minutes plus tard, nous accédons enfin au bâtiment principal.

— On est arrivés sur zone, annonce Anubis afin que Pluton prenne le relais.
— Reconnaissance en cours… nous répond ce dernier.

Nous attendons que le drone survole les lieux, puis nous nous élançons.

— Les caméras thermiques n'ont détecté qu'une seule personne… nous apprend Pluton.
— Ce n'est pas normal… murmure Ahri'.
— Je n'aime pas ce silence… chuchote Hadès.
— Tous sur vos gardes, grondé-je, les membres tendus, l'ensemble de mes sens en alerte.

Ce n'est effectivement pas normal, il y a quelque chose qui cloche. Est-ce un piège ? Un leurre pour nous éliminer en faisant tout péter ? Possible... Néanmoins, je ne stoppe pas notre progression, mû par une volonté sourde d'aller jusqu'au bout. Lorsqu'enfin, nous poussons la dernière porte, nous nous attendions probablement à tout sauf à ça.

— Bah putain ! C'est pas trop tôt, bordel ! Vous vous ramollissez, les gars ! Sans moi dans le groupe, vous êtes vraiment des chiffes molles !
— Lucifer ?! s'étonne Anubis.
— Qu'est-ce que tu fous là, Sloan ? grogné-je en ne baissant pas ma vigilance face à mon ancien coéquipier.
— Oh, calme-toi, frangin ! me répond-il en avançant tranquillement vers moi à visage découvert.
— Tu ferais mieux de t'expliquer avant de faire un pas de plus, le menace Hadès, le tenant en joue comme nous tous.
— Bon sang, vous n'avez rien compris... soupire-t-il. Erwan Satan ? Satan-Lucifer, Lucifer-Satan, non, toujours pas ?
— Qu'est-ce que tu racontes, bordel ?! s'agace Ahri' qui s'impatiente lui aussi.
— Bon, on n'a pas de temps à perdre donc je vais aller droit au but. Erwan Satan n'existe pas. C'était une ruse pour qu'on puisse se voir de toute urgence sans éveiller les soupçons de H, et surtout éviter de griller ma couverture. Quand j'ai vu la tournure que prenaient les choses, j'ai choisi de faire cavalier seul. Ça fait donc un petit moment que je bosse avec notre chef, et, me pensant de son côté, je suis devenu en quelque sorte son putain de confident. Cet enfoiré est pourri jusqu'à l'os. Si par le passé il a su faire ses preuves pour obtenir un tel poste, il a par la suite complètement vrillé. Il entretient des liens très étroits avec un certain nombre de criminels, marchandant des services on ne peut plus illégaux. En contrepartie, il leur assure de ne pas être dans notre ligne de mire. Gagnant-gagnant. Lui s'en met plein les fouilles, tandis que les autres peuvent continuer leur business tranquillement. En

attendant, cette raclure a prévu de faire sauter tout un centre commercial. On doit l'appréhender avant qu'il ne soit trop tard. Plus rien ne nous arrête, et j'ai toutes les preuves qu'il nous faut pour justifier nos actes si besoin. Tuons cet enculé !

Un long silence suit les révélations de Lucifer. Sans se concerter, mes hommes baissent finalement leur arme dans une parfaite synchronisation. Tous, sauf moi.

— Mais tous les mecs qu'on vient de buter alors ? s'alarme Hadès.

— Ah ça ! De vrais méchants. Des fils de putes. Je me suis planqué dans leur repaire. Il fallait bien que mon stratagème soit crédible aux yeux de H.

— Donc tu ne nous as jamais lâchés… devine Anubis.

— Bande de guignols ! Visiblement, vous m'avez tous cru capable de vous trahir, je ne sais pas comment je dois le prendre… grommelle Lucifer.

— Sans déconner… un infiltré… murmure Ahri' qui est encore en train de décortiquer ses confidences.

— Mais attends, H ne va pas s'inquiéter de ton absence ? l'interroge Anubis.

— Non, il m'a envoyé dénicher de nouvelles recrues. Et comme il souhaite la crème de la crème, j'ai quartier libre pour lui dégoter la perle rare, peu importe où elle se trouve. Sans le vouloir, il m'a octroyé du temps pour monter ce plan. Il m'a suffi de déposer discrètement un dossier béton incriminant un certain Erwan Satan et le tour était joué pour vous rencontrer, les gars !

— Bravo, mon pote ! s'exclame joyeusement Pluton en s'avançant pour lui donner une brève accolade.

Il est très vite suivi par les autres membres de l'équipe, alors que de mon côté, je reste là où je suis. Je n'y parviens pas, c'est plus fort que moi. J'ai toujours cette putain de rancœur qui me ronge. Depuis le début, il était partant pour se débarrasser de Romane. J'ai du mal à lui pardonner sa trahison, car oui, pour moi c'en est une, même s'il a réussi à jouer un double jeu auprès de H. En aucun cas, il ne s'est battu à mes côtés, comme mes frères d'armes ont pu le faire pour me prouver leur loyauté. C'est un putain de traître.

— Than'… chuchote Had', sûrement dans le but de me raisonner.
— Je ne t'ai jamais trahi, Colton, me lance Sloan comme s'il lisait dans mes pensées.

Tout en rivant son regard au mien, il poursuit :

— Tout ce que j'ai fait, c'était pour nous, pour toi, mais surtout pour Romie. Tu crois quoi ? Que tu es le seul à t'être attaché à elle ? Alors certes, je n'étais pas d'accord pour la garder près de nous, car je sentais les emmerdes arriver. Pour le coup, il me semble que j'ai eu le nez fin… Je ne me suis pas trompé, même si j'aurais préféré. Quand le vent a commencé à tourner, j'ai tout de suite su ce que j'avais à faire. Depuis que Romane est revenue chez elle, il ne la lâche pas d'une semelle. Je suis au courant du pacte que tu as passé avec lui et pourtant, ça ne l'a pas arrêté, bien au contraire… Il est malin, Than'… Il n'a pas prévu cet attentat à la bombe dans ce centre commercial par hasard. Romane va au cinéma tous les mardis avec un homme dont j'ignore l'identité. Ils s'y rendent toujours à la même heure. Je te laisse deviner où se trouve ledit cinéma… Dans le seul but de l'éliminer, H est prêt à tout, peu importent les conséquences et les dommages collatéraux. Son objectif est de réaliser un maximum de victimes, mais sa cible, c'est elle et personne d'autre. S'il a monté ce plan tordu, c'est pour t'embrouiller, pour te faire croire que c'est un accident, qu'elle était juste là au mauvais endroit au mauvais moment…

Putain…

Déboussolé, j'ai du mal à encaisser toutes ces révélations.

Je m'efforce de trier, de classer par ordre de gravité les différentes informations qu'il vient de me confier, mais je n'y parviens pas. Je suis perdu. La seule chose à laquelle je songe me glace le sang.

— On est mardi… soufflé-je, horrifié.
— Combien de temps nous reste-t-il ? demande Had'.
— Très exactement… neuf heures, lui répond Lucifer en regardant sa montre.
— On y va ! Goooooo ! crié-je à mes hommes alors que nous détalons comme des forcenés.

Odin qui n'a rien loupé de notre conversation est déjà en train de se poser à proximité afin de gagner un maximum de temps. Puisqu'on a fait un sacré ménage, son atterrissage se déroule sans encombre. Une fois à l'intérieur de l'hélico, je me ressaisis rapidement. Très vite, nous nous penchons sur le sujet et définissons alors notre stratégie militaire. Lucifer n'a rien laissé au hasard et a embarqué avec lui les plans du centre commercial, nous permettant ainsi d'établir les bases tactiques de notre mission commando. Nous décidons de passer à l'action et d'éliminer purement et simplement H. Il est devenu beaucoup trop dangereux. Si avant, le buter n'était qu'une option, ce n'est désormais plus qu'une évidence. Il a prévu de faire un massacre uniquement dans le but de tuer Romane. Pour quelle raison fait-il tout ça ? Probablement parce que si cette dernière parle, la presse, ainsi que les membres du gouvernement, mettront le nez dans ses affaires, qui d'après Lucifer, sont plus que répréhensibles.

— C'est qui ce mec ? demandé-je en grinçant des dents.
— Hein ? réplique Sloan qui ne comprend pas ma question.
— Le gars avec qui elle va au ciné, c'est qui ? répété-je, le timbre acide.
— Aucune idée. Les seules infos que j'ai en ma possession sont qu'ils font ça tous les mardis depuis qu'elle est revenue

chez elle. Ensuite, ils terminent par un restau. Bien souvent un chinois-japonais juste à côté, dans la galerie marchande.

— C'est un putain de pompier ?

— Euh… bah, je l'ignore. Pourquoi ce serait un pompier ? rétorque Lucifer, désarçonné.

— Laisse tomber… marmonne Ahri'.

— Okay…

— Et après ? insisté-je afin d'avoir des réponses.

— Après quoi ?

— Après le repas, ils font quoi ?

— Ah bah ça ! Je suppose qu'ils retournent chez eux pour aller se coucher ! s'exclame Lucifer, de plus en plus paumé par mon interrogatoire.

— Ce que Than' aimerait connaître c'est si oui ou non ils rentrent ensemble à la même adresse ? Dans le même lit… lui explique Had'.

— Aaaaah ! Je n'avais pas compris ! Bah, je n'en sais rien du coup… mais si c'est le cas, j'imagine qu'ils ne se font pas une petite partie de belote. Ils ont déjà dû conclure depuis un bail !

Putain, je vais le tuer !

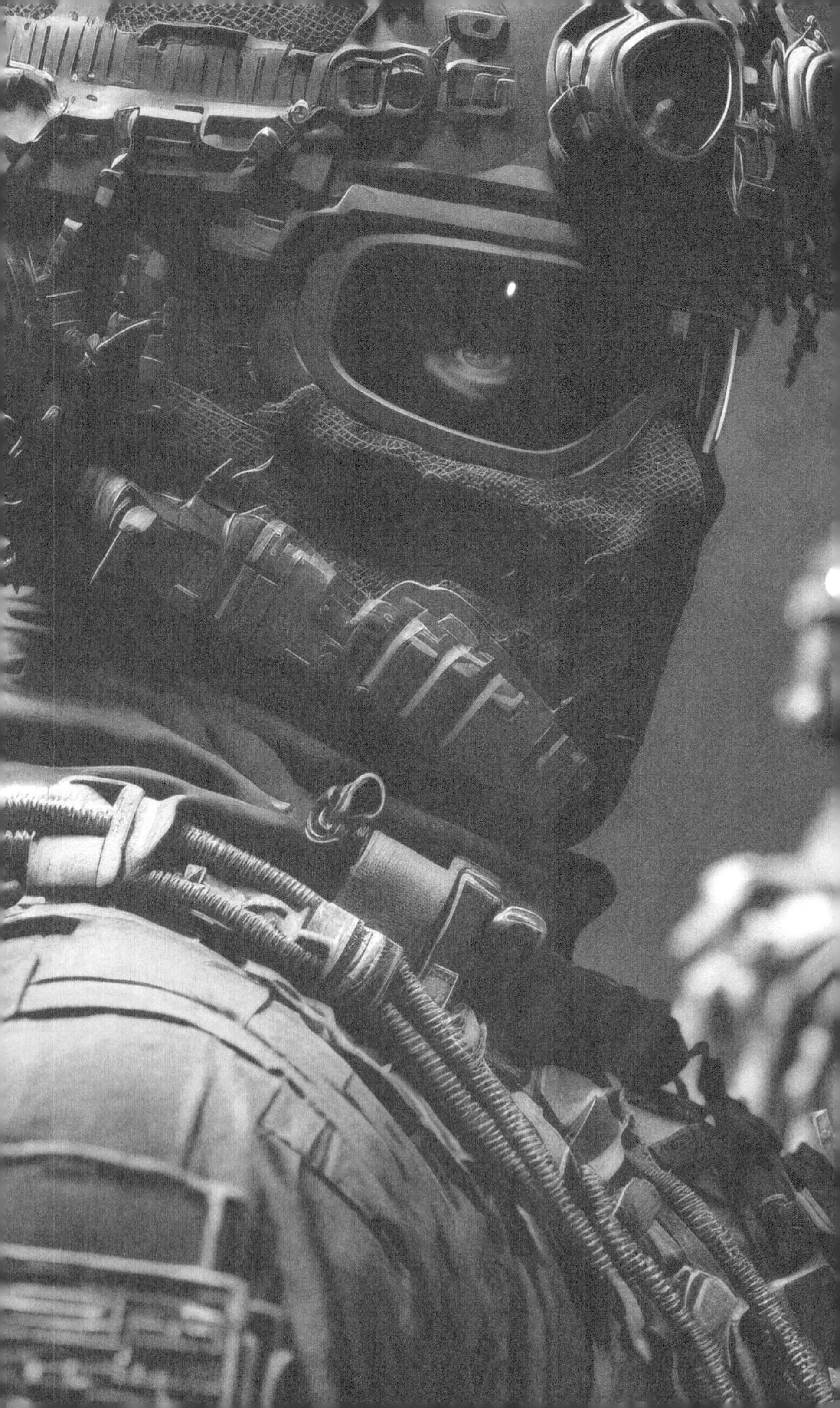

CHAPITRE 46

ROMANE

Comme chaque mardi depuis mon retour, mon frère et moi avons établi un genre de petit rituel. Enfin, rectificatif, Alex a instauré ces rendez-vous hebdomadaires sans que j'aie réellement mon mot à dire. Mais pour être tout à fait honnête, j'adore ces moments passés en sa compagnie. Il me change les idées et surtout il m'aide à aller de l'avant. Il s'est beaucoup renseigné sur les conséquences que pouvait avoir un traumatisme crânien ayant engendré un coma sur une période relativement longue. Le verdict est sans appel : les patients sont bien capables de rêver lors de leur phase de réveil, phase qui peut durer des semaines. Conclusion, le docteur Travis ne m'a pas entubée. Pourtant, j'étais déjà en train de me raconter qu'il était de mèche avec le GHOST. Franchement, vu sa carrure, il aurait largement pu faire partie de l'équipe. J'imagine que je dois me rendre à l'évidence, j'ai tout inventé. Néanmoins, j'ai beau me le répéter chaque jour, ou bien chaque fois que je pense à Thanatos, c'est-à-dire tout le temps, une part de moi persiste à y croire. Sûrement mon imbécile de cœur qui s'obstine pour tenter de survivre.

— Tu es bien silencieuse… me lance Alex qui est venu me chercher en voiture. Tout va bien ?

— Ça va super ! m'exclamé-je avec beaucoup trop d'entrain pour être crédible.

— Pas à moi, sœurette, soupire-t-il. Je te promets qu'un jour ça ira mieux. Tu te réveilleras un matin, ta peine et ta douleur auront laissé place au renouveau. En attendant, je serai là pour toi, je ne vais pas te lâcher, crois-moi.

— Si tu le dis… murmuré-je, émue par ses paroles. Merci petit frère.

— Petit, petit, je te dépasse d'au moins une tête de plus que toi, je te signale ! se marre-t-il. Bon, alors, qu'est-ce que tu veux regarder aujourd'hui, frangine ?

— Tout sauf un truc dégoulinant de niaiseries !

— Okay, donc comme d'habitude quoi, s'esclaffe-t-il.

— C'est ça !

— Sinon, comment s'est passée ta journée ?

— Je me suis rendue au travail…

— C'est génial ! C'est une super nouvelle ! Je suis sûr que voir du monde va te permettre d'aller de l'avant ! Rencontrer des gens, discuter, épiler des schnecks, tout ça, tout ça, ça ne pourra qu'être bénéfique ! D'ailleurs, si tu as besoin d'aide, je me porte volontaire. Enfin, seulement, si elle est blonde à forte poitrine, hein ! Sinon, c'est mort, tu te débrouilles.

— Et si c'est José qui vient se faire épiler les poils du ionf, je t'appelle ou pas ?

— Surtout pas ! pouffe-t-il en faisant mine de vomir.

Cet idiot a l'art et la manière de me faire rire, c'est fou. Le reste du trajet se déroule dans la joie et dans la bonne humeur. On parle de tout et de rien, comme si tout allait bien. En réalité, lorsque je suis à ses côtés, c'est en partie vrai. Je ne vois pas le temps passer ni la route défiler que déjà, nous arrivons sur le parking du grand centre commercial. Nous nous garons sans cesse au même endroit, c'est-à-dire à quinze kilomètres de l'entrée principale. Je ne sais pas ce qui débloque chez mon frère pour se stationner aussi loin chaque fois, mais force est de constater qu'il y a quelque chose qui cloche dans sa tête. Je râle, il rigole. Heureusement que j'ai mis mes baskets, il me fait toujours le coup. Nous franchissons les cinquante mille marches d'escalier nous séparant de la galerie marchande, puisque bien sûr nous nous trouvons au niveau moins douze mille. Puis, je savoure les escalators qui mènent au cinéma se situant au dernier étage. À présent devant les grandes affiches, notre choix se porte sur un film d'action. Parfait ! C'est tout ce qu'il me faut. Je veux du sang et de la bagarre. Tout sauf une histoire d'amour qui me donnerait, une fois de plus, envie de m'étrangler avec la corde de mon peignoir lorsque je serai de retour à la maison. Après avoir dépensé un rein pour m'acheter de quoi grignoter, nous accédons à la salle. Autant sur le parking, il s'en tape, autant ici, mon petit frère serait capable de tout pour obtenir les meilleures places. Il me fait parfois honte, je vous jure. Un jour, il est carrément allé demander aux personnes de se décaler. Je ne savais plus où me foutre. Par chance, aujourd'hui, pas besoin de négocier, les rangs qu'il convoite tant sont disponibles. En même temps, nous avons de l'avance et sommes les premiers arrivés. Les minutes s'égrènent et les gens commencent à s'asseoir. Un homme portant un sac à dos ainsi qu'une casquette se positionne juste devant moi, alors que les sièges à sa gauche et à sa droite sont libres.

Super, il ne pouvait pas se mettre autre part, ce connard !

J'ignore pourquoi, mais un autre individu attire mon attention. C'est peut-être la capuche sur sa tête ainsi que les lunettes de soleil sur son nez qui m'interpellent. Il faut dire que c'est quand même étrange. Sans que je puisse apercevoir son visage une seule seconde, il s'installe sur la même rangée que nous. Malheureusement pour moi, seuls deux fauteuils nous séparent. Je suis mal à l'aise, il ne m'inspire clairement pas confiance.

— Ça ne va pas ? me chuchote Alex.
— Le gars, à côté de moi, il est chelou, non ?
— Mouais, qui sait, il a peut-être juste mal aux yeux. Rassure-toi, tout va bien, s'efforce-t-il de me réconforter tout en saisissant ma main pour y exercer une légère pression.

Je cogite encore un moment, puis je me reprends. C'est vrai quoi, je ne vois pas ce qui pourrait m'arriver de grave dans une salle de cinéma à moitié remplie. Une partie des lumières s'éteignent et la pub démarre. Aussitôt, je saute sur mon seau de pop-corns à l'odeur alléchante. Celle-ci m'enivre et j'adore ça ! C'est la base ! Venir au ciné sans avoir quelque chose à grignoter, c'est une faute impardonnable. Malgré tout, j'ai du mal à me détendre complètement. Je ne sais pas pourquoi, mais j'ai l'impression de sentir le regard de l'autre type peser sur moi. Je jette un coup d'œil dans sa direction et celui-ci détourne d'emblée son attention. Puisqu'il m'agace prodigieusement, je lui tends mes grains de maïs soufflés un peu brusquement pour lui en proposer. Ainsi, peut-être va-t-il finir par comprendre que je l'ai grillé en train de m'observer et donc arrêter son cirque.

Loupé...

Ma tentative d'intimidation n'a pas fonctionné. Une fraction de seconde, j'hésite à lui envoyer mon seau à la tronche, mais très vite, je me ravise. Il ne manquerait plus que ça, que je n'aie plus rien à manger ! Les lumières s'éteignent totalement et le film démarre enfin. Finalement, je ne suis pas certaine d'avoir bien choisi. Une histoire d'agent secret n'était peut-être pas très judicieuse. Les premières minutes passent et je me retrouve malgré tout pleinement embarquée. Néanmoins, mon cœur rate un battement quand je constate que l'homme à la capuche s'est décalé. Il n'est donc plus à deux fauteuils de moi, mais bien à un seul.

Qu'est-ce qu'il fout, putain ?

Bon sang ! Je suis sûre qu'il cherche à piquer mon sac à main que j'ai déposé sur la place libre à côté de moi. L'enfoiré ! Je le récupère aussitôt et le plaque contre mon ventre. Mon rythme cardiaque s'emballe tandis que le voyou fait mine de scruter l'écran, mais je ne suis pas dupe. Mon frère, quant à lui, ne se doute pas une seconde du bazar qui se joue sous mes côtes et reste très concentré sur les images qui défilent sous ses yeux. Moi ? Je tente de me calmer en prenant de grandes inspirations.

Tout va bien, Romie...

Je commence à recouvrer un semblant de sérénité, quand le mec à ma droite se lève brusquement, se décale de mon côté, renverse mes pop-corns, puis saute par-dessus le siège de devant. Choquée, je le regarde dérober le sac à dos de l'homme à la casquette, puis courir comme il peut en direction de la sortie.

Bordel de merde !

Je vous l'avais bien dit qu'il voulait chourer mon sac à main !!! Du coup, il s'est rabattu sur le pauvre gars face à moi. Il n'a même pas dû s'en rendre compte, puisque celui-ci n'émet aucune réaction. Pire, je crois qu'il dort. Sa tête penche dangereusement du côté où elle va tomber.

— Monsieur ? Monsieur ? On vous a volé votre sac ! Monsieur !

Aucune réaction. Pire, les gens autour de moi râlent et me lancent des chuts agacés.

— Monsieur ? insisté-je malgré tout en appuyant légèrement mon index sur son épaule.

Le mec dort comme une souche. C'est bien la peine de venir au cinéma si c'est pour pioncer les trois quarts du temps. En attendant, je trouve ça quand même fou ! On ne peut plus être tranquille nulle part, c'est dingue ! J'espère qu'il n'avait rien d'important dans ses affaires, et que son portefeuille et ses papiers d'identité sont sur lui.

— Tout va bien ? Qu'est-ce qui s'est passé ? J'ai pas compris là... me demande Alex en chuchotant alors qu'il me voit ramasser mes putains de pop-corns désormais sur le sol.

— Je t'avais dit qu'il était louche ! Il a piqué le sac du type en face ! murmuré-je en retour, encore choquée par ce qui vient de se produire.

— Sérieux ? Bon sang, ça craint…

— C'est clair ! Et maintenant, je n'ai plus rien à bouffer ! Génial ! râlé-je.

Néanmoins, malgré ça, je me sens sereine de ne plus avoir l'autre racaille à mes côtés. Le reste du film défile, mais très vite je décroche. Évidemment, l'enculé d'agent secret tombe amoureux d'une fille dont il sauve la vie. Qu'est-ce que c'est niais et prévisible, sans déconner ! Ils n'en ont pas marre de nous foutre du romantisme à toutes les sauces ? Je peste, soupire, puis m'évade dans mes pensées. Dans un monde où je n'ai plus peur, dans un monde où je lui confie mon cœur… Je sombre de plus en plus. Telle une junkie, je me shoote avec mes souvenirs pour apaiser mes douleurs. Mais au final, je ne fais que les raviver chaque fois un peu plus.

Le générique de fin démarre et déjà mon frère m'attend dans l'allée. Il reste encore pas mal de monde dans la salle, ce qui m'empêche clairement de m'exprimer à voix haute pour réveiller l'homme à la casquette toujours endormi. Par ailleurs, je ronchonne encore, car je retrouve des grains de maïs partout.

— Allez, viens Romie ! Ce n'est pas grave, ils nettoieront. On va leur dire en sortant ! me lance Alex en me voyant ramasser le pop-corn au sol.

— D'accord, mais on ne va pas se barrer sans prévenir cet homme qu'il s'est fait voler son sac quand même !

— Il va bien s'en rendre compte à son réveil, hein ! Magnetoi, on va au restau. J'ai réservé, et tu sais que j'ai horreur d'arriver en retard !

— Roh, ça va ! Pète un coup, hein ! Qu'est-ce que tu peux être chiant ! On a bien deux minutes ! pesté-je. Monsieur ? Monsieur ?

Pas de réaction. Je réitère à plusieurs reprises, mais celui-ci semble dans un sommeil profond. Et merde, lui aussi il me soûle ! J'abandonne, puis nous quittons la salle, non sans jeter un dernier regard à l'individu assoupi.

— Le pauvre, laisse tomber le torticolis qu'il va se taper…
— C'est clair, en plus de découvrir que ses affaires ont disparu… Que veux-tu, ce n'était pas sa journée ! me répond Alex, mort de rire.
— Ce n'est pas drôle, tu n'as vraiment pas de cœur, sérieux !

Il continue de se marrer, au moment où je me dirige vers un membre du personnel. Je leur précise qu'un homme s'est fait voler son sac et que ce dernier, endormi, est toujours dans la pièce. On me remercie tout en nous souhaitant une bonne soirée. Pour le plus grand bonheur de mon frangin, nous arrivons à l'heure au restaurant. En même temps, il est situé au même endroit, un niveau en dessous. Un chinois-japonais avec un buffet à volonté ! Un pur délice ! Nous commandons une bière pour Alex, un coca pour moi, puis nous allons nous servir. Évidemment, nous avons beau nous raisonner, nous mangeons encore comme quinze. Affalée sur ma chaise, je fais une pause quand une sirène hurlante attire notre attention. Mes sens en alerte, j'observe par la vitre des dizaines de gendarmes débarquer et se diriger à l'étage au-dessus. Que se passe-t-il ? Une autre alarme, assourdissante cette fois-ci, se déclenche dans les haut-parleurs du centre commercial. Très vite remplacée par un message ordonnant à tout le monde d'évacuer les lieux dans le calme.

Dans le calme, dans le calme… ils sont drôles eux !

J'ignore ce qui se trame, mais cela ne me dit rien qui vaille.

— Putain, je n'ai même pas eu le temps de prendre mon dessert ! marmonne Alex alors que moi je reste pétrifiée sur mon siège.

Okay, la soirée s'annonce mouvementée…

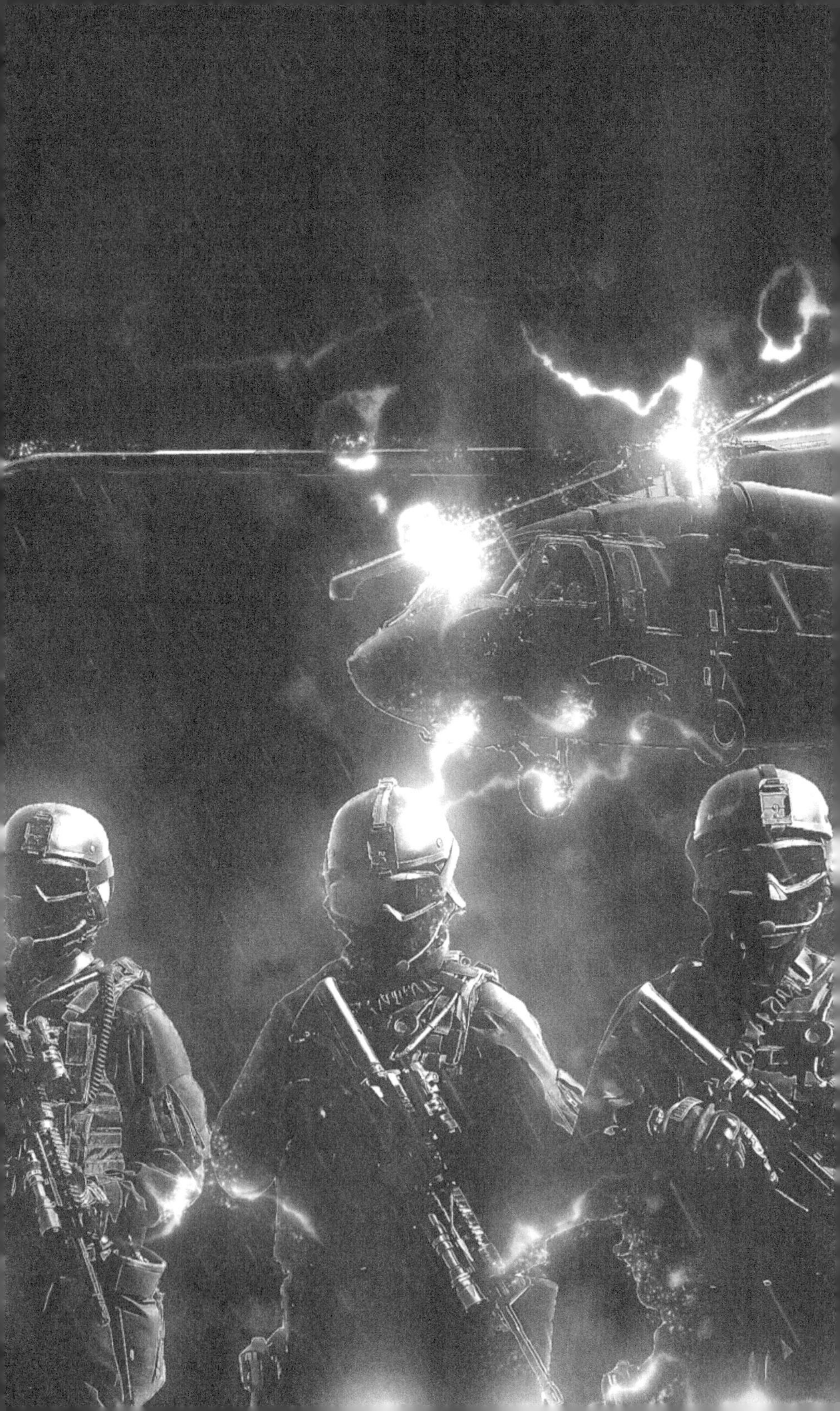

CHAPITRE 47

THANATOS

Tout s'est déroulé comme prévu. Cet enfoiré de terroriste n'a rien vu venir. En même temps, heureusement, sinon il aurait fait tout péter. Je ne vous cache pas que retrouver Romane m'a ébranlé. J'avais envie d'aller la voir, lui parler, la serrer dans mes bras, mais j'ai dû me résigner. J'ai bien remarqué qu'elle me craignait, surtout au moment où je me suis rapproché. Elle a attrapé son sac à main pour le coller contre elle. J'espérais qu'elle se concentre un peu plus sur le film, mais c'était peine perdue. Elle était bien trop focalisée sur moi, ce qui m'a valu d'improviser. Je me suis levé et j'ai fait en sorte de renverser ses pop-corns pour détourner son attention. Au même moment, j'en ai profité pour administrer une injection létale au fils de pute assis juste en face d'elle. J'ai subtilisé son sac à dos contenant la bombe qui devait tuer des dizaines d'innocents. J'ai quitté l'édifice en empruntant les issues de secours, puis j'ai retrouvé Anubis, notre expert en explosifs, dans un coin isolé. En quelques secondes, mon frère d'armes a réussi à désactiver l'engin. En parallèle, mon équipe est parvenue à pénétrer les locaux où travaille H. C'est l'un des bâtiments les plus protégés du pays. En tant qu'agent du GHOST, nous avons bien sûr l'habilitation pour y entrer comme bon nous semble. Cependant, cela équivalait à nous tirer une balle dans le pied. En effet, H aurait été aussitôt informé de notre venue et nous aurait sans doute bloqué immédiatement l'accès. Alors, mes hommes se sont contentés de dérober les pass de certains. Ensuite, pour duper la sécurité, Pluton a piraté les caméras de la vidéo surveillance afin de diffuser des images en boucle. En trois minutes seulement, ils ont réussi à s'introduire, puis embarquer H. Il faut dire que les photos de sa femme et de ses gosses à l'école l'ont rendu docile.

— Ils arrivent, me lance Anubis qui est au téléphone avec Ahri'.

— Très bien… murmuré-je, le timbre macabre.

Mon ton grave traduit mon désir d'en finir. C'est donc avec une grande attention qu'Anubis et moi observons leur véhicule approcher. Odin au volant se gare, puis descend du camion. Il est rapidement suivi par les autres membres de l'équipe. Habillés en costume cravate pour s'infiltrer dans les locaux, j'en rigolerais presque tant les voir vêtus ainsi me désarçonne. Hadès sort le dernier en tenant fermement H. Ce dernier, un scotch sur la bouche, qui plus est ligoté, n'est pas en mesure de communiquer, mais l'effroi se lit dans ses yeux. À ce moment précis, ce n'est plus l'homme que je suis en face de lui. Non, il a le soldat, le monstre sans cœur ni état d'âme qu'il a façonné depuis tant d'années. Mon pouls est faible, ma respiration lente. Tel un félin prêt à ferrer sa proie pour la tuer de sang-froid, j'inhale la crainte qui suinte par tous les pores de sa peau. Je m'abreuve de sa peur qui coule frénétiquement dans ses veines. Elle me galvanise et me transcende.

— Je t'avais prévenu… grondé-je en tournant autour de lui.

Ahri' lui arrache brusquement le scotch, tandis que H s'empresse de se justifier.

— Ce n'est pas ce que tu crois !
— Ah oui ? Et qu'est-ce que je crois au juste ? Dis-moi…
— Je n'ai rien à voir avec cet attentat, je te le jure ! Si Romane était présente, c'était une simple coïncidence !
— Qui a parlé d'attentat ? lui rétorqué-je, le timbre glacial.
— Toi… vous… je ne sais plus… mais je n'ai rien à voir avec tout ça ! Putain, Colton, j'ai des gamins, s'il te plaît ! me lance-t-il finalement, le ton suppliant. Ne déconne pas…

À la mention de ses gosses, Pluton me rejoint, puis me souffle quelque chose à l'oreille. Si j'avais encore une once d'hésitation, ce qui n'était pas le cas, celle-ci vient de se volatiliser dans les méandres de mon esprit.

— Tes enfants ? Tu parles de la chair de ta chair ? Celle-là même que tu as battue et violée ? énoncé-je froidement.

Je l'observe déglutir, perdu et effrayé. Il ignore quoi me répondre. Je sens son pouls s'affoler tant sa respiration s'emballe. Lors de leur petite infiltration, Pluton a embarqué son ordinateur pour y effectuer quelques recherches. Elles ont été plus que fructueuses puisqu'il y a trouvé des images et des vidéos pédopornographiques en pagaille. Tu m'étonnes qu'il ne souhaitait pas que Romane divulgue quoi que ce soit. Il n'envisageait surtout pas que quelqu'un mette le nez dans ses affaires.

— Tu sais ce qu'on leur fait aux monstres comme toi, n'est-ce pas ?
— Espèce de fils de pute ! hurle-t-il soudain à l'attention de Lucifer. Tu m'as trahi, enfoiré !

Alors qu'il continue à déverser sa rage, mes hommes l'attachent solidement à un poteau, puis lui enfilent l'un de nos gilets pare-balles que Anubis a, disons-le, quelque peu modifié.

— Tu sais ce qui est ironique dans toute cette histoire ? C'est ton obsession à vouloir tuer Romane qui aura causé ta perte et non le fait qu'elle puisse révéler notre existence. Tu ne la reconnais peut-être pas, mais la bombe destinée à l'assassiner, elle et de nombreux autres innocents, se trouve désormais collée contre ta poitrine : c'est drôle pas vrai ? Qu'est-ce qu'on déclare dans ce genre de situation ? Retour à l'envoyeur ? Ou bien c'est l'arroseur arrosé ? Oh ! Attends ! j'ai mieux ! L'exploseur explosé !

— Sale petite merde ! Vous n'êtes qu'une bande de minables ! Vous ne pouvez rien contre moi ! Sans moi vous n'êtes personne !

— Eh bien… ça tombe bien vois-tu, car nous ne sommes déjà personne… soufflé-je, un rictus diabolique sur mon visage. Anubis !

Aussitôt, mon coéquipier appuie sur le détonateur et dès lors un décompte s'enclenche sur l'engin explosif. Nous reculons à bonne distance afin de nous mettre à l'abri, et seulement alors je commence à fredonner :

— Tic… tac…

Hadès vise son épaule droite et tire. Lorsque l'impact retentit, le cri de douleur tinte et brise le silence funèbre qui règne autour de nous.

— Enculé ! vocifère H.
— Tu ne pensais tout de même pas que j'allais te laisser partir aussi facilement, n'est-ce pas ? Tic… tac…

Ahri' tire et lui éclate le genou gauche.

— Tic… tac…

C'est au tour de Pluton qui décide de cibler son pied. H ne cesse de hurler à chaque déflagration.

— C'est bientôt fini va… Il doit te rester combien de temps là ? Deux minutes ?
— Une minute trente, m'informe Anubis.

— Quatre-vingt-dix secondes… ça peut paraître peu pour le commun des mortels, mais pour l'équipe du GHOST, c'est énorme, pas vrai, H ?
— S'il te plaît… geint-il à l'agonie.
— Tic… tac…

Odin ne se fait pas prier et s'exécute. Sa seconde rotule a rendu l'âme.

— Tic… tac…

Anubis, le doigt sur la gâchette, ajuste sa lunette comme pour maintenir le suspense, et appuie. Le corps de H est secoué par l'impact de la balle qui traverse les tissus de sa clavicule gauche.

— Tic… tac…

Il ne faut pas une seconde de plus pour que Lucifer se décharge de toute cette colère qui gronde en lui. Sans surprise, il explose les couilles de cet enfoiré qui hurle à la mort.

— Combien de temps, Anubis ?
— Vingt-six secondes.
— Encore ? Eh bien, eh bien… patientons alors…

Les secondes défilent lentement alors que personne ne bronche. Néanmoins, j'interviens pour garder éveillée ma proie.

— H, tu restes avec nous, hein ? Ne tombe surtout pas dans les pommes ! Je veux que tu me regardes droit dans les yeux quand tu sauteras en mille morceaux !
— Vous êtes des monstres, parvient-il à prononcer avec difficulté.
— Et tu n'as encore rien vu…
— Dix secondes, Than'…
— Ooooh, c'est le moment ! Neuf ! Huit ! Sept ! Six ! Cinq ! Quatre ! Trois ! Deux ! Un !

H plisse les paupières de toutes ses forces, mais rien ne se produit. Quand il les rouvre, il a la surprise de me retrouver juste devant lui. Un rire sadique m'échappe. Tonitruant et machiavélique, j'évacue toute la rage, toute la haine que j'éprouve à l'encontre de cet homme.

— Tu crois vraiment que j'aurais laissé cet engin faire le travail à ma place ?

Je m'approche de lui et sans jamais le quitter des yeux, je glisse ma lame aiguisée sur la peau fine de sa gorge. Celle-ci se fend sur mon passage et à ce moment précis je peux lire toute la frayeur que j'inspire dans les pupilles de celui qui était devenu notre tortionnaire.

— Pour Romane… chuchoté-je à son oreille.

Un dernier souffle s'évanouit et tout d'un coup, je me sens libéré d'un poids colossal. Nous nous éloignons et, lorsque nous sommes à une distance satisfaisante, je donne le feu vert à Anubis. Cette fois-ci, c'est la bonne, la bombe explose, H avec.

CHAPITRE 48

ROMANE

— Mais si je vous dis que je n'ai rien vu ! Il portait un sweat à capuche qu'il avait ajusté sur son crâne, ainsi que des lunettes de soleil. Il s'est assis à deux fauteuils de moi, puis, pendant le film, il s'est rapproché. Il n'arrêtait pas de m'observer. Ça m'a même énervée et je lui ai proposé à manger. Il m'a ignorée, mais à un moment, il s'est levé brusquement, m'a bousculée en fauchant mes pop-corns, a sauté par-dessus le siège en face de moi et a volé le sac à dos du type. J'ai voulu prévenir le pauvre monsieur, mais comme il avait la tête penchée, j'en ai déduit qu'il dormait !

— Il a fait diversion…

— Pardon ?

— Vous l'aviez repéré, il a trouvé un prétexte en renversant votre nourriture. De cette manière, il a pu piquer ce type en toute discrétion puisqu'il n'y avait personne d'autre à ses côtés. Quelle taille faisait-il à peu près ?

— Il était grand et costaud. Je dirais un bon mètre quatre-vingt-dix, dans ces eaux-là.

— Okay, je ne vais pas vous retenir plus longtemps, si vous avez des souvenirs qui vous reviennent, n'hésitez pas à me contacter. Je suis l'inspecteur Miller, voici mes coordonnées.

Le flic en question me tend sa carte que je récupère et fourre dans la pochette avant de mon sac à main. Je sors de son bureau et très vite je rejoins mon frère qui a également été entendu par un autre gendarme.

— Ça va frangine ? s'inquiète-t-il immédiatement.
— Oui, et toi ?
— Nickel ! Enfin, c'est fou cette histoire quand même !
— Incroyable, mais vrai... Je vais finir par penser que j'attire tous les putains de psychopathes sur cette terre, ce n'est pas possible... marmonné-je, encore sous le choc de la nouvelle.
— Mais non, ne dis pas ça...
— Il était juste à côté de moi ! Tu réalises ?! Il a renversé mes pop-corns !
— Et rien que pour ça, il mérite la peine de mort ! s'esclaffe Alex qui me connaît bien.
— Exactement ! Non, mais plus sérieusement, j'ai tenté de réveiller le monsieur plusieurs fois, je croyais qu'il dormait...
— Tu m'étonnes qu'il ne te répondait pas.
— J'ai supposé qu'il avait un sommeil lourd.
— Ah bah ça pour être lourd, il était lourd, effectivement !
— Oui, tout comme toi à l'instant, hein ! Sombre idiot...

Mon frère, hilare, glisse un bras par-dessus mes épaules, puis se contente de m'annoncer que tout va bien se passer Ce qui s'est produit ce soir n'est dû qu'au fruit du hasard. Je suis dubitative, mais je garde mes doutes pour moi. La route du retour se fait dans le silence. Une fois seule à la maison, je me laisse choir dans mon canapé. Tu parles d'une soirée ! Et comme si ce n'était pas assez, cerise sur le gâteau, je me tape un mal de tête carabiné. J'attrape mon sac dans le but de chercher ma plaquette de paracétamol, quand j'ai la sensation de me faire percuter par un train lancé à pleine vitesse. Les mains tremblantes, je récupère l'objet, puis tente de me calmer, mais en vain. Mes pulsations cardiaques sont parties en plein galop et je ne parviens plus à respirer correctement. J'ai l'impression que d'un seul coup, on me prive d'oxygène, que mes poumons ne daignent plus vouloir faire leur boulot convenablement.

Quand ?
Comment ?
Pourquoi ?

Bon sang, j'ai le sentiment que mon cœur va exploser en mille morceaux ! Je suis perdue, égarée entre l'espoir et le désespoir. La satisfaction de savoir que tout ceci n'était pas qu'un rêve, mais également la peine énorme à l'idée que Colton m'a bel et bien abandonnée dans ce lit d'hôpital. Malgré tout, la joie immense que je ressens en cet instant dépasse l'entendement. Ils existent !

Il existe...

Pour de vrai, le GHOST n'est pas une pure invention sortie tout droit de mon esprit. Thanatos n'est pas le fruit de mon imagination.

Bon sang...

J'en tremble tant c'est impensable. J'attrape le collier de Colton dans mon sac, puis effleure délicatement sa plaque militaire avec la pulpe de mon pouce. J'ai envie de pleurer, bordel ! Savoir qu'il est réel accentue mon sentiment de manque. C'est inhumain tant son absence me fait mal au ventre et au cœur. Les rouages de mon cerveau s'enclenchent et les connexions se font presque immédiatement.

Le cinéma…
Le gars à la capuche…
Mes pop-corns…
Le meurtre…

C'était lui, putain ! Voilà pourquoi il me toisait avec insistance ! Voilà pourquoi il m'empêchait de voir son visage et son regard ! Il était là, tout près, juste à côté de moi…

Seigneur…

Je manque de défaillir tant ce constat me paralyse, me pourfend de part en part. Le maelström d'émotions qui me submerge totalement n'est rien d'autre qu'un gigantesque tsunami. Puissant, dévastateur, incontrôlable… Je suis à la fois heureuse, triste et en colère. En colère d'apprendre qu'il était présent et qu'il n'a rien fait de plus que déposer ce fichu collier dans mon sac à main. Et dire que je pensais qu'il allait me le voler… Quelle cruche ! Des tonnes de questions fusent sous mon crâne et finalement une seule retient mon attention sur l'instant :

Pourquoi a-t-il tué ce gars ?

CHAPITRE 49

ROMANE

Un mois plus tard, je n'ai toujours pas trouvé la réponse à ma question. Étonnamment, l'inspecteur Miller m'a contactée pour m'informer que l'affaire était classée sans suite. Enfin, en même temps, je ne devrais pas être surprise, si le GHOST est derrière tout ça, il n'y a rien d'anormal. Je suis curieuse de savoir ce que ce type a fait pour mériter un tel châtiment. D'ailleurs, j'évite d'y penser, parce que ça me fout la trouille. Forcément, depuis cette soirée pour le moins mouvementée, mon frère et moi avons abandonné nos sorties ciné. À la place, nous restons au chaud chez nous et jouons à la console comme les deux gamins que nous étions autrefois. Avant que toute cette merde m'engloutisse. Néanmoins, je ne me laisse plus dépérir, je vais de l'avant. Je suis retournée au travail et je me suis consacrée quotidiennement à mes clientes, ce qui m'a fait un bien fou. Clientes et clients je devrais même dire, car les hommes sont de plus en plus nombreux à fouler le sol de mon salon.

Bon, en revanche, je ne vais pas vous mentir, même si je tente de garder la tête hors de l'eau en reprenant ma vie en main, côté cœur, c'est un désastre, un champ de ruines. Thanatos occupe encore toutes mes pensées. Je suis clairement malheureuse et mis à part mon boulot, mes soirées avec Alex et mes sorties avec Emma, eh bien c'est la cata. Je ne mange pas beaucoup et surtout je ne fais que de pleurer. Vous vous doutez bien, le collier de Colton ne me quitte plus une seule seconde. D'ailleurs, je ne fais que ça, manipuler sa plaque entre mes doigts fébriles. C'est donc d'humeur maussade que je me prépare pour ce soir. Lucas célèbre son anniversaire et Emma m'a gentiment invitée. Je vous avoue que je n'ai pas trop envie de faire la fête, mais je dois dire que ses amis sont quand même super sympas. Un brin dérangés, mais sympas. C'est idiot, mais quand je les regarde aussi soudés, aussi unis, je songe immédiatement aux garçons. À Odin, le fou du volant, à Ahri', l'homme araignée, à Pluton, le roi de l'informatique, à Anubis, le protecteur au grand cœur, à Lucifer, l'éternel râleur, à Hadès, le soldat aux multiples facettes, à Thanatos… Ouais… nul besoin de vous le présenter celui-là…

Lassée, je finis par enfiler un jean tout simple, ainsi qu'un tee-shirt et une veste. Ça ira très bien, même si Emma m'a demandé de m'apprêter, car certains de ses potes étaient célibataires. Sauf que, elle est très gentille, mais moi, je m'en tape d'eux. Clairement. Je n'ai envie d'être avec personne d'autre que lui… Donc elle va devoir se faire une raison, je ne suis pas prête pour remonter en selle comme elle dit. J'ignore encore comment je vais bien pouvoir avancer sans lui, alors pour le moment, je me contente de vivre au jour le jour. Ce qui craint, c'est que je suis tellement accro, que je suis capable de tout pour tenter de le retrouver. Ça peut paraître stupide, très stupide, mais l'idée de me mettre à nouveau en danger m'a traversé l'esprit… Puis, je me suis traitée de tous les noms. Ensuite, je me suis rendue à l'Orgasmic, cette fameuse boîte de nuit libertine. J'y suis allée tous les soirs pendant quinze jours dans l'espoir complètement fou de le croiser… mais j'ai fait chou blanc. Tous ces corps dénudés s'entrelaçant m'ont rebutée à défaut de m'amuser comme avant. La seule chose que j'ai réussi à faire, c'est sympathiser avec le propriétaire des lieux. Un homme d'âge mûr, cordial et accueillant. Honnêtement, j'aurais plutôt imaginé un gros pervers comme patron, mais force est de constater que je faisais erreur. Il est très gentil. Au moment où je lui ai fait part de ma recherche concernant le videur, celui aux yeux vairons, il m'a de suite appris qu'il n'avait été que de passage, que malheureusement il ne faisait plus partie de ses effectifs. Je l'ai cru, même si l'idée que Colton travaille dans cet endroit l'espace d'une nuit m'a étonnée. Par la suite, je me suis dit que seule une affaire étrange au sein des locaux avait dû justifier la présence du GHOST. J'ai donc effectué quelques investigations, mais je n'ai rien trouvé. Après, cela semble être le symbole de cette équipe pour le moins atypique. Alors, j'étais sur le point d'abandonner, quand j'ai surpris le regard de ce monsieur sur mon collier que je n'arrêtais pas de triturer. Exceptionnellement, ce soir-là, je suis sortie en l'exposant fièrement autour de mon cou. Je voulais, dans l'hypothèse où il était dans les parages, qu'il me voie, qu'il me repère. Qu'il vienne jusqu'à moi, qu'il m'ordonne de le cacher. Mais rien de tout ça ne s'est produit, sauf la réaction curieuse de ce propriétaire. Après avoir marqué un temps de pause, pour ne pas dire buggé franchement, il a rivé ses yeux aux miens et m'a demandé de lui raconter mon histoire. Chose que j'ai faite. J'ai fini dans ses bras, en pleurs. Quelque part, me livrer ainsi à cet étranger m'a fait un bien fou. Alors j'ignore qui est cet homme et ce qu'il représente pour Thanatos, mais je suis persuadée qu'ils se connaissent, qu'il y a quelque chose entre eux… Je me suis promis d'approfondir cette piste, mais en attendant, je vais tenter de me changer les idées ce soir.

Étape par étape, un pas après l'autre…

Lorsque je déboule chez Emma et Lucas, c'est la cohue générale. Il y a des ballons partout, des gamins qui courent, des éclats de rire graves et fracassants, des discussions animées, des accolades et des gestes tendres. J'ai le sentiment d'atterrir dans leur famille comme un cheveu sur la soupe. Toute timide, je déambule dans la maison à la recherche d'Emma. Je me pensais discrète et pour le coup transparente, espérant échapper aux invités. Raté. Tout le monde m'embrasse, me prend dans ses bras, me demande comment je vais, si je veux manger ou boire quelque chose. Il y a quelques mois, j'aurais participé bien volontiers et me serais sentie sûre de moi… Autant là… Je ne suis plus que l'ombre de moi-même. J'imagine que la convalescence va être longue et qu'il va me falloir du temps, beaucoup de temps pour me reconstruire, pour recouvrer cette assurance que j'ai égarée dans ce putain de désert libyque.

— Ma poulette !!! Tu es arrivée ! s'écrie d'un coup ma meilleure amie qui débarque comme une tornade.
— Comme tu vois ! ricané-je alors qu'elle me saute dessus pour me faire un maxi câlin.
— Je suis heureuse que tu sois venue !
— Oui, moi aussi. Mais doucement quand même, hein… Tu vas me péter les côtes si tu continues, me moqué-je gentiment.
— N'importe quoi ! Ça fait un moment que tu es là ?
— Depuis quelques minutes seulement…
— Ah oui ?! Mince, excuse-moi, je cours partout !
— Ben dis-moi, je vais t'aider, lui proposé-je tout en ôtant ma veste. Qu'est-ce que je peux faire ?

Et voilà comment je me retrouve à galoper à droite à gauche. Le père de Lucas est de la partie ce soir, alors ma copine se fout une pression monstre. Je crois qu'elle veut en mettre plein la vue à son beau-père, ce qui est compréhensible. Pourtant, elle n'a aucun stress à avoir, il n'a qu'à observer la manière dont Lucas la contemple pour réaliser qu'elle fait le bonheur de son fils.

— Bonjour Romane, comment vas-tu ? m'interpelle Mathias, le frangin d'Emma.
— Impeccable ! Et toi ? Je suis heureuse que tout aille bien pour toi, lancé-je sincèrement émue de le découvrir épanoui.

Il faut avouer qu'il revient de très, très loin et aujourd'hui il mérite ce qui lui arrive.

— Ça va, merci… Comme quoi, dans la vie tout n'est pas perdu, elle nous réserve parfois de bonnes surprises… me répond-il en rivant son regard noir au mien, l'air énigmatique.

— Si tu le dis… murmuré-je, pensive.

— Écoute Romie, tu sais que ce n'est pas dans mes habitudes de m'épancher ou encore de me montrer indiscret… Sache juste que nous étions présents pour Emma quand tu as disparu… Toute l'équipe est au courant, alors si tu as besoin de quoi que ce soit, nous sommes là pour toi. N'hésite surtout pas.

— Mille mercis… soufflé-je, les larmes aux yeux.

Effectivement, j'ai bien remarqué à quel point ils étaient bienveillants envers moi. Toute cette attention et cette générosité me touchent beaucoup. Malheureusement, ils ne peuvent rien pour moi. Pour le moment, seul un homme est en mesure de me redonner le sourire… et j'ignore où il se trouve ni ce qu'il fait. Me dire qu'il risque constamment sa vie sans même avoir l'espoir de le revoir un jour me torpille l'âme et le cœur.

La fête se poursuit dans la joie et la bonne humeur. J'ai eu la surprise de découvrir que le père de Lucas est le propriétaire de l'Orgasmic. Le choc. Je ne savais plus où me foutre, je vous jure. Mais rapidement, ma gêne s'est estompée. Lorsqu'il s'est adressé à moi, son naturel et sa gentillesse ont eu raison du mal-être qui avait pris naissance au creux de mon ventre. Nous sommes sur le point de passer à table, au moment où Élisa, Cassie, Alice et Emma supplient Baptiste de leur chanter quelque chose. Le boute-en-train de l'équipe, désormais papa de deux petites filles, s'exécute, non sans se la péter un peu au passage. Il s'installe avec sa guitare, et aussitôt, tout le monde se tait. Les notes envoûtantes de l'instrument, très vite accompagnées par les cordes vocales du sapeur-pompier, nous transportent immédiatement dans un nouvel univers. Je l'observe, impressionnée, émerveillée. Les paupières closes, il semble transcendé par la musique. C'est un autre homme. Puis, l'émotion qui traverse son regard quand il rive ses yeux sur ceux de sa femme me bouleverse. Elle est le reflet d'un amour inconditionnel, pur et tout bonnement irrationnel. Je me détache de cette vision incroyable pour accorder mon attention aux différentes personnes présentes dans la pièce. Mathias a passé un bras autour des épaules d'Élisa, William enlace affectueusement Cassie, Lucas caresse subtilement le dos d'Emma dans un geste d'une tendresse absolue et Logan, le conjoint de Camilla, la photographe, l'embrasse avec passion et déraison. J'ai soudainement envie de pleurer, de m'échapper d'ici pour à nouveau respirer. J'ai besoin de prendre l'air, alors je m'éclipse discrètement dans le jardin. La brise qui vole dans mes cheveux me vivifie. Cependant, elle n'empêche pas mes larmes de couler. Je dois réagir, mais pour l'instant c'est impossible. Je me noie dans une mer déchaînée. Le trou noir qui se creuse dans mon cœur ne cesse de grandir, ne cesse de me détruire. J'ignore à quel moment je vais enfin arrêter de souffrir, mais le plus tôt sera le mieux, car je ne suis pas certaine de tenir encore bien longtemps ainsi.

Après plusieurs minutes, Emma s'aperçoit de ma disparition et me rejoint à l'extérieur. Elle me fait un énième câlin, et je parviens à me ressaisir. Je prends une grande inspiration, essuie mes yeux, puis retourne à l'intérieur. Je sens le regard des gens sur moi, donc je souris pour tenter de faire bonne figure. J'imagine que je suis une bien piètre comédienne, puisque la compassion se lit sur leur visage. Ils sont déjà tous à table, alors je m'assois là où il reste de la place. Je me retrouve installée aux côtés de Xavier qui semble sympathique. Nous échangeons des banalités et le repas commence. À de multiples reprises, je ris des bêtises que peuvent balancer les uns et les autres. Ils n'arrêtent pas de se clasher et c'est franchement très drôle. Je les écoute sans jamais cesser de triturer mon collier. J'aurais tant aimé partager des moments comme celui-ci avec l'équipe du GHOST… Je suis coupée dans mes réflexions, tout comme les bavardages autour de moi qui s'interrompent quand la sonnette retentit.

— On attend encore du monde ? interroge Lucas à Emma.
— Ben, non. Ne bouge pas, je vais voir, lui lance-t-elle alors qu'elle est déjà debout.

Les discussions redémarrent doucement quand Emma demande finalement à Lucas de venir la rejoindre. Surpris, on se regarde tous comme si l'un d'entre nous avait la réponse.

— Bordel, Baptiste, on t'avait dit de ne pas inviter une stripteaseuse ! s'insurge William.
— Ma sœur va te tuer ! se marre Mathias.
— Tu n'as pas fait ça ? lui balance Alice, choquée.
— Mamour, tu me crois vraiment capable de faire une chose pareille ? lui retourne l'intéressé en faisant mine d'être outré, lui aussi.

Tous éclatent de rire et très vite je comprends que oui, il en est plus que capable.

— Qu'est-ce qu'ils fabriquent ? s'interroge Xavier.
— Il y a peut-être un problème ? s'inquiète Logan.
— Tu penses ? réplique Camilla.
— Je vais voir, décide Mathias en reculant sa chaise pour se lever.
— Non, c'est bon, ils reviennent, ajoute Vincent.

Dès lors, tout le monde reste silencieux, dans l'attente de découvrir ce qui se passe. Quand finalement, Emma et Lucas sont de retour, accompagnés d'un nouvel invité, c'est mon cœur qui lâche dans ma poitrine.

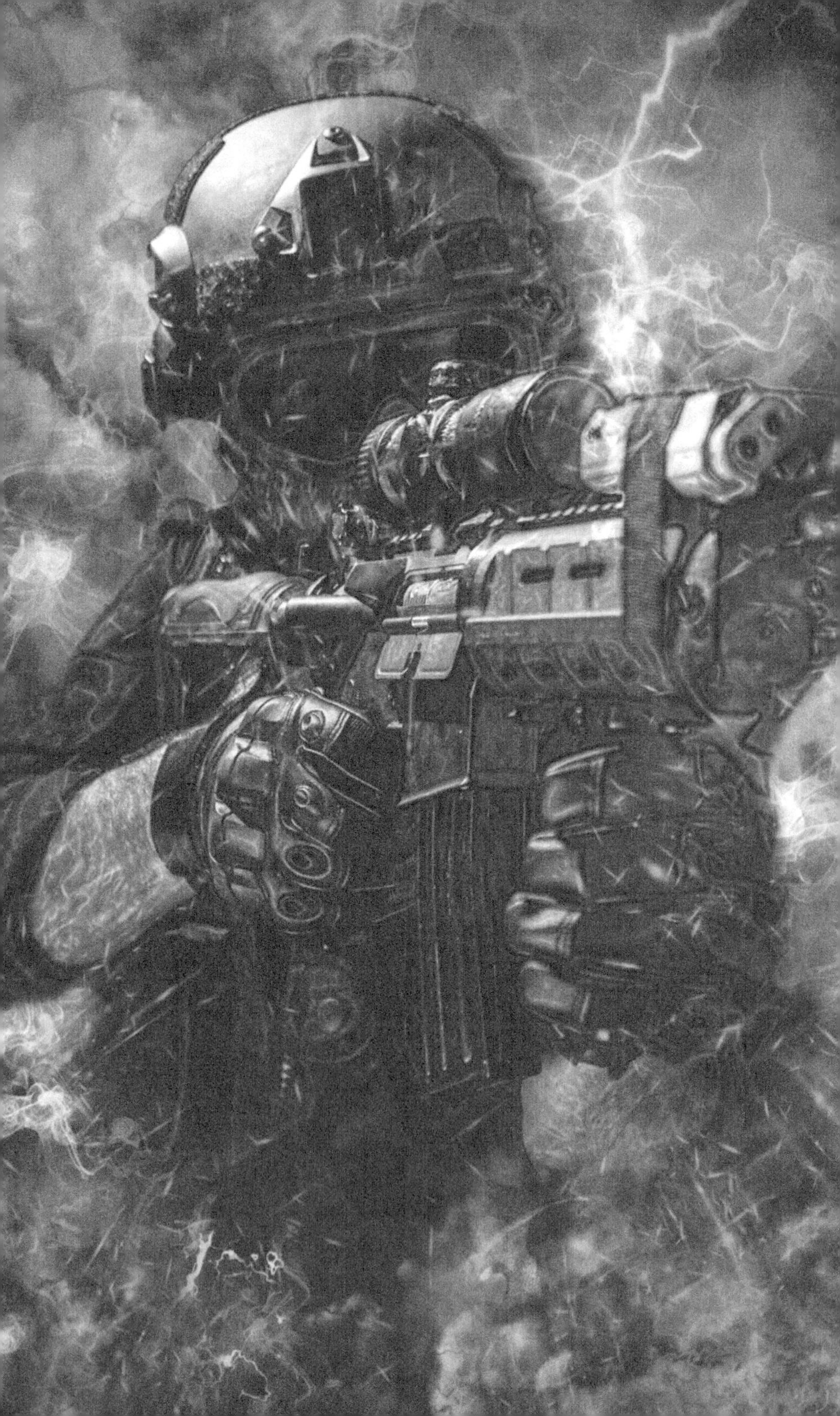

CHAPITRE 50

ROMANE

Mais qu'est-ce qu'il fabrique ici ? Qui plus est à visage découvert ! Le souffle coupé, la bouche entrouverte, je reste statufiée. Le papa de Lucas, également surpris, se lève immédiatement pour aller à leur rencontre.

— Ça va, miss ? On dirait que tu viens de voir un fantôme, me chuchote Xavier qui a cerné mon malaise.
— Tu ne crois pas si bien dire…

Bon, ils vont parler, oui ou merde ! Qu'est-ce qu'ils attendent pour nous donner des explications ?

— Euuuuh… je suis désolé, je suis hyper ému… commence Lucas avec beaucoup de tendresse dans la voix. Je… je vous présente mon grand frère, Colton…

Son grand frère ? C'est quoi ce bordel ???

— Comme vous le savez tous ici, j'ai eu l'immense chance d'être adopté par Pap's au moment où j'en avais le plus besoin. Grâce à lui, j'ai pu me reconstruire tant bien que mal et avancer. Mais il n'a pas été le seul à m'apporter son aide. En plus d'avoir gagné un père, la vie m'a offert un deuxième frère. Si le premier est tombé sous les coups pour me protéger, Colton a pris le relais et…

Lucas ne parvient plus à continuer, il craque sous le coup de l'émotion et s'effondre dans les bras de Thanatos. Leur papa aussi est en pleurs, ainsi qu'un bon nombre d'entre nous autour de cette table, moi y compris. Après plusieurs minutes où chacun se remet de ses émotions, Lucas reprend la parole.

— Vous l'aurez compris, je suis très heureux d'avoir mon frère avec nous ici ce soir. Jusqu'à maintenant, son métier m'empêchait de vous parler de lui, mais j'en ai désormais la possibilité. Alors c'est avec une joie immense que je vais pouvoir vous raconter toutes les branlées que j'ai pu lui flanquer quand j'étais petit, conclut-il en éclatant de rire. C'est le plus beau cadeau d'anniversaire que tu pouvais me faire frangin !

Si je m'attendais à ça… Colton et Lucas sont frères… Pap's, le propriétaire de la boîte de nuit, leur père… Voilà pourquoi ce dernier a tiqué lorsqu'il a vu mon collier ! Voilà pourquoi Colton a joué au videur ! Tout s'explique !

« Jusqu'à maintenant, son métier m'empêchait de vous parler de lui, mais j'en ai désormais la possibilité. »

Je me répète en boucle les paroles de Lucas. Qu'est-ce que cela veut dire ? Notre couple a-t-il lui aussi une chance de voir le jour ? Bon sang, mon cœur va s'échapper de ma poitrine tant il caracole comme un fou. J'ai besoin d'explications, besoin de réponses.

Colton se présente et dit bonjour à tout le monde, mais quand vient mon tour, j'ai le sentiment que le sol s'ouvre en deux sous mes pieds.

— Bon… bonsoir, bégayé-je en lui tendant une main tremblante.
— Bonsoir, mademoiselle Lacourt… murmure-t-il à voix basse, le timbre rauque. Colton Pierce. Enchanté…

Nom de Dieu !

Je préfère vous prévenir, je suis susceptible de crever d'une crise cardiaque d'une seconde à l'autre ! Tout en ignorant ma paume, ce dernier me tape la bise. Je suis en train de me liquéfier. Seigneur, il sent tellement bon…

— Bah du coup, Colton, je te laisse t'asseoir à côté de Romane. Je t'ajoute une assiette ! lui lance Emma qui s'empresse de se rendre à la cuisine pour chercher ses couverts.
— Avec plaisir… lui répond-il. Merci !

Nous nous installons et très rapidement les discussions reprennent de plus belle. Colton étant au cœur de toutes les conversations, il se retrouve obligé d'échanger avec tous les invités. Ça me fait marrer, car pour lui qui n'est franchement pas bavard, c'est une sacrée prouesse. Evidemment, les plus curieux ne peuvent s'empêcher de l'interroger sur son métier. Certains élaborent même des hypothèses complètement loufoques qui amusent toute la galerie.

— Allez, ça suffit, laissez le tranquille ! s'exclame joyeusement Lucas pour venir à la rescousse de son frère. Il ne peut rien vous dire et moi non plus.

Les gens acquiescent et lâchent l'affaire, comprenant sans doute qu'il est inutile d'insister. Colton, quant à lui, n'arrête pas de me fixer. Moi ? Je triture le malheureux bout de viande qui gît dans mon assiette. Je ne suis pas prête, bordel !

— Comment est-ce que tu vas ? marmonne-t-il la voix rocailleuse.

Je fais mine de ne pas avoir entendu et continue ma conversation silencieuse avec mon bifteck.

— Il ne t'a rien fait, tu sais… ajoute-t-il quelques secondes plus tard en constatant mon mutisme.
— Qui ça ? demandé-je tout en relevant la tête pour river mon regard au sien.

Merde… qu'est-ce qu'il est beau !

— Ton steak… souffle-t-il, les iris scintillants.
— Lui peut-être pas… mais ce n'est pas le cas de tout le monde autour de cette table, renvoyé-je, le ton acerbe.

Ben mince alors ! Qu'est-ce qui m'arrive ?! C'est plus fort que moi, la colère l'emporte largement sur tout le reste.

— Si quelqu'un t'a… commence-t-il.
— Je pensais à toi ! le coupé-je violemment.
— Romane… murmure-t-il.

Chaque fois qu'il prononce mon prénom ainsi, c'est comme si une décharge de deux cent vingt volts s'abattait sur moi. On ne se quitte pas des yeux, et très vite, c'est lui qui reprend la parole.

— L'équipe t'embrasse, m'informe-t-il.
— Qui ça ? l'interrogé-je en faisant mine de ne pas comprendre.
— Ben, les gars… me rétorque-t-il, désarçonné.
— Je ne saisis pas, Colton. Quels gars ? Tu parles de ceux

que j'ai inventés ? De ceux que j'ai imaginés lorsque j'étais dans mon putain de coma ! Tu parles bien de ceux-là ?
— Chuuuuut…
— Oui, oui, ne t'inquiète pas, j'ai bien compris que je devais me taire !

Alors que je suis dans l'attaque, et clairement pas agréable, ce con me regarde en souriant.

— Qu'est-ce que tu as ?
— Rien.
— Ben, si. Pourquoi tu souris comme ça ?
— Parce que tu es belle quand tu t'énerves…

Cette fois-ci, c'est moi qui suis déstabilisée. Qu'est-ce qui lui prend de me sortir des choses pareilles ? Évidemment, même si je lutte contre ce lien invisible entre nous, son compliment a l'effet escompté. Mon cœur fond comme neige au soleil et une nuée de papillons s'envole au creux de mon ventre.

Putain de papillons !

— Qu'est-ce que tu fais là, Colton ? soupiré-je, résignée.
— Il faut qu'on parle.
— Je t'écoute.
— Pas ici.
— Très bien. Alors ça attendra demain. J'étais venue dans le but de passer une bonne soirée, je compte bien m'y tenir, rétorqué-je d'un ton que j'espère ferme.

Il acquiesce, un sourire énigmatique sur les lèvres. Dès lors, je me détourne de ses prunelles beaucoup trop perturbantes et envoûtantes…

Bordel, je vais craquer…

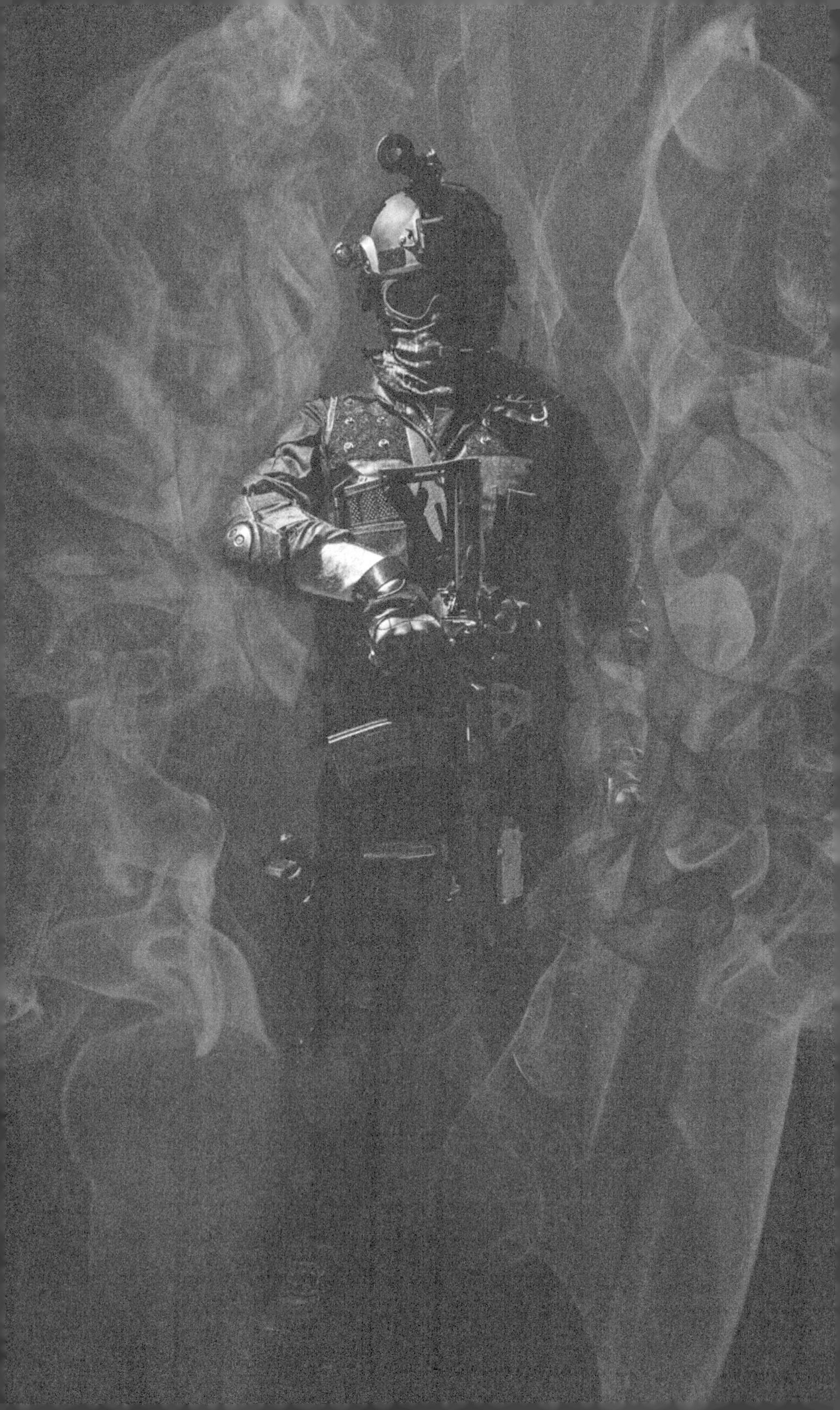

CHAPITRE 51

THANATOS

Je n'y connais rien aux femmes, mais si je ne m'abuse, Romane a décidé de me faire ramer. Et aussi étrange que cela puisse paraître, ça me plaît. Oui, je dois être taré, mais j'aime la voir forte et déterminée, comme celle qu'elle était par le passé. En revanche, malgré son attitude froide et distante, elle ne peut cacher l'effet que j'ai sur elle. Son corps parle à sa place, c'est indiscutable. Donc comme je suis naze avec les mots, je m'efforce de lui faire perdre la tête autrement. Mon avant-bras n'a de cesse d'effleurer le sien sur la table, ma jambe frôle également la sienne…

— Puis-je avoir la moutarde, s'il te plaît ? susurré-je à son oreille d'une voix rauque.

Je prends bien soin de diffuser mon souffle chaud sur sa nuque avant de me redresser. L'œillade noire qu'elle me lance m'arrache un nouveau sourire, sauf qu'elle ne parvient pas à dissimuler les frissons qui parsèment sa peau délicate et soyeuse.

— Arrête ça… murmure-t-elle dans une plainte.
— Arrêter quoi ? Ça ? dis-je tout en plaçant discrètement ma main sur sa cuisse. Au passage, joli collier…

Romane hoquette de surprise, mais ne me repousse pas. C'est déjà ça. Je fais courir paresseusement mes doigts sur son jean, de bas en haut alors qu'elle triture ma plaque militaire.

— Colton…

J'imagine qu'elle voulait se montrer plus autoritaire, mais mon prénom dans sa bouche sonnait plutôt comme une supplication. J'aime qu'elle perde tous ses moyens à cause de moi. Quoi qu'elle dise, quoi qu'elle fasse, ce truc entre nous est toujours là.

La soirée bat son plein et mon frère est aux anges. Je crois qu'il a un peu trop forcé sur l'alcool, il semble un brin éméché. Lui qui ne boit jamais, c'est assez drôle à découvrir. Les enfants sont enfin couchés et je me demande bien comment ils arrivent à dormir avec la musique. Les filles, quant à elles, sont justement en train de danser dans le salon. Elles sont complètement cinglées, mais quand je vois ma Romane parmi elles rire aux éclats, je ne peux m'empêcher de sourire également en retour. Les mecs, eux, s'affrontent au bras de fer.

— Tu l'aiiiimes ? me crie Lucas dans l'oreille alors que je pense qu'il voulait se montrer un tantinet subtil.

C'est loupé. Pour la discrétion, on repassera. Merci frangin.

— Tu viens de me péter un tympan.
— Geeeeeeenre ! Je ne fais pas plus de bruit qu'une mitraillette ou qu'une putain de grenade, heiiiin… chuchote-t-il pour de bon cette fois-ci.
— Oui, c'est vrai…
— Aloooooors, raconte-moi ! D'où tu la connais la Romie de ma chériiiie ?

La Romie de sa chérie ? Aucun doute, il est bourré. Ou bien c'est parce qu'il est complètement accro à sa femme...

— Oh punaiiiise ! s'exclame-t-il tout à coup face à mon silence. C'est toi qui l'as sauvée ! C'est ça ?!

Je grimace devant la perspicacité de mon frère, malgré l'alcool qui coule dans son organisme. Je lui jette un regard sans équivoque, ce qui a le mérite de le calmer.

— Vuiiii, je ne dirai rien du tout. T'iiinquiète donc pas, oooh grand Padawan ! me lance-t-il tout en ployant les genoux face à moi.
— Merde. J'espérais qu'avec l'âge tu deviennes un peu moins con, mais c'est loupé visiblement.
— Moi aussi je t'aime mon frangininou ! me balance-t-il en me serrant soudainement contre lui comme une brute.

J'imagine qu'il est vraiment content de ma présence. Évidemment, même si je suis beaucoup moins expressif, moi aussi je suis heureux d'être ici avec les gens que je chéris. Mon frangin, mon père et...

— Hé là qui va là ! Le lieutenant Wiiiilson ! Mon beau-frère adorééé ! chantonne-t-il d'un seul coup à l'approche de Mathias en imitant le générique de l'inspecteur Gadget.
— Je crois que tu as vaguement trop forcé sur le whisky, toi, plaisante son boss en le scrutant.
— Pas du touuuuut, lui rétorque-t-il clairement éméché.
— C'est ton tour, l'informe Mathias en lui indiquant William qui patiente pour son bras de fer.
— N'importe quoi, Vincent et Xavier n'ont pas encore fini.
— Si, c'est terminé, ajouté-je à l'attention de Lucas.

D'un signe de tête, je désigne ses deux collègues au loin, ainsi que William qui poireaute. Dès lors, il part le rejoindre. De mon côté, je m'oriente vers son chef qui me dévisage. Pour une raison tout à fait inconnue, Mathias a émis un léger tic nerveux après mes dernières paroles. Je soutiens son regard et sans que je saisisse pourquoi, celui-ci répète :

— C'est terminé…

J'attends qu'il développe quand soudain, l'intensité qui brille dans ses iris ténébreux me percute de plein fouet. Aussitôt, je me retrouve projeté dans le passé.

— Merci…

Pas besoin de lui demander de quoi il parle, j'ai tout de suite compris. Je me souviens très bien du jour où j'ai transgressé les règles pour secourir la femme de mon frère, ainsi que justement Mathias, Élisa et leur fils.

— Merci, réitère-t-il, le timbre éraillé.

J'ignore quoi répondre. Pas de quoi ? Mouais, pas terrible. Avec plaisir ? Non, peut-être pas. Bon, bah, je ne sais pas. Je lui tends la main, ça va être plus simple. Mathias émet un léger rire, alors qu'il serre fermement ma paume en retour.

— Tu as l'air aussi doué que moi pour exprimer tes sentiments, mon vieux, s'esclaffe-t-il, ce qui a le mérite de détendre l'atmosphère.
— Je progresse, mais il y a encore du boulot, confirmé-je en souriant à mon tour.
— Rassure-toi, on est plusieurs comme ça. Logan n'est pas mal non plus dans la team des handicapés émotionnels.

Nous rions, enfin à notre manière, puis Mathias est appelé pour mettre une branlée à Baptiste. Dès lors, je décide de regagner l'intérieur afin de retrouver Romane. Elle danse toujours, mais j'estime lui avoir laissé suffisamment de temps et d'espace depuis tout à l'heure. Bon, d'accord, pas beaucoup, mais en dehors du travail, je me découvre un chouïa impatient. Bref, il est l'heure d'enclencher la deuxième et de passer aux choses sérieuses…

CHAPITRE 52

ROMANE

— Vous ne... pas un peu... de Lucas, les meufs ? tente de nous dire Cassie en s'égosillant.
— Heiiin ? réplique Élisa qui n'a rien compris.
— Quoiii ? ajoute également Alice.
— Parle plus fort ! On n'entend rien ! l'informe Camilla.
— Mais qu'est-ce qu'elle raconte ? demande Emma en plissant les yeux.
— Baisse la musique, ma poule ! conseillé-je à ma meilleure amie qui s'exécute sur-le-champ.
— Ah c'est mieux ! Donc, je disais, vous ne le trouvez pas un peu chelou le frère de Lucas ? nous interroge une nouvelle fois Cassie.
— Ouais, grave ! Il fait surtout flipper ! lui répond Alice.
— Moi, je pense qu'il doit exercer un métier craignos... insinue Emma en pleine réflexion.
— Tu crois que c'est un tueur à gages ? s'alarme Élisa.
— Pour moi, c'est un flic, avance Camilla.

— Un flic ? s'étonne Alice.
— Oui, mais genre un mec du GIGN ou du RAID, un truc dans ce style-là, quelque chose de dangereux, argumente-t-elle.
— Sans déconner ? Un poulet ? s'esclaffe Cassie.
— Bah quoi ? N'empêche qu'il y en a bien une ici qui ne dirait pas non pour se faire coffrer… souligne Emma tout en faisant converger son regard sur ma tronche.

Les filles la suivent des yeux et tombent droit sur moi. Un sourire de prédateur naît alors sur leur visage et cela ne me dit rien qui vaille ! Elles vont me passer sur le gril, je le sens !

— Pffff, n'importe quoi… m'étranglé-je de gêne.

Comment la conversation a-t-elle pu dériver de la sorte ? Je faisais justement attention en restant en retrait. Me v'la désormais en plein cœur du débat. Merci Emma !

— Mais oui, à d'autres, hein… On a bien vu comment tu le matais le grand frère ! me charrie Cassie.
— Hummmm, Cooooolton… susurre Élisa avec une voix de chaudasse.
— J'ai fait une énorme bêtise… poursuit Alice sur la même intonation.
— Youhouuu, Coooooolton… gémit Emma.
— Tu dois m'arrêter et me mettre une bonne fessée… roucoule Cassie.
— Allez, vas-y, sors-la ta grosse matraque ! glousse Élisa.
— Grrrr, j'ai été très, très vilaine ! ronronne Emma comme une effrontée.

J'éclate de rire alors qu'un raclement de gorge derrière mon dos me fait littéralement sursauter.

Seigneur…
Ne me dites pas que c'est lui…

Ne me dites pas que c'est lui…
Ne me dites pas que c'est lui !!!

— Qui a été très vilaine ?

Bordel de merde !!!

Qu'est-ce que j'ai fait au bon Dieu pour mériter ça, sérieux ?

— Pers… personne ! m'empressé-je d'ajouter en bafouillant, sans oser me retourner pour lui faire face.
— C'est elle ! scandent ces traîtresses à l'unisson en me pointant du doigt.
— Quoi ? Moi ? Mais pas du tout ! m'écrié-je, alors que je sens mes joues rougir à la vitesse de l'éclair.
— Dans ce cas, je suis désolé les filles, mais je vais devoir embarquer votre amie…

Heiiiin ??? Mais à quoi il joue, lui ? En plus, s'il dit ça, c'est qu'il a entendu le début de la conversation !

— Bien sûr, on comprend parfaitement ! affirme très gravement cette connasse d'Emma.
— Il ne faudrait surtout pas qu'elle recommence ! exagère Cassie, sa fourbasse de copine.
— Tout à fait ! Elle mérite une bonne punition ! confirme Élisa.
— Mais ça ne va pas bien ou quoi ?! Je…

… n'ai pas le temps de terminer ma phrase que mon corps virevolte et se retrouve basculé comme un vulgaire sac à patates sur l'épaule de Colton.

— Relâche-moi, tout de suite !!! hurlé-je alors que le sang me grimpe à la tête.
— Il faut qu'on parle, me lance-t-il tout en m'emmenant je ne sais où.

— Oui, ça tu l'as déjà dit tout à l'heure ! Repose-moi, bon sang ! fulminé-je tout en frappant son… postérieur parfaitement bien moulé dans son jean.

Outch…

Je dois cesser de baver sur son joli petit cul, sinon je vais craquer. En même temps, quand il marche comme ça…

Nom de Dieu, ressaisis-toi, Romie !

Par chance, il me pose peu de temps après. C'était moins une, j'étais sur le point de palper ses fesses musclées.

— Monte, m'ordonne-t-il en s'installant derrière le volant de sa voiture.
— Si je veux, d'abord, rétorqué-je comme une gamine.
— Romane… gronde-t-il en retour.
— Colton… l'imité-je en adoptant une grosse voix.
— D'accord, tu l'auras cherché, réplique-t-il tout en commençant à sortir du véhicule.
— Okay, okay, okay !!! capitulé-je en le voyant arriver. C'est bon, t'as gagné !

Je m'assois sur le siège passager, quand Thanatos reprend sa place. Oui, Thanatos-Colton, Colton-Thanatos, pour moi c'est du pareil au même. Le moteur démarre et l'asphalte défile sans que je prête attention au paysage. Je suis bien trop obnubilée par la présence du soldat à mes côtés. Son odeur qui m'a tant manqué s'immisce en moi comme un second souffle. Soudainement, j'ai peur.

Peur de rêver, peur d'y croire, peur d'espérer…
Et s'il disparaissait de nouveau dans la nature ?
Et si tout cela n'était qu'une douce illusion ?

Je dois absolument me protéger et cesser de gamberger.

Bon sang, je sens la crise d'angoisse arriver. J'ouvre ma fenêtre pour prendre l'air, mais finalement la voiture s'arrête. Surprise, je découvre que nous sommes juste devant chez moi.

— Tu ne m'as pas demandé où j'habitais…
— En effet.
— Et tu n'as même pas eu besoin du GPS… constaté-je après coup.

Tout en ignorant ma remarque, il se dirige droit vers la porte d'entrée. Effarée, je l'observe soulever le pot de fleurs qui dissimule un double de mes clefs, puis rentrer chez moi. Bon, okay, ce n'est pas la cachette du siècle, je vous l'accorde ! Mais il semblait quand même ultrasûr de lui.

— T'es déjà venu, c'est ça ?
— Jamais à l'intérieur.
— Tu me surveillais ?
— Tu me manquais…

Hein ?

— Quoi ?
— J'ai dit : tu me manquais…
— Oh…

Et la reine de la répartie, c'est bibi !!!

Statufiée, je reste figée comme une putain de plante verte sur mon paillasson. Évidemment, mon cœur, lui, n'en fait qu'à sa tête et se lance dans une course effrénée. Après de longues secondes qui m'ont paru interminables, je me décide finalement à entrer. J'ôte ma veste et mes chaussures dans un geste mécanique, puis avance jusqu'au salon. Thanatos me suit sans jamais me quitter des yeux. Clairement, je n'en mène pas large. Je me sens complètement pataude. J'ignore comment me comporter. Que dois-je dire ? Que dois-je faire ? Seigneur, c'est horrible d'être aussi désarmée.

— Tu m'as laissée dans ce lit d'hôpital, murmuré-je enfin, le timbre chevrotant.

— Je n'avais pas le choix, me répond-il en grimaçant.

— On a toujours le choix !!! J'ai cru devenir folle, tu comprends ça ?!! En plus de m'abandonner, tu as tenté de transformer de vrais souvenirs en un simple rêve ! Vous m'avez fait imaginer que j'étais tombée dans le coma, putain ! explosé-je de colère.

— Je te promets que si j'avais pu faire autrement, je l'aurais fait... Depuis que je t'ai retrouvée au sol, inerte, gisant dans ton propre sang en plein milieu de cette cage, je n'ai eu de cesse de penser à toi, d'agir pour toi. Toutes les décisions que j'ai prises à partir de cet instant étaient uniquement dans le but de te protéger ! se défend-il en haussant également le ton.

— Mais je ne pige rien à ce que tu racontes !!! Tu m'as d'abord dit que Valentino était toujours en vie et qu'il espérait ma disparition ! Ensuite, j'ai appris que tu l'avais finalement bien exécuté, mais c'est tout ! Je n'en sais pas plus ! Tu me demandes de te croire... mais comment veux-tu que j'y parvienne si tu me caches la vérité ? éructé-je, hors de moi.

— H réclamait ta mort ! Je n'avais pas d'autre choix !

— H ?

— Mon boss !

— Mais pourquoi ton responsable souhaitait-il m'abattre ? bafouillé-je, sous le choc.

— Tu l'auras sans doute compris, mais je suis le chef d'une unité d'élite secrète appelée le GHOST. Cette escouade a été mise en place par le gouvernement français et très peu de personnes connaissent notre existence. Nous sommes l'une des armes les plus puissantes de ce pays. Formés depuis notre plus jeune âge, nous sommes envoyés pour éliminer les plus grands criminels que cette planète puisse compter. Nous ne sommes pas des enfants de chœur, Romane. Nous tuons des gens. Si notre identité devait être dévoilée au public, ce serait une affaire d'État. Un scandale éclaterait puisque notre Nation a aboli la peine de mort le 9 octobre 1981. Nous ne pouvions prendre de risques... jusqu'à toi. J'ai été incapable de te laisser baigner dans ton sang et même après la transfusion, tu étais encore trop faible. Si on t'avait abandonnée là-bas, tu n'aurais probablement pas tenu le coup jusqu'à la venue des secours... Donc, je t'ai embarquée avec nous, malgré les avertissements de mes hommes, et surtout de Lucifer. Je n'en ai fait qu'à ma tête. Je ne pouvais me résoudre à renoncer à toi. Donc j'ai été à l'encontre de tous nos principes, de toutes nos règles. Il faut que tu saches que chacun des soldats du GHOST s'est engagé à disparaître. Nous avons prêté serment pour servir notre pays quoi qu'il arrive, quoi qu'il nous en coûte. En signant, nous avons perdu notre propre identité, on devenait personne... Nous avons fait don de notre vie pour sauver celle des autres et nous nous levons chaque jour pour accomplir notre mission.

Abasourdie, je l'écoute sans protester. Je bois ses paroles alors que mon esprit est déjà en train de tourner à mille à l'heure.

— Dès que mon boss a su que tu vivais chez nous, il a pété un plomb. Il a exigé que je t'élimine. J'ai refusé. Dès lors, il a tenté de me monter contre mon équipe, d'où notre escale sur cette île déserte. J'ai d'abord cru que c'étaient mes gars qui étaient venus pour nous exécuter là-bas. Puis, j'ai découvert que ce n'étaient pas eux. La suite, tu la connais, nous avons atterri dans le chalet de mon père qui a pris cher d'ailleurs. Sans l'intervention de mes hommes, on ne serait sans doute plus de ce monde tous les deux. À partir de ce moment, j'ai réalisé que mon escouade était toujours de mon côté, de ton côté, Romane... Cependant, une difficulté de taille subsistait : H. Après avoir passé un pacte avec lui, il devait te laisser tranquille, mais...

— Quel genre de pacte ?

— Faire en sorte que tu zappes tout ce que tu avais vu afin que tu ne puisses rien divulguer et moi je devais t'oublier...
— C'était pour ça alors le coma ?
— Oui. Le problème c'est que cet enfoiré n'a pas respecté sa part du marché. Grâce à Lucifer qui jouait finalement l'infiltré, on a découvert qu'il orchestrait un putain d'attentat dans le seul but de t'éliminer ! Son objectif était de faire un maximum de dégâts pour que je pense à un accident tragique. Et ceci afin d'éviter que je mette mes menaces à exécution.
— Seigneur...
— Ce soir-là, dans ce cinéma... je n'ai jamais eu aussi peur de toute ma vie. Pas pour moi, non... je ne crains pas la mort. Mais pour toi... j'étais terrifié à l'idée de te perdre, à l'idée qu'il puisse t'arriver quelque chose...
— L'homme à la casquette...
— Il avait une bombe dans son sac à dos.
— Mon Dieu... sangloté-je en réalisant l'ampleur du désastre.

Des dizaines de personnes auraient pu périr à cause de moi.

— Nous avons également découvert que ce fils de pute était corrompu, en plus d'être un putain de pédophile qui battait et violait ses propres enfants. Nous ne pouvions plus fermer les yeux.
— Vous...
— On l'a tué. C'était notre devoir d'agir.
— Mais désormais, qui...
— Un nouveau responsable va nous être affecté. Après le scandale que j'ai piqué, je peux t'assurer que les choses vont changer...
— C'est-à-dire ? croassé-je, la voix pleine d'espoir.

CHAPITRE 53

THANATOS

L'espoir qui se lit dans son regard me confirme que je n'ai pas rêvé, que ce qui s'est produit entre nous était bien réel. Néanmoins, la distance qui m'éloigne d'elle me paraît de plus en plus insupportable à chaque seconde qui passe. Je meurs d'envie de la prendre dans mes bras et de l'embrasser à n'en plus pouvoir respirer. J'ignore sa question et me rapproche lentement d'elle. Elle ne me quitte pas des yeux, son attention dévorante me détaillant avec passion. Malgré notre séparation de plusieurs jours, notre attirance l'un envers l'autre n'a pas faibli. Au contraire, j'ai le sentiment que celle-ci n'a fait que s'accentuer de façon exponentielle. Cette alchimie incontrôlable et inextricable m'a poussé à commettre l'inévitable depuis que nos chemins se sont croisés.

— Colton, souffle-t-elle à voix basse alors que je ne suis plus qu'à quelques centimètres d'elle.

Intimidée, elle recule jusqu'à venir buter contre le buffet

derrière elle. Un microsourire naît sur mes traits habituellement fermés quand je prends conscience qu'elle ne peut plus m'échapper.

— Qu'est-ce que tu fais ? murmure-t-elle, son visage rivé au sol.

Je ne dis rien et porte ma paume le long de son menton que je soulève pour que nos yeux se retrouvent. Ses pupilles larmoyantes me supplient de la délivrer, de mettre un terme à ce supplice. Elle ne le sait pas encore, mais c'est ce que je m'apprête à faire.

— Je change les choses, mon cœur...

Ma bouche fond alors sur la sienne avec douceur et tendresse. Nos lèvres s'épousent, bougent avec paresse. Des gémissements résonnent et brisent le silence qui nous entoure. Inutile de demander d'où ils proviennent, nous sommes tous les deux en train de craquer, de céder afin de laisser parler nos sentiments. Lentement, la pointe de ma langue va à sa rencontre. Elle se faufile et entre immédiatement au contact de celle de Romane. Notre baiser devient plus sensuel, plus intense. Nous nous embrassons avec passion et déraison. On ne lutte plus, on s'abandonne l'un dans l'autre, l'un avec l'autre. Mes mains parcourent désormais son corps tout comme ses paumes s'accrochent désespérément à mon tee-shirt.

— Qu'est-ce que ça veut dire ? bafouille-t-elle soudainement en interrompant notre étreinte.

Tous deux le souffle erratique, je colle mon front contre le sien afin de recouvrer un minimum de maîtrise, mais c'est peine perdue. Je me noie dans ses éclats bleutés qui me submergent et m'engloutissent dans un torrent d'émotions. Puis, lorsque je me sens prêt, je me lance :

— Que dorénavant, en dehors de mes missions, je peux prétendre à une existence ordinaire, avoir des amis, une vie de famille, une petite amie...

— Une petite amie... répète-t-elle, les yeux embués.
— Si jamais tu connais quelqu'un qui souhaite postuler, chuchoté-je, la voix rocailleuse, alors que je ne tiens plus et lui dépose des baisers dans le cou.

Elle se cambre sous mes attentions, ce qui attise mon excitation grandissante. C'est officiel, elle me rend complètement dingue.

— Non. En fait, laisse tomber... susurré-je, mon souffle chaud caressant la peau délicate de sa nuque.
— Pour ? couine-t-elle entre deux soupirs.
— La petite amie...
— Oh... lance-t-elle, déçue, le corps désormais tendu.
— Le poste n'est plus à pourvoir, il est déjà occupé, affirmé-je en apposant mes mains sur ses hanches pour la soulever dans mes bras.
— Ah... gémit-elle en enroulant ses jambes autour de ma taille, ses pieds se crochetant instinctivement dans mon dos. Qui... qui est l'heureuse élue ?
— La femme de ma vie.

Je ponctue ma phrase en me jetant une nouvelle fois sur sa bouche que je dévore. Nos langues se cherchent, se trouvent et se dégustent. Notre baiser devient langoureux, sensuel, puis sauvage et incontrôlable. Je gronde, elle halète. Notre excitation prend le dessus, je ne peux plus attendre. Tout en continuant de l'embrasser, je me dirige vers son canapé où je décide de l'allonger. Je me redresse sans jamais la quitter des yeux. Le brouillard qui obscurcit son regard fait gonfler ma queue qui ne cesse de durcir considérablement. J'ôte mon tee-shirt tandis que Romane, elle, m'observe et maltraite sa lèvre inférieure en la mordillant brutalement. À cet instant précis, seule une chose compte pour moi : m'unir à elle afin de lui prouver la force de mon désir et la puissance de mon amour.

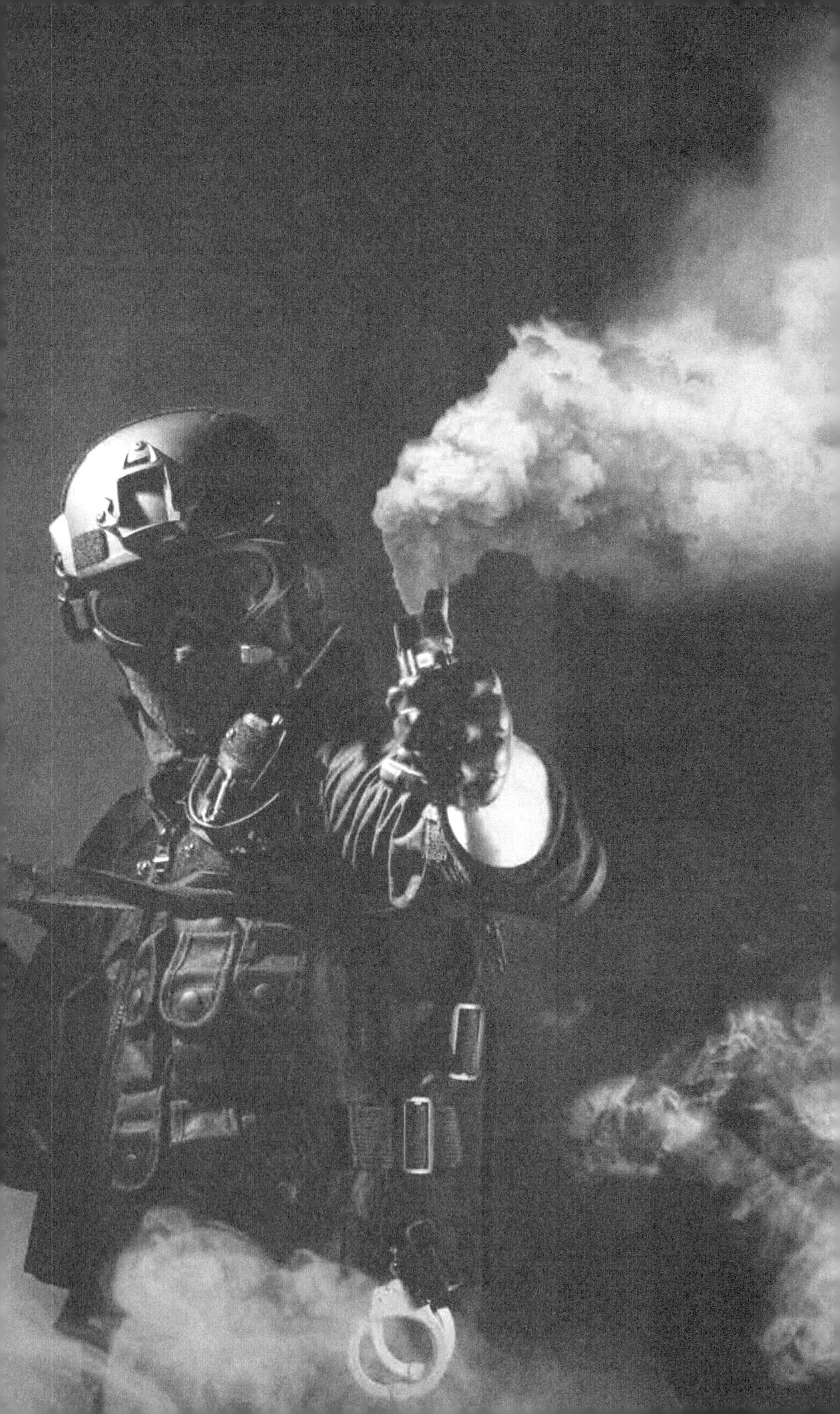

CHAPITRE 54

ROMANE

Désormais torse nu, Thanatos défait sa ceinture, puis déboutonne son pantalon. Alors qu'il m'adresse un sourire ravageur qui me fait fondre, il descend sa braguette dans une lenteur insoutenable. Incapable de réfréner ce désir violent qui me pourfend de part en part, je me tortille pour tenter d'assouvir ce besoin irrépressible qui ne cesse de croître entre mes jambes. Je suis en train de m'embraser et si ça continue, je vais bien finir par me consumer sur ce putain de canapé.

— Colton… le supplié-je.

Il enlève ses chaussures et ses chaussettes. Puis, ses pouces glissés sous la couture de son boxer ainsi que de son jean, il ôte ses deux vêtements d'un seul coup.

Nom de Dieu !

Je crois émettre un couinement ridicule lorsque je découvre

sa verge turgescente se dresser devant moi. Hypnotisée par sa musculature et son membre tout raide, je salive face à tant de virilité. Tout chez lui me plaît, aussi bien son physique que son âme de protecteur. J'ai bien conscience qu'il tue des gens, il a suffisamment insisté sur ce point. Malgré tout, cela ne me rebute pas, bien au contraire. Il y a quelque chose de totalement fou dans ses actes, dans sa façon d'être. Il a fait don de sa vie pour sauver celle des autres. Son altruisme est à la hauteur de sa bravoure, c'est-à-dire inégalable. Son courage m'épate et ébranle toutes mes convictions. Là où la plupart d'entre nous ne sont pas fichus d'aider leur prochain en lui tendant simplement la main, lui est capable d'affronter le pire pour qu'on puisse cohabiter dans un monde meilleur. J'ai le sentiment que ce que nous partageons est unique. Depuis qu'il m'a secourue, je ne vois plus les choses de la même façon. Cet homme qui avait su me chambouler quelques mois auparavant me complète. Avec lui, je me sens en sécurité et surtout je me sens entière. Au-delà de sa plastique de rêve et de son métier, je l'aime d'un amour inconditionnel. Alors qu'il portait en permanence son uniforme et sa cagoule de barjot, j'étais déjà irrémédiablement attirée par lui.

Je le contemple, le regard fiévreux. Je suis à ce point obnubilée par lui que j'en oublie de me déshabiller également. Figée, le cœur au bord de la crise de nerfs, je reste allongée comme une idiote. D'un coup, je stresse tellement que j'ai l'impression d'être sur le point de vivre ma première fois.

Allez Romie ! On se reprend ! Il est temps de remonter en selle !

Dans un éclair de lucidité, je m'empresse d'ôter mon tee-shirt en m'arrachant une oreille au passage, puis commence à retirer mon jean qui, je trouve, me serre beaucoup trop. Je galère, tandis que Thanatos émet un rire grave et incroyablement aphrodisiaque.

— Aide-moi au lieu de te moquer, gloussé-je finalement détendue de le voir si… heureux ?

— Avec plaisir, répond-il en saisissant mon pantalon.

Cette fois-ci, le tissu coulisse avec facilité sur mes cuisses, puis mes chevilles, pour enfin se retrouver sur le sol, très vite rejoint par mes chaussettes. Sans perdre une seconde, il me surplombe à nouveau de toute sa hauteur. Sentir sa peau contre la mienne me donne la chair de poule, alors que la chaleur de son corps m'envoie un millier d'électrochocs.

— Tu me rends fou, murmure-t-il, une lueur scintillante au cœur de ses iris troublants. Tu m'as tellement manqué... Je pensais constamment à toi. J'ai cru crever sans toi.

Il ponctue ses révélations en m'embrassant tendrement. Même si c'est très agréable, je mets un terme à son baiser en prenant son visage en coupe.

— J'espère que la femme de ta vie n'est pas jalouse... chuchoté-je au creux de son oreille alors que mes mains se promènent sur son crâne et glissent dans ses cheveux.
— Je ne sais pas ! Tu l'es ? me demande-t-il en me regardant droit dans les yeux.
— Avec toi, j'imagine que je vais l'être... confessé-je en sentant mes joues se colorer.
— Et pour quelle raison ? s'étonne-t-il.
— Parce que tu vas sauver d'autres jeunes filles en détresse et qu'elles vont tomber amoureuses de toi comme moi. Égoïstement, je voudrais qu'il n'y ait que moi...

Colton m'observe, la mine choquée. Sa bouche s'entrouvre, mais aucun son n'en sort. Qu'est-ce que j'ai dit comme connerie encore ?

— Bah, quoi ? Qu'est-ce qu'il y a ?
— Tu peux répéter ce que tu viens de dire, s'il te plaît...
— Euh oui... Je pense que je vais être jalouse parce que tu vas sauver d'autres jeunes filles en détresse et qu'elles vont tomber amoureuses de toi comme...

Putain de merde !!!

— Comme ? insiste-t-il.

Bon, bah... quand il faut y aller !

— Comme moi... murmuré-je, gênée de m'être dévoilée ainsi.

Pour la énième fois ce soir, un sourire étire ses lèvres charnues. Ces mêmes lèvres qui me rappellent tant de souvenirs. Ce premier baiser sous la pluie, sur cette île où la foudre brisait le ciel étoilé. Sur cette plage de sable fin, le jour de mon anniversaire. À la sortie de cette grotte, allongée dans l'eau, son corps contre le mien...

— Tu es magnifique quand tu rougis... me dit-il tout en glissant une mèche de cheveux derrière mon oreille.
— Ces derniers mois sans toi ont été atroces. J'ai cru devenir folle. Moi aussi, je ne pensais qu'à toi... tout le temps... avoué-je finalement, les larmes aux yeux.
— C'est terminé, je ne te laisserai plus. Tu peux même t'installer à l'appartement... si tu le souhaites... me lance-t-il tout en me déposant des bisous dans le cou, sur ma poitrine toujours couverte, sur mon ventre qui se creuse à son contact, sur mon sexe également dissimulé.

Je suis complètement retournée. Il vient bien de me demander d'emménager avec lui là, nan ?

— Que je vienne vivre chez toi ?
— Oui. En plus, les gars seraient super heureux de...
— Oui ! Oui ! Oui ! C'est oui ! m'écrié-je subitement.

Colton rit encore et je me fais le serment d'entendre cette douce mélodie plus souvent. Sans plus tarder, le soldat arrache mon soutien-gorge et ma culotte. La seconde suivante, son gland se présente à l'orée de mon vagin trempé.

— Je t'aime, Romane... me souffle-t-il tout en me pénétrant lentement, centimètre par centimètre.

Mon cœur explose de joie, mon ventre est brusquement colonisé par une armée de papillons qui virevoltent dans tous les sens, et ma vulve se contracte frénétiquement autour de sa hampe.

— Moi aussi je t'aime ! lui retourné-je, des étoiles plein les yeux.

Nos bouches se retrouvent à nouveau et nos langues se lancent alors dans une danse endiablée. Au fur et à mesure, ses coups de reins se font de plus en plus puissants, de plus en plus violents. Je gémis de volupté, pendant que mon corps est vivement secoué par le sien. Plus il accélère, plus je m'époumone. Enfoncé jusqu'à la garde, il me comble de la meilleure des façons. Mon plaisir est si intense que je mouille à outrance, lubrifiant ainsi parfaitement sa queue. Colton en profite également pour dévorer ma poitrine. Sa tête nichée entre mes seins, il pousse des râles rauques et sauvages avant de s'attaquer à mes mamelons qu'il lèche avec gourmandise. Il gobe, suce et mordille mes tétons alors que sa bite coulisse toujours en moi avec ferveur.

— Plus fort, haleté-je entre deux va-et-vient.

Je ne crie plus, je hurle ! L'excitation qui se répand dans mon organisme m'enivre de bien des manières. Mes ongles se plantent alors dans son dos que je griffe, puis sur ses fesses musclées qui me culbutent sans répit. Quelques coups de bassin plus tard, je jouis avec force, très vite rejointe par Colton qui se déverse dans mon fourreau étroit. Repu, il retombe mollement sur moi tout en faisant attention à ne pas m'écraser. Son visage calé contre ma poitrine, il tente tout comme moi de reprendre son souffle.

— C'était... commence-t-il.
— Trop bon ! le coupé-je.

— Merveilleux… finit-il, le timbre éraillé.

Seul le bruit de nos respirations chaotiques tinte dans la pièce. Ce quasi-silence est agréable. J'ai le sentiment de flotter sur mon petit nuage. Colton peut désormais vivre normalement en dehors de ses missions et, cerise sur le gâteau, il me demande de venir habiter sous son toit. Je sais bien qu'il ne faut pas mettre la charrue avant les bœufs. D'autant plus que j'ignore précisément où se trouve son logement. L'avantage de mon travail, c'est que je pourrai très bien fermer mon salon et en ouvrir un autre plus près. Je n'en sais rien, et à vrai dire je m'en fous un peu pour le moment. Je veux juste profiter du bonheur immense qui coule dorénavant dans mes veines. Après ce que j'ai traversé, je vais avoir besoin de temps pour me reconstruire, mais une chose est sûre, aux côtés de Colton, je me sens prête à tout.

— Au fait, Colton… murmuré-je, mes mains se promenant sur son dos musclé.
— Hum…
— Tu me dois un seau de pop-corns…

Sans que je m'y attende, il éclate de rire. Ce son grave et authentique me bouleverse et me réchauffe le cœur.

Avec lui, je n'ai plus peur…

ÉPILOGUE

THANATOS

Un mois plus tard...

— Romie...

Je gémis comme un condamné alors que la bouche de Romane n'a de cesse d'aller et venir sur ma queue sur le point d'exploser. Cela fait déjà un quart d'heure que je suis censé être au boulot, mais celle qui occupe désormais la place la plus importante dans ma vie n'arrête pas de me torturer, et ceci de la meilleure des façons. Je savais que je n'aurais pas dû l'embrasser, dans notre lit, juste avant de partir pour lui dire au revoir et lui souhaiter une bonne journée. Dès qu'elle me voit en tenue de travail, elle se transforme en vraie sauvageonne. Elle est complètement accro à mon uniforme qui la fait mouiller plus vite que mon ombre. Et je ne vous explique même pas quand je porte ma cagoule ! J'ignore comment je dois le prendre d'ailleurs, m'enfin... moi aussi j'adore ça finalement. Bien souvent, nos parties de baise en tant que Thanatos sont beaucoup plus sauvages, beaucoup plus bestiales. Alors qu'en tant que Colton, nos câlins sont plus tendres, plus romantiques. J'aime cette dualité qui rythme notre quotidien. En réalité, je suis le plus heureux des hommes depuis que Romane a croisé ma route. Elle a chamboulé mon existence, ainsi que celle des gars qui peuvent également aspirer à une vie plus ordinaire. C'est tout nouveau pour nous, on doit s'adapter. On a encore des progrès à faire pour se fondre dans la masse, mais j'ose espérer qu'on y parviendra un jour.

— Je vais venir, murmuré-je la voix enrouée par le plaisir.

Même si jusqu'à maintenant, elle est toujours allée au bout en avalant mon sperme, je préfère l'en avertir. À genoux devant moi, ses beaux yeux bleus plantés dans les miens, cela semble une fois de plus ne pas l'effrayer. Son regard empli de luxure, voilé par le désir, me donne envie de la retourner pour la prendre à quatre pattes. Sauf que je n'ai vraiment pas le temps, je suis grave à la bourre. L'une de ses mains désormais sur mes couilles qu'elle malaxe en douceur, l'autre sur ma queue qu'elle branle énergiquement, je ne suis plus qu'un homme vulnérable, à sa merci. Ses lèvres, quant à elles, me pompent avec une efficacité redoutable. Il ne lui faudra finalement que quelques secondes supplémentaires pour que je me déverse dans sa gorge, ma semence chaude se répandant également sur sa langue et son palais. J'émets un râle digne d'un putain d'animal quand elle continue de me sucer. Le désir violent qui me fauche les deux jambes manque de me faire vaciller donc je porte ma main au mur pour me soutenir. Je n'ai pas les mots. Alors que Romane lustre mon gland pour ensuite le glisser à nouveau dans mon boxer, elle se relève, ferme ma braguette, reboutonne mon treillis, puis dépose un léger baiser sur ma bouche avant de retourner s'allonger dans nos draps telle une déesse. Je l'observe et même si je viens à l'instant de jouir, j'ai déjà envie de recommencer.

Bordel, barre-toi, bon sang !

Et c'est ce que je fais, non sans l'avoir rejointe avant pour l'embrasser fougueusement, malgré le goût de mon foutre encore présent sur sa langue. Je dévale les escaliers pour retrouver mes hommes qui doivent être en train de s'impatienter. Lorsque j'arrive, des regards hilares me dévisagent.

— Désolé les gars ! annoncé-je immédiatement.
— Eh bien, ce n'est pas trop tôt ! s'exclame Odin.
— Ah bah quand même ! ajoute Ahri'.
— Elle va nous le tuer à ce rythme-là ! enchaîne Anubis.
— Ce n'est plus des couilles que tu dois avoir mon frère, mais des raisins secs ! se moque Pluton.
— L'abus de sexe est bon pour la santé, explique Hadès comme si notre conversation était tout à fait normale.
— Si elle lui fait les mêmes positions qu'au yoga, tu m'étonnes qu'il soit toujours en retard, s'esclaffe Lucifer.

Je grogne en entendant sa dernière phrase. Je dois vraiment discuter avec Romane de ces fameux cours qu'elle leur donne.

— J'avoue... si elle lui fait la posture du chien tête en bas là... commente Ahri', l'air songeur.
— Ou celle du chat ! réplique Anubis.
— Mamma Mia ! balance Odin.
— Grrrr... fait Pluton.
— Bon sang, il faut que je tire un coup ! ricane Lucifer.
— Vous allez nous le mettre en pétard... grimace Hadès, malgré tout amusé par la situation puisqu'un sourire gigantesque ourle ses lèvres de traître.
— Vous n'êtes qu'une bande de petits cons ! Allez, trêve de plaisanterie, on accueille notre nouveau boss dans moins d'un quart d'heure maintenant, et il ne me reste plus beaucoup de temps pour vous faire un topo !

Aussitôt, mes hommes redeviennent sérieux et revêtent alors leur masque impassible. Durant de longues minutes, je leur présente le parcours de notre futur responsable ainsi que ses nombreuses qualités.

— Après une carrière exemplaire au sein des forces spéciales, récompensé à de multiples reprises pour sa bravoure, également médaillé de la Légion d'honneur, notre chef aura le gros avantage de connaître le terrain. Son expérience et son expertise seront un atout remarquable pour notre équipe. Mais au-delà de ses compétences, son analyse et sa capacité d'adaptation sauront faire la différence. Il est bien entendu parfaitement au courant de ce qui s'est passé avec H et ne laissera plus une telle chose se reproduire.

Toc, toc, toc !

— Oui, allez-y, entrez !

La porte s'ouvre, et je prends bien le soin d'examiner le visage de mes hommes en découvrant leur nouveau boss.

— Enchantée messieurs, j'espère que je ne vous dérange pas.

Personne ne répond, ils sont tous sur le cul. Enfin, Hadès plus que les autres visiblement. Lui qui paraît toujours indifférent, semble tout d'un coup nerveux. Je racle ma gorge discrètement pour les réveiller et cela fonctionne.

— Non, non pas du tout, marmonnent les gars, intimidés. Enchantés également…
— Très bien. Thanatos, je peux prendre le relais ?
— Oui, bien sûr, à vous l'honneur, affirmé-je.
— Très bien, merci. Je me présente, je me nomme Ambre Rom-Puisais, mais vous devrez m'appeler A. Si je suis ici aujourd'hui c'est parce que…

Elle n'a pas le temps de continuer que Hadès se lève brusquement de sa chaise pour quitter les lieux. Okay, ça, c'est nouveau. Je fais signe à A de poursuivre, puis m'élance à la poursuite de mon camarade. Lorsque je le retrouve, il semble dans un état second.

— Qu'est-ce qu'il y a, Derek ?
— Putain !!! hurle-t-il de toutes ses forces.
— Tu veux qu'on en parle ?
— C'est… c'est cette fille, bordel ! crache-t-il avec véhémence.

Je n'ai jamais vu mon collègue dans cet état. Surtout lui, mon pilier, la force tranquille de notre équipe. J'ignore ce qui s'est passé entre eux, mais cela l'affecte énormément.

— Tu m'expliques ?
— Si j'ai tout claqué à l'époque et si j'ai signé pour entrer au GHOST, c'est à cause d'elle ! s'écrie-t-il.

Si je m'attendais à ça… J'encaisse ses révélations, puis me dois de réagir. Pas forcément comme un ami ni un frère devrait le faire, mais plutôt comme le chef que je suis.

— Je te laisse du temps pour te calmer, mais tu vas malheureusement devoir faire avec. Si jamais tu penses ne pas pouvoir être capable de collaborer avec elle, il faut que tu me le dises maintenant, Had'. Je ne peux pas prendre le risque de mettre l'équipe en danger, tu comprends ?

Mon ton est froid et autoritaire, ce qui a le mérite de l'obliger à se ressaisir. Son regard s'assombrit, et un voile noir obscurcit désormais ses pupilles acérées.

— Non, c'est bon, souffle-t-il le timbre macabre.

Je connais cette expression sur son visage et cela ne me dit rien qui vaille.

Le boucher est de retour…

FIN

REMERCIEMENTS

Il y a un peu plus d'un an déjà, le tome 4 de la Caserne 91 voyait le jour. Voilà donc un peu plus d'un an que l'histoire de Thanatos me trottait dans la tête !

Et quelle aventure !

J'avoue, l'univers est plus sombre, plus tortueux… mon équipe du GHOST est un poil plus barrée que mes pompiers. Mais au fil des mots, au fil des pages, je me suis attachée à elle au même titre que mes soldats du feu et mes gardes du corps.

Tout comme Mathias et Logan, Colton s'est imposé à moi comme une évidence, comme un membre de cette grande famille que forment mes personnages dans mon cœur. Une nouvelle fois, je n'ai pas pu m'empêcher de les réunir, car c'est ce qu'ils sont pour moi : une famille.

Je tenais à remercier la merveilleuse troupe qui m'entoure. Pour commencer, mes super alpha : Margot, Tiphaine, Moumoune, Candy, Cass, Joy et Audrey ! Merci pour votre soutien, votre engagement, votre analyse et surtout vos motivations, les filles !

Merci à Maya, ma graphiste qui me suit depuis le tout début. Tu as encore fait des miracles en réalisant exactement ce que je voulais !

Merci à Lydasa, dernière arrivante dans la team ! Tes illustrations sont superbes ! Je suis fan !

Un énorme merci à toi, Nelly ! Pour ta gentillesse, ta générosité et surtout ton implication ! Tu t'es évertuée à sublimer ce roman en le corrigeant, alors je te remercie profondément !

Merci à toi, Laure ! Merci d'avoir également corrigé et passé au crible mon manuscrit. Toujours aussi rigoureuse, tu as contribué à bonifier ce sixième bébé.

Merci à mes deux amies auteures, Shay et Charm, qui m'auront boostée jusqu'au bout et Dieu sait que c'était difficile ! Merci d'avoir été là pour moi les filles !

Un immense merci à ma famille, mon mari et mes enfants pour leur patience et leur amour sans limite. Merci de me laisser vivre ma passion quelquefois (bien souvent) envahissante. Je vous aime de tout mon cœur !

Enfin, mille mercis à vous, lecteur et lectrice ! J'espère que cette toute nouvelle aventure aura été à la hauteur de vos attentes ! Merci de m'avoir lue et surtout merci de me soutenir au quotidien. Vos messages, que ce soit sur Amazon, Facebook, Insta ou TikTok sont une réelle source de motivation pour moi. Bien plus encore, ce sont grâce à vos retours que nos personnages existent et vagabondent. Alors surtout, si le cœur vous en dit, n'hésitez pas à continuer et à partager vos ressentis autour de vous afin que leur voyage perdure ! À présent, je vous laisse, vous l'aurez sans doute compris, Hadès et Ambre vont me donner du fil à retordre !

Je vous embrasse fort,

Chaleureusement,

Flora

DE LA MEME AUTEURE

Déjà parus :

La Caserne 91, Rédemption – TOME 1

La Caserne 91, Résilience – TOME 2

La Caserne 91, Insatiable – TOME 3

La Caserne 91, Intouchable – TOME 4

My BOSS Bodyguard

Contact :

Facebook : https://www.facebook.com/flora.stark.16/

Instagram : @flora_stark_auteure

Mail : flora.stark.1901@gmail.com

Autoédition – Imprimés à la demande.

Dépôt légal : Juin 2023

Code ISBN : 9798 397 147 828

Printed in France by Amazon
Brétigny-sur-Orge, FR